D0572746

De straatvechter

John Grisham

De straatvechter

A.W. Bruna Uitgevers B.V., Utrecht

Oorspronkelijke titel
The Street Lawyer
© 1998 by John Grisham
All rights reserved
Vertaling
Hugo en Nienke Kuipers
Met dank aan mr. M.A.J. Kubatsch
© 1998 A.W. Bruna Uitgevers B.V., Utrecht

ISBN 90 5108 290 8
NUGI 331

1

De man met de rubberlaarzen kwam achter me aan de lift in, maar ik zag hem niet meteen. Ik rook hem wel: de scherpe lucht van sigarettenrook en goedkope wijn en een daklozenbestaan zonder zeep. We gingen met zijn tweeën naar boven en toen ik uiteindelijk in zijn richting keek, zag ik zijn laarzen. Zwart en vuil en veel te groot. Een versleten en gerafelde regenjas viel tot op zijn knieën. Daaronder had hij een heleboel lagen vuile kleren, zodat hij breed gebouwd leek, bijna dik. Maar dat leek hij niet omdat hij weldoorvoed was. In Washington dragen daklozen 's winters alles wat ze aan kleding hebben, tenminste, daar lijkt het wel op.

Hij was zwart en al wat ouder. Zijn baard en haar waren halfgrijs en in geen jaren gewassen of geknipt. Hij keek recht voor zich uit door een zonnebril met dikke glazen, negeerde me volkomen. Een ogenblik vroeg ik me af waarom ik eigenlijk zo aandachtig naar hem keek.

Hij hoorde hier niet thuis. Het was niet zijn gebouw, niet zijn lift, niet iets wat hij zich kon permitteren. De advocaten op alle acht verdiepingen werkten voor mijn kantoor tegen een uurtarief dat ik nog steeds, zelfs na zeven jaar, schandalig vond.

Gewoon een willekeurige zwerver die de warmte opzocht. Dat zag je in de binnenstad van Washington wel meer. Maar we hadden bewakers om het uitschot buiten de deur te houden.

We stopten op de vijfde verdieping en ik merkte voor het eerst dat hij niet op een knop had gedrukt, niet voor een verdieping had gekozen. Hij volgde mij. Ik ging vlug de lift uit en toen ik de schitterende marmeren hal van Drake & Sweeney betrad, keek ik nog even over mijn schouder, net lang genoeg om hem in de lift te zien staan. Hij staarde voor zich uit en negeerde me nog steeds.

Madame Devier, een van onze erg daadkrachtige receptionistes, begroette me met haar typische hooghartige blik. 'Let op de lift,' zei ik.

'Waarom?'

'Een zwerver. Misschien moet je de bewaking bellen.'

'Die mensen,' zei ze met haar geaffecteerde Franse accent.

'En haal ook een ontsmettingsmiddel.'

Onder het weglopen liet ik mijn winterjas van mijn schouders glijden. Ik dacht niet meer aan de man met de rubberlaarzen. De hele middag had ik de ene afspraak na de andere, belangrijke besprekingen met belangrijke mensen. Ik ging net de hoek om en wilde iets tegen Polly, mijn secretaresse, zeggen, toen ik het eerste schot hoorde.

Madame Devier stond stokstijf achter haar bureau en keek in de loop van een afschuwelijk groot handvuurwapen dat mijn vriend de zwerver op haar gericht hield. Omdat ik de eerste was die haar te hulp kwam, was hij zo beleefd het wapen ook op mij te richten. Ik verstijfde meteen.

'Niet schieten,' zei ik met mijn handen in de lucht. Ik had genoeg films gezien om precies te weten wat ik moest doen.

'Hou je bek,' mompelde hij heel rustig.

Ik hoorde stemmen op de gang achter me. Iemand schreeuwde: 'Hij heeft een pistool!' Toen verdwenen de stemmen naar de achtergrond. Ze werden zwakker en zwakker doordat mijn collega's naar de achterdeur renden. Ik zag al voor me hoe ze uit de ramen sprongen.

Meteen links van me was een zware houten deur die naar een grote vergaderkamer leidde, waar op dat moment acht advocaten van onze sectie Procesrecht aanwezig waren. Acht keiharde, genadeloze procesvoerders die hun dagen vulden met het vermorzelen van mensen. De ergste lastpak was een agressief klein stuk vreten dat Rafter heette, en toen die de deuren openrukte en 'Wat moet dat?' zei, zwaaide de loop van mij naar hem, en nu had de man met de rubberlaarzen precies wat hij wilde.

'Doe dat pistool weg,' beval Rafter vanuit de deuropening, en een fractie van een seconde later galmde er een schot door de receptie. Een schot dat een heel eind boven Rafters hoofd in het plafond terechtkwam en hem reduceerde tot een gewone sterveling. De man richtte het pistool weer op mij en maakte een gebaar met zijn hoofd en ik gehoorzaamde hem door achter Rafter de vergaderkamer binnen te gaan. Het laatste dat ik buiten de kamer zag, was madame Devier die bevend van angst achter haar bureau zat, haar koptelefoon om haar hals, haar schoenen met hoge hakken netjes neergeplant naast haar prullenbak.

De man met de rubberlaarzen gooide de deur achter me dicht en wuifde langzaam het wapen heen en weer, opdat alle acht procesvoerders het konden bewonderen. Het functioneerde blijkbaar uitstekend; de kruitdamp was nog duidelijker aanwezig dan de geur van de man die het wapen in zijn hand had.

Midden in de kamer stond een langwerpige tafel, die bedekt was met documenten en papieren die enkele ogenblikken geleden nog verschrikkelijk belangrijk hadden geleken. Een rij ramen keek uit op een parkeerterrein. Twee deuren leidden naar de gang.

'Tegen de muur,' zei hij, en hij gebruikte het pistool als een erg effectieve motivator. Toen hield hij het dicht bij mijn hoofd en zei: 'Doe de deuren op slot.'

En dat deed ik.

Zonder een woord te zeggen gingen de acht procesvoerders tegen de muur staan. Zonder een woord te zeggen deed ik vlug de deuren op slot en keek hem toen vragend aan.

Om de een of andere reden moest ik de hele tijd aan het postkantoor denken, aan die verschrikkelijke schietpartij: een ontevreden werknemer komt met een arsenaal aan wapens van zijn lunchpauze terug en schiet vijftien van zijn collega's overhoop. Ik dacht ook aan de bloedbaden op speelterreinen. En de slachtpartijen in hamburgerrestaurants.

En die slachtoffers waren onschuldige kinderen en fatsoenlijke burgers geweest. Wij waren een stel advocaten.

Met gromgeluiden en bewegingen van het pistool zette hij de acht procesvoerders tegen de muur. En toen hij vond dat ze goed stonden, richtte hij zijn aandacht op mij. Wat wilde hij? Had hij eisen? Zo ja, dan zou hij alles krijgen wat zijn hartje begeerde. Vanwege die zonnebril kon ik zijn ogen niet zien, maar hij zag de mijne wel.

Het pistool was er recht op gericht.

Hij trok zijn vuile regenjas uit, vouwde hem op alsof hij nieuw was en legde hem midden op de tafel. De stank waaraan ik me in de lift had geërgerd was terug, maar dat was nu niet belangrijk. Hij ging aan het eind van de tafel staan en ontdeed zich langzaam van de volgende laag, een wijd grijs vest.

Het was niet zomaar wijd. Onder het vest bleek een rij rode staven om zijn middel te zijn gebonden. Ik had daar geen verstand van, maar het leek me dynamiet. Aan de boven- en onderkant van de staven waren draden verbonden, als gekleurde spaghetti, en het hele zaakje werd bijeengehouden met zilveren isolatietape.

In een eerste opwelling wilde ik vluchten, als een gek naar de deur rennen en er dan het beste van hopen: dat hij mis zou schieten als ik met het slot bezig was, en nog eens mis zou schieten als ik me door de deuropening wierp, de gang in. Maar mijn knieën trilden en de moed zonk me in de schoenen. Er werd gezucht en zacht gekreund door de acht advocaten die tegen de muur stonden, en daar stoorde onze belager zich aan. 'Wilt u stil zijn?' zei hij op de toon van een geduldige leraar. Zijn kalmte beviel me helemaal niet. Hij stelde iets van de spaghetti om zijn middel bij en haalde toen een keurig bundeltje geel nylonkoord en een stiletto uit een zak van zijn wijde broek.

Voor alle zekerheid richtte hij het pistool weer op de verschrikte gezichten tegenover hem en zei: 'Ik wil niemand kwaad doen.'

Dat was prettig om te horen, maar moeilijk om serieus te nemen. Ik telde twaalf rode staven – genoeg, daar was ik zeker van, voor een ogenblikkelijke en pijnloze dood.

Toen richtte hij het pistool weer op mij. 'Jij daar,' zei hij, 'bind ze vast.'

Rafter had er genoeg van. Hij kwam een heel klein stapje naar voren en zei: 'Hoor eens, makker, wat wil je precies?'

Het derde schot gierde over ons hoofd. De kogel ricocheerde tegen het plafond en bleef uiteindelijk ergens onschuldig zitten. Het klonk als een kanon en in de hal gilde madame Devier of een andere vrouw. Rafter dook weg, en toen hij overeind probeerde te komen, trof de vlezige elleboog van Umstead hem recht in zijn borst, zodat hij meteen weer tegen de muur stond.

'Hou je bek,' zei Umstead met zijn tanden op elkaar.

'Noem me geen makker,' zei de man en dat deden we dan ook niet meer.

'Hoe wilt u dat we u noemen?' vroeg ik, want ik voelde dat ik op het punt stond de leider van de gegijzelden te worden. Ik zei het heel voorzichtig, met veel eerbied, en blijkbaar stelde hij dat op prijs.

'Meneer,' zei hij. Meneer was iets waarmee alle aanwezigen akkoord konden gaan.

De telefoon ging, en gedurende een fractie van een seconde dacht ik dat hij erop zou schieten. In plaats daarvan maakte hij een gebaar dat het toestel naar hem toe moest worden gebracht. Ik zette het recht voor hem op de tafel. Hij nam met zijn linkerhand op. In zijn rechterhand had hij het pistool, en dat was nog steeds op Rafter gericht.

Als we met zijn negenen hadden mogen stemmen, zou Rafter het eerste offerlam zijn geweest. Acht tegen een.

'Hallo,' zei Meneer. Hij luisterde even en hing toen op. Hij liep behoedzaam achteruit naar de stoel aan het eind van de tafel en ging zitten.

'Pak het touw,' zei hij tegen mij.

Hij wilde dat ze alle acht met hun polsen aan elkaar werden vastgebonden. Ik sneed het touw in stukken en legde er knopen in en deed mijn best om niet naar de gezichten van mijn collega's te kijken terwijl ik hun dood bespoedigde. Al die tijd voelde ik dat het pistool op mijn rug was gericht. Hij wilde dat ze strak werden vastgebonden en ik probeerde de indruk te wekken het zo strak te doen dat het bloed er bijna uit zou spuiten, terwijl ik ze in werkelijkheid zoveel mogelijk speling gaf.

Rafter mompelde iets binnensmonds en ik had zin hem een klap in zijn gezicht te geven. Umstead kon zijn polsen bewegen, zodat het touw bijna los zat toen ik met hem klaar was. Malamud zweette en haalde gejaagd adem. Hij was de oudste van het stel, de enige maat hier aanwezig, en hij had twee jaar geleden zijn eerste hartaanval gehad.

Ik keek onwillekeurig naar Barry Nuzzo, mijn enige vriend in dit gezelschap. We waren even oud, tweeëndertig, en waren in hetzelfde jaar bij het kantoor gekomen. Hij had aan Princeton gestudeerd, ik aan Yale. Onze vrouwen kwamen beiden uit Providence. Zijn huwelijk was een succes – drie kinderen in vier jaar. Het mijne bevond zich in de laatste fase van een langdurig achteruitgangsproces.

We keken elkaar aan en dachten allebei aan zijn kinderen. Ik was blij dat ik kinderloos was.

De eerste van een heleboel sirenes kwam binnen gehoorsafstand en Meneer gaf me opdracht de luxaflex van de vijf grote ramen te sluiten. Ik sloot ze een voor een en keek naar het parkeerterrein beneden, alsof het me op de een of andere manier zou redden als iemand me zag. Er stond een politieauto met de lichten aan. De agenten waren al in het gebouw. En daar waren we dan, negen blanke jongens en Meneer.

Volgens de jongste telling had Drake & Sweeney achthonderd advocaten in kantoren verspreid over de wereld. De helft zat in Washington, in het gebouw dat nu door Meneer werd geterroriseerd. Hij gaf me opdracht de baas te bellen en hem te vertellen dat hij gewapend was, en dat hij twaalf staven dynamiet om zijn middel had. Ik belde Rudolph, managing maat van mijn divisie, Antitrust, en gaf de boodschap door.

'Alles goed met je, Mike?' vroeg hij me. We zaten op Meneers nieuwe speakertelefoon, op vol volume.

'Fantastisch,' zei ik. 'Doe alsjeblieft wat hij wil.'

'Wat wil hij?'

'Dat weet ik nog niet.'

Meneer maakte een gebaar met het pistool en het gesprek was voorbij. Hij wees nog een keer met het pistool en ik ging naast de vergadertafel staan, een meter of zo van Meneer vandaan, die de ergerlijke gewoonte had gedachteloos met de draden te spelen die nu opgerold tegen zijn borst lagen.

Hij keek omlaag en gaf een klein rukje aan een rode draad. 'Deze rode hier, als ik daaraan trek, dan is het allemaal voorbij.' Na deze kleine waarschuwing keken de donkere glazen me aan. Ik voelde me gedwongen iets te zeggen.

'Waarom zou je dat doen?' vroeg ik, om maar een dialoog op gang te brengen.

'Ik wíl het niet doen, maar waarom zou ik het niet doen?'

Zijn manier van spreken viel me op, een langzaam, regelmatig ritme, zonder enige haast. Elke lettergreep kreeg evenveel aandacht. Hij mocht dan tegenwoordig een dakloze zijn, hij had blijkbaar betere tijden gekend.

'Waarom zou je ons willen doden?'

'Ik ga niet met jou in discussie,' zei hij. Geen vragen meer, edelachtbare.

Omdat ik advocaat ben en volgens de klok leef, keek ik op mijn horloge, opdat ik nauwkeurig verslag zou kunnen uitbrengen als we dit op de een of andere manier overleefden. Het was twintig over een. Meneer wilde dat het stil was en dus ondergingen we een zenuwslopende stilte die veertien minuten duurde.

Ik kon niet geloven dat we zouden sterven. Ik kon me geen motief voorstellen, geen reden om ons te doden. Ik was er zeker van dat niemand van ons hem ooit eerder had ontmoet. Ik herinnerde me dat ik met hem in de lift had gestaan, en dat hij blijkbaar geen specifieke bestemming had gehad. Hij was alleen maar een gek, op zoek naar gijzelaars. In onze tijd betekende dat jammer genoeg dat het bijna normaal zou zijn als hij ons vermoordde.

Het was precies het soort zinloze slachtpartij dat een dag lang de krantenkoppen zou halen en waarover mensen hun hoofd zouden schudden. Daarna zouden de grappen over dode advocaten beginnen.

Ik kon de koppen al voor me zien en de verslaggevers al horen, maar ik weigerde te geloven dat het zou gebeuren.

Ik hoorde stemmen in de hal, sirenes buiten. Ergens op de gang knetterde een politieradio.

'Wat heb je voor lunch gehad?' vroeg Meneer me. Zijn stem verbrak de stilte. Te verbaasd om aan liegen te denken, aarzelde ik maar even en zei toen: 'Gegrilde kip.'

'Alleen?'

'Nee, samen met een vriend.' Een vroegere studiegenoot uit Philadelphia.

'Hoeveel kostte het voor jullie beiden?'

'Dertig dollar.'

Dat stond hem niet aan. 'Dertig dollar,' herhaalde hij. 'Voor twee mensen.' Hij schudde zijn hoofd en keek toen naar de acht andere advocaten. Als hij een enquête ging houden, hoopte ik dat ze zouden liegen. Er zaten een paar echte fijnproevers bij en die kregen voor dertig dollar hun maag echt niet vol.

'Weet je wat ik heb gegeten?' vroeg hij me.

'Nee.'

'Ik heb soep gegeten. Soep en crackers in een opvangcentrum. Gratis soep en ik was blij dat ik het kreeg. Voor dertig dollar zou je honderd van mijn vrienden te eten kunnen geven, weet je dat?'

Ik knikte ernstig, alsof ik plotseling besefte hoe groot mijn zonde was geweest.

'Verzamel alle portefeuilles, los geld, horloges en sieraden,' zei hij en hij zwaaide weer met zijn pistool.

'Mag ik vragen waarom?' vroeg ik.

'Nee.' Ik legde mijn portefeuille en kleingeld op tafel en begon de zakken van mijn medegijzelaars te doorzoeken.

'Het is voor de nabestaanden,' zei Meneer, en we lieten allemaal onze adem ontsnappen.

Hij gaf me opdracht de buit in een aktetas te stoppen, die op slot te doen en de baas weer te bellen. Rudolph nam meteen op. Ik veronderstelde dat de leider van het SWAT-team bij hem in zijn kamer stond.

'Rudolph, weer met mij, Mike. Ik zit op de speakertelefoon.'

'Ja, Mike. Alles goed met je?'

'Ja, prima. Zeg, deze meneer wil dat ik de deur opendoe die het dichtst bij de receptie is en een zwarte aktetas op de gang zet. Daarna doe ik de deur dicht en doe hem weer op slot. Begrepen?'

'Ja.'

Met het pistool tegen mijn achterhoofd, zette ik langzaam de deur een beetje open. Toen wierp ik de aktetas de gang in. Ik zag nergens iemand.

Er zijn maar weinig dingen die een advocaat van een groot kantoor ervan kunnen weerhouden declarabele uren te maken. Slapen is daar een van, al sliepen de meesten van ons weinig. Eten maakte het juist gemakkelijker om uren in rekening te brengen, vooral lunches waarbij de cliënt de rekening betaalde. Naarmate de minuten zich voortsleepten, vroeg ik me onwillekeurig af hoe ter wereld de andere vierhonderd advocaten in dit gebouw de uren in rekening zouden brengen waarin ze op het einde van de gijzelingscrisis wachtten. Ik zag het al voor me: ze waren op het parkeerterrein, en de meesten zaten in hun auto om warm te blijven, praatten druk in hun mobiele telefoons, zorgden dat ze tenminste íemand deze tijd in rekening konden brengen. Het kantoor, nam ik aan, zou geen seconde de pas inhouden.

Sommigen van de aasgieren daar beneden zou het niet kunnen schelen hóe het afliep. Als het maar opschoot en vlug achter de rug was.

Het leek wel of Meneer even indommelde. Zijn kin zakte omlaag en zijn ademhaling werd dieper. Rafter gromde om mijn aandacht te trekken en knikte toen met zijn hoofd opzij alsof hij wilde suggereren dat ik in actie moest komen. Het probleem was dat Meneer het pistool in zijn rechterhand had, en als hij inderdaad een dutje deed, deed hij dat terwijl hij de gevreesde rode draad stevig in zijn linkerhand hield.

En Rafter wilde dat ik de held uithing. Hoewel Rafter de venijnigste en succesvolste procesadvocaat van het kantoor was, was hij nog geen maat in de maatschap. Hij zat niet in mijn divisie en we zaten niet in het leger. Ik hoefde geen bevelen op te volgen.

'Hoeveel geld heb je vorig jaar verdiend?' vroeg Meneer me. Hij was opeens klaarwakker en zijn stem klonk helder.

Opnieuw schrok ik. 'Ik, eh, tja, eens kijken...'

'Niet liegen.'

'Honderdtwintigduizend.'

Dat stond hem ook niet aan. 'Hoeveel heb je weggegeven?'

'Weggegeven?'

'Ja. Aan goede doelen.'

'O. Nou, dat weet ik eigenlijk niet meer. Mijn vrouw doet de rekeningen en dat soort dingen.'

Het leek wel of alle acht procesvoerders gelijktijdig verschoven. Mijn antwoord beviel Meneer niet en hij was niet van plan zich te laten afschepen. 'Wie, eh, vult je belastingformulieren in?'

'Je bedoelt de aangifte?'

'Ja, dat bedoel ik.'

'Dat doet onze belastingdivisie, op de eerste verdieping.'

'Hier in dit gebouw?'

'Ja.'

'Ik wil ze hebben. Ik wil de belastinggegevens hebben van iedereen in deze kamer.'

Ik keek naar hun gezichten. Een paar wilden zeggen: 'Nou, schiet me dan maar overhoop.' Blijkbaar aarzelde ik te lang, want Meneer schreeuwde: 'Nu meteen!' En hij zwaaide met het pistool.

Ik belde Rudolph, die ook aarzelde, en dus schreeuwde ik tegen hem: 'Fax ze hier nou maar naartoe. Alleen die van vorig jaar.'

We keken een kwartier lang naar het faxapparaat in de hoek, bang dat Meneer ons zou executeren als onze belastingaangiftes niet gauw genoeg kwamen.

13

2

Als kersverse secretaris van ons clubje ging ik op de stoel zitten die Meneer me met het pistool aanwees, met de faxen in mijn hand. Mijn lotgenoten stonden nu al bijna twee uur met hun rug tegen de muur, nog steeds aan elkaar vastgebonden, nauwelijks in staat zich te bewegen. Ze begonnen steeds meer op hoopjes ellende te lijken. Maar ze zouden het nog veel moeilijker krijgen.

'Jij eerst,' zei hij tegen mij. 'Hoe heet je?'

'Michael Brock,' antwoordde ik beleefd. Aangenaam kennis te maken.

'Hoeveel geld heb je vorig jaar verdiend?'

'Dat heb ik al verteld. Honderdtwintigduizend. Bruto.'

'Hoeveel heb je weggegeven?'

Ik wist zeker dat ik kon liegen. Ik was geen belastingjurist, maar ik had er alle vertrouwen in dat ik zijn vragen kon omzeilen. Ik vond mijn aangiftebiljet en bladerde het rustig door. Claire had eenendertigduizend dollar verdiend als tweedejaars assistent in het ziekenhuis, dus ons bruto-inkomen zag er niet slecht uit. Maar we betaalden drieënvijftigduizend dollar belasting – federale inkomstenbelasting en nog een verbijsterend aantal andere belastingen – en na aftrek van onze studieleningen, Claires opleidingskosten, vierentwintighonderd per maand voor een erg leuk appartement in Georgetown, twee leuke auto's met bijbehorende leningen en nog een hele rits andere kosten die onlosmakelijk verbonden waren met een comfortabele levensstijl, hadden we dit jaar maar tweeëntwintigduizend dollar in beleggingsfondsen kunnen investeren. Meneer wachtte geduldig af. Zijn geduld begon me zo langzamerhand op de zenuwen te werken. Ik nam aan dat de SWAT-jongens door de luchtkokers kropen, in dichtbijstaande bomen klommen, over de daken van aangrenzende gebouwen renden, naar blauwdrukken van onze kantoren keken, kortom, alle dingen deden die je op de televisie ziet, met het doel een kogel door zijn schedel te schieten. Maar hij scheen zich daar absoluut niet van bewust te zijn. Hij had zich bij zijn lot neergelegd en was er klaar voor om te sterven. Dat kon niet van de rest van ons gezegd worden. Hij speelde de hele tijd met de rode draad. Dat hield mijn hartslag boven de honderd.

'Ik heb duizend dollar aan Yale gegeven,' zei ik. 'En tweeduizend aan de plaatselijke United Way.'

'Hoeveel heb je aan arme mensen gegeven?'

Ik betwijfelde of het geld van Yale gebruikt werd om arme studenten te eten te geven.

'Nou, United Way besteedt het geld in de hele stad en daar wordt vast wel iets van gebruikt om de armen te helpen.'

'Hoeveel heb je gegeven aan mensen die honger hebben?'

'Ik heb drieënvijftigduizend dollar belasting betaald en een flink deel daarvan ging naar uitkeringen, Medicare, hulp aan kinderen van verslaafden, dat soort dingen.'

'En je deed dat uit vrije wil, omdat je het zo graag wilde geven?'

'Ik klaagde niet,' zei ik, liegend zoals de meesten van mijn landgenoten deden.

'Heb je ooit honger gehad?'

Hij hield van eenvoudige antwoorden. Met gevatheid en sarcasme zou ik niets bereiken. 'Nee,' zei ik.

'Heb je ooit in de sneeuw geslapen?'

'Nee.'

'Je verdient veel geld en toch ben je te hebzuchtig om mij wat kleingeld te geven als je me voorbijloopt.' Hij zwaaide met het pistool naar de anderen. 'Jullie allemaal. Jullie lopen me voorbij als ik zit te bedelen. Jullie geven meer uit aan een kopje koffie dan ik aan maaltijden. Waarom kunnen jullie de armen, de zieken, de daklozen niet helpen? Jullie hebben zoveel.'

15

Ik betrapte me erop dat ik tegelijk met Meneer naar die hebzuchtige rotzakken keek. Het was geen verheffende aanblik. De meesten hadden hun ogen neergeslagen. Alleen Rafter keek met een felle blik naar de tafel. Hij dacht de dingen die wij allemaal dachten als we de Meneren van Washington voorbij liepen: als ik jou wat geld geef, ga je (1) linea recta naar de drankwinkel, (2) bedel je om nog meer geld, en blijf je (3) eeuwig op dat trottoir staan.

Meer stilte. Dichtbij ratelde een helikopter en ik kon alleen maar gissen naar wat ze op het parkeerterrein van plan waren. In opdracht van Meneer waren de telefoonlijnen op de bezettoon gezet, zodat er geen communicatie mogelijk was. Hij had geen zin om met iemand te praten of te onderhandelen. Hij had zijn gehoor in de vergaderkamer.

'Wie van jullie verdient het meeste geld?' vroeg hij me. Malamud was de enige maat in het gezelschap en ik zocht tussen de papieren tot ik de zijne vond.

'Dat zal ik wel zijn,' merkte Malamud op.

'Hoe heet jij?'

'Nate Malamud.'

Ik bladerde in Nates aangifte. Het was een zeldzame gelegenheid om de intieme details van een succesvolle maat te zien, maar ik beleefde er geen plezier aan.

'Hoeveel?' vroeg Meneer me.

O, wat zaten de belastingen toch mooi in elkaar. Wat wilt u horen, meneer? Bruto? Aangepast bruto? Netto? Belastbaar? Inkomsten uit salarissen en lonen? Of inkomsten uit onderneming en investeringen?

Malamuds salaris bij het kantoor was vijftigduizend dollar per maand, en zijn jaarlijkse bonus, het geld waar we allemaal van droomden, was vijfhonderdtienduizend. Het was een goed jaar geweest, dat wisten we allemaal. Hij was een van de vele maten die meer dan een miljoen hadden verdiend.

Ik besloot het op veilig te spelen. Er zat nog veel ander inkomen tegen het eind van de aangifte weggestopt – verhuurd onroerend goed, dividenden, een kleine onderneming, maar ik nam aan dat als Meneer de papieren eenmaal zelf in handen had, hij moeite zou hebben met de cijfers.

'Een komma een miljoen,' zei ik en daarmee liet ik nog eens tweehonderdduizend buiten beschouwing.

Hij dacht daar even over na. 'Jij hebt een miljoen dollar verdiend,' zei hij tegen Malamud, die zich daar absoluut niet voor schaamde.

'Ja, dat klopt.'

'Hoeveel heb je aan hongerige en dakloze mensen gegeven?'

Ik was al in zijn aftrekposten op zoek naar de waarheid.

'Dat weet ik niet precies meer. Mijn vrouw en ik geven aan veel goede doelen. Ik weet dat er een donatie, ik geloof van vijfduizend dollar, was aan het Greater D.C. Fund, en zoals u zult weten, geeft die stichting geld aan mensen die het nodig hebben. We geven veel. En dat stemt ons gelukkig.'

'Ik twijfel er niet aan dat jullie erg gelukkig zijn,' antwoordde Meneer met voor het eerst een zweem van sarcasme.

Hij gaf ons niet de kans om uit te leggen hoe vrijgevig we in werkelijkheid waren. Hij wilde alleen de harde feiten. Hij gaf me opdracht alle negen namen te noemen, op een lijst te zetten en daarnaast het inkomen dat ieder van ons vorig jaar had gehad, en daar weer naast het bedrag dat ieder van ons aan goede doelen had gegeven.

Het kostte nogal wat tijd en ik wist niet of ik het vlug of juist langzaam moest doen. Zou hij ons vermoorden als de cijfers hem niet bevielen? Misschien moest ik maar rustig aan doen. Het was meteen al duidelijk dat wij rijke mensen massa's geld hadden verdiend en maar bitter weinig hadden afgestaan. Tegelijk wist ik dat hoe langer de situatie duurde, des te krankzinniger de reddingsscenario's zouden worden.

Hij had niet gezegd dat hij elk uur een gijzelaar zou executeren. Hij wilde niet dat zijn vrienden uit de gevangenis werden bevrijd. Eigenlijk scheen hij helemaal niets te willen.

Ik nam de tijd. Malamud kwam op de eerste plaats. De rij werd gesloten door Colburn, die nog maar drie jaar voor ons werkte en niet meer dan achtenzestigduizend dollar bruto had verdiend. Tot mijn ergernis zag ik dat mijn vriend Barry Nuzzo elfduizend dollar meer verdiende dan ik. Daar zouden we het later nog wel over hebben.

'Afgerond komt het op drie miljoen dollar in totaal,' rapporteerde ik aan Meneer, die zo te zien weer half was ingedommeld, met zijn vingers nog op de rode draad.

Hij schudde langzaam met zijn hoofd. 'En hoeveel voor de arme mensen?'

'In totaal honderdtachtigduizend.'

'Het gaat me niet om het totaal van al jullie schenkingen. Je moet mij en mijn mensen niet indelen bij het symfonieorkest en de synagoge, en al die mooie clubjes van jullie blanken waar jullie wijn en handtekeningen veilen en een paar dollar aan de padvinders geven. Ik heb het over eten. Eten voor mensen die honger hebben en die hier in deze zelfde stad als jullie leven. Eten voor kleine kinderen. Hier in de stad. Hier in deze stad, waar jullie miljoenen verdienen, zijn er kleine kinderen die 's avonds geen eten hebben, die huilen omdat ze honger hebben. Hoeveel voor eten?'

Hij keek me aan. Ik keek naar de papieren die voor me lagen. Ik kon niet liegen.

Hij ging verder. 'We hebben gaarkeukens in de hele stad, plaatsen waar arme en dakloze mensen iets te eten kunnen krijgen. Hoeveel geld hebben jullie aan de gaarkeukens gegeven? Hebben jullie daar wel aan gegeven?'

'Niet direct,' zei ik. 'Maar sommige van die liefdadige instellingen...'

'Hou je bek!'

Hij zwaaide met dat vervloekte pistool.

'En de opvangcentra voor daklozen? De plaatsen waar we slapen als het buiten twaalf graden onder nul is? Hoeveel opvangcentra komen er in die papieren voor?'

Ik wist niets te verzinnen. 'Geen enkele,' zei ik zachtjes.

Hij sprong overeind, we schrokken er allemaal van. De rode staven waren goed zichtbaar onder de zilveren isolatietape. Hij schopte zijn stoel achteruit. 'En klinieken? We hebben van die kleine klinieken, waar artsen, goede fatsoenlijke mensen die vroeger veel geld verdienden, naartoe komen en hun tijd ter beschikking stellen om zieke mensen te helpen. Ze brengen niets in rekening. Vroeger hielp de overheid die klinieken om de huur te betalen en medicijnen en andere dingen te kopen. Tegenwoordig heeft Newt Gingrich het voor het zeggen en is al het geld op. Hoeveel hebben jullie aan de klinieken gegeven?'

Rafter keek me aan alsof ik iets zou moeten doen, alsof ik plotseling iets in de papieren zou moeten zien en moeten uitroepen: 'Verdraaid nog aan toe! Kijk hier eens! We hebben een half miljoen dollar aan de klinieken en de gaarkeukens gegeven.'

Dat is precies wat Rafter zou doen, maar ik niet. Ik wilde niet doodgeschoten worden. Meneer was veel intelligenter dan hij eruitzag. Ik bladerde in de papieren terwijl Meneer naar het raam liep en tussen de luxaflex door keek. 'Overal smerissen,' zei hij, nog juist zo hard dat we het konden verstaan. 'En een heleboel ambulances.' Toen vergat hij wat hij buiten had gezien en schuifelde naar de rand van de tafel om ten slotte dicht bij zijn gijzelaars te blijven staan. Ze volgden al zijn bewegingen, met name eventuele bewegingen in de buurt van de explosieven. Hij bracht langzaam het pistool omhoog en richtte het op Colburns neus, op nog geen meter afstand. 'Hoeveel heb jij aan de klinieken gegeven?' 'Niets,' zei Colburn, die zijn ogen stijf dicht deed en op het punt stond in huilen uit te barsten. Mijn hart bleef stilstaan en ik hield mijn adem in. 'Hoeveel aan de gaarkeukens?' 'Niets.' 'Hoeveel aan de opvangcentra voor daklozen?' 'Niets.' In plaats van Colburn dood te schieten, richtte hij het pistool op Nuzzo en herhaalde de drie vragen. Nuzzo had dezelfde antwoorden en Meneer ging de hele rij af, richtte het pistool op de een na de ander, stelde dezelfde vragen, kreeg dezelfde antwoorden. Hij schoot ook Rafter niet dood en dat stelde ons teleur. 'Drie miljoen dollar,' zei hij vol walging, 'en geen stuiver voor de zieken en hongerigen. Jullie zijn verschrikkelijk.' We voelden ons ook verschrikkelijk. En ik besefte ineens dat hij ons niet zou doden. Hoe kon een gemiddelde dakloze aan dynamiet komen? En wie zou hem leren hoe hij daar een ontstekingsmechanisme op kon zetten?

Tegen de avond zei hij dat hij honger had en hij gaf me opdracht mijn baas te bellen en soep te laten komen uit het methodistische missiehuis in L Street bij 17th Street, Northwest. Daar deden ze meer groente in de bouillon, zei Meneer. En het brood was niet zo muf als in de meeste andere gaarkeukens. 'Bezorgt de gaarkeuken aan huis?' vroeg Rudolph verbaasd. Het galmde uit de speakertelefoon door de kamer. 'Doe het nou maar, Rudolph!' blafte ik terug. 'En zorg dat het genoeg is voor tien mensen.' Meneer zei dat ik moest ophangen en opnieuw zette hij de lijnen op de bezettoon.

Ik zag al voor me hoe onze vrienden en een peloton politieagenten door de stad vlogen, dwars door het spitsverkeer, en naar binnen stormden in dat rustige missiehuis, waar de haveloze daklozen over hun kommen soep gebogen zaten en zich afvroegen wat er nou weer aan de hand was. Tien porties soep, extra brood, graag. Om mee te nemen.

Meneer liep naar het raam toen we de helikopter weer hoorden. Hij keek naar buiten, ging een stap terug, plukte aan zijn baard en dacht na. Wat konden ze met die helikopter van plan zijn? Misschien de gewonden evacueren.

Umstead had al een uur onrustig staan wiebelen, tot ergernis van Rafter en Malamud, die met hun polsen aan hem vastzaten. Ten slotte hield hij het niet meer uit.

'Eh, meneer, neemt u het mij niet kwalijk, maar ik moet echt, eh, naar het kleinste kamertje.'

Meneer bleef aan zijn baard plukken. 'Het kleinste kamertje? Wat is het kleinste kamertje?'

'Ik moet plassen, meneer,' zei Umstead, helemaal als een schooljongen. 'Ik kan het niet meer ophouden.'

Meneer keek in de kamer om zich heen en zag een porseleinen vaas die in alle onschuld op een salontafel stond. Met een gebaar van het pistool gaf hij me opdracht Umstead los te maken.

'Dat is het kleinste kamertje,' zei Meneer.

Umstead haalde de verse bloemen uit de vaas en stond een hele tijd met zijn rug naar ons toe te urineren terwijl wij naar de grond staarden. Toen hij eindelijk klaar was, gaf Meneer ons opdracht de vergadertafel bij de ramen te zetten. Hij was zeven meter lang en van massief walnotenhout, zoals het meeste meubilair bij Drake & Sweeney. Het lukte ons, ik aan het ene eind en Umstead kreunend aan het andere eind, de tafel zo'n twee meter te verplaatsen, en toen zei Meneer dat we moesten stoppen. Hij liet mij Malamud en Rafter aan elkaar binden. Umstead bleef dus een vrij man. Ik zou nooit begrijpen waarom hij dat deed.

Vervolgens dwong hij de overgebleven zeven gijzelaars om met hun rug naar de muur op de tafel te gaan zitten. Niemand durfde te vragen waarom, maar ik nam aan dat hij een schild tegen scherpschutters wilde hebben. Later hoorde ik dat de politie scherpschutters op het volgende gebouw had geposteerd. Misschien had Meneer ze gezien.

20

Na vijf uur te hebben gestaan, waren Rafter en zijn makkers blij dat ze konden gaan zitten. Umstead en ik kregen opdracht in stoelen te gaan zitten en Meneer nam zelf aan het eind van de tafel plaats. We wachtten.

Als dakloze leerde je blijkbaar geduld te oefenen. Hij scheen er geen enkele moeite mee te hebben om langdurig achtereen zwijgend te blijven zitten, zijn ogen verborgen achter de donkere brillenglazen, zijn hoofd volstrekt onbeweeglijk.

'Wie zijn de ontruimers?' mompelde hij tegen niemand in het bijzonder, en hij wachtte een paar minuten voordat hij het opnieuw zei.

We keken elkaar verward aan, want we begrepen niet waar hij het over had. Zo te zien staarde hij naar een punt op de tafel, niet ver van Colburns rechtervoet.

'Niet alleen negeren jullie de daklozen, jullie helpen ook nog ze op straat te zetten.'

Natuurlijk knikten we allemaal, we zongen allemaal het liedje mee. Als hij ons de huid wilde volschelden, zouden we dat allemaal graag accepteren.

Onze maaltijd arriveerde om enkele minuten voor zeven. Er werd hard op de deur geklopt. Meneer zei dat ik de telefoon moest nemen en de politie moest waarschuwen dat hij een van ons zou doden als hij iemand op de gang zag of hoorde. Ik legde Rudolph dat zorgvuldig uit en benadrukte dat er geen enkele reddingspoging moest worden ondernomen. We waren aan het onderhandelen.

Rudolph zei dat hij het begreep.

Umstead liep naar de deur, draaide hem van het slot en keek Meneer afwachtend aan. Meneer stond achter hem, met het pistool nog geen dertig centimeter van Umsteads hoofd vandaan.

'Maak de deur heel langzaam open,' zei Meneer.

Toen de deur openging, stond ik een meter of zo achter Meneer. Het eten stond op een van die wagentjes die onze juridisch medewerkers gebruikten om de enorme hoeveelheden papier te verplaatsen die wij produceerden. Ik zag vier grote plastic bakken met soep en een bruine papieren zak met brood. Ik weet niet of er iets te drinken bij was. Daar zijn we nooit achter gekomen.

Umstead deed een stap de gang op, pakte het wagentje en wilde het net in de vergaderkamer trekken toen het schot door de lucht kraakte. Achter een kastje naast madame Deviers bureau, op twaalf meter afstand, zat een scherpschutter van de politie. Die had nu een vrij schootsveld. Toen Umstead zich bukte om het wagentje te pakken, kwam Meneers hoofd een fractie van een seconde in het vizier, en de scherpschutter schoot het er meteen af.

Meneer wankelde achterover zonder een geluid voort te brengen, en mijn gezicht zat meteen onder het bloed en andere vloeistoffen. Ik dacht dat ik ook was geraakt en ik herinner me dat ik een schreeuw van pijn gaf. Umstead schreeuwde ergens op de gang. De zeven anderen klauterden de tafel af, allemaal schreeuwend en kruipend naar de deur. De ene helft sleurde de andere helft mee. Ik zat op mijn knieën met mijn handen voor mijn ogen, wachtend tot het dynamiet explodeerde. Toen rende ik naar de andere deur, weg van het tumult. Ik draaide hem van het slot, rukte hem open en het laatste dat ik van Meneer zag, was dat hij op een van onze dure oosterse kleedjes lag te stuiptrekken. Zijn handen lagen losjes langs zijn zijden, ver van de rode draad vandaan.

De gang stond opeens vol met SWAT-jongens, allemaal uitgerust met imposante helmen en dikke kogelvrije vesten. Het waren er tientallen, ze zaten gehurkt en staken hun handen uit. Als een waas doken ze voor me op. Ze grepen ons vast en droegen ons door de receptie naar de liften.

'Bent u gewond?' vroegen ze me.

Ik wist het niet. Er zat bloed op mijn gezicht en overhemd en ook een kleverige vloeistof waarvan een arts later zei dat het cerebro-spinaal vocht was.

3

Op de begane grond, zo ver van Meneer vandaan als ze konden komen, stonden familieleden en vrienden te wachten. Tientallen mede-advocaten en andere collega's stonden in de kamers en op de gangen te wachten tot we werden gered. Er ging een gejuich op zodra ze ons zagen.

Omdat ik onder het bloed zat, brachten ze me maar naar een kleine fitnessruimte in het souterrain. Die ruimte was van ons kantoor en werd bijna nooit door de advocaten gebruikt. We hadden het te druk om aan lichaamsbeweging te doen, en iemand die in de fitnessruimte werd betrapt, kon er bijna zeker op rekenen dat hij meer werk kreeg opgedragen.

Ik was meteen omringd door artsen, van wie niet één toevallig mijn vrouw was. Toen ik hen er eenmaal van had overtuigd dat het bloed niet van mij was, ontspanden ze en onderwierpen ze me aan een routineonderzoek. Hoge bloeddruk, razende hartslag. Ze gaven me een tabletje.

Wat ik echt zou willen, was een douche. Ze lieten me tien minuten op een tafel liggen terwijl ze mijn bloeddruk volgden. 'Heb ik een shock?' vroeg ik.

'Waarschijnlijk niet.'

Zo voelde het anders wel aan. Waar was Claire? Ik was zes uur onder schot gehouden, mijn leven had aan een zijden draadje gehangen – en zij nam niet eens de moeite om met de rest van de familieleden te komen wachten.

Ik nam een lange, warme douche. Ik waste mijn haar drie keer met sterke shampoo, en stond toen een eeuwigheid uit te druipen. De tijd stond stil. Niets deed er iets toe. Ik leefde, ik ademde en dampte.

Ik trok de schone trainingskleren van iemand anders aan, die me veel te groot waren, en ging naar de tafel terug om mijn bloeddruk nog eens te laten meten. Mijn secretaresse, Polly, kwam binnen en omhelsde me uitgebreid. Ik had daar grote behoefte aan. Ze had tranen in haar ogen.

'Waar is Claire?' vroeg ik haar.

'Ze heeft dienst. Ik heb geprobeerd het ziekenhuis te bellen.'

Polly wist dat ons huwelijk niet veel meer voorstelde.

'Alles goed met jou?' vroeg ze.

'Ik denk van wel.'

Ik bedankte de artsen en verliet de fitnessruimte. Rudolph stond in de gang op me te wachten en omhelsde me stuntelig. Hij gebruikte het woord 'gefeliciteerd', alsof ik iets tot stand had gebracht.

'Niemand verwacht van je dat je morgen aan het werk gaat,' zei hij, alsof een vrije dag al mijn problemen zou oplossen.

'Ik heb nog niet over morgen nagedacht,' zei ik.

'Je moet wat rust nemen,' voegde hij eraan toe, alsof de artsen daar niet aan hadden gedacht.

Ik wilde Barry Nuzzo spreken, maar mijn medegijzelaars waren al weg. Niemand was gewond geraakt, alleen hadden sommigen zere polsen van het touw.

Nu het bloedbad tot een minimum beperkt was gebleven en de 'goeien' levend en wel waren, was er van de opwinding bij Drake & Sweeney al gauw niet veel meer te merken.

De meeste advocaten en andere personeelsleden hadden nerveus op de begane grond gewacht, ver van Meneer en zijn explosieven vandaan. Polly had mijn jas, en ik trok hem over het grote trainingspak aan. Mijn loafers met kwastjes pasten er eigenlijk niet bij, maar dat kon me niet schelen.

'Er staan journalisten buiten,' zei Polly.

O ja, de media. Wat een verhaal! Geen huis-tuin-en-keuken-schiet-partijtje, maar een stel advocaten die gegijzeld waren door een straatgek!

Maar ze hadden hun verhaal niet gekregen. De advocaten waren ontkomen, de schurk kreeg een kogel, de explosieven waren niet ontploft toen de schurk tegen de vloer sloeg. O, het had zo mooi kunnen zijn! Een schot, en dan een explosie, een flits van wit licht op het moment dat de ramen kapotsprongen, armen en benen die op straat belandden – dat alles plichtsgetrouw geregistreerd door Channel Nine; de opening van het journaal van die avond.

'Ik rijd je wel naar huis,' zei Polly. 'Kom maar.'

Ik was erg blij dat iemand me zei wat ik moest doen. Mijn gedachten waren traag en log, nog steeds het ene beeldje na het andere, zonder enig inzicht of overzicht.

We verlieten de begane grond door een dienstingang. De avond was helder en koud en ik zoog de frisse lucht in mijn longen tot het pijn deed. Terwijl Polly wegdraafde om haar auto te halen, gluurde ik om de hoek van het gebouw en keek naar het circus aan de voorkant. Er waren politieauto's, ambulances, televisiebusjes, zelfs een brandweerwagen. Ze waren bezig weg te gaan. Een van de ambulances stond met zijn achterkant naar het gebouw toe. Die wachtte natuurlijk tot hij Meneer naar het lijkenhuis kon brengen.

Ik leef! Ik leef! Ik zei het steeds weer tegen mezelf en kon voor het eerst weer lachen. Ik leef!

Ik kneep mijn ogen stijf dicht en zei een kort maar oprecht dankgebed.

De geluiden begonnen terug te komen. Toen we daar zwijgend in de auto zaten, Polly achter het stuur, langzaam rijdend en wachtend tot ik iets zou zeggen, hoorde ik weer de oorverdovende knal van het geweer van de scherpschutter. En dan de klap waarmee de kogel insloeg, en de roffelende geluiden van de andere gijzelaars die van de tafel af klauterden en maakten dat ze de kamer uitkwamen.

Wat had ik gezien? Ik had naar de tafel gekeken, waarop die zeven advocaten strak naar de deur zaten te kijken, en toen weer naar Meneer, die het pistool omhoog bracht en op Umsteads hoofd richtte. Ik stond recht achter hem toen hij geraakt werd. Wat had de kogel ervan weerhouden om dwars door hem heen te gaan en mij te treffen? Kogels gaan door muren en deuren en mensen heen.

'Hij wilde ons niet doden,' zei ik, nauwelijks hard genoeg om verstaanbaar te zijn.

Polly was blij dat ze mijn stem hoorde. 'Wat deed hij dan?'

'Ik weet het niet.'

'Wat wilde hij?'

'Dat heeft hij niet gezegd. Het is eigenlijk vreemd hoe weinig er gezegd is. We zaten urenlang alleen maar naar elkaar te kijken.'

'Waarom wilde hij niet met de politie praten?'

'Wie weet? Dat was zijn grootste fout. Als hij de telefoonlijnen open had gehouden, had ik de politie ervan kunnen overtuigen dat hij ons niet zou doden.'

'Je neemt het de politie toch niet kwalijk?'

'Nee. Herinner me eraan dat ik ze een bedankje stuur.'

'Ga je morgen werken?'

'Wat zou ik morgen anders moeten doen?'

'Ik dacht dat je misschien wel een vrije dag zou willen.'

'Ik kan wel een jaar vrij gebruiken. Aan één dag heb ik niks.'

Ons appartement bevond zich op de tweede verdieping van een gebouw aan P Street in Georgetown. Polly stopte voor de deur. Ik bedankte haar en stapte uit, en ik kon aan de donkere ramen zien dat Claire niet thuis was.

Ik had Claire ontmoet in de week nadat ik naar Washington was gekomen. Ik was net afgestudeerd aan Yale en had een geweldige baan bij een gerenommeerd advocatenkantoor. Ik had een schitterende toekomst, net als de andere vijftig nieuwkomers van mijn jaar. Claire studeerde politicologie aan de American University. Haar grootvader was gouverneur van Rhode Island geweest, en haar familie had al eeuwenlang de beste connecties.

Zoals de meeste grote advocatenkantoren ziet Drake & Sweeney het eerste jaar als een rekrutentraining. Ik werkte vijftien uur per dag, zes dagen per week, en op zondag hadden Claire en ik ons wekelijkse afspraakje. Op zondagavond zat ik op kantoor. We dachten dat we meer tijd voor elkaar zouden hebben als we trouwden. In elk geval konden we dan een bed delen, al zou blijken dat slapen zo ongeveer het enige was wat we deden.

Het was een grootse bruiloft en een korte huwelijksreis, en toen de glans eraf was, zat ik weer negentig uur per week op kantoor. In de derde maand van ons huwelijk gingen er achttien dagen zonder seks voorbij. Ze hield de tel bij.

Het eerste jaar vatte ze alles heel sportief op, maar geleidelijk aan begon ze zich verwaarloosd te voelen. Ik nam haar dat niet kwalijk, maar in de heilige hallen van Drake & Sweeney klaagden jonge advocaten nooit. Nog geen tien procent van de nieuwkomers brengt het tot maat, en de concurrentiestrijd is dan ook meedogenloos. De beloning is groot, minstens een miljoen dollar per jaar. Declarabele uren zijn belangrijker dan een tevreden echtgenote. De een na de ander ging scheiden. Ik peinsde er niet over om Rudolph om een verlichting van mijn werklast te vragen.

In ons tweede huwelijksjaar was de romantiek nog verder te zoeken dan in het eerste. We begonnen ruzie te maken. Ze studeerde af, kreeg een rotbaan op het ministerie van Handel en had geen plezier meer in haar leven. Ik was daar niet blind voor.

Na vier jaar bij het kantoor begonnen ze te laten doorschemeren hoe het met onze kansen op een maatschap gesteld was. De hints werden verzameld en door ons jaargenoten besproken. Algemeen werd aangenomen dat ik hard op weg naar een plek in de maatschap was. Maar ik moest nog harder werken.

Claire ging medicijnen studeren in Georgetown. Ze had er genoeg van om thuis naar de televisie te zitten staren en dacht dat ze net zo goed haar eigen bezigheden kon vinden als ik. Ik vond het een geweldig idee. Het nam het grootste deel van mijn schuldgevoel weg.

Ze was nu vastbesloten om nog meer tijd buiten ons appartement door te brengen dan ik, en zo zakten we allebei weg in het zinloze bestaan van de extreme workaholic. We maakten geen ruzie meer maar raakten gewoon steeds verder van elkaar verwijderd. Zij had haar vrienden en interesses, ik had de mijne. Gelukkig begingen we niet de fout dat we ons voortplantten.

Ik wou dat ik de dingen anders had aangepakt. Ooit waren we verliefd geweest, maar dat hadden we door onze vingers laten glippen. Toen ik het donkere appartement binnenging, had ik Claire voor het eerst in jaren echt nodig. Als je oog in oog met de dood hebt gestaan, heb je er behoefte aan om daarover te praten. Je hebt er behoefte aan dat iemand je nodig heeft, dat iemand je streelt, dat iemand iets om je geeft en dat ook tegen je zegt.

Ik nam een wodka met ijs en ging op de bank in de studeerkamer zitten. Ik maakte me kwaad omdat ik alleen was, maar toen gingen mijn gedachten terug naar de zes uren die ik met Meneer had doorgebracht.

Twee wodka's later hoorde ik haar op de trap. Ze maakte de deur open en riep: 'Michael.'
Ik zei geen woord, want ik zat me nog kwaad te maken. Ze kwam de studeerkamer in en bleef staan toen ze me zag. 'Is alles goed met je?' vroeg ze oprecht bezorgd.
'Prima,' zei ik zachtjes.
Ze ontdeed zich van tas en jas, liep naar de bank toe en bleef bij me staan.
'Waar heb je gezeten?' vroeg ik.
'In het ziekenhuis.'
'Natuurlijk.' Ik nam een grote slok. 'Hé, ik heb een rotdag gehad.'
'Daar weet ik alles van, Michael.'
'O ja?'
'Natuurlijk.'
'Waar was je dan?'
'In het ziekenhuis.'
'We worden met zijn negenen zes uur gegijzeld door een krankzinnige. Acht families komen opdagen omdat ze zich toch wel een beetje zorgen maken. We hebben geluk en komen vrij, en ik moet mijn secretaresse om een lift naar huis vragen.'
'Ik kon er niet heen.'
'Natuurlijk niet. Wat onnadenkend van mij.'
Ze ging in een stoel naast de bank zitten. We keken elkaar fel aan.
'We mochten het ziekenhuis niet uit,' begon ze op ijzige toon. 'We wisten van de gijzeling en er was een kans dat er gewonden zouden vallen. Het is de standaardprocedure in dat soort situaties: ze stellen de ziekenhuizen in kennis en iedereen moet paraat zijn.'
Weer een grote slok. Ik zocht naar iets scherps om te zeggen.
'Op je kantoor kon ik je niet helpen,' ging ze verder. 'Ik wachtte in het ziekenhuis.'
'Heb je gebeld?'
'Dat heb ik geprobeerd. De telefoonlijnen waren overbelast. Ik kreeg uiteindelijk een politieagent, en die gooide de hoorn op de haak.'
'Het is al meer dan twee uur geleden. Waar zat je al die tijd?'
'In de operatiekamer. We hebben een kleine jongen tijdens een operatie verloren; hij was aangereden door een auto.'
'Wat erg,' zei ik. Ik kon nooit begrijpen hoe artsen tegen zoveel dood en pijn bestand waren. Meneer was nog maar het tweede lijk

dat ik ooit in mijn leven had gezien.

'Ik vind het ook erg,' zei ze, en na die woorden ging ze naar de keuken om even later met een glas wijn terug te komen. We zaten een tijdje in het halfduister. Omdat we weinig ervaring met communicatie hadden, viel het niet mee.

'Wil je erover praten?' vroeg ze.

'Nee. Niet nu.' En dat wilde ik echt niet. De alcohol vermengde zich met de tabletten, en ik ging dieper ademhalen. Ik dacht aan Meneer, hoe kalm en vredig hij was geweest, al zwaaide hij met een pistool en had hij dynamiet om zijn middel gebonden. Die langdurige perioden van stilte hadden hem helemaal niets gedaan. Stilte, dat wilde ik nu ook. Morgen zou ik praten.

4

De chemicaliën werkten tot de volgende morgen vier uur, toen ik wakker werd met de scherpe geur van Meneers kleverige hersenvocht in mijn neusgaten. In paniek wreef ik over mijn neus en ogen. Ik sloeg in het donker om me heen op de bank, tot ik iemand hoorde bewegen. Claire had in de stoel naast me liggen slapen. 'Het is al goed,' zei ze zachtjes, met haar hand op mijn schouder. 'Je had een nare droom.'
'Wil je een glas water voor me halen?' vroeg ik, en ze ging naar de keuken.
We praatten een uur. Ik vertelde haar alles wat ik me van de gijzeling kon herinneren. Ze kwam dicht bij me zitten, wreef over mijn knie, hield het glas water vast, luisterde aandachtig. We hadden de afgelopen paar jaar zo weinig gepraat.
Ze moest om zeven uur haar ronde doen. We maakten samen het ontbijt klaar, wafels met bacon. We aten aan de ontbijtbar, met een kleine televisie tegenover ons. Het nieuws van zes uur begon met het gijzelingsdrama. Er waren opnamen van het gebouw ten tijde van de crisis, de menigte buiten, een paar van mijn medegegijzelden die haastig weggingen toen het voorbij was. Minstens een van de helikopters die we hadden gehoord, was van het televisiestation geweest, en de camera had ingezoomd op het raam. Je kon Meneer een paar seconden zien toen hij naar buiten keek.

Hij heette DeVon Hardy en was vijfenveertig jaar oud, een Vietnamveteraan met een kort strafblad. Een politiefoto, gemaakt toen hij voor een inbraak was gearresteerd, werd achter de presentator van het ochtendjournaal geprojecteerd. Hij leek helemaal niet op Meneer – geen baard, geen zonnebril, veel jonger. Ze zeiden dat hij een dakloze was die drugs gebruikte. Er was geen motief bekend. Er hadden zich geen familieleden gemeld. Van de kant van Drake & Sweeney was het 'Geen commentaar', en daarmee was het verhaal verteld.

Het weerbericht was aan de beurt. Er werd laat op de middag hevige sneeuwval verwacht. Het was de twaalfde dag van februari en het sneeuwrecord was al gebroken.

Claire reed me naar kantoor. Het verbaasde me niet dat om twintig voor zeven mijn Lexus al omgeven was door een aantal andere importwagens. Het parkeerterrein was nooit leeg. We hadden mensen die op kantoor bleven slapen.

Ik beloofde haar later op de ochtend te bellen, en we zouden proberen te lunchen in het ziekenhuis. Ze wilde dat ik rustig aan deed, minstens een dag of twee.

Wat moest ik doen? Op de bank gaan liggen en pillen slikken? Iedereen scheen het erover eens te zijn dat ik een vrije dag moest nemen, en daarna zou wel weer van me worden verwacht dat ik er met volle kracht tegenaan ging.

Ik zei goedemorgen tegen de twee heel alerte bewakers in de hal. Drie van de vier liften stonden open te wachten, en ik kon kiezen. Ik stapte in de lift die Meneer en ik hadden genomen, en vanaf dat moment ging alles erg langzaam.

Honderd vragen tegelijk kwamen in me op: waarom had hij ons gebouw uitgekozen? Ons kantoor? Waar was hij geweest voordat hij de hal binnenging? Waar waren de bewakers die meestal bij de voordeur rondhingen? Waarom ik? De hele dag liepen hier honderden advocaten in en uit. Waarom de vijfde verdieping?

En waar was hij op uit? Ik geloofde niet dat DeVon Hardy de moeite nam explosieven om zijn middel te binden en zijn leven op het spel te zetten, hoe weinig dat ook voorstelde, om een stel rijke advocaten de les te lezen over hun gebrek aan vrijgevigheid. Hij had wel rijkere mensen kunnen vinden. En misschien ook wel hebzuchtiger mensen.

Zijn vraag 'Wie zijn de ontruimers?' was niet beantwoord. Maar dat zou waarschijnlijk niet lang duren.

De lift stopte, en ik ging eruit, ditmaal zonder dat ik iemand achter me had. Madame Devier lag op dat uur nog ergens te slapen, en op de vijfde verdieping was het stil. Ik bleef voor haar bureau staan en keek naar de twee deuren van de vergaderkamer. Langzaam deed ik de dichtstbijzijnde deur open. Voor deze deuropening had Umstead gestaan toen de kogel over zijn hoofd vloog en zich in Meneers hoofd boorde. Ik haalde diep adem en drukte op het knopje van het licht. Er was niets gebeurd. De vergadertafel en stoelen stonden precies op de plaats waar ze altijd stonden. Het oosterse kleedje waarop Meneer was gestorven, was vervangen door een nog mooier kleedje. De muren hadden een nieuwe laag verf gekregen. Zelfs het kogelgat in het plafond boven Rafters plek was weg.

De kopstukken van Drake & Sweeney hadden de afgelopen nacht vast en zeker in de buidel getast om te zorgen dat het incident zich nooit had voorgedaan. De kamer zou in de loop van de dag natuurlijk nogal wat nieuwsgierigen trekken, maar er zou niets meer te zien zijn. De mensen zouden hun werk hooguit een minuut of twee verwaarlozen om te gaan kijken. Er mocht gewoon geen enkel spoor van straatuitschot in onze smetteloze kantoren te zien zijn.

Het was een koelbloedige verdoezeling, en triest genoeg begreep ik precies wat erachter zat. Ik was een van de rijke blanke jongens. Wat had ik dan verwacht, een gedenksteen? Een bloemstuk dat door Meneers dakloze vrienden naar binnen was gebracht?

Ik weet niet wat ik had verwacht. Maar de lucht van nieuwe verf maakte me misselijk.

Op mijn bureau lagen die ochtend, op precies dezelfde plaats als anders, de *Wall Street Journal* en de *Washington Post*. Vroeger kende ik de naam van degene die ze daar legde, maar die naam was ik allang vergeten. Op de voorpagina van het katern met het lokale nieuws van de *Post*, onder de vouw, prijkte dezelfde politiefoto van DeVon Hardy, met een lang verhaal over de kleine crisis van de vorige dag.

Ik las het vlug door, omdat ik dacht dat ik over meer details beschikte dan welke verslaggever ook. Toch leerde ik er iets bij. De rode staven waren geen dynamiet. Meneer had een paar bezemstelen genomen, ze in kleine stukken gezaagd, had onheilspellende zilveren tape eromheen gedaan, en daarmee had hij ons de stuipen op het lijf gejaagd. Het pistool was een gestolen .44.

Omdat het de *Post* was, ging het verhaal meer over DeVon Hardy dan over zijn slachtoffers, al moet gezegd worden dat er, tot mijn grote tevredenheid, geen woord was gezegd door iemand van Drake & Sweeney.

Volgens een zekere Mordecai Green, directeur van de rechtswinkel in 14th Street, had DeVon Hardy jarenlang als schoonmaker in het National Arboretum gewerkt. Toen daar bezuinigd moest worden, was hij zijn baan kwijtgeraakt. Hij had een paar maanden in de gevangenis gezeten voor een inbraak en was toen op straat terechtgekomen. Hij had geworsteld met alcohol en drugs en was een aantal keren opgepakt wegens winkeldiefstal. Greens rechtswinkel had hem een paar keer verdedigd. Voorzover zijn advocaat wist, had hij geen familie.

Ook over het mogelijke motief kon Green niet veel zeggen. Hij zei wel dat DeVon Hardy kort geleden uit een oud pakhuis was gezet waar hij als kraker woonde.

Een ontruiming is een juridische procedure die door advocaten wordt afgehandeld. Ik meende wel te kunnen raden welke van de duizenden Washingtonse advocatenkantoren Meneer op straat had gegooid.

De rechtswinkel aan 14th Street werd gefinancierd door een charitatieve instelling en werkte volgens Green alleen voor daklozen. 'Toen we nog subsidie van de overheid kregen, hadden we zeven advocaten. Nu hebben we er nog maar twee,' zei hij.

Het was niet verrassend dat de *Journal* het verhaal niet bracht. Als een van de negen bedrijfsjuristen in de op vier na grootste nylonkousenfabriek vermoord of zelfs maar licht gewond zou zijn, zou het op de voorpagina hebben gestaan.

Goddank was het geen groter verhaal. Ik zat aan mijn bureau en las de kranten, nog helemaal intact en met een hoop werk te doen. Voor hetzelfde geld had ik naast Meneer in het lijkenhuis gelegen.

Polly arriveerde kort voor acht uur met een stralend gezicht en een schaaltje eigengemaakte koekjes. Het verbaasde haar niet dat ik aan het werk was.

Trouwens, alle negen ex-gegijzelden kwamen op kantoor, de meesten extra vroeg. Het zou een flagrant teken van zwakte zijn geweest als ze bij hun vrouw thuis waren gebleven om zich te laten verwennen.

'Arthur aan de telefoon,' vertelde Polly me. Er werkten minstens tien Arthurs bij ons kantoor, maar er liep maar één Arthur rond die het zonder een achternaam kon stellen. Arthur Jacobs was de senior maat, de bestuursvoorzitter van de maatschap, de stuwende kracht, een man voor wie we enorm veel respect en grote bewondering hadden. Als het kantoor een hart en ziel had, was het Arthur. In zeven jaar tijd had ik drie keer met hem gesproken.

Ik zei tegen hem dat ik me goed voelde. Hij complimenteerde me met mijn moed en kalmte in tijd van nood, en ik voelde me bijna een held. Ik vroeg me trouwens af hoe hij het wist. Waarschijnlijk had hij eerst met Malamud gepraat en ging hij nu geleidelijk de hiërarchische ladder af. Dus de verhalen zouden beginnen, en dan de grappen. Umstead en zijn porseleinen vaas waren ongetwijfeld goed voor een heleboel hilariteit.

Arthur wilde de ex-gegijzelden om tien uur in de vergaderkamer ontmoeten. Hij wilde dat onze verklaringen daar op video werden opgenomen.

'Waarom?' vroeg ik.

'De jongens van Procesrecht vinden dat een goed idee,' zei hij. Ondanks zijn tachtig jaren was zijn stem nog vlijmscherp. 'Die schooier zal wel tegen de politie gaan procederen, nou ja, zijn eventuele nabestaanden.'

'Natuurlijk,' zei ik.

'En dan zal de politie ons waarschijnlijk als advocaat nemen. Mensen procederen om alles, weet je.'

Goddank, zei ik bijna. Waar zouden wij zijn zonder processen?

Ik bedankte hem voor zijn goede zorgen, en toen was hij alweer weg. Nu belde hij natuurlijk de volgende gijzelaar.

De optocht begon om negen uur, een gestage stroom van mensen die me kwamen gelukwensen en mensen die roddelverhalen kwamen uitwisselen. Ze bleven allemaal even in mijn kamer hangen, hadden erg met me te doen en hunkerden naar details. Ik had een stapel werk voor me liggen, maar ik kwam er niet aan toe. In de rustige ogenblikken, tussen de bezoekers door, zat ik naar de rij dossiermappen te kijken die op me lag te wachten, maar ik was verdoofd. Mijn handen wilden ze niet pakken.

Het was niet hetzelfde. Het werk was niet belangrijk. Mijn bureau was geen zaak van leven en dood. Ik had de dood van dichtbij gezien, bijna gevoeld, en het was naïef van me geweest om te denken dat ik het gewoon van me af zou kunnen zetten en met mijn leven verder zou kunnen gaan alsof er niets gebeurd was.

Ik dacht aan DeVon Hardy en zijn rode staafjes met de veelkleurige draden die in alle richtingen leidden. Hij was urenlang bezig geweest zijn speelgoed in elkaar te zetten en plannen te maken voor zijn overval. Hij had een pistool gestolen, ons kantoor gevonden, en een cruciale fout gemaakt die hem zijn leven kostte, en niemand, niet één collega van me, liet zich ook maar iets aan hem gelegen liggen. Ten slotte ging ik weg. Het werd steeds drukker in mijn kamer en ik werd aangesproken door mensen die ik niet kon uitstaan. Er belden twee journalisten. Ik zei tegen Polly dat ik wat boodschappen ging doen en ze herinnerde me aan de bespreking met Arthur. Ik ging naar mijn auto, startte hem en zette de verwarming aan, en daarna zat ik me een hele tijd af te vragen of ik aan die reënscenering zou deelnemen. Als ik niet kwam, zou Arthur me dat kwalijk nemen. Niemand negeert een afspraak met Arthur.

Ik reed weg. Het was een zeldzame gelegenheid om iets doms te doen. Ik was getraumatiseerd. Ik moest weg. Arthur en de rest van het kantoor moesten me gewoon maar even rust gunnen.

Ik reed in de richting van Georgetown, maar niet naar een bepaalde plek in het bijzonder. De lucht was betrokken; mensen liepen haastig over de trottoirs; sneeuwruimers gingen de straat op. Ik kwam langs een bedelaar in M Street en vroeg me af of hij DeVon Hardy had gekend. Waar gaan daklozen naartoe als er een sneeuwstorm is? Ik belde het ziekenhuis en hoorde dat mijn vrouw de komende uren door een spoedoperatie in beslag zou worden genomen. Daar ging onze romantische lunch in de ziekenhuiskantine.

Ik veranderde van richting en ging naar het noordoosten, langs Logan Circle, naar de minder rijke delen van de stad. Ten slotte vond ik de rechtswinkel in 14th Street, bij Q, NWX. Ik parkeerde langs de trottoirband en was er zeker van dat ik mijn Lexus nooit meer terug zou zien.

De rechtswinkel nam de helft van een bakstenen Victoriaans huis van drie verdiepingen in beslag dat betere tijden had gekend. De ramen op de bovenste verdieping waren dichtgetimmerd met oud triplex. In het pand ernaast zat een groezelige wasserette. De crackhuizen konden niet ver zijn.

Boven de ingang zat een knalgeel baldakijn, en ik wist niet of ik moest aankloppen of gewoon naar binnen moest gaan. De deur zat niet op slot, en ik draaide langzaam de knop om en betrad een andere wereld.

Het was een soort advocatenkantoor, maar er was een wereld van verschil tussen dit kantoor en het marmer en mahoniehout van Drake & Sweeney. Ik stond in een groot vertrek met vier metalen bureaus, alle vier bedekt met een verstikkende verzameling dossiers, in stapels van bijna een halve meter hoog. Nog meer stapels dossiermappen verhieven zich lukraak op de versleten vloerbedekking rondom de bureaus. De prullenbakken zaten vol, en proppen papier waren eraf gerold en lagen op de vloer. Een van de muren werd in beslag genomen door archiefkasten in allerlei kleuren. De tekstverwerkers en telefoontoestellen waren tien jaar oud. De houten boekenplanken bogen door. Een grote verbleekte foto van Martin Luther King hing scheef aan de achtermuur. Een stuk of wat kleinere kamers kwamen op deze voorkamer uit.

Het was druk en stoffig en ik keek gefascineerd om me heen.

Een vinnige dame hield op met typen nadat ze even naar me had gekeken. 'Zoekt u iemand?' vroeg ze. Het was meer een snauw dan een vraag. Een receptioniste bij Drake & Sweeney zou op staande voet ontslagen worden als ze iemand op die manier begroette.

Ze heette Sofia Mendosa, zag ik op een naamplaatje dat op de zijkant van haar bureau was geplakt, en ik zou er spoedig achter komen dat ze meer dan een receptioniste was. Er kwam een hard gebulder uit een van de zijkamers. Ik schrok ervan, maar Sofia gaf geen krimp.

'Ik zoek Mordecai Green,' zei ik beleefd, en op dat moment kwam er een man bulderend een zijkamer uit. De vloer schudde bij elke stap die hij zette. Hij riep door de kamer naar iemand die Abraham heette.

Sofia knikte in zijn richting en ging verder met typen. Green was een kolossale zwarte man, minstens een meter vijfennegentig en met een breed postuur dat heel wat gewicht te dragen had. Hij was begin vijftig, met een grijze baard en ronde brillenglazen in een rood montuur. Hij keek me even aan, zei niets en liep over de krakende vloer, roepend om Abraham. Hij verdween in een kamer en kwam enkele ogenblikken later zonder Abraham weer tevoorschijn. Weer een blik op mij, en toen: 'Kan ik u helpen?'

Ik deed een stapje naar voren en stelde me voor.

'Aangenaam kennis te maken,' zei hij, maar alleen omdat het moest. 'Waar komt u voor?'

'DeVon Hardy,' zei ik.

Hij keek me even aan en wierp toen een blik op Sofia, die hard aan het werk was. Hij knikte naar zijn kamer en ik volgde hem naar een hok van vier bij vier meter zonder ramen. Elke vierkante centimeter vloerruimte was bedekt met bruine mappen en gehavende handboeken.

Ik gaf hem mijn Drake & Sweeney-kaartje met goudopdruk, en hij keek er met een diep gefronst voorhoofd naar. Toen gaf hij het aan mij terug en zei: 'U bent zeker verdwaald?'

'Nee.' Ik nam het kaartje van hem aan.

'Wat wilt u?'

'Ik kom in vrede. Meneer Hardy's kogel had me bijna te pakken.'

'U was bij hem in de kamer?'

'Ja.'

Hij haalde diep adem en de frons verdween van zijn voorhoofd. Hij wees naar de enige stoel aan mijn kant. 'Gaat u zitten. Maar u hebt kans dat uw broek vuil wordt.'

We gingen allebei zitten. Mijn knieën kwamen bijna tegen zijn bureau aan en ik had mijn handen diep in de zakken van mijn jas. Achter hem rammelde een radiator. We keken elkaar aan en wendden toen onze ogen af. Ik was de bezoeker. Ik moest iets zeggen. Maar hij sprak als eerste.

'Zeker een slechte dag gehad, hè?' zei hij. Zijn schorre stem klonk lager, bijna meelevend.

'Hardy's dag was nog slechter. Ik zag uw naam in de krant. Daarom ben ik gekomen.'

'Ik begrijp niet goed wat u van me wilt.'

'Denkt u dat de familie een proces zal aanspannen? In dat geval kan ik misschien beter weggaan.'

'Er is geen familie, en er komt geen proces. Ik zou er een hoop drukte van kunnen maken. Ik neem aan dat de politieman die hem doodschoot blank is, en dus zou de gemeente wel een paar dollar willen afschuiven om van het gedonder af te zijn. Maar daar heb ik geen zin in.' Hij bewoog zijn hand over het bureau. 'God weet dat ik genoeg te doen heb.'

'Ik heb die politieman helemaal niet gezien.' Dat besefte ik nu pas voor het eerst.

'Er komt geen proces. Bent u daarvoor gekomen?'
'Ik weet niet waarvoor ik ben gekomen. Ik ging vanmorgen naar mijn bureau terug alsof er niets gebeurd was, maar ik kon niet helder denken. Ik ging een eindje rijden. En hier ben ik dan.'
Hij schudde langzaam zijn hoofd, alsof hij het probeerde te begrijpen. 'Wilt u koffie?'
'Nee, dank u. U hebt meneer Hardy zeker tamelijk goed gekend?'
'Ja, DeVon was een vaste klant.'
'Waar is hij nu?'
'Waarschijnlijk in het stadsmortuarium in D.C. General.'
'Als er geen familie is, wat gebeurt er dan met hem?'
'De gemeente begraaft doden die door niemand worden opgeëist. Officieel heet dat een armenbegrafenis. Er is een begraafplaats bij het RFK-stadion waar ze de grond in gaan. U zou versteld staan van het aantal mensen dat sterft zonder dat er iemand komt om ze te begraven.'
'Dat zal vast wel.'
'Sterker nog, u zou versteld staan van zo ongeveer elk aspect van het daklozenleven.'
Het was een zachte steek onder water, maar ik was niet in de stemming voor dat soort spelletjes. 'Weet u of hij aids had?'
Hij hield zijn hoofd achterover, keek naar het plafond en dacht even na. 'Hoezo?'
'Ik stond achter hem. Zijn achterhoofd werd weggeschoten. Ik kreeg mijn gezicht vol bloed. Dat is alles.'
Met die woorden veranderde ik van een klootzak in een gemiddelde blanke.
'Ik geloof niet dat hij aids had.'
'Onderzoeken ze dat als dat soort mensen doodgaan?'
'De daklozen, bedoelt u?'
'Ja.'
'Meestal wel, ja. Maar DeVon is op een bijzondere manier gestorven.'
'Kunt u het nagaan?'
Hij haalde zijn schouders op en ontdooide een beetje meer. 'Ja,' zei hij met tegenzin, en hij haalde zijn pen uit zijn zak. 'Komt u daarvoor? Zorgen over aids?'
'Dat is een van de redenen, denk ik. Zou u zich geen zorgen maken?'

'Jawel.'

Abraham kwam binnen, een druk mannetje van een jaar of veertig aan wie je meteen zag dat hij in de sociale advocatuur zat. Joods, donkere baard, hoornen bril, verkreukelde blazer, dito kakibroek, vuile sportschoenen en de gewichtige uitstraling van iemand die de wereld probeert te redden.

Hij keurde mij geen blik waardig, en Green was ook geen kei in sociale vaardigheden. 'Ze voorspellen een boel sneeuw,' zei Green tegen hem. 'We moeten zorgen dat alle mogelijke opvanghuizen open zijn.'

'Wordt aan gewerkt,' snauwde Abraham, en hij ging meteen weer weg.

'Ik weet dat u het druk hebt,' zei ik.

'Is dat alles wat u wilde? Een bloedonderzoek?'

'Ja, ik geloof van wel. Enig idee waarom hij het heeft gedaan?'

Hij nam zijn rode bril van zijn hoofd, veegde hem aan een papieren zakdoekje af en wreef toen over zijn ogen. 'Hij was geestesziek, zoals veel van die mensen. Als je jarenlang op straat leeft, doorweekt van de alcohol, stoned van de crack, slapend in de kou, en altijd het mikpunt van politieagenten en tuig, dan word je gek. En hij had een reden om zich kwaad te maken.'

'De ontruiming.'

'Ja. Een paar maanden geleden trok hij in een leegstaand pakhuis op de hoek van New York en Florida. Iemand kocht wat triplex, vertimmerde de boel een beetje, maakte kamertjes. Helemaal geen slechte stek voor daklozen: een dak boven je hoofd, een paar wc's, water. Honderd dollar per maand, te betalen aan de ex-pooier die het pand had opgeknapt en zei dat het van hem was.'

'Was het dat ook?'

'Ik denk van wel.' Hij pakte een dunne map uit een van de stapels op zijn bureau, en wonderbaarlijk genoeg bleek het precies de map te zijn die hij wilde hebben. Hij keek er even in. 'Nu wordt het ingewikkeld. Het pand werd vorige maand gekocht door een onderneming die RiverOaks heette, een groot vastgoedbedrijf.'

'En RiverOaks heeft het hele pand laten ontruimen?'

'Ja.'

'Dan is de kans groot dat RiverOaks door mijn kantoor werd vertegenwoordigd.'

'Die kans lijkt me inderdaad vrij groot, ja.'

'Waarom is het ingewikkeld?'
'Ik heb uit de tweede hand gehoord dat ze niet van tevoren van de ontruiming in kennis zijn gesteld. De mensen zeggen dat ze huur betaalden aan de pooier. Als dat zo is, waren ze meer dan krakers. Ze waren huurders en mochten er dus niet zomaar uitgegooid worden.'
'Krakers worden niet vooraf in kennis gesteld?'
'Nee. Dat gebeurt de hele tijd. Daklozen trekken in een leegstaand gebouw, en meestal gebeurt er niets. Dus denken ze dat het van hen is. Als dan ineens de eigenaar komt opdagen, kan hij ze er zonder meer uit laten gooien. Ze hebben helemaal geen rechten.'
'Hoe heeft DeVon Hardy ons kantoor gevonden?'
'Wie weet? Hij was in elk geval niet dom. Gestoord misschien, maar niet dom.'
'Kent u die pooier?'
'Ja. Volslagen onbetrouwbaar type.'
'Waar is dat pakhuis?'
'Weg. Ze hebben het vorige week gesloopt.'
Ik had al genoeg van zijn tijd in beslag genomen. Hij keek op zijn horloge, ik keek op het mijne. We wisselden telefoonnummers uit en beloofden contact te houden.

Mordecai Green was een menselijke, meelevende man die veel werk verzette om horden naamloze cliënten te beschermen. Zijn visie op het recht vereiste een dieper gevoelsleven dan ik ooit zou hebben.

Op weg naar buiten negeerde ik Sofia, omdat ze mij ook nadrukkelijk negeerde. Mijn Lexus stond nog voor de deur. Er lag al twee centimeter sneeuw op.

5

Terwijl de sneeuw naar beneden dwarrelde, reed ik maar wat door de stad. Ik kon me niet herinneren wanneer ik voor het laatst door de straten van Washington had gereden zonder dat ik haast had om op een afspraak te komen. Het was warm en droog in mijn grote luxueuze auto, en ik ging gewoon met het verkeer mee. Ik hoefde nergens heen.

Op kantoor kon ik voorlopig niet komen: Arthur was kwaad op me en bovendien kwam er daar aan de lopende band iemand met een onoprecht 'Hoe gaat het?' bij me binnen lopen.

Mijn autotelefoon ging. Het was Polly, in paniek. 'Waar ben je?' vroeg ze.

'Wie wil dat weten?'

'Een heleboel mensen. Arthur bijvoorbeeld. En Rudolph. En er belde weer een journalist. En er zijn cliënten die advies nodig hebben. En Claire belde uit het ziekenhuis.'

'Wat wil ze?'

'Ze maakt zich zorgen, net als iedereen.'

'Het gaat goed met me, Polly. Zeg maar tegen iedereen dat ik naar de dokter ben.'

'Ben je dat ook?'

'Nee, maar het zou kunnen. Wat zei Arthur?'

'Hij belde niet. Rudolph belde. Ze zaten op je te wachten.'

41

'Laat maar wachten.'

Een korte stilte, en toen een langzaam: 'Goed. Wanneer denk je dat je hier weer eens langs komt?'

'Weet ik niet. Als de dokter me laat gaan, denk ik. Ga jij maar naar huis; er zit een sneeuwstorm aan te komen. Ik bel je morgen wel.' Ik hing op.

Ik had het appartement nog maar zelden bij daglicht gezien, en ik moest er niet aan denken dat ik daar bij de haard zou zitten en door het raam naar de sneeuw zat te kijken. Maar als ik naar een kroeg ging, kwam ik daar waarschijnlijk nooit meer uit. En dus reed ik. Ik ging met het verkeer mee. De forensen begonnen zich haastig naar hun slaapsteden in Maryland en Virginia terug te trekken, en ik reed op mijn gemak door de bijna lege straten die naar de stad terug leidden. Ik vond de begraafplaats bij RFK waar ze de doden begroeven die door niemand werden opgeëist, en ik kwam langs het methodistische missiehuis aan 17th, waar de niet-genuttigde maaltijden van de vorige avond vandaan waren gekomen. Ik reed door delen van de stad waar ik nooit was geweest en waarschijnlijk ook nooit meer zou komen.

Om vier uur was de stad leeg. De lucht betrok steeds meer en het sneeuwde hard. Er lag al meer dan tien centimeter en er kwam nog veel meer, zeiden ze.

Natuurlijk kon zelfs een sneeuwstorm Drake & Sweeney niet dicht krijgen. Ik kende advocaten die van nachtelijke uren en zondagen hielden, omdat de telefoons dan niet rinkelden. Een zware sneeuwstorm bracht een welkome afwisseling van de afmattende sleur van altijd maar praten en vergaderen.

Een bewaker in de hal vertelde me dat de secretaresses en het meeste personeel om drie uur naar huis waren gestuurd. Ik nam Meneers lift weer.

Midden op mijn bureau lagen een stuk of tien telefoonbriefjes netjes op een rij. Ze interesseerden me geen van alle. Ik ging naar mijn computer en begon in onze cliëntenindex te zoeken.

RiverOaks was een onderneming in Delaware, opgericht in 1977, hoofdkantoor in Hagerstown, Maryland. Omdat het een besloten vennootschap was, was er niet veel financiële informatie beschikbaar. De advocaat was N. Braden Chance, een naam die ik niet kende.

Ik zocht hem op in onze enorme databank. Chance was maat in onze vastgoeddivisie, ergens op de derde verdieping. Vierenveertig jaar, gehuwd, rechten gestudeerd aan de Duke-universiteit, daarvoor in Gettysburg gestudeerd, een indrukwekkend maar erg voorspelbaar c.v.

Ons kantoor had achthonderd advocaten die de hele dag niets anders deden dan dreigen en procederen. Er waren dan ook meer dan zesendertigduizend lopende dossiers. Om te zorgen dat ons kantoor in New York niet tegen een van onze cliënten in Chicago ging procederen, werd elk nieuw dossier onmiddellijk in ons datasysteem ingevoerd. Iedere advocaat, secretaresse en juridisch medewerker bij Drake & Sweeney had een pc en had dus ook direct toegang tot de algemene informatie uit alle dossiers. Als een van onze erfrechtspecialisten in Palm Beach de nalatenschap van een rijke cliënt behandelde, hoefde ik, als ik dat wilde, alleen maar op een paar toetsen te drukken en ik beschikte al over de elementaire gegevens van de zaak.

Er waren tweeënveertig dossiers van RiverOaks. In bijna alle gevallen ging het om vastgoedtransacties waarbij de onderneming een perceel had gekocht. Chance werd in alle dossiers als de behandelend advocaat genoemd. In vier gevallen ging het om ontruimingen, en drie daarvan hadden het afgelopen jaar plaatsgevonden. De eerste fase van de zoekactie leverde geen problemen op.

Op 31 januari kocht RiverOaks een perceel aan Florida Avenue. De verkoper was TAG, Inc. Op 4 februari liet onze cliënt een aantal krakers uit een leegstaand pakhuis op het perceel zetten – een van hen, wist ik nu, was Meneer DeVon Hardy, die de ontruiming persoonlijk had opgevat en op de een of andere manier achter de naam van het betrokken advocatenkantoor was gekomen.

Ik noteerde de naam en het nummer van het dossier en liep naar de derde verdieping.

Niemand ging voor een groot advocatenkantoor werken met het idee dat hij vastgoedadvocaat wilde worden. Op andere terreinen was meer glamour te vinden en een betere reputatie te verwerven. Procesrecht was altijd al favoriet geweest, en de procesvoerders werden nog steeds als Gods advocaten beschouwd, tenminste binnen het kantoor. Enkele terreinen van het vennootschapsrecht trokken ook toptalent aan – fusies en overnames waren nog in de mode, effecten waren een oude favoriet. Mijn terrein, antitrust, stond ook in hoog aanzien. Belastingrecht was vreselijk ingewikkeld, maar iedereen had grote bewondering voor de beoefenaren daarvan. Overheidsrelaties lobbyen was weerzinwekkend maar betaalde zo goed dat elk Washingtons kantoor complete verdiepingen had met advocaten die de raderen smeerden. Maar niemand had de ambitie om vastgoedadvocaat te worden. Ik wist niet precies hoe dat kwam. Ze leidden een teruggetrokken leven, zaten waarschijnlijk de hele dag in de kleine lettertjes van hypotheekakten te lezen en werden door de rest van het kantoor als advocaat van net iets minder gehalte beschouwd.

Bij Drake & Sweeney bewaarde iedere advocaat zijn lopende dossiers op zijn kamer, vaak achter slot en grendel. Alleen de afgehandelde dossiers waren toegankelijk voor de rest van het kantoor. Geen enkele advocaat hoefde zich ooit gedwongen te voelen een dossier aan een andere advocaat te laten zien, tenzij een senior maat of een bestuurslid van het kantoor erom vroeg.

Het ontruimingsdossier dat ik zocht, stond nog als lopend op de lijst, en ik was er zeker van dat het na de Meneer-affaire goed zou worden afgeschermd.

Ik zag een juridisch medewerker blauwdrukken doornemen aan een bureau in een kamer voor administratief personeel, en ik vroeg hem waar ik de kamer van Braden Chance zou kunnen vinden. Hij knikte naar een open deur aan de andere kant van de gang.

Tot mijn verbazing zat Chance achter zijn bureau, met de houding van een erg drukbezette advocaat. Hij ergerde zich aan mijn komst, en dat was niet zonder reden. Volgens het gedragsprotocol had ik eerst moeten bellen om een afspraak te maken. Ik maakte me niet druk om het protocol.

Hij vroeg me niet te gaan zitten. Ik deed het toch, en dat kwam zijn humeur ook al niet ten goede.

'U was een van de gijzelaars,' zei hij geërgerd, toen hij het verband legde.

'Ja, dat klopt.'

'Dat moet verschrikkelijk zijn geweest.'

'Het is voorbij. Die kerel met het pistool, wijlen meneer Hardy, is op 4 februari uit een pakhuis gezet. Was dat een van uw ontruimingen?'

'Inderdaad,' snauwde hij. Omdat hij zich zo defensief opstelde, nam ik aan dat het dossier die dag nog uit de kast was gehaald. Hij had het waarschijnlijk grondig doorgenomen met Arthur en de andere kopstukken. 'Wat is daarmee?'

'Was hij een kraker?'

'Nou en of. Het zijn allemaal krakers. Onze cliënt probeert die rotzooi een beetje op te ruimen.'

'Weet u zeker dat hij een kraker was?'

Hij liet zijn hoofd zakken en zijn wangen werden rood. Toen haalde hij diep adem. 'Waar bent u op uit?'

'Mag ik het dossier zien?'

'Nee. Het zijn uw zaken niet.'

'Misschien toch wel.'

'Wie is uw supervisor?' Hij griste zijn pen uit zijn borstzakje om de naam te noteren van degene die mij een reprimande zou geven.

'Rudolph Mayes.'

Hij schreef met grote halen. 'Ik heb het erg druk,' zei hij. 'Wilt u nu weggaan?'

'Waarom mag ik het dossier niet zien?'

'Omdat het van mij is en ik nee heb gezegd. Oké?'

'Misschien is dat niet goed genoeg.'

'Het is goed genoeg voor u. Wilt u nu weggaan?' Hij stond op en wees met bevende hand naar de deur. Ik glimlachte naar hem en ging weg.

De juridisch medewerker had alles gehoord, en we wisselden een verbaasde blik toen ik langs zijn bureau liep. 'Wat een lul,' zei hij heel zachtjes, bijna geluidloos.

Ik glimlachte weer en knikte instemmend. Een lul en een stommeling. Als Chance vriendelijk was geweest en had uitgelegd dat Arthur of een andere topfiguur opdracht had gegeven het dossier aan niemand te laten zien, zou ik niet zo achterdochtig zijn geweest. Maar het was duidelijk dat er iets in dat dossier stond.

Dat was nu de uitdaging: dat dossier te pakken krijgen.

Met alle mobiele telefoons die Claire en ik bezaten – in mijn binnenzak, in haar handtas, in de auto's, om nog maar te zwijgen van een paar semafoons – zou communiceren een eenvoudige zaak moeten zijn. Maar in ons huwelijk was nooit iets eenvoudig. We kregen contact om een uur of negen. Ze was doodmoe van weer een van haar dagen, die altijd veel vermoeiender waren dan alles wat ik ooit had kunnen doen. Het was een spelletje dat we schaamteloos speelden – mijn baan is belangrijker omdat ik arts, respectievelijk advocaat, ben.

Ik had genoeg van die spelletjes. Het deed haar duidelijk goed dat mijn ontsnapping aan de dood de nodige naschokken had opgeleverd, dat ik het kantoor had verlaten om door de straten van de stad te rijden. Ongetwijfeld was haar dag veel productiever geweest dan de mijne.

Ze had zich tot doel gesteld een van de beste neurochirurgen van het land te worden, een hersenchirurg tot wie zelfs mannelijke collega's zich zouden wenden als ze het niet meer zagen zitten. Ze was een briljante jonge arts met een enorm doorzettingsvermogen. Ze wist precies wat ze wilde. Ze zou de mannen het nakijken geven, zoals ze ook geleidelijk bezig was mij het nakijken te geven, en dan was ik nog wel een doorgewinterde marathonman van Drake & Sweeney. De race begon te vervelen.

Ze had een Miata-sportwagen zonder vierwielaandrijving, en ik maakte me zorgen om haar omdat het zulk slecht weer was. Ze zou over een uur klaar zijn, en zo lang zou ik ook ongeveer nodig hebben om naar het Georgetown Hospital te rijden. We hadden afgesproken dat ik haar daar zou oppikken en we zouden proberen een restaurant te vinden. Lukte dat niet, dan zouden we iets van de Chinees halen, ons gebruikelijke voedsel.

Ik begon papieren en voorwerpen op mijn bureau te ordenen en lette er daarbij goed op dat ik het keurige rijtje van mijn tien belangrijkste lopende dossiers niet verstoorde. Ik had er altijd maar tien op mijn bureau, een methode die ik van Rudolph had geleerd, en ik besteedde elke dag tijd aan elk van die dossiers. Alles draaide om declarabele uren. Mijn toptien bevatte altijd de rijkste cliënten, of hun juridische problemen nu spoedeisend waren of niet. Ook een truc van Rudolph.

Er werd van me verwacht dat ik vijfentwintighonderd uren per jaar kon declareren. Dat is vijftig uren per week, vijftig weken per jaar. Mijn gemiddelde declaratietarief was driehonderd dollar per uur, zodat ik voor mijn dierbare kantoor een bruto totaal van zevenhonderdvijftigduizend dollar moest binnenhalen. Ze betaalden me daar honderdtwintigduizend van, plus nog eens dertigduizend aan verzekeringen, en reserveerden tweehonderdduizend voor overhead. De maten hielden de rest. De winst werd jaarlijks verdeeld aan de hand van een gruwelijk ingewikkelde formule die

maakte dat ze zowat met elkaar op de vuist gingen tijdens de verdeling.
Het gebeurde niet vaak dat een van onze maten minder dan een miljoen per jaar verdiende, en sommigen verdienden meer dan twee miljoen. En als ik eenmaal maat was, was ik maat voor het leven. Dus als ik het op mijn vijfendertigste had gered – en dat was helemaal niet denkbeeldig want het ging goed met mijn carrière – kon ik op dertig jaren van glorieuze inkomsten en immense rijkdom rekenen. Dat was de droom die ons alle uren van de dag en de nacht achter ons bureau hield.
Ik was die cijfers op papier aan het zetten, iets wat ik vaak deed en wat vermoedelijk iedere advocaat in ons kantoor deed, toen de telefoon ging. Het was Mordecai Green.
'Meneer Brock,' zei hij beleefd. Zijn stem was duidelijk verstaanbaar, maar moest het opnemen tegen een hoop herrie op de achtergrond.
'Ja. Noem me maar Michael.'
'Goed. Ik heet Mordecai. Zeg, ik heb wat telefoontjes gepleegd, en je hoeft je nergens zorgen over te maken. Het bloedonderzoek was negatief.'
'Bedankt.'
'Geen dank. Ik dacht dat je het zo gauw mogelijk zou willen weten.'
'Bedankt,' zei ik opnieuw. De herrie achter hem werd nog erger.
'Waar ben je?'
'In een opvangcentrum voor daklozen. Met zo'n sneeuwstorm komen ze sneller binnen dan wij ze te eten kunnen geven, en dus moeten we allemaal meewerken. Ik moet opschieten.'

Het bureau was van oud mahoniehout, het tapijt was Perzisch, de stoelen waren van diep karmozijnrood leer, de technologie was het nieuwste van het nieuwste, en toen ik in mijn fraai ingerichte kantoor om me heen keek, vroeg ik me voor het eerst in al mijn jaren daar af hoeveel dat alles kostte. Zaten we niet gewoon achter geld aan? Waarom werkten we zo hard? Om een weelderiger tapijt, een ouder bureau te kunnen kopen?
Daar, in de warmte en het comfort van mijn prachtige kamer, dacht ik aan Mordecai Green, die op dat moment zijn tijd ter beschikking stelde aan een druk opvangcentrum, waar hij eten uitdeelde aan

verkleumde, hongerige mensen. Hij zou dat ongetwijfeld doen met een warme glimlach en een vriendelijk woord voor iedereen.

We hadden allebei rechten gestudeerd, hadden allebei dezelfde examens afgelegd, spraken allebei vloeiend de taal van de juristerij. Tot op zekere hoogte waren we aan elkaar verwant. Ik hielp mijn cliënten concurrenten op te slokken, opdat ze nog meer nullen aan hun winstcijfer konden toevoegen, en daardoor zou ik rijk worden. Hij hielp zijn cliënten aan eten en aan een warm bed.

Ik keek naar de krabbels op mijn blocnote, de inkomsten en de jaren en de weg naar de rijkdom, en ik vond het allemaal erg deprimerend. Al die flagrante, onbeschaamde hebzucht.

De telefoon ging. Ik schrok.

'Waarom ben je op kantoor?' vroeg Claire. Ze sprak elk woord langzaam uit, omdat elk woord bedekt was met een laagje ijs.

Ik keek verbaasd op mijn horloge. 'Ik, eh, nou, er belde een cliënt uit Californië. Daar sneeuwt het niet.'

Ik geloof dat ik die leugen al eerder had gebruikt. Het deed er niet toe.

'Ik wacht, Michael. Moet ik gaan lopen?'

'Nee. Ik ben er zo snel als ik kan.'

Ik had haar wel vaker laten wachten. Dat hoorde bij het spel: we hadden het te druk om op tijd te zijn.

Ik rende het gebouw uit, de sneeuwstorm in, en vond het eigenlijk helemaal niet zo erg dat er weer een avond was verknoeid.

6

Het was eindelijk opgehouden met sneeuwen. Claire en ik zaten bij
het keukenraam koffie te drinken en lazen de krant in het licht van
een stralende ochtendzon. Het was ze gelukt het National Airport
open te houden. 'Laten we naar Florida gaan,' zei ik. 'Nu.'
Ze liet haar krant zakken en wierp me een blik toe die ik had kunnen verwachten. 'Florida?'
'Goed, de Bahama's dan. We kunnen er in het begin van de middag
zijn.'
'Het kan niet.'
'Natuurlijk wel. Ik ga een paar dagen niet naar mijn werk, en...'
'Waarom niet?'
'Omdat ik op instorten sta, en als je bij ons op de zaak instort, krijg
je een paar dagen vrij.'
'Je stort in.'
'Ik weet het. Eigenlijk is het nogal grappig. Mensen geven je de
ruimte, pakken je met fluwelen handschoentjes aan, lopen zich het
vuur voor je uit de sloffen. Ik kan er maar het beste van profiteren.'
Haar gezicht betrok weer, en ze zei: 'Ik kan niet.'
En daarmee was de zaak afgedaan. Het was maar een opwelling
geweest, en ik wist dat ze te veel verplichtingen had. Het was een
beetje wreed van me geweest, besefte ik toen ik me weer over de

49

krant boog, maar ik had er geen spijt van. Ze zou toch sowieso al niet met me mee zijn gegaan.

Opeens had ze haast – afspraken, colleges, patiëntenronden, het leven van een ambitieuze jonge arts. Ze nam een douche, kleedde zich om en kon vertrekken. Ik reed haar naar het ziekenhuis.

Terwijl we in een slakkengang door de ondergesneeuwde straten reden, zeiden we geen woord.

'Ik ga een paar dagen naar Memphis,' zei ik op zakelijke toon, toen we bij de ziekenhuisingang aan Reservoir Street waren aangekomen.

'O ja?' zei ze volstrekt neutraal.

'Ik wil naar mijn ouders. Het is al bijna een jaar geleden. Dit lijkt me een geschikt moment. Ik hou niet van sneeuw, en ik heb geen zin om te werken. Weet je nog: ik ben ingestort.'

'Nou, bel me maar,' zei ze, terwijl ze haar portier opendeed. Toen deed ze het dicht – geen kus, geen woord van afscheid, geen waarschuwing dat ik voorzichtig moest zijn. Ik zag haar vlug over het trottoir lopen en in het gebouw verdwijnen.

Het was voorbij. En ik vond het verschrikkelijk dat ik het mijn moeder moest vertellen.

Mijn ouders waren begin zestig. Ze waren allebei gezond en deden hun best om van hun onvrijwillige pensionering te genieten. Pa was dertig jaar piloot van passagiersvliegtuigen geweest. Ma was bankmanager geweest. Ze werkten hard, legden veel geld opzij en zorgden dat het hele gezin een comfortabel, welgesteld leven kon leiden. Mijn twee broers en ik gingen naar de beste particuliere scholen.

Het waren degelijke mensen: conservatief, vaderlandslievend, zonder slechte gewoonten, verknocht aan elkaar. Ze gingen op zondag naar de kerk, op 4 juli naar de optocht, eens per week naar de Rotary, en ze gingen op reis wanneer ze maar wilden.

Ze hadden nog steeds verdriet van de scheiding van mijn broer Warner, drie jaar geleden. Hij was advocaat in Atlanta en was met zijn vriendin uit zijn studietijd getrouwd, een meisje uit Memphis uit een familie die we kenden. Ze kregen twee kinderen en toen liep het huwelijk op de klippen. Zijn vrouw kreeg het gezag over de kinderen en verhuisde naar Portland. Mijn ouders mogen de kleinkinderen één keer per jaar zien, als alles goed gaat. Het was een onderwerp dat ik nooit ter sprake bracht.

Ik huurde een auto op het vliegveld van Memphis en reed in oostelijke richting door uitgestrekte voorsteden, waar de blanken woonden. De zwarten bewoonden de binnenstad, de blanken de buitenwijken. Soms verhuisden de zwarten naar een buitenwijk, en dan verhuisden de blanken weer naar een wijk die verder van de stad vandaan lag. Memphis kroop naar het oosten; de rassen vluchtten voor elkaar weg. Mijn ouders woonden op een golfbaan, in een nieuw glazen huis dat zo was ontworpen dat elk raam over een fairway uitkeek. Ik had een hekel aan dat huis, want het was altijd druk op de fairway. Maar ik zei er niets over. Omdat ik vanaf het vliegveld had gebeld, stond ma al enthousiast op me te wachten. Pa was ergens bij de negende hole.

'Je ziet er moe uit,' zei ze na de omhelzing en kus. Dat was haar standaardbegroeting.

'Dank je, ma. Jij ziet er fantastisch uit.' En dat was zo. Ze was slank en gebronsd door haar dagelijkse tennissen en de zonnebank op de countryclub.

Ze maakte ijsthee klaar en we dronken het op de patio, waar we naar andere gepensioneerden keken die met hun golfwagentjes over de fairway reden.

'Wat is er?' vroeg ze voordat er een minuut verstreken was, ja voordat ik mijn eerste slok had genomen.

'Niets. Het gaat goed.'

'Waar is Claire? Jullie bellen ons nooit, weet je. Ik heb haar stem in geen twee maanden gehoord.'

'Met Claire gaat het goed, ma. We zijn allebei gezond en wel en we werken erg hard.'

'Brengen jullie genoeg tijd met elkaar door?'

'Nee.'

'Zijn jullie wel eens bij elkaar?'

'Niet veel.'

Ze fronste haar wenkbrauwen en rolde met haar ogen: de bezorgde moeder. 'Hebben jullie moeilijkheden?' vroeg ze, meteen in de aanval.

'Ja.'

'Ik wist het. Ik wist het. Ik kon door de telefoon aan je stem horen dat er iets mis was. Jullie gaan toch niet ook scheiden? Hebben jullie al een huwelijkstherapeut geprobeerd?'

'Nee. Rustig aan.'

'Waarom dan niet? Ze is een geweldige vrouw, Michael. Je moet alles in het huwelijk stoppen wat je hebt.'

'We doen ons best, ma. Maar het valt niet mee.'

'Verhoudingen? Drugs? Alcohol? Gokken? Een van de slechte dingen?'

'Nee. Gewoon twee mensen die ieder hun eigen weg gaan. Ik werk tachtig uur per week. Zij werkt de andere tachtig.'

'Doe dan wat kalmer aan. Geld is ook niet alles.' Haar stem sloeg een beetje over en ik zag iets glanzen in haar ogen.

'Ik vind het ook erg jammer, ma. In elk geval hebben we gelukkig geen kinderen.'

Ze beet op haar lip en probeerde sterk te zijn, maar van binnen ging ze een beetje dood. En ik wist precies wat ze dacht: twee mislukt, nog eentje over. Ze zou mijn scheiding als een persoonlijke mislukking opvatten, zoals ze zich de scheiding van mijn broer ook persoonlijk had aangetrokken. Ze zou een manier vinden om zichzelf de schuld te geven.

Ik wilde geen medelijden. Om het gesprek op interessantere dingen te brengen, vertelde ik haar het verhaal van Meneer. Om haar een beetje te ontzien, maakte ik het gevaar waarin ik had verkeerd wat kleiner. Als het verhaal de kranten van Memphis al had bereikt, was het mijn ouders ontgaan.

'Mankeer je niets?' vroeg ze verschrikt.

'Natuurlijk niet. De kogel heeft me gemist. Ik ben er nog.'

'O, goddank. Ik bedoel, nou, ben je emotioneel helemaal in orde?'

'Ja, moeder. Ik ben intact. Geen scherven. Omdat het kantoor wilde dat ik een paar dagen vrij nam, kwam ik naar huis.'

'Arme stumper. Eerst dat gedoe met Claire, en nu dit.'

'Het gaat goed met me. We kregen gisteravond veel sneeuw. Het was een mooie tijd om weg te gaan.'

'Is Claire veilig?'

'Zo veilig als het in Washington maar kan. Ze wóónt zo ongeveer in het ziekenhuis. Waarschijnlijk is er in die stad geen plek waar je beter kunt zijn.'

'Ik maak me zoveel zorgen om je. Ik ken de misdaadcijfers, weet je. Het is een erg gevaarlijke stad.'

'Bijna zo gevaarlijk als Memphis.'

We keken naar een bal die dicht bij de patio terechtkwam, en wachtten tot de eigenaar verscheen. Een gezette dame waggelde uit een golfwagentje, bleef even over de bal gebogen staan en maakte toen een lelijke misslag met de hiel van haar stok.

Ma stond op om meer thee te gaan halen en om haar tranen weg te vegen.

Ik weet niet wie van mijn ouders het meeste verdriet van mijn bezoek had. Mijn moeder wilde een hechte familie met veel kleinkinderen. Mijn vader wilde dat zijn jongens de carrièreladder snel beklommen en dat we genoten van de beloningen die ons moeizaam verdiende succes opleverde. Laat op de middag liepen mijn vader en ik negen holes. Hij speelde; ik dronk bier en reed het wagentje. Golf had nog geen magische aantrekkingskracht op mij. Na twee biertjes kon ik praten. Ik had het Meneer-verhaal onder de lunch al herhaald. Hij dacht dat ik alleen maar een paar dagen rust nam, dat ik even tot mezelf wilde komen om daarna de arena weer binnen te stormen.

'Ik begin genoeg te krijgen van dat grote kantoor, pa,' zei ik toen we bij de derde tee waren, wachtend tot de *foursome* die voor ons zat klaar was met de volgende. Ik was nerveus en ergerde me daaraan. Het was mijn leven, niet het zijne.

'Wat bedoel je daarmee?'

'Ik bedoel dat ik genoeg heb van wat ik aan het doen ben.'

'Welkom in de echte wereld. Dacht je dat iemand die in een fabriek achter een machine staat niet genoeg krijgt van wat hij doet? Jij wordt tenminste nog rijk.'

En toen deed hij ronde één, bijna in één keer. Twee holes later, toen we over de rough liepen, op zoek naar zijn bal, vroeg hij: 'Ga je van baan veranderen?'

'Ik denk erover.'

'Waar ga je heen?'

'Ik weet het niet. Het is nog te vroeg. Ik heb nog niet naar een andere baan uitgekeken.'

'Hoe weet je dan dat het gras ergens anders groener is, als je niet hebt gekeken?' Hij pakte zijn bal op en liep weg.

Ik ging met het wagentje over het smalle verharde pad, terwijl hij met grote passen over de fairway liep, achter zijn bal aan, en ik vroeg me af waarom ik toch zo bang was voor die man met dat grijze haar. Hij had al zijn zoons gestimuleerd om zich doelen te stellen, hard te werken, ernaar te streven een Groot Man te worden, waarbij alles gericht was op het verdienen van massa's geld en het waarmaken van de Amerikaanse droom. In elk geval had hij betaald voor alles wat we nodig hadden. Net als mijn broers ben ik niet met een sociaal geweten geboren. We gaven geld aan de kerk omdat de bijbel daarop aandrong. We betaalden belastingen aan de regering omdat de wet dat van ons eiste. Zeker, ergens in die geldstromen zou er wel iets goeds worden gedaan, en daar hadden wij dan aan meebetaald. De politiek behoorde toe aan degenen die dat spel wilden spelen, en bovendien viel er voor eerlijke mensen geen geld te verdienen. We leerden productief te zijn: naarmate we meer succes hadden, zou de samenleving daar meer baat bij hebben – op de een of andere manier. Je doelen in het leven bepalen, hard werken, het eerlijk spelen, tot welstand komen.

Daarom was ik bang voor hem. Op het punt van verdraagzaamheid scoorde hij niet echt hoog.

Hij sloeg een dubbele bogey op de vijfde hole. Toen hij in het wagentje stapte, gaf hij de schuld aan zijn putter.

'Misschien ben ik niet op zoek naar groener gras,' zei ik.

'Waarom zeg je niet gewoon wat je wilt zeggen?' zei hij. Zoals gewoonlijk voelde ik me zwak omdat ik de zaken niet gewoon onder ogen zag.

'Ik denk erover om de sociale advocatuur in te gaan.'

'Wat is dat nou weer?'

'Dan werk je in het belang van de samenleving zonder veel geld te verdienen.'

'Zeg, ben jij soms democraat geworden? Je hebt te lang in Washington gezeten.'

'Er zijn veel republikeinen in Washington. Sterker nog, ze hebben het roer daar overgenomen.'

We reden zwijgend naar de volgende tee. Hij was een goede golfer, maar zijn slagen werden steeds slechter. Ik had zijn concentratie verstoord.

Toen we weer door de rough gingen, zei hij: 'Dus de een of andere zuiplap krijgt een kogel in zijn kop en jij moet opeens de samenleving veranderen. Klopt dat ongeveer?'

'Hij was geen zuiplap. Hij had in Vietnam gevochten.'

Pa had in de eerste jaren van Vietnam in B-52's gevlogen, en hier keek hij van op. Al duurde dat niet lang. Hij was niet van plan ook maar een centimeter te wijken. 'Een van die types, hè?'

Ik zei niets. De bal ging hopeloos mis, en hij keek eigenlijk ook niet goed. Hij sloeg er nog een de fairway op, helemaal verkeerd, en toen gingen we weg.

'Ik vind het beroerd dat je een mooie carrière weggooit, jongen,' zei hij. 'Je hebt te hard gewerkt. Over een paar jaar ben je maat in de maatschap.'

'Misschien.'

'Je moet een tijdje vrij nemen, dat is alles.'

Dat was blijkbaar de remedie van iedereen.

Ik ging met ze uit eten in een goed restaurant. We deden ons best om niet te praten over Claire, mijn carrière en de kleinkinderen die ze bijna nooit te zien kregen. We spraken over oude vrienden en plaatsen waar we vroeger gewoond hadden. Ik kreeg de laatste nieuwtjes te horen, maar eigenlijk interesseerden die me helemaal niet.

Op vrijdag vertrok ik om een uur of twaalf, vier uur voordat mijn vliegtuig opsteeg. Ik keerde terug naar mijn chaotische leven in Washington.

7

Natuurlijk was het appartement leeg toen ik vrijdagavond terugkwam, maar er had zich wel een nieuwe ontwikkeling voorgedaan.
Er lag een briefje op het aanrecht. In navolging van mij was Claire
een paar dagen naar haar ouders in Providence gegaan. Ze gaf geen
reden op. Ze vroeg me te bellen als ik thuiskwam.
Ik belde naar het huis van haar ouders en verstoorde het avondeten.
We voerden een moeizaam gesprek van vijf minuten waarin werd
geconstateerd dat het goed met ons allebei ging, dat het goed ging
in Memphis en ook in Providence, dat het goed ging met onze
wederzijdse ouders en dat ze in de loop van zondagmiddag terug
zou zijn.
Ik hing op, zette koffie en dronk een kopje terwijl ik uit het raam
van de slaapkamer keek. Ik zag het verkeer door P Street kruipen,
waar alles nog onder de sneeuw zat. Voorzover ik kon zien, was er
geen sneeuw gesmolten.
Ik vermoedde dat Claire haar ouders hetzelfde trieste verhaal vertelde als waarmee ik de mijne verdriet had gedaan. Het was droevig en
vreemd en op de een of andere manier toch niet verrassend dat we
eerlijk tegen onze ouders waren voordat we zelf de waarheid onder
ogen zagen. Ik had er genoeg van en nam me voor dat we heel binnenkort, misschien zondag al, ergens zouden gaan zitten, waarschijnlijk aan de keukentafel, om de realiteit onder ogen te zien. We

zouden onze gevoelens en angsten blootleggen en, daar was ik tamelijk zeker van, plannen gaan maken voor de toekomst van ieder van ons afzonderlijk. Ik wist dat ze uit ons huwelijk wilde stappen. Ik wist alleen niet hoe graag ze dat wilde.

Hardop repeteerde ik de woorden die ik tegen haar zou zeggen, net zo lang tot ze overtuigend klonken, en daarna ging ik een heel eind wandelen. Het was twaalf graden onder nul en er stond een venijnige wind. De kou trok dwars door mijn trenchcoat heen. Ik liep langs de mooie huizen, waar ik echte gezinnen zag, die aten en lachten en van de warmte genoten, en ging naar M Street, waar het wemelde van de eenzame mensen die contact met andere mensen zochten. Zelfs op een ijzige vrijdagavond was het in M Street nooit stil. De bars zaten stampvol, de restaurants hadden wachtrijen en in de koffieshops was geen plek meer vrij.

Ik stond voor het raam van een club, tot mijn enkels in de sneeuw, luisterde naar de blues en keek naar de jonge stellen die dronken en dansten. Voor het eerst in mijn leven voelde ik me niet jong meer. Ik was tweeëndertig, maar de afgelopen zeven jaar had ik meer gewerkt dan de meeste mensen in twintig jaar. Ik was moe, niet oud, maar tegen de middelbare leeftijd aan, en ik gaf toe dat ik niet meer net van de universiteit kwam. Die mooie meisjes daarbinnen zouden me geen blik waardig keuren.

Ik had het koud, en het sneeuwde weer. Ik kocht een broodje, stopte het in mijn zak en slofte naar het appartement terug. Ik maakte me iets sterks te drinken klaar, porde de haard op en at in het halfduister. Ik voelde me erg alleen.

Als Claire vroeger een weekend weg was, had ik dat altijd opgevat als een vrijbrief om op kantoor te bivakkeren. Nu ik bij de haard zat, walgde ik van die gedachte. Drake & Sweeney zou zich in volle trots en glorie handhaven, ook als ik allang weg was. De cliënten en hun problemen, die van zulk cruciaal belang hadden geleken, zouden aan de zorgen van regimenten andere jonge advocaten worden toevertrouwd. Mijn vertrek zou voor het kantoor niet meer dan een kleine kink in de kabel zijn, nauwelijks merkbaar. Enkele minuten nadat ik mijn kantoor was uitgelopen, zou er alweer een ander zitten.

Even na negen uur ging de telefoon. Ik schrok op uit een lange, sombere dagdroom. Het was Mordecai Green, en hij sprak nogal luid in een mobiele telefoon. 'Heb je het druk?' vroeg hij.

'Eh, niet bepaald. Wat is er?'

'Het is verrekte koud, het sneeuwt weer, en we komen mensen tekort. Kun je een paar uur missen?'

'Om wat te doen?'

'Om te werken. We hebben hier echt hulp nodig. De opvangtehuizen en gaarkeukens zitten stampvol en we hebben niet genoeg vrijwilligers.'

'Ik weet niet of ik wel gekwalificeerd ben.'

'Kun je pindakaas op brood smeren?'

'Ik geloof van wel.'

'Dan ben je gekwalificeerd.'

'Goed, waar moet ik heen?'

'We zitten een stuk of tien straten van mijn kantoor vandaan. Op het kruispunt van 13th en Euclid zie je een gele kerk aan je rechterhand. De Ebenezer Christian Fellowship. We zitten in het souterrain.'

Ik noteerde dat. Elk woord werd beveriger, omdat Mordecai me naar een soort gevechtszone riep. Ik wilde vragen of ik een pistool moest meenemen. Ik vroeg me af of hij er een bij zich droeg. Maar hij was zwart, en ik niet. En hoe moest het dan met mijn auto, mijn dierbare Lexus?

'Heb je dat?' gromde hij even later.

'Ja. Ik ben er over twintig minuten,' zei ik dapper. Mijn hart bonkte al.

Ik trok een spijkerbroek, een sweatshirt en modieuze bergschoenen aan. Ik haalde de creditcards en het meeste geld uit mijn portefeuille. Boven in een kast vond ik een oud spijkerjasje met wollen voering, met koffie- en verfvlekken erop, een overblijfsel uit mijn studententijd, en toen ik daarmee voor de spiegel stond, hoopte ik dat ik eruitzag als iemand die geen geld had. Het lukte niet. Als een jonge acteur zulke kleren droeg op de omslag van *Vanity Fair*, zou er meteen een trend op gang komen.

Ik zou erg graag een kogelvrij vest willen dragen. Ik was doodsbang, maar toen ik de deur openmaakte en de sneeuw in stapte, was ik op een vreemde manier ook opgewonden.

De schietpartijen en bendeoorlogen die ik had verwacht, waren nergens te bekennen. Het slechte weer hield de straten voorlopig leeg en veilig. Ik vond de kerk en parkeerde op een terrein aan de overkant. Het leek een kleine kathedraal, minstens honderd jaar oud en ongetwijfeld door zijn oorspronkelijke gemeente verlaten. Op een hoek zag ik een paar mannen dicht bij elkaar staan, wachtend voor een deur. Ik liep ze voorbij alsof ik precies wist waar ik heen ging, en betrad de wereld van de daklozen.

Hoe graag ik ook door wilde lopen, alsof ik dit al eerder had meegemaakt en nu gewoon mijn werk kwam doen, ik kon niet in beweging komen. Verbijsterd keek ik naar de dicht opeengepakte massa arme mensen in het souterrain. Sommigen lagen op de vloer en probeerden te slapen. Sommigen zaten in groepjes bij elkaar en praatten op gedempte toon. Sommigen zaten aan lange tafels te eten, anderen zaten op klapstoeltjes. Elke vierkante centimeter langs de muren was bedekt met mensen die met hun rug tegen de gasbetonblokken zaten. Kleine kinderen huilden en speelden, terwijl hun moeders hen dicht bij zich probeerden te houden. Alcoholisten lagen languit op de vloer en snurkten door alles heen. Vrijwilligers liepen tussen de mensen door en deelden dekens en appels uit.

De keuken was aan het ene eind. Er heerste daar grote drukte; eten werd klaargemaakt en opgediend. Op de achtergrond zag ik Mordecai. Hij schonk vruchtensap in kartonnen bekertjes en praatte aan een stuk door. Voor de opdientafels stond een lange rij mensen geduldig te wachten.

Het was daar warm, en verschillende geuren en aroma's vormden in combinatie met de gasverwarming een weeïge lucht die niet eens echt onaangenaam was. Een dakloze, ongeveer zo ingepakt als Meneer, botste tegen me op. Ik moest verder.

Ik ging recht op Mordecai af, die blij was me te zien. We schudden elkaar de hand als oude vrienden, en hij stelde me voor aan twee vrijwilligers van wiens namen ik nog nooit had gehoord.

'Het is gekkenwerk,' zei hij. 'Een flinke sneeuwbui, hevige vrieskou, en we werken hier de hele nacht door. Pak dat brood daar eens.' Hij wees naar een dienblad met gesneden wittebrood. Ik pakte het en volgde hem naar een tafel.

'Het is nogal ingewikkeld. Je hebt hier worst, en daar mosterd en mayonaise. Op de helft van de boterhammen doe je mosterd, de helft krijgt mayonaise, een plak worst, twee sneden brood. Doe er nu en dan ook een stuk of tien met pindakaas bij. Snap je?'

'Ja.'

'Je bent een vlugge leerling.' Hij sloeg me op de schouder en verdween.

Ik maakte vlug tien boterhammen klaar en vond dat ik het erg goed deed. Toen ging ik langzamer werken en ik begon naar de mensen te kijken die in de rij stonden. De meesten hadden hun ogen neergeslagen, maar ze keken allemaal steeds weer naar het voedsel dat op hen stond te wachten. Ze kregen een kartonnen bord, een plastic kom en lepel, en een servetje. Terwijl ze voortschuifelden, werd de kom gevuld, werd er de helft van een dubbele boterham bijgelegd, en kregen ze een appel en een koekje op het bord. Aan het eind stond een beker appelsap klaar.

De meesten zeiden zachtjes 'Dank u' tegen de vrijwilliger die het sap uitdeelde, en daarna liepen ze voorzichtig door, met het bord en de kom in hun hand. Zelfs de kinderen waren stil en gingen behoedzaam met hun eten om.

De meesten aten langzaam om van de warmte en het gevoel van eten in hun mond te genieten, van de geur die van het voedsel opsteeg. Anderen aten zo snel mogelijk.

Naast me stond een gasstel met vier branders, en op elk van die branders stond een grote pan soep te koken. Aan de andere kant stond een tafel met selderie, wortelen, uien, tomaten en hele kippen. Een vrijwilliger met een groot mes was verwoed aan het hakken en snijden. Twee andere vrijwilligers bemanden het gasstel. Weer anderen droegen het eten naar de opdientafels. Op dat moment was ik de enige boterhammenman.

'We hebben meer boterhammen pindakaas nodig,' zei Mordecai toen hij naar de keuken terugkwam. Hij greep onder de tafel en haalde een enorme emmer met merkloze pindakaas tevoorschijn. 'Red je dat?'

'Ik ben een expert,' zei ik.

Hij keek even naar mijn werk. De rij was op dat moment niet lang; hij wilde praten.

'Ik dacht dat je advocaat was,' zei ik, pindakaas smerend.

'Ik ben eerst mens, dan advocaat. Het is mogelijk om beiden te zijn. Niet zoveel erop smeren, we moeten zuinig zijn.'

'Waar komt het eten vandaan?'

'De voedselbank. Het is allemaal geschonken. Vanavond hebben we geluk omdat er kip is. Dat is een delicatesse. Meestal is er alleen maar groente.'

'Dit brood is niet al te vers.'

'Nee, maar het is gratis. Het komt van een grote bakkerij, hun brood van een dag oud. Je mag ook wel een boterham nemen, als je wilt.'

'Dank je, ik heb er net een gehad. Eet jij hier?'

'Zelden.' Aan zijn buikomvang te zien, leefde Mordecai niet op groentesoep en appelen. Hij ging op de rand van de tafel zitten en keek naar de menigte. 'Is dit de eerste keer dat je in een opvangcentrum bent?'

'Ja.'

'Wat is het eerste woord dat je te binnen schiet?'

'Hopeloos.'

'Dat was te verwachten. Maar je komt er wel overheen.'

'Hoeveel mensen wonen hier?'

'Niet één. Dit is maar een noodopvangcentrum. De keuken is elke dag open voor het middag- en avondeten, maar officieel is het geen opvangcentrum. De kerk is zo goed om zijn deuren open te zetten als het koud is.'

Ik probeerde dat te begrijpen. 'Waar wonen die mensen dan?'

'Sommigen zijn krakers. Ze wonen in leegstaande gebouwen, en dat zijn dan nog de geluksvogels. Sommigen slapen op straat, sommigen in parken, sommigen in busstations, sommigen onder bruggen. Ze kunnen zich daar in leven houden zolang het weer een beetje draaglijk is. Vannacht zouden ze bevriezen.'

'Waar zijn de echte opvangcentra dan?'

'Verspreid over de stad. Het zijn er ongeveer twintig; de helft bestaat van particuliere schenkingen, de andere helft wordt betaald door de gemeente, die er, dankzij het nieuwe budget, binnenkort twee gaat sluiten.'

'Hoeveel bedden?'

'Ongeveer vijfduizend.'

'Hoeveel daklozen?'

'Dat is altijd een goede vraag, want het is niet de makkelijkste groep om te tellen. Ik houd het op tienduizend.'

'Tienduizend?'

'Ja, en dat zijn dan alleen de mensen die op straat leven. Er leven waarschijnlijk nog zo'n twintigduizend bij familie en vrienden. Die zijn over een maand of twee misschien ook dakloos.'

'Dus er leven minstens vijfduizend mensen op straat?' zei ik ongelovig.

'Minstens.'

Een vrijwilliger vroeg om boterhammen. Mordecai hielp me en we maakten nog twaalf dubbele. Toen hielden we op en keken weer naar de mensen. De deur ging open, en een jonge moeder kwam langzaam naar binnen. Ze had een baby op haar arm en werd gevolgd door drie kleine kinderen, van wie één in korte broek en met twee verschillende sokken aan, geen schoenen. Het kind had een handdoek om zijn schouders. De andere twee hadden tenminste schoenen, maar weinig kleren. De baby sliep blijkbaar.

De moeder keek verdoofd om zich heen, en toen ze eenmaal binnen was, wist ze niet goed waar ze heen moest. Aan geen enkele tafel was plaats. Ze leidde haar kinderen naar het eten, en twee glimlachende vrijwilligers kwamen naar voren om te helpen. Een van die twee parkeerde het gezin in een hoek bij de keuken en bracht hen iets te eten, terwijl de ander dekens om hen heen hing. Mordecai en ik keken ernaar. Ik probeerde niet te staren, maar wie kon het wat schelen?

'Wat gebeurt er met haar als de sneeuwstorm voorbij is?' vroeg ik.

'Wie weet? Waarom vraag je het haar zelf niet?'

Daar had ik niet van terug. Ik was niet van plan mijn handen vuil te maken.

'Ben je actief in de balie van Washington?' vroeg hij.

'Min of meer. Hoezo?'

'Gewoon, nieuwsgierigheid. De balie doet veel pro Deo-werk voor daklozen.'

Hij was aan het hengelen, maar ik zou me niet laten vangen. 'Ik werk aan doodstrafzaken mee,' zei ik trots, enigszins naar waarheid. Vier jaar eerder had ik een van onze maten geholpen een instructie voor de verdediging van een gedetineerde in Texas te schrijven. Mijn kantoor predikte dat alle medewerkers pro Deo-zaken moesten doen, maar wee je gebeente als het ten koste van je declarabele uren ging.

We keken nog steeds naar de moeder en haar vier kinderen. De drie peuters aten hun koekjes eerst, terwijl de soep koud werd. De moeder was stoned of verkeerde in een shocktoestand.

'Kan ze op dit moment ergens terecht?' vroeg ik.

'Waarschijnlijk niet,' antwoordde Mordecai nonchalant. Hij zat nog op de tafel en liet zijn grote voeten bungelen. 'Gisteren stonden er nog vijfhonderd namen op de wachtlijst voor noodopvang.'

'Voor noodopvang?'

'Ja. Er is één onderkoelingscentrum dat de gemeente in haar edelmoedigheid openstelt als de temperatuur tot onder het vriespunt daalt. Dat zou wel eens haar enige kans kunnen zijn, maar vannacht zit het daar natuurlijk stampvol. Later, als de dooi komt, behaagt het de gemeente in haar goedheid om het centrum weer te sluiten.' De kok moest weg, en als dichtstbijzijnde vrijwilliger die op dat moment niet met iets bezig was, werd ik tot zijn opvolger benoemd. Terwijl Mordecai boterhammen smeerde, stond ik een uur lang selderie, wortelen en uien te hakken, dat alles onder de waakzame blik van juffrouw Dolly, die een van de oprichtsters van de kerk was en nu al elf jaar de leiding had van de voedselverstrekking aan daklozen. Het was haar keuken. Voor mij was het een eer dat ik daar mocht staan, en op een gegeven moment kreeg ik te horen dat mijn stukken selderie te groot waren. Ze werden vlug kleiner. Haar schort was wit en smetteloos, en ze was enorm trots op haar werk.

'Raakt u er ooit aan gewend die mensen te zien?' vroeg ik haar. We stonden voor het gasstel, afgeleid door een ruzie die ergens achter in de zaal was uitgebroken. Mordecai en de predikant kwamen tussenbeiden en het werd weer rustig.

'Nooit, jongeman,' zei ze, en ze veegde haar handen aan een handdoek af. 'Het breekt nog steeds mijn hart. Maar in Spreuken staat: "Gelukkig is hij die de armen voedt." Dat houdt me aan de gang.' Ze draaide zich om en roerde zachtjes in de soep. 'De kip is klaar,' zei ze in mijn richting.

'Wat betekent dat?'

'Dat betekent dat jij de kip van het gas neemt, de bouillon in die pan giet, de kip laat afkoelen en hem dan uitbeent.'

Uitbenen is een kunst, vooral wanneer je het volgens de methode van juffrouw Dolly doet. Toen ik klaar was, waren mijn vingers zo heet dat de blaren er bijna op stonden.

8

Mordecai leidde me een donkere trap op naar de kerkzaal. 'Kijk uit waar je loopt,' zei hij bijna fluisterend, toen we klapdeuren passeerden om in het heiligdom te komen. Het was hier schemerig, en overal probeerden mensen te slapen. Ze lagen languit op de kerkbanken te snurken. Ze lagen te wriemelen onder de banken, en moeders probeerden hun kinderen tot rust te brengen. Ze zaten ineengedoken in de gangpaden en lieten een smal pad voor ons vrij toen we ons een weg naar de preekstoel baanden. De koorzolder zat ook vol met mensen.

'Er zijn niet veel kerken die dit doen,' fluisterde hij toen we bij het altaar stonden en naar de rijen kerkbanken keken.

Ik kon me dat ergens wel voorstellen. 'Wat gebeurt er op zondag?' fluisterde ik terug.

'Dat hangt van het weer af. De predikant is een van ons. Hij heeft de dienst wel eens afgelast omdat hij deze mensen niet naar buiten wilde jagen.'

Ik wist niet wat 'een van ons' betekende, maar ik voelde me geen lid van die club. Ik hoorde het plafond kraken en besefte dat we een U-vormig balkon boven ons hadden. Ik tuurde en kreeg geleidelijk nog een massa mensen in het vizier, rij na rij op de kerkbanken boven ons. Mordecai keek ook.

'Hoeveel mensen...' mompelde ik, maar ik maakte de zin niet af.

'We tellen niet. We geven alleen eten en onderdak.'
Een windvlaag sloeg tegen de zijkant van het gebouw en liet de ruiten rammelen. In de kerkzaal was het veel kouder dan in het souterrain. We liepen op onze tenen tussen de lichamen door en verlieten de zaal door een deur bij het orgel.

Het was bijna elf uur. Het was nog druk in het souterrain, maar de rij voor de soep stond er niet meer. 'Kom,' zei Mordecai. Hij nam een plastic kom en hield hem een vrijwilliger voor. 'Eens kijken hoe goed je kunt koken,' zei hij met een glimlach. We zaten midden tussen de mensen, aan een klaptafel met daklozen naast onze ellebogen. Hij kon eten en praten alsof alles prima in orde was; ik niet. Ik speelde met mijn soep, die dankzij juffrouw Dolly erg goed smaakte, en ik kon me er niet overheen zetten dat ik, Michael Brock, een welgestelde blanke jongen uit Memphis die aan Yale had gestudeerd en voor Drake & Sweeney werkte, tussen de daklozen in het souterrain van een kerk in het midden van Northwest-Washington zat. Ik had maar één ander blank gezicht gezien, een alcoholist van middelbare leeftijd die had gegeten en daarna meteen was verdwenen.

Ik wist zeker dat mijn Lexus weg was. Ik was er zeker van dat ik me buiten dit gebouw nog geen vijf minuten in leven kon houden. Ik nam me heilig voor om bij Mordecai te blijven, hoe lang het ook duurde voordat hij wegging.

'Dit is goede soep,' zei hij. 'Het varieert,' legde hij uit. 'Het hangt ervan af wat beschikbaar is. En het recept verschilt van centrum tot centrum.'

'In Martha's Table kreeg ik laatst macaroni,' zei de man die rechts van me zat, een man wiens elleboog zich dichter bij mijn kom bevond dan bij de zijne.

'Macaroni?' vroeg Mordecai quasi-verbaasd. 'In je soep?'

'Ja. Ongeveer één keer in de maand krijg je macaroni. Natuurlijk weet iedereen dat al, dus je kan bijna geen tafeltje krijgen.'

Ik wist niet of hij dat voor de grap zei of niet, maar hij had een twinkeling in zijn ogen. Het idee van een dakloze man die over het gebrek aan tafels in zijn favoriete gaarkeuken klaagde, kwam nogal komisch op me over. Moeilijk om een tafeltje te krijgen; hoe vaak had ik dat niet van vrienden in Georgetown gehoord?

Mordecai glimlachte. 'Hoe heet je?' vroeg hij de man. Ik zou nog leren dat Mordecai altijd een naam bij een gezicht wilde hebben.

De daklozen van wie hij hield, waren meer dan slachtoffers; ze waren zijn mensen.

Ik was zelf ook nieuwsgierig. Ik wilde weten hoe de daklozen dakloos waren geworden. Welke fout zat er in ons gigantische systeem van sociale voorzieningen? Hoe konden Amerikanen zo arm worden dat ze onder bruggen sliepen?

'Glorix,' zei hij, kauwend op een van mijn grotere stukken selderie.

'Glorix?' zei Mordecai.

'Glorix,' herhaalde de man.

'Wat is je achternaam?'

'Heb ik niet. Te arm.'

'Wie heeft je de naam Glorix gegeven?'

'Mijn mama.'

'Hoe oud was je toen ze je de naam Glorix gaf?'

'Jaar of vijf.'

'Waarom Glorix?'

'Ze had een baby die niet stil wou zijn, die de hele tijd blèrde, niemand kon slapen. Ik gaf de baby wat Glorix.' Hij vertelde het verhaal terwijl hij in zijn soep roerde. Het was goed ingestudeerd, goed verteld, en ik geloofde er geen woord van. Maar anderen luisterden ernaar en Glorix genoot van het vertellen.

'Wat is er met de baby gebeurd?' vroeg Mordecai, alsof hij alles geloofde.

'Dood.'

'Dat was dus je broer,' zei Mordecai.

'Nee. Zus.'

'Ik begrijp het. Dus je hebt je zusje gedood?'

'Ja, maar daarna kregen we wel een heleboel slaap.'

Mordecai knipoogde naar me alsof hij al vaak zulke verhalen had gehoord.

'Waar woon je, Glorix?' vroeg ik.

'Hier, in Washington.'

'Waar slaap je?' vroeg Mordecai, meer terzake.

'Hier en daar. Ik heb een hoop rijke vrouwen die me betalen om ze gezelschap te houden.'

Twee mannen aan de andere kant van Glorix vonden dat grappig. Een van hen grinnikte, de ander barstte in lachen uit.

'Waar krijg je je post?' vroeg Mordecai.

'Postkantoor,' antwoordde hij. Glorix had op elke vraag een antwoord paraat. We gingen bij hem weg.

Nadat juffrouw Dolly haar gasstel had uitgedraaid, zette ze koffie voor de vrijwilligers. De daklozen legden zich te ruste.

Mordecai en ik gingen in de halfduistere keuken op de rand van een tafel zitten. We dronken koffie en keken door het grote raam van het opdienloket naar de ineengedoken mensen. 'Tot hoe laat blijf je hier?' vroeg ik.

Hij haalde zijn schouders op. 'Hangt ervan af. Als je een paar honderd van zulke mensen in één ruimte hebt, gebeurt er altijd wel iets. De predikant vindt het prettig als ik blijf.'

'De hele nacht?'

'Dat heb ik vaker gedaan.'

Ik was niet van plan geweest bij die mensen te blijven slapen. Evenmin was ik van plan geweest het gebouw te verlaten zonder dat ik Mordecai als bewaker bij me had.

'Je kunt gerust weggaan, als je wilt,' zei hij. Weggaan was de ongunstigste van mijn beperkte aantal opties. Vrijdagavond twaalf uur, in de binnenstad van Washington. Blanke jongen, mooie auto. Sneeuw of niet, ik gaf mezelf niet veel kans.

'Heb je een gezin?' vroeg ik.

'Ja. Mijn vrouw is secretaresse op het ministerie van Werkgelegenheid. We hebben drie zoons. Een studeert, een zit in het leger.' Zijn stem stierf weg voordat hij aan zoon nummer drie toe kwam. Ik vroeg er niet naar.

'En een hebben we tien jaar geleden op straat verloren. Bendes.'

'Dat is triest.'

'En jij?'

'Getrouwd, geen kinderen.'

Voor het eerst in uren dacht ik aan Claire. Hoe zou ze reageren als ze wist waar ik was? We hadden geen van beiden ooit tijd gehad voor iets wat ook maar in de verste verte op liefdadigheidswerk leek.

Ze zou mompelen: 'Nu is hij helemaal ingestort', of iets van die strekking.

Het kon me niet schelen.

'Wat doet je vrouw?' vroeg hij om de conversatie op gang te houden.

'Ze is arts in Georgetown, ze is in opleiding voor chirurg.'

'Jullie hebben het goed voor elkaar, hè? Jij wordt maat in een groot

kantoor, zij wordt chirurg. Weer een Amerikaanse droom werkelijkheid geworden.'
'Misschien.'
De predikant dook uit het niets op en trok Mordecai een heel eind de keuken in voor een gedempt gesprek. Ik nam vier koekjes uit een kom en liep naar de hoek waar de jonge moeder zat. Ze sliep met haar hoofd op een kussen en met de baby onder haar arm. Twee van de peuters lagen onbeweeglijk onder de dekens. Maar de oudste was wakker.
Ik hurkte dicht bij hem neer en hield hem een koekje voor. Zijn ogen schitterden en hij pakte het vast. Ik keek naar hem tot hij het koekje helemaal op had, en toen wilde hij er nog een. Hij was klein en mager, niet meer dan vier jaar oud.
Het hoofd van zijn moeder viel naar voren en ze schrok wakker. Ze keek me met droevige, vermoeide ogen aan en besefte toen dat ik voor koekjesman speelde. Ze glimlachte vaag en trok het kussen recht.
'Hoe heet je?' fluisterde ik tegen de kleine jongen. Na twee koekjes was hij mijn vriend voor het leven.
'Ontario,' zei hij langzaam en moeizaam.
'Hoe oud ben je?'
Hij stak vier vingers omhoog, vouwde er een weg, stak hem weer omhoog.
'Vier?' vroeg ik.
Hij knikte en stak zijn hand uit voor nog een koekje, dat ik hem graag gaf. Ik had hem alles wel willen geven.
'Waar woon je?' fluisterde ik.
'In een auto,' fluisterde hij terug.
Het duurde even voor het tot me doordrong. Ik wist niet wat ik nu moest vragen. Hij had het te druk met eten om aan praten toe te komen. Ik had drie vragen gesteld; hij had drie eerlijke antwoorden gegeven. Ze woonden in een auto.
Ik wilde weglopen en Mordecai vragen wat je doet als je mensen aantreft die in een auto wonen, maar ik bleef glimlachen naar Ontario. Hij glimlachte terug. Ten slotte zei hij: 'Heb je nog meer appelsap?'
'Ja,' zei ik, en ik ging naar de keuken, waar ik het sap vond.
Hij dronk het in één teug op, en ik gaf hem een tweede beker.
'Zeg eens dankjewel,' zei ik.

'Dankjewel,' zei hij, en hij stak zijn hand uit voor nog een koekje. Ik vond een klapstoel en ging naast Ontario zitten, met mijn rug naar de muur. Het was tamelijk rustig in het souterrain, maar het was nooit stil. Mensen die zonder bedden leven, slapen niet rustig. Af en toe zocht Mordecai zich een weg tussen de lichamen door om een ruzie te sussen. Hij was zo groot en intimiderend dat niemand zijn gezag durfde te betwisten.

Nu Ontario zijn buik weer vol had, viel hij in slaap. Zijn kleine hoofd rustte op de voeten van zijn moeder. Ik sloop de keuken in, schonk nog een kop koffie in en ging naar mijn stoel in de hoek terug.

Toen barstte de baby in huilen uit. Zijn erbarmelijke stemmetje jammerde met een verbazingwekkend volume. Het was of het geluid door het hele souterrain galmde. De moeder was versuft, moe, geërgerd omdat ze uit haar slaap was gehaald. Ze zei tegen de baby dat hij stil moest zijn, legde hem op haar schouder, wiegde hem heen en weer. Hij ging nog harder schreeuwen en er werd gemopperd door andere slapers.

Zonder erbij na te denken stak ik mijn handen uit om het kind over te nemen. Ik glimlachte daarbij naar de moeder om haar vertrouwen te winnen. Het kon haar niet schelen. Ze was blij dat ze van de baby af was.

Het kind woog bijna niets, en het verrekte ding was drijfnat. Ik besefte dat pas toen ik zijn hoofdje tegen mijn schouder hield en hem zachtjes op zijn rug begon te kloppen. Ik ging naar de keuken, wanhopig op zoek naar Mordecai of een andere vrijwilliger die me kon redden. Juffrouw Dolly was een uur geleden naar huis gegaan.

Tot mijn opluchting en verbazing werd het kind stil toen ik om het gasstel heen liep. Ik klopte hem op zijn rug, zei zachte woordjes en was intussen op zoek naar een handdoek of zoiets. Mijn hand was drijfnat.

Waar was ik? Wat deed ik hier? Wat zouden mijn vrienden denken als ze me hier in deze donkere keuken konden zien, neuriënd tegen een kleine straatbaby, hopend dat de luier alleen maar nat was?

Ik rook niets bijzonders, al was ik er zeker van dat ik luizen voelde overspringen van het hoofd van de baby naar mijn hoofd. Mijn redder in nood Mordecai verscheen en deed het licht aan. 'Wat lief,' zei hij.

'Hebben we luiers?' siste ik hem toe.

'Grote boodschap of kleine boodschap?' vroeg hij opgewekt, en hij liep naar de kasten.

'Weet ik niet. Schiet nou maar op.'

Hij haalde een pak Pampers tevoorschijn en ik hield hem het kind voor. Mijn spijkerjasje had een grote natte plek op de linkerschouder. Met ongelooflijke handigheid legde hij de baby op de snijplank en verwijderde de natte luier. De baby bleek een meisje te zijn. Hij maakte haar schoon met een doekje, deed haar een schone Pamper om en hield haar mij toen weer voor. 'Daar is ze dan,' zei hij trots. 'Zo goed als nieuw.'

'Dat zijn van die dingen die ze je op de universiteit niet leren,' zei ik, terwijl ik het kind van hem overnam.

Ik liep een uur met haar heen en weer, tot ze in slaap viel. Toen sloeg ik mijn jasje om haar heen en legde haar voorzichtig tussen haar moeder en Ontario.

Het was bijna drie uur zaterdagmorgen, en ik moest weg. Er waren grenzen aan wat mijn pas tot leven gewekte geweten op één dag kon verdragen. Mordecai liep met me naar buiten, bedankte me voor mijn komst en stuurde me zonder jas de nacht in. Mijn auto stond waar ik hem had achtergelaten, bedekt met een dikke laag verse sneeuw.

Mordecai stond voor de kerk en keek me na toen ik wegreed.

9

Sinds mijn aanvaring met Meneer op dinsdag had ik niet één declarabel uur gemaakt voor het goeie ouwe Drake & Sweeney. Vijf jaar lang had ik er gemiddeld tweehonderd per maand gemaakt. Dat betekende acht per dag, zes dagen in de week, met nog een paar over. Geen enkele dag mocht worden verspild en bijna elk uur moest worden verantwoord. Als ik achter raakte, wat bijna nooit gebeurde, werkte ik op een zaterdag twaalf uur door, en eventueel ook nog op zondag. En als ik op schema zat, werkte ik op zaterdag maar zeven of acht uur, en op zondag misschien ook nog een paar uur. Geen wonder dat Claire medicijnen was gaan studeren.

Toen ik aan het eind van de zaterdagochtend naar het plafond van de slaapkamer keek, was ik bijna verlamd van besluiteloosheid. Ik wilde niet naar kantoor. Ik moest er niet aan denken. Ik zag huizenhoog op tegen de keurige rijtjes roze telefoonbriefjes die Polly op mijn bureau had gelegd, de memo's van hogergeplaatsten die gesprekken wilden voeren om naar mijn welzijn te informeren, de bemoeizuchtige prietpraat van roddelaars, en het onvermijdelijke 'Hoe gaat het?' van vrienden en mensen die oprecht bezorgd waren en mensen die het eigenlijk geen bal kon schelen. Maar waar ik het meest tegenop zag, was het werk. Antitrustzaken zijn uitgebreid en taai, met dossiers zo dik dat ze in een doos moeten, en wat had het eigenlijk voor zin? Het ene miljardenconcern dat tegen een ander vocht. Honderd advocaten aan het werk, honderd advocaten die papier voortbrachten.

Ik gaf mezelf toe dat ik nooit van het werk had gehouden. Het was een middel om een doel te bereiken. Als ik er hard tegenaan ging, een topper werd en een specialisme ontwikkelde, zou er op een dag vraag naar me zijn. Het had ook belastingrecht of arbeidsrecht of procesrecht kunnen zijn. Wie kon er nou van antitrustrecht houden?

Met pure wilskracht dwong ik mezelf uit bed te stappen en onder de douche te gaan.

Het ontbijt bestond uit een croissant van een bakkerij aan M Street, met sterke koffie, dat alles met één hand genuttigd terwijl ik achter het stuur zat. Ik vroeg me af wat Ontario voor ontbijt zou hebben en zei toen tegen mezelf dat ik me niet meer zo moest kwellen. Ik had het recht om te eten en hoefde me niet schuldig te voelen. Evengoed begon ik eten minder belangrijk te vinden.

Volgens de radio zou het die dag maximaal min zes graden worden en minimaal ongeveer min achttien en zou er de komende week geen sneeuw meer vallen.

Ik bereikte de hal van het gebouw voordat ik door een van mijn wapenbroeders werd aangesproken. Bruce-en-nog-wat van Communicatie stapte tegelijk met mij de lift in en zei ernstig: 'Hoe gaat het, makker?'

'Goed. En met jou?' pareerde ik.

'Prima. Zeg, we duimen voor je, weet je. Hou je taai.'

Ik knikte alsof zijn steun van cruciaal belang was. Gelukkig ging hij er op de eerste verdieping uit, maar eerst gaf hij me nog een ferme klap op de schouder. Geef ze van katoen, Bruce.

Ik was een beschadigd product. Toen ik langs madame Deviers bureau en de vergaderkamer kwam, ging ik langzamer lopen. Ik liep door de marmeren gang tot ik in mijn kamer was en liet me daar uitgeput in mijn leren draaistoel vallen.

Polly had verschillende manieren om de telefoonpapiertjes achter te laten. Als ik ijverig mijn telefoontjes had beantwoord en ze tevreden over me was, liet ze een of twee telefoonbriefjes bij mijn telefoon achter. Als ik dat daarentegen niet had gedaan, en zij daar ontevreden over was, had ze de gewoonte om ze op een rij te leggen, midden op mijn bureau, een zee van roze, allemaal keurig in chronologische volgorde gerangschikt.

Ik telde negenendertig briefjes, sommige dringend, sommige met namen van topfiguren. Vooral Rudolph scheen zich te ergeren, als je op Polly's papiertjes moest afgaan. Ik las de briefjes langzaam een voor een door terwijl ik ze oppakte, en legde ze toen weg. Ik was vastbesloten in alle rust mijn koffie te drinken, en dus zat ik aan mijn bureau met mijn kopje in beide handen geklemd voor me uit te staren, als iemand die op de rand van een afgrond balanceert, toen Rudolph binnenkwam.

Blijkbaar hadden de spionnen hem gewaarschuwd; een medewerker op de uitkijk, of misschien Bruce uit de lift. Misschien keek het hele kantoor naar me uit. Nee. Ze hadden het te druk.

'Hallo, Mike,' zei hij kordaat. Hij ging zitten en sloeg zijn benen over elkaar, klaar voor een ernstig gesprek.

'Dag, Rudy,' zei ik. Ik had hem nooit eerder Rudy genoemd. Het was altijd Rudolph. Zijn huidige vrouw en de maten noemden hem Rudy, maar verder niemand.

'Waar ben je geweest?' vroeg hij zonder een zweem van medeleven.

'Memphis.'

'Memphis?'

'Ja, ik wilde naar mijn ouders. En de familiepsychiater is daar ook.'

'Een psychiater?'

'Ja, die heeft me een paar dagen geobserveerd.'

'Je geobserveerd?'

'Ja, in een van die poenerige kliniekjes met Perzische tapijtjes en zalm bij het diner. Duizend dollar per dag.'

'Twee dagen? Je bent daar twee dagen geweest?'

'Ja.' Ik vond het niet erg om te liegen, en ik zat ook niet met het feit dat ik het niet erg vond. Het kantoor kan hard zijn, zelfs meedogenloos, en ik was niet van plan me door Rudolph op mijn nummer te laten zetten. Hij kwam in opdracht van de raad van bestuur en binnen enkele minuten nadat hij mijn kamer had verlaten, zou hij een rapport opstellen. Als ik hem kon ontdooien, zou dat rapport mild zijn en zouden de topfiguren ook een beetje ontdooien. Dat zou het leven op de korte termijn veel gemakkelijker maken.

'Je had iemand kunnen bellen,' zei hij, nog steeds streng, maar niet meer zo streng als daarnet.

'Kom nou, Rudolph. Ik zat daar geïsoleerd. Geen telefoons.' Er klonk precies de juiste dosis ellende in mijn stem door om hem te vermurwen.

Na een lange stilte zei hij: 'Gaat het nu goed met je?'
'Ja.'
'Het gaat goed?'
'De psychiater zei dat het goed met me ging.'
'Honderd procent?'
'Honderdtien. Geen problemen, Rudolph. Ik moest er even tussenuit, dat is alles. Ik voel me goed. Weer helemaal de oude.'
Dat was alles wat Rudolph wilde horen. Hij glimlachte en ontspande en zei: 'We hebben massa's werk te doen.'
'Ik weet het. Ik kan niet wachten.'
Hij liep bijna op een drafje mijn kantoor uit. Hij zou regelrecht naar de telefoon gaan en rapporteren dat een van de vele harde werkers van het kantoor weer in het zadel zat.
Ik deed de deur op slot, deed de lichten uit en bracht een pijnlijk uur door waarin ik mijn bureau met papieren en notities bedekte. Er werd niets tot stand gebracht, maar ik was tenminste bezig.
Toen ik het niet meer uithield, stopte ik de telefoonbriefjes in mijn zak en liep naar buiten. Ik ontkwam zonder dat iemand me in de gaten kreeg.

Ik ging naar een grote discountdrogisterij aan Massachusetts en ging daar eens lekker winkelen. Snoep en wat klein speelgoed voor de kinderen, zeep en toiletartikelen voor het hele gezin, sokken en trainingsbroeken in verschillende kindermaten. Een grote doos Pampers. Ik had nog nooit zoveel plezier beleefd aan het uitgeven van tweehonderd dollar.
En ik zou elk bedrag besteden dat nodig was om hen op een warme plek te krijgen. Als ze een maand in een motel moesten blijven, vond ik dat prima. Binnenkort werden ze mijn cliënten, en ik zou dreigen en procederen dat het een aard had, net zo lang tot ze adequate huisvesting hadden. Ik kon bijna niet wachten tot ik iemand voor de rechter kon slepen.
Ik parkeerde tegenover de kerk, lang niet meer zo bang als ik de vorige avond was geweest, maar nog bang genoeg. Het leek me verstandig de pakjes in de auto achter te laten. Wanneer ik daar als de kerstman met pakjes beladen zou binnenkomen, zou er de grootste chaos ontstaan. Ik zou het gezin ophalen, met ze naar een motel gaan, ze daar inschrijven, zorgen dat ze een bad konden nemen en zich konden desinfecteren, ze eten geven tot ze niet meer konden,

nagaan of ze medische verzorging nodig hadden, misschien schoenen en warme kleren voor ze kopen, en ze weer eten geven. Het kon me niet schelen wat het kostte en hoeveel tijd ermee gemoeid zou zijn.

Het kon me ook niet schelen of de mensen dachten dat ik een van die rijke blanke types was die een beetje schuldgevoel wilden afkopen. Juffrouw Dolly was blij me te zien. Ze zei hallo en wees naar een berg groente waar nog van alles mee gebeuren moest. Eerst ging ik bij Ontario en de zijnen kijken, maar ik kon ze niet vinden. Ze zaten niet op hun plaats. Ik dwaalde door het souterrain, liep om tientallen mensen heen, en moest over sommigen heen stappen. Ze waren niet in de kerkzaal en ook niet op het balkon.

Onder het aardappelen schillen praatte ik met juffrouw Dolly. Ze herinnerde zich het gezin van de vorige avond, maar ze waren al weg geweest toen zij om een uur of negen arriveerde.

'Waar zouden ze heen zijn?' vroeg ik.

'Jongen, die mensen zijn altijd in beweging. Ze gaan van gaarkeuken naar gaarkeuken, van opvangcentrum naar opvangcentrum. Misschien hoorde ze dat ze kaas uitdelen in Brightwood, of ergens anders dekens. Misschien heeft ze zelfs een baan bij McDonald's en laat ze de kinderen bij haar zuster achter. Je weet het nooit. Maar ze blijven niet op één plaats.'

Ik betwijfelde sterk of Ontario's moeder een baan had, maar daarover ging ik niet met juffrouw Dolly in de keuken discussiëren.

Mordecai kwam toen er zich een rij voor het middageten begon te vormen. Ik zag hem voordat hij mij zag, en toen we elkaar in de ogen keken, glimlachte zijn hele gezicht.

Een nieuwe vrijwilliger had boterhammendienst. Mordecai en ik werkten aan de opdientafels. We staken opscheplepels in de pannen en goten de soep in de plastic kommen. Dat was een kunst op zich. Te veel bouillon en de ontvanger kon je kwaad aankijken. Te veel groente en er bleef alleen maar bouillon over. Mordecai had zijn techniek in de loop van jaren ontwikkeld; ik kreeg nogal wat woedende blikken voordat ik het in de vingers had. Mordecai had een vriendelijk woord voor iedereen die we bedienden – hallo, goedemorgen, hoe gaat het, leuk je weer te zien. Sommigen glimlachten terug, anderen keken niet eens op.

Toen het tegen de middag liep, kwamen er meer mensen binnen en werden de rijen langer. Nog meer vrijwilligers doken uit het niets op, en de keuken gonsde van het prettige gekletter en gerammel van opgewekte mensen die druk aan het werk waren. Ik keek nog steeds uit naar Ontario. De kerstman stond op hem te wachten, en het kereltje had geen flauw idee.

We wachtten tot de rijen weg waren en namen toen ieder een kom. Omdat de tafels vol zaten, aten we in de keuken, leunend tegen het aanrecht.
'Weet je nog, die luier die je vannacht verschoonde?' vroeg ik tussen twee happen door.
'Alsof ik dat zou kunnen vergeten.'
'Ik heb ze vandaag niet gezien.'
Hij kauwde en dacht een ogenblik na. 'Ze waren hier nog toen ik vanmorgen wegging.'
'Hoe laat was dat?'
'Zes uur. Ze waren daar in de hoek, in diepe slaap verzonken.'
'Waar zouden ze heen zijn?'
'Dat weet je nooit.'
'Dat kleine jongetje zei dat ze in een auto woonden.'
'Je hebt met hem gepraat?'
'Ja.'
'En nu wil je hem vinden, hè?'
'Ja.'
'Reken er maar niet op.'

Na het middageten brak de zon door en kwamen de mensen weer in beweging. Een voor een liepen ze langs de opdientafel, namen een appel of een sinaasappel en verlieten het souterrain.
'Dakloos betekent vaak ook rusteloos,' legde Mordecai uit toen we stonden te kijken. 'Ze mogen graag rondzwerven. Ze hebben rituelen en gewoonten, favoriete plaatsen, vrienden op straat, dingen te doen. Ze gaan naar hun parken en steegjes en ze zoeken een plekje in de sneeuw.'
'Het is zes graden onder nul. Vannacht bijna min achttien,' zei ik.
'Ze komen wel terug. Wacht maar tot het donker is, dan loopt het hier weer vol. Laten we een eind gaan rijden.'
We gingen eerst langs juffrouw Dolly, die zei dat ze ons wel een tijdje kon missen. Mordecais oude Ford Taurus stond naast mijn Lexus

geparkeerd. 'Die houdt het hier niet lang uit,' zei hij, wijzend naar mijn auto. 'Als je van plan bent vaker in dit deel van de stad te komen, zou ik hem maar ruilen voor een minder dure wagen.' Ik had er geen moment over gepeinsd om afstand te doen van mijn schitterende auto. Ik was bijna beledigd.

We stapten in zijn Taurus en reden het parkeerterrein af. Binnen enkele seconden besefte ik dat Mordecai Green een belabberde automobilist was. Ik probeerde mijn gordel om te doen. Die was kapot. Hij scheen het niet te merken.

We reden door de sneeuwvrij gemaakte straten van Northwest Washington, blokken van dichtgetimmerde huizen, langs wijken die zo gevaarlijk waren dat ambulancechauffeurs er niet naartoe wilden, langs scholen met scheermesprikkeldraad op de bovenrand van het hek, door buurten die voorgoed de littekens van rellen droegen. Mordecai was een geweldige gids. Elke vierkante meter was zijn territorium, elke straathoek had een verhaal, elke straat had een geschiedenis. We kwamen langs andere opvangcentra en gaarkeukens. Hij kende de koks en de dominees. Kerken waren goed of slecht, zonder wazige overgangszone. Ze openden hun deuren voor de daklozen, of ze hielden ze dicht. Hij wees naar de rechtenfaculteit van de Howard-universiteit, waar hij immens trots op was. Hij had vijf jaar over zijn rechtstudie gedaan, 's avonds, terwijl hij een fulltime- en een parttimebaan had. Hij liet me een uitgebrand huis zien waar vroeger crackdealers zaten. Zijn derde zoon, Cassius, was voor dat huis op het trottoir gestorven.

Toen we bij zijn kantoor kwamen, vroeg hij of ik het erg vond als we daar even naar binnen gingen. Hij wilde zijn post bekijken. Natuurlijk vond ik het niet erg; ik liet me immers alleen maar wat rondrijden.

Het was schemerig, koud en leeg. Hij drukte op lichtknopjes en begon te praten. 'We zijn met zijn drieën. Ik, Sofia Mendosa en Abraham Lebow. Sofia is maatschappelijk werkster, maar ze weet meer over straatrecht dan ik en Abraham samen.' Ik liep achter hem aan om de rommelige bureaus heen. 'Vroeger zaten hier zeven advocaten op elkaar gepropt, kun je je dat voorstellen? In die tijd kregen we nog overheidssubsidie voor juridische dienstverlening. Nu krijgen we geen cent meer, dankzij de republikeinen. Er zijn daar drie kamers, en drie hier aan mijn kant.' Hij wees in alle richtingen. 'Een heleboel lege ruimte.'

Misschien leeg in de zin van: zonder personeel, maar het was moeilijk om een stap te zetten zonder over een doos met oude dossiermappen of een stapel stoffige boeken te struikelen.
'Wie is eigenaar van het gebouw?' vroeg ik.
'De Cohen Trust. Leonard Cohen was oprichter van een groot New Yorks advocatenkantoor. Hij stierf in 1986 en moet toen wel honderd jaar oud zijn geweest. Hij had ontzaglijk veel geld verdiend, en op het eind van zijn leven besloot hij dat hij niets van dat geld in zijn graf wilde meenemen. En dus zocht hij er allerlei bestemmingen voor, en een van zijn vele creaties was een stichting om sociale advocaten te helpen de daklozen bij te staan. Zo kwam deze rechtswinkel hier tot stand. De stichting heeft drie rechtswinkels – hier, in New York en in Newark. Ik ben in dienst gekomen in 1983 en werd directeur in 1984.'
'Al je financiering komt uit één bron?'
'Nagenoeg alles. Vorig jaar gaf de stichting ons honderdtienduizend dollar. Het jaar daarvoor was het honderdvijftig, en dus verloren we nu een advocaat. Het wordt elk jaar minder. Het kapitaal van de stichting is niet goed beheerd en ze zijn nu de hoofdsom aan het opeten. Ik betwijfel of we er over vijf jaar nog zijn. Of over drie jaar.'
'Kun je geen geld inzamelen?'
'Jawel. Vorig jaar hebben we negenduizend dollar ingezameld. Maar dat kost tijd. We kunnen de advocatuur uitoefenen, of we kunnen geld inzamelen. Sofia kan niet goed met mensen omgaan. Abraham is een onbeschofte zak uit New York. Blijft over: ik en mijn magnetische persoonlijkheid.'
'Wat is de overhead?' vroeg ik. Het klonk wel erg nieuwsgierig, maar ik maakte me niet te veel zorgen. Bijna elke non-profitorganisatie publiceerde een jaarverslag met alle cijfers.
'Tweeduizend per maand. Na aftrek van onkosten en een kleine reserve is er voor ons drieën negenentachtigduizend dollar per jaar te verdelen. Gelijkelijk. Sofia beschouwt zich als een volledige maat. Eerlijk gezegd durven we haar niet tegen te spreken. Ik ga met bijna dertigduizend per jaar naar huis, en dat schijnt ongeveer gemiddeld te zijn voor een armenadvocaat. Welkom op de straat.'
Uiteindelijk kwamen we bij zijn kantoor. Ik ging tegenover hem zitten.
'Ben je vergeten je gasrekening te betalen?' vroeg ik, bijna huiverend.

'Waarschijnlijk. We werken niet veel in het weekend. Dat bespaart geld. Dit pand is bijna niet te verwarmen of koel te houden.' Die gedachte was nog nooit bij iemand van Drake & Sweeney opgekomen. Sluiten in het weekend om geld te besparen. Laat staan om huwelijken te redden.

'En als we het hier te comfortabel maken, gaan onze cliënten niet meer weg. Dus is het koud in de winter, heet in de zomer, daarmee beperken we de aanloop. Wil je koffie?'

'Nee, dank je.'

'Dat is natuurlijk maar een grapje. We zouden nooit iets doen om de daklozen te ontmoedigen om hier te komen. Het klimaat maakt ons niet uit. We gaan ervan uit dat onze cliënten het koud hebben, en honger hebben, dus waarom zouden wij ons druk maken om zulke dingen? Voelde je je schuldig toen je vanmorgen je ontbijt at?'

'Ja.'

Hij keek me aan met de glimlach van een wijze oude man die het allemaal al heeft meegemaakt. 'Dat komt veel voor. We werkten altijd met een stel jonge advocaten van grote kantoren, pro Deo-groentjes noemde ik ze, en die zeiden altijd dat ze in het begin geen trek in eten meer hadden.' Hij klopte op zijn royale middensectie. 'Maar daar kom je wel weer overheen.'

'Wat deden die pro Deo-groentjes?' vroeg ik. Ik wist dat ik me naar het lokaas toe bewoog, en Mordecai wist dat ik het wist.

'We stuurden ze naar de opvangcentra. Ze ontmoetten de cliënten en we hielden toezicht op hun zaken. Het meeste werk is makkelijk. Een advocaat hoeft alleen maar door een telefoon te blaffen tegen een of andere bureaucraat die op zijn luie reet zit. Levensmiddelen-bonnen, veteranenpensioenen, huursubsidies, Medicare, kinderbij-slag; ongeveer een kwart van ons werk heeft met uitkeringen te maken.'

Ik luisterde aandachtig, en hij kon mijn gedachten lezen. Mordecai begon me binnen te halen.

'Weet je, Michael, de daklozen hebben geen stem. Niemand luis-tert, niemand trekt zich wat van ze aan, en ze verwachten ook niet dat iemand ze helpt. Dus als ze proberen de telefoon te gebruiken om de voorzieningen te krijgen waar ze recht op hebben, bereiken ze niets. Ze worden in de wacht gezet, voorgoed. Hun telefoontjes worden nooit beantwoord. Ze hebben geen adres. Het laat de bureaucraten allemaal koud, en dus belazeren ze de mensen die ze juist zouden moeten helpen. Een ervaren maatschappelijk werker kan de bureaucraten misschien zo ver krijgen dat ze luisteren en het dossier bekijken en misschien een telefoontje beantwoorden. Maar als ze een advocaat aan de telefoon krijgen, een grommende en blaffende advocaat, dan komen ze wel in actie. Bureaucraten zijn ineens gemotiveerd. Papieren worden behandeld. Geen adres? Geen probleem. Stuur mij de cheque maar, ik geef hem wel door aan de cliënt.'

Hij sprak met stemverheffing en gebaarde met zijn beide handen door de lucht. Naast al het andere was Mordecai ook nog een erg goede verteller. Ik kreeg het vermoeden dat hij veel indruk op een jury zou maken.

'Een gek verhaal,' zei hij. 'Een maand of zo geleden ging een van mijn cliënten naar Sociale Zaken om een aanvraagformulier voor een uitkering op te halen. Dat zou een routinekwestie moeten zijn. Hij is zestig jaar oud en lijdt constant pijn omdat hij een kromme rug heeft. Ga maar eens tien jaar op trottoirs en parkbankjes slapen, dan krijg je vanzelf rugklachten. Hij stond twee uur in de rij voor het kantoor te wachten, kwam ten slotte bij de deur, wachtte nog een uur, bereikte het eerste bureau, probeerde uit te leggen wat hij wilde en kreeg toen een scheldkanonnade over zich heen van een pinnige secretaresse die haar dag niet had. Ze had zelfs commentaar op zijn lichaamsgeur. Hij voelde zich natuurlijk vernederd en ging zonder zijn aanvraagformulier naar buiten. Hij belde mij. Ik pleegde een paar telefoontjes en afgelopen woensdag hadden we een kleine ceremonie bij Sociale Zaken. Ik was er met mijn cliënt. De secretaresse was er ook, samen met haar chef, de chef van haar chef, de directeur van het kantoor en een Grote Man uit de top van Sociale Zaken. De secretaresse stond voor mijn cliënt en las een schriftelijke verontschuldiging van een hele bladzijde voor. Het was heel aardig, ontroerend bijna. Vervolgens gaf ze mij zijn aanvraagformulier en kreeg ik van alle aanwezigen de verzekering dat het formulier met de grootste spoed zou worden behandeld. Dat is gerechtigheid, Michael, dat is het wezen van het straatrecht. Waardigheid.'

Hij vertelde het ene verhaal na het andere. Ze eindigden er allemaal mee dat de straatadvocaten de helden waren en de daklozen de overwinnaars. Ik wist dat hij net zoveel hartverscheurende verhalen over nederlagen zou kunnen vertellen, waarschijnlijk nog wel meer, maar hij was bezig het fundament te leggen.

Ik lette niet meer op de tijd. Hij had het niet meer over zijn post. Ten slotte gingen we weg en reden terug naar het opvangcentrum. Het was een uur voordat het donker zou worden, een mooie tijd, vond ik, om veilig weg te kruipen in het gezellige kleine souterrain, voordat het geboefte de straat onveilig maakte. Ik betrapte me erop dat ik langzaam en zelfverzekerd liep als ik Mordecai aan mijn zijde had. Anders zou ik jachtig door de sneeuw hebben gelopen, krom-gebogen, met kleine nerveuze passen.

Juffrouw Dolly had ergens een berg hele kippen opgeduikeld, en ze zette me meteen aan het werk. Zij kookte de kippen; ik trok het dampend hete vlees van de botten.

In het drukste uur kwam Mordecais vrouw, JoAnne, ons helpen. Ze was even sympathiek als haar man, en bijna even lang. Beide zoons waren een meter vijfennegentig. Cassius was meer dan twee meter geweest en had als basketballer al grote successen behaald toen hij op zijn zeventiende werd doodgeschoten.

Ik ging om middernacht weg. Ontario en zijn familie waren ner-gens te bekennen.

10

De zondag begon laat op de ochtend met een telefoontje van Claire, weer zo'n moeizaam gesprek. Eigenlijk belde ze me alleen om te vertellen hoe laat ze thuis zou zijn. Ik stelde een etentje in ons favoriete restaurant voor, maar ze was niet in de stemming. Ik vroeg haar niet of er iets mis was. Dat stadium waren we al voorbij.

Omdat we op de tweede verdieping woonden, had ik het nooit goed voor elkaar kunnen krijgen dat de *Sunday Post* werd thuisbezorgd. We hadden verschillende methoden geprobeerd, maar de helft van de tijd was de krant nergens te vinden.

Ik nam een douche en trok verschillende lagen kleding aan. De weerman voorspelde een maximum van min vier, en net toen ik naar buiten zou gaan, bracht de journaalpresentator het belangrijkste nieuwsitem van die ochtend. Ik kon meteen geen stap meer verzetten. Ik hoorde de woorden wel, maar ze drongen niet meteen tot me door. Ik ging dichter naar de televisie op het aanrecht toe, mijn voeten zwaar, mijn hart bonzend in mijn keel, mijn mond open van schrik en ongeloof.

Om ongeveer elf uur de vorige avond had de politie bij Fort Totten Park, in Northeast-Washington, in een gevaarlijke buurt, een kleine auto aangetroffen. Hij stond op straat geparkeerd en de kale banden zaten vast in de bevroren sneeuwbrij. In de auto bevonden zich een jonge moeder en haar vier kinderen, die allen door verstikking om het leven waren gekomen. De politie vermoedde dat het gezin in de auto woonde en had geprobeerd warm te blijven. De uitlaat van de auto zat begraven in sneeuw die van de straat was geploegd. Er volgden nog enkele bijzonderheden, maar geen namen.

Ik rende naar buiten, glijdend door de sneeuw maar zonder te vallen, en vloog door P Street naar Wisconsin, en naar 34th, waar een kiosk was. Buiten adem en van afschuw vervuld kocht ik een krant. In de benedenhoek van de voorpagina stond het verhaal. Blijkbaar was het er op het laatste moment nog tussen gefrommeld. Geen namen.

Ik rukte het stadskatern open, liet de rest van de krant op het natte trottoir vallen. Het verhaal ging op pagina veertien verder met wat standaardcommentaar van de politie en de te verwachten waarschuwingen voor de gevaren van verstopte uitlaten. Toen kwamen de hartverscheurende details. De moeder was tweeëntwintig. Ze heette Lontae Burton. De baby heette Temeko. De jongere peuters, Alonzo en Dante, waren een twee jaar oude tweeling. De grote broer was Ontario, vier jaar oud.

Ik moet een vreemd geluid hebben gemaakt, want een jogger keek me onderzoekend aan, alsof hij bang was dat ik gevaarlijk was. Ik liep weg, de krant nog opengevouwen. Ik stapte over de andere twintig katernen heen.

'Hé!' riep een onaangename stem achter me. 'Wilt u daarvoor betalen?' Ik liep door.

Hij kwam achter me aan en schreeuwde: 'Hé, makker.' Ik bleef lang genoeg staan om een briefje van vijf uit mijn zak te halen en voor zijn voeten te gooien. Ik keek hem nauwelijks aan.

In P Street, bij het appartement, leunde ik tegen een muurtje voor iemands fraaie herenhuis. Het trottoir was zorgvuldig sneeuwvrij gemaakt. Ik las het krantenbericht opnieuw, langzaam, in de hoop dat het einde op de een of andere manier anders zou zijn. Allerlei gedachten en vragen kwamen in me op, ik kon de stroom niet bijhouden. Maar twee vragen overheersten: waarom gingen ze niet naar het opvangcentrum terug? En had de baby mijn spijkerjasje om zich heen toen ze stierf?

Denken viel me al zwaar genoeg, lopen was bijna onmogelijk. Na de schok kwam het schuldgevoel hard aan. Waarom heb ik vrijdagavond, toen ik ze voor het eerst zag, niets gedaan? Ik had ze naar een warm motel kunnen brengen, ik had ze te eten kunnen geven.

Toen ik thuiskwam, ging de telefoon. Het was Mordecai. Hij vroeg of ik het nieuws had gezien. Ik vroeg of hij zich die natte luier herinnerde. Zelfde gezin, zei ik. Hij had hun namen nooit gehoord. Ik vertelde hem over mijn gesprekje met Ontario. 'Ik vind dit verschrikkelijk, Michael,' zei hij, nog veel bedroefder. 'Ik ook.'

Ik kon niet veel zeggen, de woorden wilden niet in me opkomen, en dus spraken we af elkaar later te ontmoeten. Ik liep naar de bank, waar ik een uur bleef zitten zonder me te bewegen. Toen ging ik naar mijn auto en haalde er de draagtassen met eten, speelgoed en kleren uit die ik voor hen had gekocht.

Alleen omdat hij nieuwsgierig was, kwam Mordecai om twaalf uur naar mijn kantoor. Hij was in zijn tijd bij veel grote kantoren over de vloer geweest, maar hij wilde de plek zien waar Meneer was gestorven. Ik gaf hem een korte rondleiding en deed nog eens vlug het verhaal van de gijzeling.

We gingen in zijn auto weg. Ik was blij dat het zondag was, en dus niet druk, want Mordecai interesseerde zich absoluut niet voor wat de andere auto's deden.

'Lontae Burtons moeder is achtendertig jaar oud en zit tien jaar gevangenisstraf uit voor dealen in crack,' vertelde hij me. Hij had telefonisch inlichtingen ingewonnen. 'Twee broers, allebei in de gevangenis. Lontae had een voorgeschiedenis van prostitutie en drugs. Geen idee wie de vader was, of de vaders waren...'

'Wie is je bron?'

'Ik heb haar grootmoeder in een gemeentewoning gevonden. De laatste keer dat ze Lontae zag, had ze maar drie kinderen en verkocht ze drugs met haar moeder. De grootmoeder zei dat ze vanwege die drugshandel de banden met haar dochter en kleindochter heeft verbroken.'

'Wie begraaft ze?'

'Dezelfde mensen die DeVon Hardy begraven hebben.'

'Hoeveel zou een fatsoenlijke begrafenis kosten?'

'Daar valt over te onderhandelen. Ben je geïnteresseerd?'

'Ik zou graag willen dat het goed geregeld werd.'

We reden op Pennsylvania Avenue, langs de gigantische kantoorgebouwen van het Congres, het Capitool op de achtergrond, en ik vloekte onwillekeurig in stilte op de idioten die elke maand miljarden over de balk gooiden terwijl er mensen dakloos waren. Hoe konden er vier onschuldige kinderen op straat sterven, bijna in de schaduw van het Capitool, omdat ze nergens konden wonen? Ze hadden nooit geboren mogen worden, zouden sommige mensen in mijn deel van de stad zeggen. De lichamen waren naar de dienst Lijkschouwing gegaan, waar ook het mortuarium was ondergebracht. Het was een vleugel van het D.C. General Hospital, twee verdiepingen hoog en van bruine baksteen opgetrokken. Daar zouden ze blijven liggen tot iemand ze opeiste. De wet schreef voor dat als zich binnen achtenveertig uur niemand meldde, ze werden gebalsemd, in houten kisten werden gelegd en snel op de begraafplaats bij RFK werden begraven.

Mordecai parkeerde op een plek voor gehandicapten, wachtte even en zei: 'Weet je zeker dat je naar binnen wilt?'

'Ja.'

Hij was er al eerder geweest, en hij had gebeld. Een bewaker in een slechtzittend uniform durfde ons staande te houden, en Mordecai snauwde zo hard dat ik er bang van werd. Mijn maag lag toch al in de knoop.

De bewaker trok zich terug, blij dat hij van ons af was. Op twee spiegelglazen deuren was met zwarte letters het woord MORTUARIUM aangebracht. Mordecai ging naar binnen alsof het gebouw van hem was.

'Ik ben Mordecai Green, advocaat van de familie Burton,' gromde hij tegen de jonge man achter de balie. Het klonk meer als een bedreiging dan als een bekendmaking.

De jongeman keek op een klembord en zocht toen in wat papieren. 'Wat doe je?' snauwde Mordecai weer.

De jongeman keek verontwaardigd op, maar besefte toen hoe groot zijn tegenstander was. 'Een ogenblik,' zei hij, en hij ging naar zijn computer.

Mordecai keek mij aan en zei met luide stem: 'Je zou denken dat ze hier duizend lijken hebben liggen.'

Ik besefte dat hij niets van bureaucraten en ambtenaren moest hebben, en ik herinnerde me nu ook zijn verhaal over de secretaresse op Sociale Zaken die haar verontschuldigingen moest aanbieden. Voor Mordecai was blaffen en dreigen de halve rechtspraktijk.

Een bleke man met slecht geverfd zwart haar kwam tevoorschijn en stelde zich met een klamme handdruk voor als Bill. Hij droeg een blauw laboratoriumjasje en schoenen met dikke rubberzolen. Waar vonden ze mensen die in een mortuarium wilden werken? We volgden hem door een deur en door een steriele gang waar de temperatuur begon te zakken. Ten slotte kwamen we bij de ruimte waar de lichamen werden bewaard.

'Hoeveel heb je er vandaag?' vroeg Mordecai, alsof hij regelmatig langs kwam om de lijken te tellen.

Bill draaide aan de deurknop en zei: 'Twaalf.'

'Gaat het?' vroeg Mordecai aan mij.

'Ik weet het niet.'

Bill duwde de metalen deur open en we gingen naar binnen. Het was koud en er hing een lucht van ontsmettingsmiddel. De vloer bestond uit witte tegels, de verlichting uit blauwige tl-buizen. Ik volgde Mordecai met gebogen hoofd, probeerde niet om me heen te kijken, maar ik moest wel. De lichamen waren van hoofd tot enkel bedekt met witte lakens, precies zoals je op de televisie ziet. We kwamen langs een paar witte voeten met een label aan een teen. Toen een paar bruine.

We sloegen af en stopten in een hoek met links een brancard en rechts een tafel.

'Lontae Burton,' zei Bill, en hij trok het laken dramatisch tot aan haar middel weg. Het was inderdaad Ontario's moeder, in een eenvoudig wit hemd. De dood had geen sporen op haar gezicht achtergelaten. Het leek wel of ze sliep. Ik bleef onwillekeurig naar haar staren.

'Zij is het,' zei Mordecai, alsof hij haar al jaren kende. Hij keek mij vragend aan en het lukte me te knikken. Bill draaide zich om en ik hield mijn adem in. De kinderen lagen onder één laken.

Ze lagen precies op een rij, dicht tegen elkaar aan, hun handen over hun witte hemden, engeltjes die lagen te slapen, kleine straatsoldaatjes die eindelijk rust hadden gevonden.

Ik wilde Ontario aanraken, hem een klopje op zijn arm geven en tegen hem zeggen dat het me speet. Ik wilde hem wakker maken, hem mee naar huis nemen, hem te eten geven, hem alles geven wat hij maar zou willen hebben.

Ik ging een stap naar voren om wat beter te kijken. 'Niet aanraken,' zei Bill.

Toen ik knikte, zei Mordecai: 'Dat zijn ze.'

Toen Bill hen weer afdekte, deed ik mijn ogen dicht en zei een kort gebed van genade en vergeving. Laat het niet nog een keer gebeuren, zei de Heer tegen me.

In een kamer aan de gang haalde Bill twee grote metalen manden tevoorschijn met de persoonlijke bezittingen van het gezin. Hij liet ze op een tafel vallen en we hielpen hem de inventaris op te maken. De kleren die ze hadden gedragen, waren vuil en versleten. Mijn spijkerjasje was het beste kledingstuk dat ze bezaten. Verder waren er drie dekens, een portemonnee, wat goedkoop speelgoed, babymelk, een handdoek, nog meer vuile kleren, een doos vanillewafels, een ongeopend blikje bier, wat sigaretten, twee condooms en ongeveer twintig dollar in biljetten en kleingeld.

'De auto staat op het gemeenteterrein,' zei Bill. 'Ze zeggen dat hij vol troep ligt.'

'Dat regelen we wel,' zei Mordecai.

We tekenden de inventarislijst en vertrokken met de persoonlijke bezittingen van de familie Burton. 'Wat doen we met die spullen?' vroeg ik.

'We brengen ze naar de grootmoeder. Wil je je jasje terug?'

'Nee.'

De aula was van een predikant die Mordecai kende. Mordecai mocht hem niet, want de kerk van de dominee deed niet genoeg voor de daklozen, maar hij kon wel zaken met hem doen.

We parkeerden voor de kerk, aan Georgia Avenue bij de Howard-universiteit, een schoner deel van de stad met minder planken voor de ramen.

'Blijf jij maar even zitten,' zei hij. 'Ik kan veel beter met hem praten als we alleen zijn.'

Ik wilde niet in mijn eentje in de auto zitten, maar inmiddels had ik mijn leven toch al aan hem toevertrouwd. 'Goed,' zei ik. Ik zakte onderuit en keek schichtig om me heen.

'Er gebeurt je niets.'

Hij ging weg en ik deed de deuren op slot. Naar een paar minuten ontspande ik en begon ik na te denken. Mordecai wilde om zakelijke redenen met de dominee alleen zijn. Mijn aanwezigheid zou een complicatie hebben gevormd. Wie was ik en welk belang had ik bij het gezin? De prijs zou meteen omhooggaan.

Het was druk op het trottoir. Ik keek naar de mensen die haastig voorbijliepen, ineengedoken tegen de snijdende wind. Een moeder met twee kinderen kwam voorbij, met mooie kleren aan en hand in hand. Waar waren ze gisteravond toen Ontario en zijn familie tegen elkaar aan gedrukt in die ijskoude auto zaten en de geurloze koolmonoxide inademden tot ze wegzweefden? Waar was de rest van ons? Mijn wereld stortte in elkaar. Ik begreep er niets meer van. Binnen een week had ik zes dode straatmensen gezien, en ik kon de schok niet aan. Ik was een goed opgeleide blanke advocaat, weldoorvoed en welgesteld, op weg naar grote rijkdom en alle geweldige dingen die je daarmee kon kopen. Zeker, mijn huwelijk was voorbij, maar dat kwam wel weer goed. Er liepen genoeg leuke vrouwen rond. Eigenlijk had ik geen problemen.

Ik vervloekte Meneer omdat hij mijn leven had laten ontsporen. Ik vervloekte Mordecai omdat hij me een schuldgevoel had bezorgd. En Ontario omdat hij mijn hart had gebroken.

Ik schrok omdat er op het raam werd geklopt. Mijn zenuwen waren toch al tot het uiterste gespannen. Het was Mordecai. Hij stond naast de trottoirband in de sneeuw. Ik draaide het raam een eindje open.

'Hij zegt dat hij het voor tweeduizend dollar doet, alle vijf.'

'Mij best,' zei ik, en hij verdween.

Even later was hij terug. Hij ging achter het stuur zitten en we reden in volle vaart weg. 'De begrafenis is dinsdag, hier in de kerk. Houten kisten, maar mooie. Hij zorgt voor bloemen, weet je, zorgt dat het er goed uitziet. Hij wilde drieduizend, maar ik overtuigde hem ervan dat er journalisten op af zouden komen, dus misschien kwam hij op de televisie. Dat sprak hem wel aan. Tweeduizend is niet slecht.'

'Dank je, Mordecai.'

'Voel je je wel goed?'

'Nee.'

Op de terugweg naar het kantoor zeiden we niet veel.

Bij Claires jongere broer James was de ziekte van Hodgkin vastgesteld – vandaar die familiebijeenkomst in Providence. Het had niets met mij te maken. Ik luisterde naar haar toen ze over het weekend vertelde, over de schok van het nieuws, de tranen en gebeden toen ze elkaar steunden en James en zijn vrouw probeerden te troosten. Het is een familie waarin veel wordt gehuild en omhelsd, en ik was blij dat ze mij niet had gevraagd om mee te gaan. De behandeling zou meteen beginnen; de prognose was gunstig.

Ze was blij dat ze thuis was, en ook dat ze iemand had aan wie ze het allemaal kon vertellen. We dronken wijn in de huiskamer, bij de haard, met een plaid over onze voeten. Het was bijna romantisch, al had ik te veel littekens opgelopen om ooit nog sentimenteel te kunnen zijn. Ik deed mijn best om haar woorden te horen en gaf van mijn medeleven met die arme James blijk door telkens de juiste frasen uit te spreken.

Het was niet wat ik had verwacht, en ik wist niet of ik dit wel wilde. Ik had verwacht dat we zouden schaduwboksen en dat het misschien zelfs tot een schermutseling zou komen. Het gesprek moest na korte tijd een venijnig karakter krijgen, en daarna zouden we hopelijk weer beleefd worden en als echte volwassenen onze scheiding afhandelen. Maar na Ontario had ik geen zin om iets te doen waaraan emoties te pas kwamen. Ik was helemaal leeg. Ze zei steeds weer tegen me dat ik er zo moe uitzag. Ik wilde haar bijna bedanken.

Ik luisterde aandachtig tot ze klaar was, en toen kwam het gesprek geleidelijk op mij en mijn weekend. Ik vertelde haar alles over mijn nieuwe leven als vrijwilliger in de opvangcentra, en ook over Ontario en zijn familie. Ik liet haar het bericht in de krant zien.

Ze was echt ontroerd, maar ook verbaasd. Ik was niet de Michael die ik een week geleden was geweest, en ze wist niet of de nieuwe versie haar beter beviel dan de oude. Ik was daar zelf ook niet zeker van.

89

11

Als jonge workaholics hadden Claire en ik geen wekker nodig, zeker niet op maandagochtend, als we een hele week van uitdagingen voor de boeg hadden. We stonden om vijf uur op, aten om half zes onze cornflakes en gingen daarna ieder onze weg. We renden bijna om als eerste de deur uit te zijn.

Door de wijn had ik kunnen slapen zonder dat ik door de nachtmerrie van het weekend werd achtervolgd. En toen ik naar kantoor reed, nam ik me voor om enige afstand te creëren tussen mijzelf en de daklozen. Ik zou de begrafenis doorstaan. Ik zou op de een of andere manier de tijd vinden om pro Deo-werk voor de daklozen te doen. Ik zou mijn vriendschap met Mordecai in stand houden, misschien zelfs een vaste bezoeker van zijn kantoor worden. Ik zou van tijd tot tijd naar juffrouw Dolly gaan om haar te helpen de hongerigen te spijzen. Ik zou geld geven en helpen nog meer geld in te zamelen voor de armen. Natuurlijk zou ik als schenker van geld veel waardevoller kunnen zijn dan als een van de vele armenadvocaten.

Toen ik in het donker naar mijn kantoor reed, kwam ik tot de conclusie dat ik een aantal achttienurendagen moest maken om mijn werk weer op de rails te krijgen. Mijn carrière was een klein beetje ontspoord; een werkorgie van een week zou genoeg zijn om orde op zaken te stellen. Ik zou wel gek zijn om alles wat de toekomst voor mij in petto had zomaar te laten schieten.

Ik nam een andere lift dan die van Meneer. Hij was verleden tijd; ik zette hem uit mijn hoofd. Ik keek niet in de vergaderkamer waar hij stierf. Ik gooide mijn tas en jas op een stoel in mijn kamer en ging koffie halen. Door de gangen lopen voordat het zes uur was, hier eens met een collega praten, daar eens met een administratief medewerker, mijn jasje uittrekken, mijn mouwen opstropen – het was geweldig om terug te zijn.

Ik keek eerst de *Wall Street Journal* door, ook omdat ik wist dat die krant geen woord over stervende daklozen in Washington zou schrijven. Toen de *Post*. Op de voorpagina van het stadskatern stond een klein bericht over Lontae Burton en haar gezin, met een foto van haar grootmoeder die voor een appartementengebouw stond te huilen. Ik las het en legde het weg. Ik wist meer dan de verslaggever en was niet van plan me te laten afleiden.

Onder de *Post* lag een gewone bruine map van A4-formaat, het soort map waarvan ons kantoor er miljoenen gebruikte. Er stond niets op, en dat maakte me argwanend. Hij lag daar maar, open en bloot op mijn bureau, en ik wist niet door wie hij daar was neergelegd. Ik maakte hem langzaam open.

Er zaten maar twee vellen papier in. Het eerste was een fotokopie van het verhaal van gisteren in de *Post*, het bericht dat ik al tien keer had gelezen en de vorige avond aan Claire had laten zien. Daaronder lag een kopie van iets wat uit een officieel Drake & Sweeney-dossier was gehaald. Het opschrift luidde: ONTRUIMING – RIVER-OAKS TAG INC.

De linkerkolom bevatte de nummers een tot en met zeventien. Nummer vier was DeVon Hardy. Nummer vijftien was Lontae Burton en drie of vier kinderen.

Ik legde de map langzaam op het bureau, stond op, liep naar de deur, deed hem op slot, leunde ertegenaan. De eerste minuten gingen in absolute stilte voorbij. Ik keek naar de map op mijn bureau. Ik moest aannemen dat het een fotokopie van een echt dossierstuk was. Waarom zou iemand zoiets vervalsen? Toen pakte ik het weer zorgvuldig op. Onder het tweede vel papier, op de binnenkant van de map zelf, had mijn anonieme informant met potlood geschreven: 'De ontruiming was juridisch en ethisch verkeerd.'

Het stond er in blokletters, opdat ik de schrijver niet zou kunnen achterhalen. Het was dun geschreven. Het potlood had de map nauwelijks aangeraakt.

Ik hield de deur een uur op slot. In die tijd stond ik voor het raam naar de zonsopgang te kijken of zat ik aan mijn bureau naar de map te staren. Op de gang werd het drukker, en toen hoorde ik Polly's stem. Ik maakte de deur open, begroette haar alsof alles volkomen in orde was, en gedroeg me zoals van me verwacht werd.

Het was een ochtend met de ene vergadering en bespreking na de andere, waarvan twee met Rudolph en cliënten. Ik kon me goed handhaven, al zou ik niet meer kunnen vertellen wat we zeiden of deden. Rudolph was apetrots omdat zijn ster weer helemaal op volle kracht functioneerde.

Ik was bijna bot tegen de mensen die wilden praten over de gijzelingscrisis en de naschokken daarvan. Ik wekte de indruk dat ik weer de oude vertrouwde doordouwer was, en al gauw maakte niemand zich nog zorgen over mijn geestelijke stabiliteit. Tegen het eind van de ochtend belde mijn vader. Ik kon me niet herinneren wanneer hij me voor het laatst op kantoor had gebeld. Hij zei dat het regende in Memphis; hij zat zich thuis te vervelen, en, nou ja, hij en mijn moeder maakten zich zorgen om me. Met Claire ging het goed, legde ik uit, en om op veilig terrein te komen, vertelde ik hun over haar broer James, iemand die ze één keer hadden ontmoet, op de bruiloft. Ik wekte de indruk dat ik me echt zorgen maakte om Claires familie, en dat deed hem goed.

Het deed pa ook goed dat hij me op kantoor te pakken had gekregen. Blijkbaar was ik daar nog, druk bezig het grote geld te verdienen en hard op weg om nog veel meer te verdienen. Hij vroeg me gauw eens terug te bellen.

Een halfuur later belde mijn broer Warner vanuit zijn kantoor hoog boven de binnenstad van Atlanta. Hij was zes jaar ouder en hij was een keiharde procesvoerder, maat in een ander megakantoor. Door het leeftijdsverschil hadden Warner en ik als kinderen nooit zo'n hechte band gehad, maar evengoed waren we graag in elkaars gezelschap. Toen hij drie jaar geleden midden in zijn scheiding zat, had hij me wekelijks in vertrouwen genomen.

Hij was een man van de klok, net als ik, en dus wist ik dat het een kort gesprek zou worden. 'Ik heb met pa gesproken,' zei hij. 'Hij heeft me alles verteld.'

'Uiteraard.'

'Ik begrijp hoe je je voelt. Dat maken we allemaal mee. Je werkt hard, verdient het grote geld, denkt er nooit aan om arme mensen te helpen. Dan gebeurt er iets en denk je weer aan je rechtenstudie, aan het eerste jaar, toen we nog vol idealen zaten en advocaat wilden worden om de mensheid te redden. Weet je nog wel?'

'Ja. Lang geleden.'

'Precies. In het eerste jaar van mijn studie hielden ze een enquête. Meer dan de helft van mijn jaar wilde de sociale advocatuur in. Toen we drie jaar later afstudeerden, ging iedereen op het grote geld af. Ik weet niet wat er gebeurd is.'

'De rechtenstudie maakt je hebzuchtig.'

'Misschien. Het kantoor waar ik werk geeft je de kans om een jaar vrij te nemen, een soort *sabbatical year*, waarin je aan sociale advocatuur kunt doen. Na twaalf maanden kom je terug alsof je nooit weg bent geweest. Hebben jullie ook zoiets?'

Warner op zijn best. Ik had een probleem, hij had de oplossing al. Keurig op maat. Twaalf maanden en ik was weer als nieuw. Een korte omweg, maar mijn toekomst was veilig gesteld.

'Niet voor medewerkers,' zei ik. 'Ik heb gehoord van een stuk of wat maten die voor een of andere overheid gingen werken en na een paar jaar terugkwamen. Maar nooit een medewerker.'

'Maar jouw omstandigheden zijn heel bijzonder. Je bent getraumatiseerd, je bent zowat overhoop geschoten, alleen omdat je voor je kantoor werkt. Ik zou er stevig op aandringen, tegen ze zeggen dat je er dringend een tijdje tussenuit moet. Neem een jaar de tijd en kom dan terug.'

'Misschien is het wat,' zei ik om hem een plezier te doen. Hij was een persoonlijkheid van het Type A: zo drammerig als het maar kon, altijd klaar om de discussie aan te gaan, vooral met familieleden. 'Ik moet nu weg,' zei ik. Hij ook, natuurlijk. We beloofden later nog wat verder bij te praten.

Ik lunchte met Rudolph en een cliënt in een voortreffelijk restaurant. Het heette een werklunch. Dat betekende dat we geen alcohol dronken, en ook dat we de tijd aan de cliënt in rekening zouden brengen. Rudolph kostte vierhonderd dollar per uur en ik driehonderd. We werkten en aten twee uur lang, dus de lunch kostte de cliënt veertienhonderd dollar. Omdat ons kantoor een rekening bij het restaurant had, zou er een nota naar Drake & Sweeney gaan, en op de een of andere manier zouden onze boekhouders in het souterrain kans zien de cliënt ook voor de kosten van het eten te laten opdraaien.

De middag bestond uit telefoontjes en besprekingen, zonder enige pauze. Met pure wilskracht hield ik mijn gezicht in de plooi en werkte ik me door de zure appel heen, het ene declarabele uur na het andere. Antitrustrecht had me nog nooit zo hopeloos stompzinnig en saai geleken.

Het was bijna vijf uur toen ik eindelijk een paar minuten voor mezelf had. Ik zei Polly gedag en deed de deur weer op slot. Ik sloeg de mysterieuze map open en begon lukraak notities op een schrijfblok te maken, losse opmerkingen en stroomschema's met pijltjes die van alle kanten op RiverOaks en Drake & Sweeney waren gericht. Braden Chance, de vastgoedadvocaat die ik om het dossier had gevraagd, kreeg de meeste pijlen op zich af.

Mijn hoofdverdachte was zijn medewerker, de jongeman die onze scherpe woordenwisseling had gehoord en die Chance even later, toen ik wegging, een 'lul' had genoemd. Hij zou de details van de ontruiming kennen en hij zou toegang tot het dossier hebben.

Ik belde een juridisch medewerker van Antitrust en gebruikte daarvoor een zaktelefoon, want de kans bestond dat alle telefoongesprekken bij Drake & Sweeney geregistreerd werden. Hij had zijn kamer niet ver van de mijne. Hij verwees me naar een ander, en met enige moeite kwam ik erachter dat de man die ik zocht Hector Palma heette. Hij werkte al drie jaar voor het kantoor, al die tijd op de vastgoeddivisie. Ik wilde hem opsporen, maar dan wel buiten het kantoor.

Mordecai belde. Hij vroeg of ik dinerafspraken voor die avond had. 'Ik trakteer,' zei hij.

'Soep?'

Hij lachte. 'Natuurlijk niet. Ik weet een heel goeie broodjeszaak.'

We spraken om zeven uur af. Claire zat weer in haar artsenroutine en dacht niet meer aan tijden, maaltijden of echtgenoten. Ze had in de loop van de middag gebeld, een paar woorden tussen de bedrijven door. Ze had geen idee wanneer ze thuis zou zijn, maar het zou erg laat worden. Wat het avondeten betrof, was het ieder voor zich. Ik nam haar dat niet kwalijk. Ze had die snelle levensstijl van mij geleerd.

We ontmoetten elkaar in een restaurant bij Dupont Circle. De bar aan de voorkant zat vol met goedbetaalde ambtenarentypes die nog even iets dronken voordat ze de stad ontvluchtten. Wij gingen achterin iets zitten drinken, in een kleine nis.

'Het Burton-verhaal is groot en wordt groter,' zei hij, terwijl hij slokjes van een tapbiertje nam.

'Sorry, maar ik heb de afgelopen twaalf uur in een grot geleefd. Wat is er gebeurd?'

'Veel publiciteit. Vier dode kinderen en hun mama, wonend in een auto. Ze vonden ze anderhalve kilometer van Capitol Hill vandaan, waar ze net bezig zijn het uitkeringenstelsel te hervormen, waardoor nog meer alleenstaande moeders dakloos worden. Het is weer fraai!'

'Dus de begrafenis wordt een hele show.'

'Vast en zeker. Ik heb vandaag met een stuk of tien actievoerders voor daklozen gesproken. Ze komen allemaal, en ze willen hun mensen meenemen. Reken maar dat die kerk stampvol straatmensen zal zitten. En nogmaals, er komt ook veel pers. Vier kleine doodkisten naast die van hun moeder, camera's die het allemaal vastleggen voor het journaal van zes uur. We hebben van tevoren een protestbijeenkomst en na afloop een mars.'

'Misschien komt er nog iets goeds uit hun dood voort.'

'Misschien.'

Als ervaren en gehaaide advocaat wist ik dat er achter elke uitnodiging voor een lunch of diner een reden zat. Mordecai had me iets te zeggen. Dat kon ik merken aan de manier waarop hij me aankeek.

'Enig idee waarom ze dakloos waren?' vroeg ik, vissend.

'Nee. Waarschijnlijk de gebruikelijke reden. Ik heb geen tijd gehad om vragen te stellen.'

Toen ik naar het restaurant reed, had ik besloten dat ik hem niet over de mysterieuze map en zijn inhoud kon vertellen. Dat was vertrouwelijke informatie die ik alleen onder ogen had gekregen omdat ik voor Drake & Sweeney werkte. Als ik naar buiten bracht wat ik over de activiteiten van een cliënt te weten was gekomen, zou dat een flagrante schending van mijn beroepsgeheim zijn. Het idee dat ik het aan iemand zou vertellen, maakte me bang. Bovendien had ik nog niets geverifieerd.

De ober bracht salades, en we begonnen te eten. 'We hebben vanmiddag een vergadering van het kantoor gehad,' zei hij tussen twee happen door. 'Ik, Abraham, Sofia. We hebben hulp nodig.'

Het verbaasde me niet dat te horen. 'Wat voor hulp?'

'Nog een advocaat.'

'Ik dacht dat jullie blut waren.'

'We hebben een kleine reserve. En we hebben een nieuwe marketingstrategie aangenomen.'

Het idee dat de rechtswinkel in 14th Street zich nu ook al druk maakte om een marketingstrategie was komisch, en dat was ook zijn bedoeling. We glimlachten allebei.

'Als we die nieuwe advocaat kunnen overhalen tien uur per week aan het inzamelen van geld te besteden, zou hij zichzelf kunnen betalen.'

Weer glimlachjes.

Hij ging verder: 'Hoe het ons ook tegenstaat, als we niet meer geld kunnen inzamelen, leggen we het loodje. De Cohen Trust begint af te takelen. We bevonden ons in de luxepositie dat we niet hoefden te bedelen, maar dat moet nu veranderen.'

'Wat is de rest van de baan?'

'Straatrecht. Daar heb je al kennis mee gemaakt. Je hebt gezien waar we zitten. Het is een krot. Sofia is een feeks. Abraham is een rotzak. De cliënten ruiken niet echt lekker, en het geld is een lachertje.'

'Hoeveel geld?'

'We kunnen je dertigduizend per jaar aanbieden, maar we kunnen je alleen maar de helft daarvan in de eerste zes maanden garanderen.'

'Waarom?'

'De stichting sluit haar boekjaar op 30 juni. Dan vertellen ze ons hoeveel we voor het volgend boekjaar krijgen, dat op 1 juli begint. We hebben genoeg reserves om je de komende zes maanden te betalen. Daarna verdelen we met zijn vieren wat er na aftrek van onkosten overblijft.'

'Abraham en Sofia zijn het daarmee eens?'

'Ja, na een toespraakje van mij. We denken dat je goede contacten met de gevestigde advocatuur hebt, en omdat je goed opgeleid, representatief en intelligent bent, en meer van dat gezeik, zou je wel eens heel goed in geld inzamelen kunnen zijn.'

'En als ik geen zin heb om geld in te zamelen?'

'Dan kunnen wij vieren ons salaris nog wat verlagen, misschien tot twintigduizend per jaar. En dan naar vijftien. En als de stichting opdroogt, kunnen we de straat op gaan, net als onze cliënten. Dakloze advocaten.'

'Dus ik ben de toekomst van de rechtswinkel in 14th Street?'
'Dat hebben we besloten. We accepteren je als volledige maat. Zo ver ben je bij Drake & Sweeney nog niet.'
'Ik ben ontroerd,' zei ik. Ik was ook een beetje bang. Dit aanbod kwam niet onverwachts, maar het zette wel een deur open waar ik niet zo gemakkelijk binnen ging.
De zwartebonensoep kwam, en we bestelden nog wat bier.
'Wat is Abrahams voorgeschiedenis?' vroeg ik.
'Joodse jongen uit Brooklyn, New York. Kwam naar Washington als medewerker van senator Moynihan. Zat een paar jaar op Capitol Hill en kwam toen op straat terecht. Superintelligent. Het grootste deel van zijn tijd coördineert hij processen met pro Deoadvocaten van grote kantoren. Op dit moment procedeert hij tegen de dienst voor de volkstellingen om gedaan te krijgen dat de daklozen ook worden geteld. En hij procedeert tegen het onderwijssysteem in Washington om de zekerheid te krijgen dat dakloze kinderen naar school kunnen. Zijn sociale vaardigheden laten veel te wensen over, maar als het op procesvoering vanuit achterkamertjes aankomt, is hij subliem.'
'En Sofia?'
'Een maatschappelijk werkster die elf jaar lang een avondstudie rechten heeft gevolgd. Ze denkt en handelt als een advocaat, vooral wanneer ze ambtenaren de huid vol scheldt. Je zult haar tien keer per dag "Met Sofia Mendosa, advocate" horen zeggen.'
'Ze is ook de secretaresse?'
'Nee. Wij hebben geen secretaresses. Je doet je eigen typewerk en archiefwerk en je zet je eigen koffie.' Hij boog zich iets naar voren en dempte zijn stem. 'Wij drieën zijn al een hele tijd bij elkaar, Michael, en we hebben allemaal ons territorium afgebakend. Eerlijk gezegd hebben we een nieuw gezicht met nieuwe ideeën nodig.'
'Het geld is wel aanlokkelijk,' zei ik in een zwakke poging tot humor.
Hij grijnsde evengoed. 'Je doet het niet voor het geld. Je doet het voor je ziel.'

Mijn ziel hield me het grootste deel van de nacht wakker. Had ik het lef om weg te lopen? Wilde ik er serieus over nadenken om een baan te nemen die zo slecht betaalde? Ik zei letterlijk dag met het handje tegen miljoenen dollars.
De dingen en bezittingen waar ik naar verlangde, zouden herinne-

ringen worden die geleidelijk wegzakten.

Het moment was niet ongunstig. Nu mijn huwelijk voorbij was, leek het me op de een of andere manier wel passend dat ik op alle fronten drastische veranderingen aanbracht.

12

Op dinsdag meldde ik me ziek. 'Waarschijnlijk griep,' zei ik tegen Polly, die, zoals haar geleerd was, bijzonderheden wilde weten. Koorts, keelpijn, hoofdpijn? Al het bovenstaande. Trouwens, het kon me niet schelen. Als je wegbleef van het kantoor, kon je maar beter goed ziek zijn. Ze zou een formulier invullen en naar Rudolph sturen. Omdat ik een telefoontje van hem verwachtte, verliet ik het appartement en slenterde het eerste deel van de ochtend door Georgetown. De sneeuw was snel aan het smelten; de temperatuur kon oplopen tot meer dan tien graden. Ik hing een uur op Washington Harbor rond, kocht een bekertje cappuccino bij een kraampje, en keek toe hoe de roeiers op de Potomac verkleumden.
Om tien uur ging ik naar de begrafenis.

Het trottoir voor de kerk was gebarricadeerd. Er stonden politieagenten bij. Hun motoren stonden op straat geparkeerd. Verderop zag ik de televisiewagens.
Toen ik voorbijreed, luisterde een grote menigte naar iemand die in een microfoon schreeuwde. Er werden een paar inderhaast geschilderde protestborden omhooggehouden voor de camera's. Ik parkeerde drie blokken verder in een zijstraat en liep vlug naar de kerk. Ik ging niet naar de voorkant, maar liep naar een zijdeur, die door

een bejaarde zaalwachter werd bewaakt. Ik vroeg of er een balkon was. Hij vroeg of ik een verslaggever was.

Hij leidde me naar binnen en wees naar een deur. Ik bedankte hem, passeerde de deur en ging een gammele trap op. Zo kwam ik op het balkon, vanwaar ik uitzicht had op de prachtige kerkzaal beneden. De vloerbedekking was bourgognerood, de banken waren van donker hout, de glas-in-loodramen waren schoon. Het was een erg mooie kerk, en een ogenblik kon ik me wel voorstellen dat de dominee er weinig voor voelde om daklozen op te nemen.

Ik was de enige op het balkon. Ik liep rustig naar een plaats boven de achterdeur, vanwaar ik een goed zicht had over het middenpad naar de preekstoel. Buiten, aan de voorkant, begon een koor te zingen en ik zat in de stilte van de lege kerk, waar de muziek naar binnen zweefde.

De muziek hield op, de deuren gingen open en de stormloop begon. De balkonvloer schudde toen de rouwenden de kerkzaal binnenstroomden. Het koor nam zijn plaats achter de preekstoel in. De dominee leidde het verkeer: de cameraploegen in een hoek, de kleine familie op de voorste bank, de actievoerders en hun daklozen in het middengedeelte. Mordecai kwam binnen met twee mensen die ik niet kende. Een deur in de zijkant ging open, en de gedetineerden liepen de zaal in, Lontaes moeder en twee broers, in blauwe gevangeniskleding, met boeien om polsen en enkels, aan elkaar geketend en geëscorteerd door vier bewakers. Ze werden naar de tweede bank in het midden gebracht, achter de grootmoeder en een stuk of wat andere familieleden.

Toen het stil was, begon het orgel, laag en droevig. Beneden me werd het rumoerig, en iedereen keek om. De dominee besteeg de preekstoel en verzocht ons te gaan staan.

Zaalwachters met witte handschoenen reden de houten doodkisten door het gangpad en zetten ze voor in de kerk op een rij, Lontaes kist in het midden. De kist van de baby was erg klein, nog geen meter lang. Die van Ontario, Alonzo en Dante waren wat groter. Het was een schokkende aanblik, en in de kerk werd gehuild. Het koor begon te neuriën en te deinen.

De zaalwachters legden bloemen om de kisten, en gedurende een afschuwelijk moment dacht ik dat ze de kisten zouden openen. Ik was nooit eerder op een zwarte begrafenis geweest. Ik had geen idee wat ik kon verwachten, maar ik had televisiebeelden van andere begrafenissen gezien. Soms werd de kist geopend en kuste de familie het lichaam. De aasgieren met de camera's stonden al klaar. Maar de kisten bleven dicht, en dus kwam de wereld niet te weten wat ik wist: dat Ontario en zijn familie een erg vredige indruk maakten. We gingen zitten en de dominee sprak een lang gebed uit. Er volgde een solo van zuster die-en-die, en toen was het even stil. De dominee las uit de Schrift en preekte een tijdje. Hij werd gevolgd door een dakloze actievoerster die een vernietigende aanval deed op een samenleving en haar leiders die zoiets lieten gebeuren. Ze gaf de schuld aan het Congres, met name de republikeinen, en ze gaf ook de schuld aan de gemeente, die erg zwak geleid zou worden, aan de rechtbanken, aan de bureaucratie. Maar haar felste woorden bewaarde ze voor de hogere standen, de mensen met geld en macht die zich niets aan de armen en zieken gelegen lieten liggen. Ze was welbespraakt en woedend, erg effectief, vond ik, maar eigenlijk hoorde ze niet op een begrafenis thuis.

Toen ze was uitgesproken, klapten de mensen voor haar. De dominee begreep wat er van hem verwacht werd. Hij veegde langdurig de vloer aan met iedereen die geen kleur had maar wel geld.

Een solo, nog meer Schrift, en toen zette het koor een hymne met veel soul in, waar ik bijna van moest huilen. Er vormde zich een optocht om handen op de doden te leggen, maar die werd al gauw verstoord toen rouwenden begonnen te weeklagen en over de kisten wreven. 'Maak ze open,' riep iemand, maar de dominee schudde zijn hoofd. Ze stuwden op naar de preekstoel, verdrongen zich om de kisten, schreeuwend en snikkend terwijl het koor de registers nog een beetje verder opentrok. De grootmoeder was het luidruchtigst, en ze werd gestreeld en getroost door de anderen.

Ik kon het niet geloven. Waar waren deze mensen in de laatste maanden van Lontaes leven geweest? Die kleine lichamen die daar in die kisten lagen, hadden nooit zoveel liefde meegemaakt.

De camera's kwamen dichterbij. Steeds meer rouwenden stortten in. Het was vooral een show.

Ten slotte greep de dominee in. Hij herstelde de orde. Hij bad weer met orgelmuziek op de achtergrond. Toen hij klaar was, begonnen de mensen te vertrekken. Ze liepen nog een laatste keer in optocht langs de kisten.

De dienst had anderhalf uur geduurd. Voor tweeduizend dollar was het geen slechte productie geweest. Ik was er trots op.

Buiten verzamelden ze zich weer. Het werd een demonstratieve optocht in de richting van Capitol Hill. Mordecai liep in het midden, en toen ze om een hoek verdwenen, vroeg ik me af aan hoeveel optochten en demonstraties hij had deelgenomen. Niet genoeg, zou hij waarschijnlijk antwoorden.

Rudolph Mayes was op zijn dertigste al maat bij Drake & Sweeney geworden, en dat was nog steeds een record. En als het leven doorging zoals hij van plan was, zou hij op een dag de oudste actieve maat zijn. Het recht was zijn leven, zoals zijn drie ex-vrouwen konden getuigen. Al het andere waar hij zich mee bezighield, was een ramp, maar Rudolph was bij uitstek een teamspeler van een groot kantoor.

Om zes uur 's avonds zat hij achter een stapel werk in zijn kamer op me te wachten. Polly en de secretaresses waren naar huis, evenals de meeste medewerkers en administratief medewerkers. Na half zes werd het veel rustiger op de gangen.

Ik deed de deur dicht en ging zitten. 'Ik dacht dat je ziek was,' zei hij.

'Ik ga weg, Rudolph,' zei ik zo moedig als ik kon, maar mijn maag lag in de knoop.

Hij schoof boeken opzij en draaide de dop op zijn dure pen. 'Ik luister.'

'Ik verlaat het kantoor. Ik heb een aanbod om in de sociale advocatuur te gaan werken.'

'Doe niet zo dom, Michael.'

'Ik doe niet dom. Ik heb mijn besluit genomen. En ik wil hier met zo min mogelijk moeilijkheden weg.'

'Over drie jaar ben je maat.'

'Ik heb iets beters gevonden.'

Hij kon geen antwoord bedenken en rolde daarom geërgerd met zijn ogen. 'Kom nou, Mike. Je kunt niet instorten door één incident.'

'Ik stort niet in, Rudolph. Ik ga gewoon op een ander terrein werken.'

'Geen van de andere acht gegijzelden doet dit.'

'Moeten ze zelf weten. Als ze blij zijn met wat ze doen, ben ik blij voor ze. Trouwens, ze doen aan procesvoering, dat is een apart slag.'

'Waar ga je heen?'
'Een kantoor bij Logan Circle. Het is gespecialiseerd in recht voor daklozen.'
'Recht voor daklozen?'
'Ja.'
'Hoeveel betalen ze je?'
'Een fortuin. Wil je een donatie aan het kantoor doen?'
'Je bent gek geworden.'
'Alleen maar een kleine crisis, Rudolph. Ik ben nog maar tweeëndertig, te jong voor de midlifecrisis. Ik denk dat ik vroegtijdig over de mijne heen zal zijn.'
'Neem een maand vrij. Ga met die daklozen werken, zorg dat je het achter je krijgt, en kom dan terug. Dit is een verschrikkelijk moment om te vertrekken, Mike. Je weet hoe groot onze achterstand is.'
'Dat doe ik niet, Rudolph. Het is niet leuk als er een veiligheidsnet is.'
'Leuk? Je doet dit voor de lol?'
'Absoluut. Stel je eens voor hoe leuk het zou zijn om te werken zonder de hele tijd op de klok te kijken?'
'En Claire?' vroeg hij, en daaruit bleek hoe diep zijn wanhoop was. Hij kende haar nauwelijks en hij was in het hele kantoor wel het minst gekwalificeerd om huwelijksadviezen te geven.
'Het gaat goed met haar,' zei ik. 'Ik zou graag vrijdag willen vertrekken.'
Hij gaf zich kreunend gewonnen. Hij sloot zijn ogen en schudde langzaam met zijn hoofd. 'Ik kan dit niet geloven.'
'Sorry, Rudolph.'
We schudden elkaar de hand en spraken af de volgende ochtend samen te ontbijten om over de zaken te spreken die ik aan anderen zou overdragen.
Omdat ik niet wilde dat Polly het uit de tweede hand hoorde, ging ik naar mijn kamer en belde haar. Ze stond thuis in Arlington het avondeten klaar te maken. Het bedierf haar hele week.
Ik kocht een Thaise afhaalmaaltijd en ging ermee naar huis. Ik koelde wat wijn, dekte de tafel en begon mijn tekst te repeteren.

Voorzover ik kon zien, vermoedde Claire geen hinderlaag. In de loop van de jaren hadden we de gewoonte ontwikkeld elkaar gewoon te negeren in plaats van ruzie te maken. Daarom waren onze tactieken niet erg verfijnd.

Maar het idee van een onverhoedse aanval stond me wel aan. Ik zou zelf goed voorbereid zijn en zou precies weten wat ik moest zeggen. Het zou misschien unfair zijn, maar het zou me goed doen en het was volkomen aanvaardbaar in de context van een afbrokkelend huwelijk.

Het was bijna tien uur. Omdat ze uren geleden al in de gauwigheid ergens had gegeten, gingen we meteen met een glas wijn naar de huiskamer. Ik porde het vuur op en we gingen in onze favoriete stoelen zitten. Na een paar minuten zei ik: 'We moeten praten.'

'Wat is er?' vroeg ze, volkomen onbezorgd.

'Ik denk erover om bij Drake & Sweeney weg te gaan.'

'O ja?' Ze nam een slok. Ik had bewondering voor haar kalmte. Ze had dit verwacht of wilde de indruk wekken dat het haar niets deed.

'Ja. Ik kan daar niet meer werken.'

'Waarom niet?'

'Ik ben aan verandering toe. Het werk voor bedrijven is me plotseling te saai en onbelangrijk. Ik wil iets doen om mensen te helpen.'

'Dat is fijn.' Ze dacht al aan het geld, en ik vroeg me af hoe lang ze erover zou doen om dat ter sprake te brengen. 'Dat is zelfs erg bewonderenswaardig, Michael.'

'Ik heb je over Mordecai Green verteld. Zijn rechtswinkel heeft me een baan aangeboden. Ik begin maandag.'

'Maandag?'

'Ja.'

'Dus je hebt je besluit al genomen.'

'Ja.'

'Zonder het met mij te bespreken. Ik heb er niets over te zeggen. Begrijp ik dat goed?'

'Ik kan niet naar het kantoor terug, Claire. Ik heb het Rudolph vandaag verteld.'

Weer een slokje, een licht geknars van tanden, een flikkering van woede in haar ogen, maar ze liet zich niet meeslepen. Haar zelfbeheersing was verbazingwekkend.

We keken naar het vuur, gehypnotiseerd door de oranje vlammen. Ze was de eerste die iets zei. 'Mag ik vragen wat dit financieel voor ons betekent?'

'Het verandert de zaken.'

'Wat is je nieuwe salaris?'

'Dertigduizend per jaar.'

'Dertigduizend per jaar,' herhaalde ze. Toen zei ze het opnieuw, en wel zo dat het op de een of andere manier nog minder leek. 'Dat is minder dan wat ik verdien.'

Zij verdiende eenendertigduizend, een bedrag dat in de komende jaren dramatisch omhoog zou gaan – het grote geld was niet ver weg. Ik was niet van plan me in dit gesprek iets aan te trekken van gejammer over geld.

'Je gaat niet voor het geld in de sociale advocatuur werken,' zei ik, en ik probeerde niet te vroom te klinken. 'Als ik het me goed herinner, ging jij ook niet medicijnen studeren voor het geld.'

Zoals iedere medicijnenstudent in het land had ze aan het begin van haar studie plechtig verklaard dat geld niet het doel was. Ze wilde de mensheid helpen. Dat gold ook voor rechtenstudenten. We logen allemaal.

Ze keek naar het vuur en maakte de rekensommen. Waarschijnlijk dacht ze aan de huur. Het was een erg mooi appartement; voor vierentwintighonderd dollar per maand had het eigenlijk nog mooier moeten zijn. Het meubilair was goed genoeg. We waren er trots op dat we daar woonden – goed adres, mooi gebouw, sjieke buurt – maar we waren er bijna nooit. En we ontvingen bijna nooit gasten. Een ander huis zou even wennen zijn, maar dat kwamen we wel te boven.

We hadden altijd openlijk over onze financiën gesproken. Niets was geheim. Ze wist dat we ongeveer eenenvijftigduizend dollar in beleggingsfondsen hadden zitten, en twaalfduizend op onze bankrekening. Ik stond er versteld van dat we in zes jaar huwelijk zo weinig gespaard hadden. Als je voor een groot kantoor werkt en op weg bent naar het grote geld, denk je niet zoveel aan sparen.

'Dan moeten we ons aanpassen, nietwaar?' zei ze, en ze keek me koel aan. De bijbetekenissen dropen van het woord 'aanpassen' af.

'Ik denk van wel.'

'Ik ben moe,' zei ze. Ze dronk haar glas leeg en ging naar de slaapkamer.

Wat pathetisch, dacht ik. Ze kon niet eens genoeg rancune opbrengen om een laaiende ruzie te beginnen.

Natuurlijk was ik mij ten volle bewust van mijn nieuwe positie. Het was een geweldig verhaal: een ambitieuze jonge advocaat die opeens besluit zich voor de armen in te zetten, die het prestigieuze kantoor waar hij voor werkt, inwisselt voor niets. Al dacht ze dat ik gek was geworden, Claire vond het moeilijk om kritiek uit te oefenen op een heilige.

Ik legde een houtblok op het vuur, schonk me nog iets te drinken in en ging op de bank slapen.

13

De maten hadden een privé-eetkamer op de zevende verdieping, en het werd voor een medewerker als een eer beschouwd wanneer hij daar mocht eten. Rudolph was het soort klungel dat dacht dat een bord Ierse havermout om zeven uur in de ochtend in hun speciale kamer me wel bij mijn verstand zou brengen. Hoe zou ik afstand kunnen doen van een toekomst vol ontbijten in deze kamer? Hij had opwindend nieuws. De vorige avond had hij laat nog met Arthur gesproken en er werd aan een voorstel gewerkt om me een *sabbatical* te geven: twaalf maanden vrij. Het kantoor zou het salaris aanvullen dat ik in de rechtswinkel verdiende. Het was een goede zaak, zei hij, ze zouden eigenlijk meer moeten doen om de rechten van de armen te beschermen. Ik zou een heel jaar als de pro Deo-advocaat van het kantoor worden behandeld, en ze konden daar allemaal een goed gevoel bij hebben. Ik zou met een opgeladen accu terugkomen. Mijn andere interesses zouden dan verzadigd zijn en ik zou mijn talenten weer ten volle voor de glorie van Drake & Sweeney kunnen inzetten.

Ik was onder de indruk van het idee, en ook een beetje ontroerd. Ik kon het niet zomaar van de hand wijzen. Ik beloofde hem dat ik erover zou denken, en wel snel. Hij waarschuwde dat het, omdat ik geen maat was, aan de raad van bestuur van het kantoor moest worden voorgelegd. Het kantoor had namelijk nog nooit eerder zo'n verlof voor een medewerker overwogen.

Rudolph wilde erg graag dat ik bleef, en dat had weinig met vriendschap te maken. Onze antitrustdivisie was overladen met werk en we hadden nog minstens twee seniormedewerkers met mijn ervaring nodig. Mijn vertrek kwam erg ongelegen, maar dat kon me niet schelen. Het kantoor had achthonderd advocaten. Ze zouden heus wel de mensen vinden die ze nodig hadden.

Het jaar daarvoor had ik bijna zevenhonderdvijftigduizend dollar gedeclareerd. Daarom zat ik nu in hun dure kamertje te eten en luisterde ik naar hun voorstellen om toch alsjeblieft te blijven. Het was vanuit hun standpunt ook niet zo gek om mijn hele jaarsalaris te nemen en het desnoods aan de daklozen te vergooien, of welk goed doel ik maar wilde, als ze me na een jaar terug konden lokken.

Toen hij zijn voorstel uiteen had gezet, bespraken we de dringendste aangelegenheden die ik onder handen had. We waren net een lijst aan het maken van dingen die moesten gebeuren, toen Braden Chance aan een tafel niet ver van ons vandaan ging zitten. Eerst zag hij me niet. Er zaten een stuk of tien maten te eten, de meesten alleen, de meesten verdiept in de ochtendbladen. Ik probeerde hem te negeren, maar ten slotte keek ik in zijn richting en zag hem nors naar me kijken.

'Goedemorgen, Braden,' zei ik hardop. Daar schrok hij van, en Rudolph keek meteen over zijn schouder om te zien wie het was. Chance knikte, zei niets en werd opeens helemaal in beslag genomen door zijn toast.

'Je kent hem?' vroeg Rudolph zachtjes.

'We hebben elkaar ontmoet,' zei ik. Tijdens onze korte confrontatie in zijn kamer had Chance me naar de naam van mijn supervisor gevraagd. Ik had hem Rudolphs naam genoemd. Blijkbaar had hij geen klacht ingediend.

'Een lul,' zei Rudolph, nauwelijks hoorbaar. Dat was blijkbaar unaniem. Toen was hij Chance alweer vergeten. Hij sloeg een bladzijde om en ploegde voort. Er lag nog een hoop onvoltooid werk in mijn kantoor.

Onwillekeurig dacht ik aan Chance en het ontruimingsdossier. Hij had iets zachts, een bleke huid, fijne trekken, een kwetsbare houding. Ik kon me hem niet op straat voorstellen, op onderzoek in leegstaande pakhuizen vol krakers. Hij leek me niet iemand die zijn handen vuil maakte om te zorgen dat het werk grondig werd gedaan. Natuurlijk deed hij dat nooit; daar had hij medewerkers voor. Chance zat aan zijn bureau en hield toezicht op het papierwerk en declareerde honderden dollars per uur, terwijl Hector Palma de vervelende details afwerkte. Chance lunchte en speelde golf met de directie van RiverOaks; dat was zijn rol als maat.

Waarschijnlijk wist hij niet eens de namen van de mensen die uit het pakhuis van RiverOaks/TAG waren gezet, en waarom zou hij ook? Dat waren maar krakers, zonder naam, zonder gezicht en inmiddels ook nog zonder dak boven hun hoofd. Hij was er niet bij als die mensen uit hun kleine onderkomens werden gesleurd en op straat werden gegooid. Maar Hector Palma zag het waarschijnlijk wel gebeuren.

En als Chance de namen van Lontae Burton en haar kinderen niet kende, kon hij ook geen verband leggen tussen de ontruiming en hun dood. Of misschien wist hij het nu wel. Misschien had iemand het hem verteld.

Het waren vragen waarop Hector Palma een antwoord zou moeten geven, en wel gauw. Het was woensdag. Vrijdag zou ik voor het laatst zijn.

Rudolph beëindigde ons ontbijt om acht uur, nog net op tijd voor een bespreking op zijn kamer met een aantal erg belangrijke mensen. Ik ging naar mijn bureau en las de *Post*. Er stond een hartverscheurende foto in van de vijf ongeopende doodkisten in de kerk, met een uitgebreid verslag van de dienst en de demonstratie na afloop.

Er was ook een hoofdartikel, een goed geschreven oproep aan ons allen, wij mensen met eten en een dak boven ons hoofd, om eens aan de Lontae Burtons van onze stad te denken. Ze gingen niet weg. Je kon ze niet van de straat vegen en op een geheime plaats dumpen, zodat wij ze niet meer zouden zien. Ze woonden in auto's, of in schuurtjes, verkleumden in geïmproviseerde tenten, sliepen op parkbanken, wachtten op bedden in overvolle en soms gevaarlijke opvangcentra. We leefden in dezelfde stad; ze maakten deel uit van onze samenleving. Als we hen niet hielpen, zouden het er steeds meer worden. En ze zouden in onze straten blijven sterven.

Ik knipte het hoofdartikel uit de krant, vouwde het op en deed het in mijn portefeuille.

Via het netwerk van juridisch medewerkers legde ik contact met Hector Palma. Het zou niet verstandig zijn hem rechtstreeks te benaderen; Chance lag waarschijnlijk op de loer.

We ontmoetten elkaar in de bibliotheek op de tweede verdieping, tussen stapels boeken, ver van de beveiligingscamera's en van alle anderen. Hij was erg nerveus.

'Heb jij die map op mijn bureau gelegd?' vroeg ik hem op de man af. Ik had geen tijd voor spelletjes.

'Welke map?' vroeg hij. Hij keek om zich heen, alsof we gevolgd waren door mannen met revolvers.

'De ontruiming voor RiverOaks/TAG. Dat heb jij toch geregeld?' Hij wist niet hoeveel ik wist, of hoe weinig. 'Ja,' zei hij.

'Waar is het dossier?'

Hij nam een boek van de plank en deed alsof hij daar iets in aan het opzoeken was. 'Chance bewaart alle dossiers.'

'In zijn kamer?'

'Ja. Achter slot en grendel in een archiefkast.' We fluisterden nu nagenoeg. Ik had niet tegen deze ontmoeting opgezien, maar nu keek ik ook nerveus om me heen. Iemand die naar ons keek, zou meteen zien dat we iets in ons schild voerden.

'Wat zit er in dat dossier?' vroeg ik.

'Lelijke dingen.'

'Vertel het me.'

'Ik heb een vrouw en vier kinderen. Ik wil niet de laan uitgestuurd worden.'

'Je hebt mijn woord.'

'Jij gaat weg. Wat kan het jou schelen?'

Nieuws verspreidt zich snel. Ik was niet verbaasd. Ik had me vaak afgevraagd wie er meer roddelden, de advocaten of hun secretaresses. Waarschijnlijk de juridisch medewerkers.

'Waarom heb je die map op mijn bureau gelegd?' vroeg ik.

Hij pakte een ander boek. Zijn rechterhand beefde. 'Ik weet niet waar je het over hebt.'

Hij sloeg een paar bladzijden om en liep toen naar het eind van de rij. Ik volgde hem, nadat ik me ervan had vergewist dat er niemand bij ons in de buurt was. Hij bleef staan en vond een ander boek; hij wilde nog steeds praten.

'Ik heb dat dossier nodig,' zei ik.

'Ik heb het niet.'

'Hoe kom ik er dan aan?'

'Je zult het moeten stelen.'

'Goed. Hoe kom ik aan een sleutel?'
Hij keek me even aan. Blijkbaar vroeg hij zich af of het me menens was. 'Ik heb geen sleutel,' zei hij.
'Hoe kwam je dan aan die lijst van uitgezette mensen?'
'Ik weet niet waar je het over hebt.'
'Dat weet je wel. Je hebt die map op mijn bureau gelegd.'
'Je bent knettergek,' zei hij, en liep weg. Ik wachtte tot hij bleef staan, maar hij liep door, langs de rijen planken, langs de stapels boeken, langs de balie, de bibliotheek uit.

Ik was niet van plan me in mijn laatste drie dagen bij het kantoor kapot te werken, al had ik bij Rudolph de indruk gewekt dat ik dat wel zou doen. In plaats daarvan bedekte ik mijn bureau met anti-trustpapieren, sloot de deur, keek naar de muren en glimlachte naar alle dingen die ik achterliet. Met elke ademtocht werd weer een beetje meer druk van me afgenomen. Geen gezwoeg meer met tel-kens een blik op de klok. Geen weken van tachtig uren meer omdat mijn ambitieuze collega's misschien vijfentachtig deden. Geen geslijm bij hogergeplaatsten meer. Geen nachtmerries meer waarin de deur van het maatschap voor mijn gezicht werd dichtgegooid.
Ik belde Mordecai en nam de baan formeel aan. Hij lachte en maakte grappen over het geld dat hij moest zien te vinden om mijn salaris te betalen. Ik zou maandag beginnen, maar hij wilde dat ik daarvoor een keer langs kwam voor een korte kennismaking. Ik stelde me het interieur van de rechtswinkel voor en vroeg me af welk van de rommelige kamertjes ik zou krijgen. Alsof dat er iets toe deed.
Tegen het eind van de middag werd ik vooral in beslag genomen door vrienden en collega's, die afscheid kwamen nemen en ervan overtuigd waren dat ik mijn verstand had verloren.
Ik zat daar niet mee. Per slot van rekening was ik op weg een heilige te worden.

Intussen ging mijn vrouw naar een echtscheidingsadvocaat, een vrouwelijke die de reputatie had een meedogenloze mannenhaat-ster te zijn.
Claire zat op me te wachten toen ik om zes uur, nogal vroeg dus, thuiskwam. De keukentafel was bedekt met briefjes en computer-spreadsheets. Een calculator lag bij de hand. Ze maakte een ijzige,

goed voorbereide indruk. Ditmaal liep ik in de hinderlaag.

'Ik stel voor dat we gaan scheiden op grond van onverzoenlijke verschillen,' begon ze vriendelijk. 'We vechten er niet om. We slaan elkaar niet met verwijten om de oren. We erkennen wat we nooit konden uitspreken: het huwelijk is voorbij.'

Ze zweeg en wachtte tot ik iets zei. Ik kon niet doen alsof ik verrast was. Haar besluit stond vast. Wat had het voor zin om bezwaar te maken? Ik moest net zo'n koelbloedige indruk maken als zij. 'Goed,' zei ik zo nonchalant mogelijk. Het was in zekere zin wel een opluchting om eindelijk eerlijk te kunnen zijn. Maar het zat me dwars dat zij de scheiding liever wilde dan ik.

Om de overhand te behouden begon ze over haar bezoek aan Jacqueline Hume, haar echtscheidingsadvocate. Ze liet die naam vallen alsof het een mortierinslag was. Vervolgens vertelde ze me welke vooringenomen meningen haar spreekbuis naar voren had gebracht.

'Waarom heb je een advocaat genomen?' onderbrak ik haar.

'Ik wil er zeker van zijn dat ik goed beschermd ben.'

'En je denkt dat ik misbruik van je zou maken?'

'Jij bent advocaat. Ik wil een advocaat. Zo simpel ligt het.'

'Je had je veel geld kunnen besparen als je haar niet in de arm had genomen,' zei ik. Een beetje onenigheid moest er zijn. Per slot van rekening was dit een scheiding.

'Maar nu ik er een heb, voel ik me veel beter.'

Ze gaf me Document A, een overzicht van onze activa en passiva. Document B was een voorgestelde verdeling daarvan. Zoals te verwachten was, wilde zij het meeste. We hadden twaalfduizend op onze privé-rekening, en ze wilde de helft daarvan gebruiken om de banklening op haar auto af te lossen. Ik zou vijfentwintighonderd van de rest krijgen. Er stond nergens iets over de zestienduizend dollar die ik nog op mijn Lexus moest afbetalen. Ze wilde veertigduizend van de eenenvijftigduizend dollar die we in beleggingsfondsen hadden zitten. Ik mocht de rest houden.

'Niet bepaald een gelijke verdeling,' zei ik.

'Dat moet ook niet,' zei ze met alle zekerheid van iemand die zojuist een pitbull heeft ingehuurd.

'Waarom niet?'

'Omdat ik niet degene ben die een midlifecrisis doormaakt.'

'Dus het is mijn schuld?'

'Het gaat er niet om wiens schuld het is. We zijn de bezittingen aan het verdelen. Om duistere redenen heb je besloten een salarisverlaging van negentigduizend dollar per jaar te accepteren. Waarom zou ik daaronder moeten lijden? Mijn advocate zegt dat ze de rechter ervan kan overtuigen dat we door jouw toedoen financieel aan de grond zijn geraakt. Als jij gek wilt worden, moet je dat zelf weten. Maar verwacht niet van mij dat ik verhonger.'
'Die kans lijkt me niet groot.'
'Ik ga geen ruzie maken.'
'Dat zou ik ook niet doen als ik alles kreeg.' Ik voelde me nu toch wel gedwongen een beetje op te spelen. We mochten niet schreeuwen of met dingen gooien. We mochten absoluut niet gaan huilen. We mochten geen gemene beschuldigingen over verhoudingen of drugs doen. Wat was dit nou voor een scheiding?
Een erg steriele. Ze negeerde me en ging verder met haar notities. Het volgende punt was haar ongetwijfeld ingegeven door haar spreekbuis. 'De huur van het appartement loopt tot 30 juni, en ik blijf hier tot die dag. Dat is tienduizend dollar huur.'
'Wanneer wil je dat ik wegga?'
'Zo gauw als je maar wilt.'
'Goed.' Als ze me eruit wilde hebben, zou ik niet smeken of ik mocht blijven. Ik zou de eer aan mezelf houden. Het was een wedstrijd: welke kant van de tafel kon de meeste minachting voor de ander aan de dag leggen?
Bijna zei ik iets stoms, iets als 'Laat je iemand anders bij je intrekken?' Ik wilde haar van haar stuk brengen, wilde haar een ogenblik zien ontdooien.
Maar ik hield me in. 'Ik ga morgen weg,' zei ik. Ze had geen antwoord, maar ze fronste evenmin haar wenkbrauwen.
'Waarom denk je dat je recht hebt op tachtig procent van het geld in de beleggingsfondsen?' vroeg ik.
'Ik krijg geen tachtig procent. Ik besteed tienduizend aan huur, nog eens drieduizend aan vaste lasten, tweeduizend om onze gezamenlijke creditcards af te betalen, en we moeten samen nog zesduizend dollar aan belastingen betalen. Dat komt in totaal op eenentwintigduizend.'
Document C was een uitputtende lijst van de persoonlijke bezittingen, te beginnen met die uit de huiskamer en eindigend met die uit de logeerkamer. Omdat we geen van beiden ruzie over potten en

pannen wilden maken, leverde de verdeling geen problemen op. 'Neem maar wat je wilt,' zei ik meermalen, vooral wanneer het om dingen als handdoeken en lakens ging. We ruilden een paar dingen, deden dat met veel wellevendheid. Bij sommige dingen won mijn tegenzin om ze te verhuizen het van mijn bezitsdrang.

Ik wilde een televisie en wat serviesgoed. Ik was van het ene op het andere moment vrijgezel geworden en had nog niet over de inrichting van een nieuwe woning nagedacht. Zij daarentegen had urenlang in de toekomst geleefd.

Maar ze was niet onredelijk. We werkten het hele gedoe van Document C af en zeiden toen tegen elkaar dat we alles eerlijk verdeeld hadden. We zouden een echtscheidingsovereenkomst tekenen, zes maanden wachten en dan naar de rechtbank gaan om officieel een eind aan onze echtverbintenis te maken.

We hadden geen van beiden zin in een praatje na afloop. Ik pakte mijn jas en ging een heel eind lopen door de straten van Georgetown. Ik vroeg me af hoe mijn leven zo drastisch had kunnen veranderen.

De uitholling van ons huwelijk was een langzaam maar zeker proces geweest. De verandering in mijn loopbaan was als een kogel ingeslagen. De dingen gingen te snel, maar ik kon ze niet tegenhouden.

14

Het voorstel van een sabbatsjaar werd door de raad van bestuur van de maatschap van tafel geveegd. Hoewel niemand mocht weten wat die mensen op hun vergaderingen bespraken, kreeg ik van een erg sombere Rudolph te horen dat ze geen ongunstig precedent wilden scheppen. Als er in zo'n groot kantoor een jaar verlof aan een medewerker werd toegekend, kon dat tot allerlei verzoeken van andere ontevredenen leiden.

Er zou geen vangnet zijn. Als ik naar buiten ging, zou de deur achter me dichtvallen.

'Ben je er zeker van dat je weet wat je doet?' vroeg hij. Hij stond voor mijn bureau. Er stonden twee grote dozen naast hem op de vloer. Polly was mijn spullen al aan het inpakken.

'Daar ben ik zeker van,' zei ik met een glimlach. 'Maak je om mij maar geen zorgen.'

'Ik heb mijn best gedaan.'

'Dank je, Rudolph.' Hij ging hoofdschuddend weg.

Na Claires onverhoedse aanval van de vorige avond had ik niet meer over het sabbatsjaar kunnen nadenken. Ik had wel wat anders aan mijn hoofd gehad. Binnenkort was ik gescheiden, alleenstaand en misschien ook dakloos.

Plotseling moest ik me druk maken om een nieuwe woning, om nog maar te zwijgen van een nieuwe baan, een nieuw kantoor en een nieuwe carrière. Ik sloot de deur en zocht in de woningrubriek van de advertenties in de krant.

Ik zou de auto verkopen, dan hoefde ik er niet meer elke maand vierhonderdtachtig dollar op af te betalen. Ik zou een oud vehikel kopen, het goed verzekeren en er dan in rondrijden tot het in de duisternis van mijn nieuwe woonwijken verdwenen was. Als ik een fatsoenlijk appartement in Washington zelf wilde, zou het grootste deel van mijn nieuwe salaris aan huur opgaan.

Ik begon vroeg aan mijn lunchpauze en reed twee uur door de binnenstad van Washington, op zoek naar een plek om te wonen. Het goedkoopste was een krot voor elfhonderd per maand, veel te veel voor een straatadvocaat.

Toen ik van de lunchpauze terugkwam, lag er weer een map op me te wachten. Het was opnieuw een gewone bruine A4-map zonder opschrift aan de buitenkant. Hij lag op dezelfde plek op mijn bureau. Aan de binnenkant zaten twee sleutels geplakt en aan de rechterkant was een getypt briefje vastgeniet. Daarop stond: BOVENSTE SLEUTEL IS VAN CHANCES DEUR. ONDERSTE SLEUTEL IS VAN DOSSIERKAST ONDER RAAM. KOPIËREN EN TERUGLEGGEN. VOORZICHTIG, CHANCE IS ERG ACHTERDOCHTIG. GOOI DE SLEUTELS WEG.

Polly kwam opeens binnen, zoals ze zo vaak deed. Ze klopte niet aan, zei niets, dook als een geest in de kamer op. Ze keek verongelijkt en negeerde me. We werkten al vier jaar samen en ze vond het verschrikkelijk dat ik wegging, had ze gezegd. Zo'n hechte band hadden we nou ook weer niet gehad. Over een paar dagen werkte ze voor iemand anders. Ze was erg aardig, maar ik had grotere zorgen dan hoe het met haar verder zou gaan.

Ik deed de map vlug dicht zonder te weten of ze hem had gezien. Ik wachtte even terwijl ze met mijn verhuisdozen bezig was. Ze sprak niet over de map, en dat wees er sterk op dat ze niets had gezien. Maar omdat ze alles ziet wat er in de buurt van mijn kamer op de gang gebeurt, kon ik me niet voorstellen dat Hector of iemand anders ongemerkt mijn kamer in en uit was gelopen.

Barry Nuzzo, medegijzelaar en vriend, kwam langs om eens ernstig met me te praten. Hij deed de deur dicht en liep om de dozen heen. Omdat ik niet over mijn vertrek wilde praten, vertelde ik hem over Claire. Zijn vrouw en Claire kwamen allebei uit Providence, iets wat in Washington vreemd genoeg nogal belangrijk leek. We hadden in de loop van de jaren zo nu en dan met hen opgetrokken, maar die vriendschap van ons vieren was dezelfde weg gegaan als mijn huwelijk.

Hij was eerst verbaasd en toen bedroefd, maar kon het toen blijkbaar goed van zich afzetten. 'Je hebt een beroerde maand achter de rug,' zei hij.

'Het was enerverend,' zei ik.

We praatten over vroeger, over de kerels die gekomen en gegaan waren. We hadden niet de moeite genomen de hele Meneer-affaire nog eens bij een biertje door te nemen, en dat vond ik vreemd. Twee vrienden zien samen de dood onder ogen, komen er zonder kleerscheuren vanaf en hebben het dan te druk om elkaar met de nasleep te helpen.

Uiteindelijk kwamen we eraan toe. Met die verhuisdozen midden in de kamer was het moeilijk te vermijden. Ik besefte dat hij daarvoor gekomen was.

'Het spijt me dat ik je heb teleurgesteld,' zei hij.

'Kom nou, Barry.'

'Nee, ik meen het. Ik had er moeten zijn.'

'Waarom?'

'Omdat het duidelijk is dat je je verstand verloren hebt,' zei hij met een lachje.

Ik probeerde de humor ervan in te zien. 'Ja, ik ben nu een beetje gek, denk ik, maar daar kom ik wel overheen.'

'Nee, serieus. Ik hoorde dat je moeilijkheden had. Ik probeerde je vorige week te vinden, maar je was er niet. Ik maakte me zorgen om je, maar ik moest op de rechtbank zijn, je weet wel, zoals gewoonlijk.'

'Ik weet het.'

'Ik neem het mezelf echt kwalijk dat ik er niet was, Mike. Dat spijt me.'

'Kom nou. Hou erover op.'

'We waren allemaal doodsbang, maar jij had geraakt kunnen worden.'

'Hij had ons allemaal kunnen doden, Barry. Echt dynamiet, een gemist schot, boem. Later we het er niet over hebben.'

'Het laatste dat ik zag toen we de deur uit renden, was dat jij op de vloer zat, onder het bloed en schreeuwend. Ik dacht dat je geraakt

was. Wij kwamen buiten, vielen over elkaar heen en mensen pakten ons vast en riepen naar ons en al die tijd verwachtte ik elk moment de explosie. Ik dacht, Mike is daar nog, en hij is gewond. We stopten bij de liften. Iemand sneed het touw van onze polsen los, en ik keek nog net op tijd achterom om te zien dat de politie je vastpakte. Ik zie dat bloed nog voor me. Al dat bloed.'
Ik zei niets. Hij had hier behoefte aan. Op de een of andere manier zou het hem goed doen. Hij kon tegen Rudolph en de anderen zeggen dat hij tenminste had geprobeerd het uit mijn hoofd te praten. 'Toen we naar beneden gingen, vroeg ik de hele tijd: "Is Mike geraakt? Is Mike geraakt?" Niemand kon daar antwoord op geven. Het leek wel of er een uur voorbijging voordat ze zeiden dat je niets mankeerde. Ik wilde je bellen toen ik thuiskwam, maar de kinderen lieten me niet met rust. Ik had je moeten bellen.'
'Laat maar.'
'Het spijt me, Mike.'
'Alsjeblieft, zeg dat niet steeds. Het is voorbij, afgedaan. We zouden er dagen over kunnen praten, maar dan nog zou er niets veranderen.'
'Wanneer heb je besloten weg te gaan?'
Daar moest ik even over nadenken. Het antwoord was: op zondag, op het moment dat Bill de lakens wegrukte en ik mijn vriendje Ontario daar zag liggen alsof hij eindelijk rust had gevonden. Het was daar en op dat moment, in het mortuarium, dat ik iemand anders werd.
'In de loop van het weekend,' zei ik zonder nadere uitleg. Die hoefde ik hem niet te geven.
Hij schudde zijn hoofd, alsof de verhuisdozen vooral zijn schuld waren. Ik besloot hem er doorheen te helpen. 'Je had me niet kunnen tegenhouden, Barry. Niemand had dat gekund.'
Toen begon hij te knikken, want op de een of andere manier begreep hij het. Een pistool in je gezicht, de klok blijft stilstaan, je stelt andere prioriteiten – God, je gezin, je vrienden. Geld zakt een heel eind op de lijst. Je beseft dat het wel eens de laatste dag van je leven zou kunnen zijn, en met het verstrijken van elke afschuwelijke seconde worden het Kantoor en de Carrière meer naar de achtergrond gedrongen.
'En jij?' vroeg ik. 'Hoe gaat het met jou?'
Het Kantoor en de Carrière blijven niet lang onder aan de prioriteitenlijst staan.

'We zijn donderdag met een proces begonnen. Dat waren we trouwens aan het voorbereiden toen Meneer ons kwam storen. We konden de rechter niet om uitstel vragen, omdat de cliënt al vier jaar op een procesdatum had gewacht. En we waren niet gewond, weet je. In elk geval niet lichamelijk. En dus gooiden we onszelf in de hoogste versnelling. We stortten ons op het proces en gingen er hard tegenaan. Dat proces heeft ons gered.'

Natuurlijk. Werk is therapie. Bij Drake & Sweeney is het zelfs een soort verlossing. Veertien dagen geleden zou ik hetzelfde hebben gezegd.

'Goed,' zei ik. Wat aardig van me. 'Dus het gaat goed met je?'

'Ja hoor.' Hij was een procesvoerder, een macho met een teflonhuid. Hij had ook drie kinderen, dus aan de luxe van een overstap naar dertigduizend dollar per jaar hoefde hij niet te denken.

Plotseling riep de klok hem. We schudden elkaar de hand, omhelsden elkaar en deden elkaar de gebruikelijke belofte dat we contact zouden houden.

Ik hield mijn deur dicht, staarde naar de map en vroeg me af wat ik zou doen. Al gauw had ik een paar dingen waar ik van uit ging. Eén, de sleutels pasten. Twee, het was geen hinderlaag; voorzover bekend had ik geen vijanden en ik ging toch al weg. Drie, het dossier lag echt in die kamer, in het kastje onder het raam. Vier, het was mogelijk om daar te komen zonder betrapt te worden. Vijf, het materiaal kon in weinig tijd worden gekopieerd. Zes, het kon worden teruggelegd alsof er niets gebeurd was. Zeven, en dit was de belangrijkste veronderstelling: de map bevatte belastend materiaal.

Ik zette deze veronderstellingen op een schrijfblok. Het wegnemen van dat dossier zou reden tot ontslag op staande voet zijn, maar daarover maakte ik me geen zorgen. Ook niet over het feit dat ik in Chances kantoor betrapt kon worden.

Het probleem was het kopiëren. Omdat bij ons op het kantoor geen dossiers van minder dan twee centimeter dik bestonden, zou ik waarschijnlijk honderd velletjes te kopiëren hebben, vooropgesteld dat ik alles zou kopiëren. Ik zou minutenlang voor een kopieerapparaat moeten staan, waar iedereen me kon zien. Dat zou te gevaarlijk zijn.

Kopieerwerk werd gedaan door secretaresses en ander administratief personeel, niet door advocaten. Die apparaten waren hightech, ingewikkeld, en zouden vast en zeker vastlopen zodra ik op een knop drukte. Ze waren ook gecodeerd – je moest op knoppen drukken, opdat elke kopie aan een cliënt in rekening kon worden gebracht. En ze stonden op plaatsen waar iedereen je kon zien. Ik wist niet één kopieerapparaat dat in een hoek stond. Misschien kon ik er wel een vinden in een ander deel van het kantoor, maar daar zou mijn aanwezigheid alleen al de aandacht trekken.

Ik zou het gebouw ermee uit moeten, en daarmee zou ik op de rand van een misdrijf balanceren. Aan de andere kant zou ik het dossier niet stelen. Ik zou het alleen maar lenen.

Om vier uur liep ik met opgestroopte mouwen door de sectie Vastgoed. Ik had een stapel dossiers in mijn handen alsof ik alle reden had om daar te zijn. Hector zat niet aan zijn bureau. Braden Chance zat wel in zijn kamer, met zijn deur op een kier. Hij praatte met een vileine stem in de telefoon. Een secretaresse glimlachte naar me toen ik voorbijkwam. Ik zag nergens beveiligingscamera's aan het plafond. Sommige verdiepingen hadden ze, andere niet. Wie zou nou de veiligheid van Vastgoed willen verstoren?

Om vijf uur ging ik weg. Ik kocht ergens wat broodjes en reed naar mijn nieuwe kantoor.

Mijn maten waren er nog. Ze zaten op me te wachten. Sofia glimlachte zowaar toen we elkaar de hand schudden, al was het maar heel even.

'Welkom aan boord,' zei Abraham ernstig, alsof ik op een zinkend schip klom. Mordecai maakte een gebaar naar een kleine kamer naast de zijne.

'Wat zeg je hiervan?' zei hij. 'Suite E.'

'Magnifiek,' zei ik, terwijl ik mijn nieuwe kantoor binnenging. De kamer was ongeveer half zo groot als de kamer die ik zojuist had verlaten. Mijn bureau van het kantoor zou er niet in passen. Er stonden vier archiefkasten tegen een muur, elk in een andere kleur. De verlichting bestond uit een gloeilampje dat aan het plafond hing. Ik zag geen telefoon.

'Bevalt me wel,' zei ik, en ik loog niet.

'We zorgen dat je morgen een telefoon krijgt,' zei hij, en hij trok de zonwering omlaag over een raamventilator. 'Deze kamer is voor het laatst gebruikt door een jonge advocaat die Banebridge heette.'

'Wat is er met hem gebeurd?'

'Hij kon al dat geld niet aan.'

Het begon donker te worden en Sofia wilde blijkbaar graag naar huis. Abraham trok zich in zijn kamer terug. Mordecai en ik aten aan zijn bureau: de broodjes die ik had meegebracht en de slechte koffie die hij had gezet.

Het kopieerapparaat was een groot geval uit de jaren tachtig, zonder codepanelen en de andere toeters en bellen waar mijn vroegere kantoor zo van hield. Hij stond in een hoek van de grote kamer, bij een van de vier bureaus die met oude dossiers waren bedekt.

'Hoe laat ga je vanavond naar huis?' vroeg ik Mordecai tussen twee happen door.

'Weet ik niet. Over een uur, denk ik. Hoezo?'

'Gewoon uit nieuwsgierigheid. Ik ga nog een paar uur naar Drake & Sweeney terug, dingen die ik op het laatste moment nog moet afmaken. En dan wil ik graag wat van mijn kantoorspullen hierheen brengen, vanavond nog. Zou dat kunnen?'

Hij kauwde op zijn eten. Hij greep in een la, haalde een ring met drie sleutels tevoorschijn en gooide ze me toe. 'Je kunt komen en gaan wanneer je maar wilt,' zei hij.

'Zal het veilig zijn?'

'Nee. Dus wees voorzichtig. Parkeer zo dicht bij de deur als je kunt. Loop snel. En sluit je dan in.'

Hij had blijkbaar de angst in mijn ogen gezien, want hij zei: 'Zorg dat je eraan gewend raakt. Altijd goed uit je ogen kijken.'

Om half zeven liep ik snel naar mijn auto. Er was niemand op het trottoir; geen criminelen, geen schoten, geen krasje op mijn Lexus. Toen ik de deur openmaakte en wegreed, was ik trots. Misschien kon ik me op straat handhaven.

De rit terug naar Drake & Sweeney nam elf minuten in beslag. Als het dertig minuten duurde om Chances dossier te kopiëren, zou het ongeveer een uur buiten zijn kantoor zijn. Vooropgesteld dat alles goed verliep. En dan zou hij het nooit weten. Ik wachtte tot acht uur en liep toen nonchalant naar Vastgoed. Ik had mijn mouwen weer opgestroopt, alsof ik hard aan het werk was.

De gangen waren verlaten. Ik klopte op Chances deur. Geen antwoord. Die deur zat op slot. Ik liep alle kamers af, klopte eerst zachtjes en dan harder en draaide dan aan de knop. Ongeveer de helft zat op slot. Ik keek overal of ik beveiligingscamera's zag. Ik keek in de vergaderkamer en de typekamer. Geen sterveling te bekennen.

De sleutel van zijn deur was net als de mijne, dezelfde kleur, hetzelfde formaat. Hij paste precies, en plotseling stond ik in een donkere kamer en moest ik beslissen of ik het licht aan zou doen of niet. Iemand die buiten voorbijreed, zou niet kunnen zien welke kamer plotseling verlicht was, en ik betwijfelde of iemand op de gang een lichtstraal onder de deur door kon zien. Daar kwam nog bij dat het erg donker was en ik geen zaklantaarn bij me had. Ik deed de deur op slot, deed het licht aan en ging meteen naar het archiefkastje onder het raam, dat uit één grote lade bestond. Ik maakte het met de tweede sleutel open. Op mijn knieën trok ik zachtjes de la naar me toe.

Er zaten tientallen dossiers in, die allemaal betrekking hadden op RiverOaks en die allemaal volgens een of ander systeem gerangschikt stonden. Chance en zijn secretaresse waren erg ordelijk, een eigenschap die in het kantoor op prijs werd gesteld. Een dikke map had het opschrift RIVEROAKS/TAG, INC. Ik pakte hem er voorzichtig uit en begon erin te bladeren. Ik wilde er zeker van zijn dat ik het juiste dossier had.

'Hé!' riep een mannenstem op de gang, en ik sprong zowat overeind.

Een andere mannenstem antwoordde een paar deuren verderop, en ze begonnen dicht bij Chances deur een gesprek. Het ging over basketbal. Bullets en Knicks.

Met rubberen knieën liep ik naar de deur. Ik deed het licht uit en luisterde naar hun gesprek. Toen ging ik tien minuten op Bradens mooie leren bank zitten. Als ze me met lege handen uit het kantoor zouden zien komen, zou er niets gebeuren. Morgen zou ik toch al voor het laatst zijn. Natuurlijk zou ik het dossier dan ook niet hebben.

Als iemand me nu eens weg zag lopen met het dossier? Als ze me vroegen wat ik aan het doen was, zou ik verloren zijn.

Ik dacht verwoed over de situatie na en bleef in alle scenario's steken. Geduld, zei ik steeds weer tegen mezelf. Ze gaan wel weg. Basketbal werd gevolgd door meisjes. Zo te horen waren ze geen van beiden getrouwd. Het zouden wel een paar administratief medewerkers zijn die overdag rechten studeerden en 's avonds werkten. Al gauw verdwenen hun stemmen in de verte.

Ik deed het kastje in het donker op slot en nam het dossier mee. Vijf minuten, zes, zeven, acht. Zachtjes maakte ik de deur open, langzaam stak ik mijn hoofd door de opening. Ik keek naar weerskanten. Niemand. Ik ging vlug de kamer uit, langs Hectors bureau, en zette koers naar de receptie. Ik liep vrij hard maar probeerde me nonchalant voor te doen.

'Hé!' riep iemand achter me. Ik ging een hoek om, maar keek gauw nog even om en zag dat er een man achter me aan kwam. De dichtstbijzijnde deur was van een kleine bibliotheek. Ik dook naar binnen; gelukkig was het donker. Ik liep tussen stellingen met boeken door tot ik een andere deur aan de andere kant vond. Ik maakte hem open en zag aan het eind van een kort gangetje een bordje met UITGANG boven een deur. Ik ging er vlug doorheen. Omdat ik vlugger over de trap naar beneden kon lopen dan naar boven, rende ik omlaag, al zou ik twee verdiepingen omhoog moeten gaan om in mijn kamer te komen. Als hij me toevallig had herkend, zou hij me daar misschien zoeken.

Ik kwam op de begane grond, buiten adem, zonder jas. Ik wilde beslist niet door iemand worden gezien, zeker niet door de bewaker die bij de liften stond om straatmensen buiten de deur te houden. Ik ging naar een zijdeur, de deur die Polly en ik hadden gebruikt om de verslaggevers te ontlopen op de avond dat Meneer was neergeschoten. Het was ijskoud en ik rende door een lichte regen naar mijn auto.

De gedachten van een klungelige, beginnende dief. Het was zo dom. Erg dom. Was ik betrapt? Niemand had me Chances kamer zien uitgaan. Niemand wist dat ik een dossier had dat niet van mij was.

Ik had niet moeten vluchten. Toen hij riep, had ik moeten stoppen. Ik had een praatje met hem moeten maken, moeten doen alsof er niets aan de hand was, en als hij het dossier had willen zien, had ik hem op zijn nummer moeten zetten en hem weg moeten sturen. Het zou wel een van die eenvoudige administratief medewerkers zijn geweest die ik eerder had gehoord.

Maar waarom had hij zo geroepen? Als hij me niet kende, waarom riep hij me dan aan vanaf het andere eind van de gang? Ik reed Massachusetts op. Ik wilde zo gauw mogelijk het kopieerwerk doen en het dossier dan weer terugzetten waar het thuishoorde. Ik had wel vaker een hele nacht doorgehaald, en als ik tot drie uur in de nacht moest wachten voordat ik naar Chances kantoor terug sloop, zou ik dat doen.

Ik ontspande een beetje. De verwarming stond op de hoogste stand.

Ik kon niet weten dat een drugsinval slecht was verlopen. Een politieman was neergeschoten en de Jaguar van een dealer reed nu met grote snelheid door 18th Street. Ik had groen licht bij New Hampshire, maar de jongens die de agent hadden neergeschoten hielden zich niet aan de verkeersregels. De Jaguar was niet meer dan een waas links van me, en toen explodeerde de airbag in mijn gezicht.

Toen ik bijkwam, drukte het portier van mijn auto tegen mijn linkerschouder. Zwarte gezichten keken door het verbrijzelde raam naar me. Ik hoorde sirenes en zakte toen weer weg.

Een ziekenbroeder maakte mijn gordel los, ze trokken me over de voorbank en door de deur aan de passagierskant naar buiten. 'Ik zie geen bloed,' zei iemand.

'Kunt u lopen?' vroeg een ziekenbroeder. Mijn schouder en ribben deden pijn. Ik probeerde te gaan staan, maar mijn benen werkten niet mee.

'Ik mankeer niets,' zei ik, zittend op de rand van een brancard. Er was groot tumult achter me, maar ik kon me niet omdraaien. Ze legden me op de brancard, maakten de riemen vast, en toen ik de ambulance in werd geschoven, zag ik de Jaguar op zijn kop liggen, omringd door agenten en ziekenbroeders.

'Ik mankeer niets, ik mankeer niets,' zei ik steeds weer toen ze mijn bloeddruk maten. We reden; de sirene zakte in de verte weg.

Ze brachten me naar de afdeling Spoedgevallen van het George Washington University Medical Center. Uit röntgenfoto's bleek dat ik niets had gebroken. Ik had kneuzingen opgelopen en had veel pijn. Ze gaven me pijnstillers en reden me naar een privé-kamer.

In de loop van de nacht werd ik wakker. Claire zat in een stoel naast mijn bed te slapen.

15

Ze ging weg voordat het licht werd. Op het nachtkastje lag een briefje. Ze schreef dat ze haar ronden moest doen en dat ze in de loop van de ochtend zou terugkomen. Ze had met mijn artsen gesproken en ik zou het waarschijnlijk wel overleven. We maakten een volkomen normale, gelukkige indruk, twee sympathieke echtgenoten die aan elkaar verknocht waren. Toen ik weer in slaap wegzakte, vroeg ik me af waarom we ook al weer gingen scheiden.

Een zuster maakte me om zeven uur wakker en gaf me het briefje. Ik las het nog een keer terwijl ze me aan mijn kop zeurde over het weer – natte sneeuw en gewone sneeuw – en mijn bloeddruk weer mat. Ik vroeg om een krant. Ze bracht hem een halfuur later, tegelijk met mijn cornflakes. Het verhaal stond op de voorpagina. De drugsdealer was meermalen geraakt in een vuurgevecht; zijn toestand was kritiek. Hij had een andere dealer gedood. De tweede dealer was de bestuurder van de Jaguar, die op de plaats van het ongeluk was gestorven onder omstandigheden die nog nader onderzocht moesten worden. Ik werd niet genoemd, en daar was ik blij om.

Als ik er niet bij betrokken was geweest, zou het een doodgewone schietpartij tussen agenten en drugshandelaren zijn geweest en zou ik nauwelijks aandacht aan zo'n krantenbericht hebben geschonken. Welkom op straat. Ik probeerde mezelf ervan te overtuigen dat zoiets iedereen kan overkomen die in Washington werkt, maar ik trapte er niet in. Als je na het vallen van de avond nog in dat deel van de stad was, vroeg je om moeilijkheden. Mijn bovenarm was gezwollen en begon al blauw te worden. Mijn schouder en sleutelbeen waren stijf en deden pijn als ik ze aanraakte. Mijn ribben waren zo gevoelig dat ik me nauwelijks durfde te bewegen. Ze deden alleen al pijn als ik ademhaalde. Ik ging naar de badkamer, waar ik urineerde en naar mijn gezicht keek. Een airbag is een kleine bom. De schok slaat tegen je gezicht en borst. Maar de schade was minimaal: enigszins gezwollen neus en ogen, een bovenlip die een andere vorm had. Niets dat niet in de loop van het weekend zou verdwijnen.

De zuster kwam nog meer pillen brengen. Ik vroeg haar me precies te vertellen wat het waren en zei toen nee tegen de hele collectie. Het waren middelen tegen pijn en stijfheid, en ik wilde mijn hoofd helder hebben. De dokter kwam om half acht even langs voor een snel onderzoek. Omdat er niets gebroken of gescheurd was, waren mijn uren als patiënt geteld. Hij stelde voor om voor alle zekerheid nog wat röntgenfoto's te maken. Ik probeerde nee te zeggen, maar hij had de aangelegenheid al met mijn vrouw besproken.

En dus strompelde ik een eeuwigheid door de kamer. Ik beproefde mijn gewonde lichaamsdelen, keek naar het geleuter van een ontbijtshow, en hoopte dat niemand die ik kende plotseling zou binnenkomen en me in mijn gele paisley ochtendjas zou zien.

Het is bijna onbegonnen werk om in Washington naar een verongelukte auto te zoeken, vooral wanneer je dat zo kort na het ongeluk doet. Ik begon met het telefoonboek, mijn enige bron, en op de helft van de nummers bij de verkeerspolitie werd niet opgenomen. En als er werd opgenomen, stuitte ik op de grootst mogelijke onverschilligheid. Het was nog vroeg en het was slecht weer. Het was vrijdag, dus waarom zou iemand zich druk maken? De meeste verongelukte auto's werden naar een gemeenteterrein aan Rasco Road in Northeast gebracht. Ik hoorde dat van een secretaresse op het hoofdbureau. Ze werkte op de afdeling Dieren; ik draaide willekeurige doorkiesnummers van de politie. Andere auto's werden soms naar andere terreinen gebracht, en er was een goede kans dat mijn auto nog aan de sleepwagen vast zat. Die sleepwagens waren particulier bezit, legde ze uit, en dat leidde altijd tot moeilijkheden. Ze had vroeger bij de verkeerspolitie gewerkt, maar had het daar niet langer uitgehouden.

Ik dacht aan Mordecai, mijn nieuwe bron voor alle informatie die met de straat te maken had. Ik wachtte tot negen uur voor ik hem belde. Ik vertelde hem het verhaal, verzekerde hem dat ik er goed aan toe was, al lag ik in het ziekenhuis, en vroeg hem of hij wist waar ik mijn auto kon vinden. Hij had wel een paar ideeën.

Ik belde Polly met hetzelfde verhaal.

'Je komt niet?' vroeg ze met haperende stem.

'Ik ben in het ziekenhuis, Polly. Luister je wel naar me?'

Er volgde enige aarzeling aan de andere kant van de lijn, en daarmee bevestigde ze wat ik al vreesde. Ik zag al een taart met een punchbowl voor me, waarschijnlijk in een vergaderkamer, op de tafel, met vijftig mensen eromheen die toosts uitbrachten en korte speeches hielden over hoe geweldig ik was. Ik was zelf naar een paar van die feestjes geweest. Ze waren afschuwelijk. Ik was vastbesloten mijn eigen afscheidsfeestje mis te lopen.

'Wanneer mag je eruit?' vroeg ze.

'Weet ik niet. Morgen misschien.' Dat was een leugen. Ik zou al voor de middag weggaan, met of zonder toestemming van het medisch team.

Nog meer aarzeling. De taart, de punch, de belangrijke speeches van drukbezette mensen, misschien zelfs een paar cadeaus. Hoe zou ze dit aanpakken?

'Wat erg voor je,' zei ze.

'Ja. Zoekt er iemand naar me?'

'Nee. Nog niet.'

'Goed. Wil je Rudolph over het ongeluk vertellen? Ik bel hem later wel. Ik moet nu ophangen. Ze willen nog meer onderzoeken doen.'

En zo kwam er sputterend een einde aan mijn veelbelovende carrière bij Drake & Sweeney. Ik ging niet naar mijn eigen afscheidsfeest. Op tweeëndertigjarige leeftijd was ik verlost van de boeien van de onderdanigheid in kantoorverband, en van het geld dat daarmee gepaard ging. Voortaan kon ik me door mijn geweten laten leiden. Ik zou me geweldig hebben gevoeld, als het niet bij de minste beweging leek alsof er een mes tussen mijn ribben werd gestoken.

Claire kwam na elf uur. Ze overlegde met de dokter op de gang. Ik kon ze vanuit mijn kamer horen, ze spraken hun artsentaal. Ze kwamen mijn kamer in, vertelden me samen dat ik mocht gaan, en ik trok de schone kleren aan die ze van huis had meegenomen. Ze reed me naar huis, een korte rit die grotendeels in stilte verliep. Er was geen kans op een verzoening. Waarom zou een eenvoudig auto-ongeluk alles veranderen? Ze was daar als vriendin en arts, niet als echtgenote.

Ze maakte tomatensoep voor me klaar en installeerde me op de bank. Ze zette mijn tabletten op het aanrecht naast elkaar, gaf me mijn instructies en ging weg.

Ik bleef tien minuten liggen, lang genoeg om de helft van de soep en een paar zoutjes te eten, en toen sloeg ik weer aan het telefoneren. Mordecai had niets ontdekt.

Ik nam de advertentierubriek van de krant en begon makelaars en woningbureaus te bellen. Vervolgens belde ik een autoverhuurbedrijf en bestelde een auto met chauffeur. Ik nam een lange warme douche om de spieren in mijn gekneusde lichaam een beetje losser te maken.

Mijn chauffeur heette Leon. Ik zat naast hem voorin en deed mijn best om niet te kreunen of mijn gezicht te vertrekken bij elke kuil in de weg.

Ik kon me geen riant appartement veroorloven, maar ik wilde in elk geval ergens wonen waar het veilig was. Leon had wel een paar ideeën. We stopten bij een kiosk en ik pikte twee gratis brochures van woningbureaus op.

Volgens Leon was het momenteel, maar dat kon in zes maanden tijd veranderen, waarschuwde hij me, erg goed wonen in Adams-Morgan, ten noorden van Dupont Circle. Het was een bekende wijk en ik was er vaak geweest, maar nooit om er eens gezellig rond te kijken. Het waren straten met grote appartementengebouwen van rond de eeuwwisseling, die allemaal nog bewoond werden, wat in Washington betekende dat het een bruisende wijk was. De bars en clubs waren momenteel erg in trek, zei Leon, en de beste nieuwe restaurants waren daar ook. De minder goede buurten lagen net om de hoek, en je moest erg voorzichtig zijn. Wanneer belangrijke mensen als senatoren op straat overvallen werden op Capitol Hill, was niemand meer veilig.

Op weg naar Adams-Morgan stuitte Leon plotseling op een gat in de weg dat groter was dan zijn auto. We stuiterden erdoorheen en het leek of we wel tien minuten door de lucht zweefden, om vervolgens met een erg harde klap te landen. Ik gaf onwillekeurig een schreeuw, want de pijn vlamde door de hele linkerkant van mijn bovenlijf.

Leon was erg geschrokken. Ik moest hem de waarheid vertellen, moest hem vertellen waar ik de afgelopen nacht had geslapen. Hij ging veel langzamer rijden en werd mijn makelaar. Hij hielp me de trap op naar het eerste adres, een vervallen woning waar de onmiskenbare geur van kattenpis uit de vloerbedekking opsteeg. In niet mis te verstane termen vertelde Leon de verhuurster dat ze zich moest schamen: hoe kon ze een woning laten zien die in zo'n erbarmelijke staat verkeerde?

Het tweede adres was een zolder, vijf verdiepingen boven de straat, en ik kon bijna de trap niet op komen. Geen lift. En niet veel verwarming. Leon bedankte de beheerder beleefd.

De volgende zolder was vier hoog, maar had een mooie schone lift. Het gebouw stond aan Wyoming, een vriendelijke schaduwrijke zijstraat van Connecticut. De huur was vijfhonderdvijftig dollar per maand en ik had al ja gezegd voordat ik de woning zelf zag. Ik zakte snel weg, dacht meer en meer aan de pijnstillers die ik op het aanrecht had achtergelaten. Zo langzamerhand wilde ik alles wel huren.

'We nemen het,' zei Leon tegen de verhuurder. Ik leunde tegen een deur en dacht dat ik elk moment kon bezwijken. In een klein kantoortje in het souterrain las ik vlug het huurcontract door, tekende het en schreef een cheque uit voor de borgsom en de eerste maand huur.

Claire wilde dat ik er in het weekend uit was. Ik was vastbesloten om dat voor elkaar te krijgen.

Misschien was Leon nieuwsgierig naar mijn verhuizing van het sjieke Georgetown naar een driekamerflatje in Adams-Morgan, maar hij vroeg er niet naar. Daarvoor was hij te professioneel. Hij bracht me naar ons appartement terug en bleef in de auto zitten wachten terwijl ik mijn pillen slikte en een dutje deed.

Midden in mijn door chemicaliën opgewekte roes ging ergens een telefoon. Ik strompelde door de kamer, vond hem en kon uitbrengen: 'Hallo.'

'Ik dacht dat je in het ziekenhuis lag,' zei Rudolph.

Ik hoorde zijn stem en herkende hem, maar de nevel was nog niet opgetrokken. 'Dat was ook zo,' zei ik met dikke tong. 'Nu niet meer. Wat wil je?'

'We hebben je vanmiddag gemist.'

Ach, ja. De taart en de punch. 'Het was niet mijn bedoeling dat ik een ongeluk zou krijgen, Rudolph. Neem me niet kwalijk.'

'Een hoop mensen wilden afscheid nemen.'

'Ze kunnen me een briefje sturen. Zeg maar dat ze het moeten faxen.'

'Je voelt je beroerd, hè?'

'Ja, Rudolph. Ik voel me alsof ik door een auto ben aangereden.'

'Heb je medicijnen?'

'Wat kan het jou schelen?'

'Sorry. Zeg, Braden Chance was een uur geleden bij me. Hij wil je erg graag spreken. Vind je dat niet vreemd?'

De mist trok op. Mijn hoofd was opeens veel helderder. 'Waarover wilde hij me spreken?'

'Dat wilde hij niet zeggen. Maar hij is op zoek naar je.'

'Zeg maar tegen hem dat ik weg ben gegaan.'

'Dat heb ik gedaan. Sorry dat ik je lastigviel. Kom eens langs, als je tijd hebt. Je hebt hier nog vrienden.'

'Dank je, Rudolph.'

Ik stopte de tabletten in mijn zakken. Leon zat in de auto te slapen. Toen we wegreden, belde ik Mordecai. Hij had het proces-verbaal opgeduikeld. Daarin stond de firma Hundley Towing als sleepbedrijf vermeld. Hundley Towing maakte gebruik van een antwoordapparaat. De straten waren glad; er gebeurden veel ongelukken. Het was een drukke tijd voor mensen die sleepwagens hadden. Om een uur of drie had een monteur eindelijk de telefoon opgenomen, maar hij had niets nuttigs te vertellen gehad.

Leon vond de firma Hundley op Rhode Island bij 7th. In betere tijden was het een benzinestation met volledige service geweest, maar nu was het een garage, sleepdienst, handel in gebruikte auto's en aanhangwagenverhuur. Alle ramen waren voorzien van zwarte tralies. Leon stopte zo dicht mogelijk bij de voordeur. 'Dek me,' zei ik toen ik uitstapte en vlug naar binnen ging. De deur zwaaide terug toen ik doorliep en sloeg tegen mijn linkerarm. Ik klapte dubbel van de pijn. Een monteur in een vettige overall kwam een hoek om en keek me nors aan.

Ik legde uit wat ik kwam doen. Hij vond een klembord en keek in papieren die daar op vast zaten. Achter in de garage hoorde ik mannen praten en vloeken. Die zaten daar natuurlijk te dobbelen, of whisky te drinken of zelfs crack te verkopen.

'De politie heeft hem,' zei hij, nog steeds in de papieren kijkend.

'Enig idee waarom?'

'Nou, nee. Ging het om een misdrijf of zoiets?'

'Ja, maar mijn auto had niets met dat misdrijf te maken.'

Hij keek me nietszeggend aan. Het waren zijn problemen niet.

'Enig idee waar hij zou kunnen zijn?' vroeg ik zo vriendelijk mogelijk.

'Als ze beslag op auto's leggen, brengen ze ze meestal naar een terrein aan Georgia, ten noorden van Howard.'

'Hoeveel terreinen heeft de gemeente?'

Hij haalde zijn schouders op en begon weg te lopen. 'Meer dan een,' zei hij, en verdween.

Het lukte me de deur voorzichtig open te maken, en ik liep vlug naar Leons auto.

Het was donker toen we het terrein vonden, een half blok omheind met draadgaas en scheermesprikkeldraad. Op het terrein stonden honderden auto's die een ongeluk hadden gehad lukraak door elkaar. Sommige waren boven op andere gestapeld.

Leon stond naast me op het trottoir en tuurde door de omheining.

'Daar,' zei ik, wijzend. De Lexus stond bij een loods geparkeerd, met de motorkap naar ons toe. Door de klap was de linker voorkant vernield. Het spatbord was weg; de motor was blootgelegd en in elkaar gedrukt.

'Je mag je gelukkig prijzen,' zei Leon.

Ernaast stond de Jaguar, het dak ingedrukt, alle ramen eruit.

Er was een soort kantoor in de loods, maar het was dicht en donker. Er zaten zware hangsloten op de hekken. Het scheermesprikkeldraad glinsterde in de regen. Er hingen ongure types bij een hoek rond, niet ver van ons vandaan. Ik kon voelen dat ze naar ons keken.

'Laten we maken dat we wegkomen,' zei ik.

Leon reed me naar National Airport, de enige plaats die ik kende waar ik een auto kon huren.

De tafel was gedekt; de Chinese afhaalmaaltijd stond op het gaspit-

131

je. Claire zat te wachten en maakte zich tot op zekere hoogte ook wel zorgen, al was niet na te gaan hoeveel zorgen. Ik vertelde haar dat ik een auto moest huren omdat mijn verzekeringsmaatschappij had gezegd dat ik dat moest doen. Ze onderzocht me als een goede arts, en liet me een tabletje slikken.

'Ik dacht dat je ging rusten,' zei ze.

'Heb ik geprobeerd. Het ging niet. Ik rammel van de honger.'

Het zou onze laatste gezamenlijke maaltijd als man en vrouw zijn. We eindigden zoals we begonnen waren: met iets snels dat ergens anders was klaargemaakt.

'Ken je een zekere Hector Palma?' vroeg ze halverwege de maaltijd. Ik slikte. 'Ja.'

'Hij belde een uur geleden. Zei dat hij je dringend moest spreken. Wie is hij?'

'Een juridisch medewerker bij het kantoor. Ik zou vanmorgen samen met hem een van mijn zaken doornemen. Hij verkeert in tijdnood.'

'Die indruk had ik ook. Hij wil je om negen uur vanavond ontmoeten, bij Nathan's in M Street.'

'Waarom een bar?' dacht ik hardop.

'Dat zei hij niet. Hij klonk achterdochtig.'

Mijn eetlust was weg, maar om niets te laten blijken at ik gewoon door. Niet dat het nodig was. Het kon haar geen zier schelen.

Ik ging lopend naar M Street. Er viel een lichte regen die in natte sneeuw overging, en al mijn botten deden nog pijn. Parkeren zou daar op vrijdagavond een onmogelijke zaak zijn geweest. Bovendien wilde ik mijn spieren een beetje strekken en mijn hoofd helder maken.

Ik had niets goeds te verwachten van deze ontmoeting. Onderweg bereidde ik me erop voor. Ik zou kunnen liegen om mijn spoor uit te wissen, en nog meer kunnen liegen om de eerste leugens te camoufleren. Nu ik me eenmaal aan diefstal schuldig had gemaakt, zou liegen niet zo'n probleem moeten zijn. Hector kwam misschien in opdracht van het kantoor; er was een kans dat hij een microfoontje bij zich droeg. Ik zou aandachtig luisteren en weinig zeggen.

Nathan's was nog geen kilometer bij mijn appartement vandaan. Ik was tien minuten te vroeg, maar hij zat al in een nis op me te wachten. Toen ik eraankwam, sprong hij plotseling op en stak me zijn hand toe. 'Jij moet Michael zijn. Ik ben Hector Palma, van Vastgoed. Aangenaam kennis te maken.'

Het was een aanval, een uitbarsting van vriendelijkheid. Ik was meteen nog meer op mijn hoede. Ik schudde hem verbaasd de hand en zei iets in de trant van: 'Blij je te ontmoeten.'

Hij wees naar de nis. 'Hier, ga zitten,' zei hij, een en al warmte en glimlachjes. Ik boog me voorzichtig en schoof de nis in.

'Wat is er met je gezicht gebeurd?' vroeg hij.

'Ik heb een airbag gekust.'

'Ja, ik heb over dat ongeluk gehoord,' zei hij vlug. Erg vlug. 'Gaat het wel? Geen botbreuken?'

'Nee,' zei ik langzaam. Ik probeerde hem nog steeds te doorgronden.

'Ik hoorde dat die andere vent is omgekomen,' zei hij een fractie van een seconde nadat ik had geantwoord. Hij had de leiding van dit gesprek. Het was de bedoeling dat ik me liet leiden.

'Ja, een of andere drugshandelaar.'

'Wat een stad,' zei hij, en op dat moment kwam de kelner. 'Wat wil jij?' vroeg Hector me.

'Zwarte koffie,' zei ik. Op dat moment, terwijl hij zich afvroeg wat hij zou drinken, begon hij met een van zijn voeten tegen mijn been te tikken.

'Wat voor bier hebt u?' vroeg hij de kelner, een vraag waar ze een hekel aan hadden. De kelder keek recht voor zich uit en begon de merken op te sommen.

Door dat tikken van zijn voet keken we elkaar aan. Hij had zijn handen allebei op de tafel. Met de kelner als schild kromde hij de wijsvinger van zijn rechterhand een klein beetje. Hij wees naar zijn borst.

'Molson Light,' zei hij plotseling, en de kelner ging weg.

Hij had een microfoontje, en we werden gadegeslagen. Waar ze ook waren, ze konden niet door de kelner heen kijken. Instinctief wilde ik me omdraaien en naar de andere mensen in de bar kijken. Maar ik weerstond de verleiding, ook al omdat je je niet zo gauw omdraait als je nek zo stijf is als een plank.

Dat verklaarde de hartelijke begroeting, alsof we elkaar nooit eerder hadden ontmoet. Hector was de hele dag ondervraagd, en hij ontkende alles.

'Ik ben juridisch medewerker op Vastgoed,' legde hij uit. 'Je hebt Braden Chance ontmoet, een van onze maten.'

'Ja.' Omdat mijn woorden werden opgenomen, zou ik weinig zeggen.
'Ik werk vooral voor hem. Jij en ik hebben elkaar vorige week even gesproken toen je bij hem kwam.'
'Als jij het zegt. Ik kan me niet herinneren dat ik je heb gesproken.'
Er speelde een erg vaag glimlachje om zijn mondhoeken en zijn ogen ontspanden ook een beetje – zo subtiel dat een camera het niet kon registreren. Onder de tafel tikte ik met mijn voet tegen zijn been. Hopelijk dansten we op dezelfde muziek.
'Zeg, ik heb om deze ontmoeting gevraagd omdat er een dossier uit Bradens kamer is verdwenen.'
'Word ik daarvan beschuldigd?'
'Welnee, maar je bent een mogelijke verdachte. Het was het dossier waar je om vroeg toen je vorige week zijn kamer min of meer kwam binnenstormen.'
'Dan word ik dus inderdaad beschuldigd,' zei ik fel.
'Nog niet. Rustig maar. Het kantoor stelt een grondig onderzoek in, en we praten gewoon met iedereen die we kunnen bedenken. Omdat ik hoorde dat je Braden naar het dossier vroeg, gaf het kantoor me opdracht met je te praten. Zo simpel ligt het.'
'Ik weet niet waar je het over hebt. Zo simpel ligt het ook.'
'Je weet niets van dat dossier?'
'Natuurlijk niet. Waarom zou ik een dossier uit de kamer van een maat wegnemen?'
'Zou je een test met een leugendetector willen doen?'
'Natuurlijk,' zei ik zelfverzekerd, verontwaardigd zelfs. Ik peinsde er niet over om zo'n test te doen.
'Goed. Dat vragen ze ons allemaal. Iedereen die ook maar iets met dat dossier te maken heeft gehad.'
Het bier en de koffie kwamen, zodat we even de tijd hadden om bij onszelf te rade te gaan. Hector had me zojuist verteld dat hij in grote moeilijkheden verkeerde. Een leugendetector zou gehakt van hem maken. Heb je Michael Brock ontmoet voordat hij bij het kantoor wegging? Heb je met hem over het verdwenen dossier gesproken? Heb je hem kopieën gegeven van iets wat uit het dossier was gehaald? Heb je hem geholpen het dossier te pakken te krijgen? Ja of nee. Harde vragen met simpele antwoorden. Hij kon nooit met leugens door die test heen komen.
'Ze zijn ook vingerafdrukken aan het nemen,' zei hij. Hij zei dat

134

met gedempte stem, niet om de verborgen microfoon te ontwijken, maar om de klap te verzachten.

Het hielp niet. Het idee dat ik vingerafdrukken zou achterlaten was geen moment bij me opgekomen, niet voor en niet na de diefstal. 'Ze doen maar,' zei ik.

'Ze zijn de hele middag al bezig geweest vingerafdrukken te nemen. Op de deur, de lichtschakelaar, het archiefkastje. Een heleboel afdrukken.'

'Ik hoop dat ze de dader vinden.'

'Het is anders nogal toevallig. Braden had wel honderd lopende dossiers in zijn kamer, en het enige dat ontbrak, is het dossier dat jij zo graag wilde inzien.'

'Wil je daar iets mee zeggen?'

'Ik zeg het alleen maar. Erg toevallig.' Hij zei dit ten behoeve van degenen die ons afluisterden.

Misschien moest ik ook maar eens wat komedie spelen. 'De manier waarop je dat zegt, bevalt me niet.' Ik schreeuwde nu bijna. 'Als je me van iets wilt beschuldigen, ga je maar naar de politie, dan kan die me arresteren. Zo niet, dan moet je je stomme meningen voor je houden.'

'De politie is er al bij betrokken,' zei hij erg kalm, en mijn gespeelde drift was op slag verdwenen. 'Het is diefstal.'

'Natuurlijk is het diefstal. Ga je dief vangen en verspil je tijd niet meer aan mij.'

Hij nam een grote slok. 'Heeft iemand je een stel sleutels van Bradens kamer gegeven?'

'Natuurlijk niet.'

'Nou, ze hebben een lege map op je bureau gevonden, met een briefje over twee sleutels. Een van de deur en een van een archiefkast.'

'Daar weet ik niets van,' zei ik zo arrogant mogelijk, terwijl ik me intussen probeerde te herinneren waar ik die lege map voor het laatst had neergelegd. Het spoor dat naar mij leidde, werd steeds breder. Ik was opgeleid om als advocaat te denken, niet als crimineel.

Weer een grote slok van Hector, weer een klein slokje koffie van mij.

Er was genoeg gezegd. Ze hadden hun standpunt kenbaar gemaakt, het kantoor en Hector zelf. Het kantoor wilde het dossier terug,

met de hele inhoud. Hector wilde me laten weten dat zijn betrokkenheid hem zijn baan zou kunnen kosten.

Ik zou hem moeten redden. Ik kon het dossier teruggeven, een
bekentenis afleggen, beloven dat ik mijn mond zou houden, en dan
zou het kantoor het me waarschijnlijk wel vergeven. Er zou me
niets overkomen. Het behoud van Hectors baan zou een conditie
kunnen zijn.

'Verder nog iets?' vroeg ik. Ik wilde daar weg.

'Niets. Wanneer kun je de test met de leugendetector doen?'

'Ik bel je nog.'

Ik pakte mijn jas en ging weg.

16

Om redenen die ik al gauw zou begrijpen, had Mordecai een hart-grondige hekel aan politiemensen, ook als ze zwart waren. Hij vond dat ze ruw met de daklozen omspringen, en dat was de maatstaf die hij altijd hanteerde om onderscheid te maken tussen goed en kwaad.

Toch kende hij er wel een paar. Een van hen was brigadier Peeler, een man van wie Mordecai zei dat hij 'van de straat' was. Peeler werkte met moeilijke jongeren in een gemeenschapscentrum niet ver van de rechtswinkel, en hij en Mordecai gingen naar dezelfde kerk. Peeler had contacten en kon aan touwtjes trekken om mij bij mijn auto te krijgen.

Op zaterdagmorgen kwam hij kort na negen uur de rechtswinkel binnen. Mordecai en ik zaten koffie te drinken en probeerden ons een beetje warm te houden. Peeler werkte niet op zaterdag. Ik kreeg de indruk dat hij liever in bed was blijven liggen.

We reden door de gladde straten naar Northeast, Mordecai sturend en pratend, ik achterin. Er was sneeuw voorspeld, maar er viel een kille regen. Er was weinig verkeer. Het was weer een gure februari-ochtend; alleen de dapperen waagden zich buiten.

We parkeerden langs de weg, dicht bij het afgesloten hek van het gemeenteterrein bij Georgia Avenue. Peeler zei: 'Wacht hier.' Ik kon de resten van mijn Lexus zien.

Hij liep naar het hek, drukte op een knop op de paal, en de deur van de loods ging open. Een kleine, magere politieagent met een paraplu kwam naar ons toe, en hij en Peeler wisselden enkele woorden.

Peeler kwam naar de auto terug, trok het portier hard dicht en schudde het water van zijn schouders. 'Hij wacht op je,' zei hij.

Ik stapte de regen in, bracht mijn paraplu omhoog en liep vlug naar het hek, waar agent Winkle zonder een spoor van humor of welwillendheid stond te wachten. Hij haalde tientallen sleutels tevoorschijn, vond de drie die op de zware hangsloten van het hek pasten en zei, terwijl hij het hek openmaakte, tegen me: 'Hierheen.' Ik volgde hem over het gravelterrein en liep zoveel mogelijk om de gaten met bruin modderwater heen. Omdat mijn hele lichaam pijn deed bij elke stap die ik deed, kon ik niet zoveel uitwijken als ik eigenlijk zou willen. Hij liep recht op mijn auto af.

Ik ging meteen naar de voorbank. Geen dossier. Na een ogenblik van paniek vond ik het achter de bestuurdersplaats, op de vloer, intact. Ik pakte het vast en wilde weggaan. Ik had er geen enkele behoefte aan om de schade te inspecteren. Ik was er heelhuids afgekomen, dat was het enige wat telde. Ik zou de volgende week wel met de verzekeringsmaatschappij in de slag gaan.

'Is dat het?' vroeg Winkle.

'Ja,' zei ik. Ik wilde zo gauw mogelijk weg.

'Volg me.'

We gingen de loods in, waar in de hoek een butagaskachel bulderde en hete lucht onze kant op joeg. Hij nam een van de tien klemborden die aan de muur hingen en begon naar het dossier te kijken dat ik in mijn handen had. 'Bruine map,' zei hij al schrijvend. 'Ongeveer vijf centimeter dik.' Ik stond daar met die map in mijn handen alsof hij van goud was. 'Staat er een naam op?'

Ik kon moeilijk protesteren. 'Waarom moet dat worden genoteerd?' vroeg ik nog.

'Leg hem op tafel,' zei hij.

En ik legde hem op de tafel. 'RiverOaks schuine streep TAG, Inc.,' zei hij, nog steeds schrijvend. 'Dossiernummer TBC-96-3381.' Mijn spoor werd nog breder.

'Is dit uw eigendom?' vroeg hij, en hij wees er met grote achterdocht naar.

'Ja.'

'Goed. U kunt gaan.'

Ik bedankte hem en kreeg geen antwoord. Ik had zin om over het terrein te rennen, maar lopen was al moeilijk genoeg. Hij deed het hek achter me op slot.

Zodra ik op de achterbank zat, draaiden Mordecai en Peeler zich om en keken naar het dossier. Ze hadden geen van beiden een idee. Ik had Mordecai alleen verteld dat het dossier erg belangrijk was. Ik moest het terug hebben voordat het werd vernietigd.

Al die moeite voor één bruine map?

Toen we op de terugweg naar de rechtswinkel waren, kwam ik in de verleiding het dossier door te bladeren. Maar ik deed het niet.

Ik bedankte Peeler, zei Mordecai gedag en reed, erg voorzichtig, naar mijn nieuwe woning terug.

De bron van het geld was de federale overheid, iets wat in Washington niet zo verrassend was. De posterijen waren van plan voor twintig miljoen dollar een gigantisch sorteercentrum in de stad te bouwen, en RiverOaks was een van de agressieve vastgoedbedrijven die hoopten dat ze het gebouw mochten bouwen, verhuren en beheren. Er waren verschillende locaties overwogen, allemaal in ongure en vervallen delen van de stad. Een korte lijst van drie locaties was in december bekendgemaakt. RiverOaks was begonnen alle goedkope onroerend goed op te kopen die het nodig zou kunnen hebben. TAG was een bij de Kamer van Koophandel geregistreerde onderneming. De enige aandeelhouder was Tillman Gantry, die in een dossiermemo beschreven werd als een voormalige pooier, een kleine crimineel met twee veroordelingen. Er liepen veel van die types in de stad rond. Na de misdaad had Gantry de tweedehands auto's en het onroerend goed ontdekt. Hij kocht leegstaande gebouwen op, knapte er soms vlug iets aan op en verkocht ze dan door. Soms splitste hij ze in een soort woningen op, die hij verhuurde. In een lijst in het dossier werden veertien TAG-panden genoemd. Gantry's pad kruiste dat van RiverOaks toen de posterijen meer ruimte nodig hadden. Op 6 januari lieten de posterijen RiverOaks per aangetekende brief weten dat de onderneming was uitgekozen als bouwer-eigenaarverhuurder van het nieuwe sorteercentrum. Een bijgesloten memorandum hield in dat de posterijen jaarlijks een huur van anderhalf miljoen dollar zouden betalen, gedurende een gegarandeerde periode van twintig jaar. In de brief stond ook – met een haast die je niet van een overheidsdienst zou verwachten – dat het definitieve contract op uiterlijk 1 maart door RiverOaks en de posterijen moest worden getekend, anders ging de hele zaak niet door. Na zeven jaar van overleg en planning wilden de posterijen dat het gebouw met grote spoed werd neergezet. RiverOaks en zijn advocaten en makelaars gingen aan het werk. In januari kocht het bedrijf vier panden aan Florida Avenue, dicht bij het pakhuis waar de ontruiming plaatsvond. De map bevatte twee kaarten van de omgeving, met gearceerde kleuren voor percelen die gekocht waren en percelen waarover nog werd onderhandeld. Over een week was het al 1 maart. Geen wonder dat Chance het dossier zo gauw miste. Hij werkte er elke dag aan.

Het pakhuis aan Florida Avenue was in juli door TAG gekocht. Het aankoopbedrag kwam niet in het dossier voor. RiverOaks kocht het op 31 januari voor tweehonderdduizend dollar, vier dagen voor de ontruiming waardoor DeVon Hardy en de familie Burton op straat kwamen te staan.

Op de kale houten vloer van wat mijn woonkamer zou worden, haalde ik zorgvuldig elk vel papier uit de map. Ik bestudeerde het en beschreef het vervolgens gedetailleerd op een schrijfblok, zodat ik het weer in precies dezelfde volgorde terug kon leggen. Er was de gebruikelijke verzameling papieren die vermoedelijk in elk vastgoeddossier zat: belastinggegevens van voorafgaande jaren, vorige eigendomsoverdrachten, koop- en verkoopcontracten met betrekking tot de panden, correspondentie met de makelaar, akten van overdracht. Het ging allemaal met contant geld. Er was geen bank aan te pas gekomen.

Op de linker binnenflap van de map stond het register, een voorgedrukt formulier waarop alles wat er in de map ging met een datum en korte beschrijving stond opgetekend. Aan de hoeveelheid details in een mapregister kon je zien hoe efficiënt een secretaresse bij Drake & Sweeney was. Elk briefje, elke krabbel, elke kaart of foto of grafiek, alles wat in een dossier werd ondergebracht, moest in het register worden aangegeven. Dat was er bij ons ingestampt toen we voor het kantoor kwamen werken. De meesten van ons leerden het kwaadschiks – niets was zo frustrerend als in een dik dossier bladeren en iets niet kunnen vinden omdat het niet goed in het register was aangegeven. Als je het niet in dertig seconden kon vinden, zeiden ze, is het nutteloos.

Chances dossier was perfect bijgehouden. Zijn secretaresse moest een wonder van nauwgezetheid zijn. Maar er was geknoeid.

Op 22 januari ging Hector Palma in zijn eentje naar het pakhuis om het te inspecteren voordat het werd aangekocht. Dat was gebruikelijk. Toen hij door een aangewezen deur naar binnen wilde gaan, werd hij overvallen door twee straatrovers die hem met een knuppel of zoiets op zijn hoofd sloegen. Onder bedreiging van een mes had hij zijn portefeuille en los geld moeten afgeven. Op 23 januari bleef hij thuis en stelde hij een memo voor het dossier op waarin hij de straatroof beschreef. De laatste zin luidde: 'Zal op maandag 27 januari met bewaker terugkeren voor inspectie.' Die memo was netjes in het dossier terechtgekomen.

Maar er was geen memo van zijn tweede bezoek. In het register was op 27 januari genoteerd: HP memo – bezoek ter plaatse, inspectie van pand.

Hector ging op de zevenentwintigste met een bewaker naar het pand, inspecteerde het, constateerde ongetwijfeld dat er veel krakers zaten en stelde een memo op die, als ik op zijn andere papieren moest afgaan, waarschijnlijk erg grondig was.

De memo was uit het dossier gehaald. Nu was dat geen misdrijf. Ik had zelf ook vaak dingen uit dossiers gehaald zonder dat in het register aan te geven. Maar ik legde ze dan altijd terug. Als iets in het register was opgenomen, moest het in het dossier blijven.

De overdracht van het pand vond plaats op 31 januari, een vrijdag. De dinsdag daarop ging Hector naar het pakhuis terug om de krakers eruit te zetten. Hij werd geassisteerd door een bewaker van een particuliere beveiligingsdienst, een politieagent en vier zware jongens van een ontruimingsbedrijf. Volgens zijn memo, die twee pagina's lang was, deden ze er drie uren over. Hoewel hij zijn best deed om niets van zijn emoties te laten blijken, was duidelijk dat Hector niet van ontruimingen hield.

Mijn hart bleef staan toen ik het volgende las: 'De moeder had vier kinderen, onder wie een baby. Ze had een tweekamerwoning zonder sanitaire voorzieningen. Ze sliepen op twee matrassen op de vloer. Ze vocht met de politieagent terwijl haar kinderen toekeken. Ze werd uiteindelijk uit het pand gezet.'

Dus Ontario keek toe terwijl zijn moeder vocht.

Er was een lijst van alle personen die uit het pand werden gezet, zeventien in totaal, kinderen niet meegerekend, dezelfde lijst die iemand maandagochtend met een fotokopie van het verhaal in de *Post* op mijn bureau had gelegd.

Achter in het dossier trof ik de ontruimingsbevelen voor de zeventien personen aan. Ze lagen er los in en waren niet in het register aangegeven. Die bevelen waren niet gebruikt. Krakers hebben geen rechten, ook niet het recht om vooraf in kennis te worden gesteld. De bevelen waren achteraf opgesteld om het spoor uit te wissen. Ze waren waarschijnlijk door Chance zelf na de Meneer-episode aan het dossier toegevoegd, voor het geval hij ze nodig zou hebben.

Het was dus duidelijk dat er met het dossier was geknoeid, en het was op een domme manier gebeurd. Maar ja, Chance was een maat. Het was bijna nog nooit voorgekomen dat een maat een dossier afstond.

Het was niet afgestaan; het was gestolen. Regelrechte diefstal, een misdrijf waarvoor ze nu bewijzen aan het verzamelen waren. De dief was een idioot.

Toen ik zeven jaar geleden in dienst kwam, had ik een heel ritueel moeten afwerken. Dat hield onder andere in dat privé-detectives mijn vingerafdrukken namen. Het zou een fluitje van een cent zijn om die afdrukken te vergelijken met de afdrukken die ze op Chances archiefkastje hadden gevonden. Dat zou een kwestie van minuten zijn. Ongetwijfeld was dat al gebeurd. Zou er al een arrestatiebevel tegen me zijn uitgevaardigd? Het leek me onvermijdelijk.

Toen ik klaar was, drie uren nadat ik was begonnen, was het grootste deel van de vloer bedekt. Ik bracht het dossier zorgvuldig in de oorspronkelijke staat terug, reed naar de rechtswinkel en maakte fotokopieën.

Ze was aan het winkelen, stond er op haar briefje. We hadden mooie tassen en koffers, iets waar we het niet over hadden gehad toen we onze bezittingen verdeelden. Omdat zij in de nabije toekomst meer zou reizen dan ik, nam ik het goedkope spul – plunjezakken en weekendtassen. Haastig, want ik wilde niet betrapt worden, gooide ik de noodzakelijkste dingen op het bed – sokken, ondergoed, T-shirts, toiletartikelen, schoenen, maar alleen de dingen die ik het afgelopen jaar had gedragen. De rest zou ze weggooien. Vlug haalde ik mijn laden en mijn kant van het medicijnkastje leeg. Gewond en gekweld door pijn, zowel fysiek als anderszins, sjouwde ik de tassen twee trappen af naar mijn auto, om daarna terug te gaan voor een lading pakken en nette kleding. Ik vond mijn oude slaapzak, die in minstens vijf jaar niet was gebruikt, en droeg hem naar beneden, samen met een gewatteerde deken en een kussen. Ik had recht op mijn wekker, mijn radio, mijn draagbare cd-speler met een paar cd's, de kleine kleurentelevisie op het keukenaanrecht, een koffiepot, een haardroger en de blauwe handdoeken. Toen de auto vol was, liet ik een briefje achter om haar te laten weten dat ik weg was. Ik legde het naast het briefje dat zij had achtergelaten en vertikte het om er lang naar te kijken. Ik zou het elk moment te kwaad kunnen krijgen, en dat was wel het laatste wat ik nu wilde. Ik was nooit eerder weggegaan; ik wist niet goed hoe het moest.

Ik deed de deur op slot en liep de trap af. Ik wist dat ik over een paar dagen terug zou komen om de rest van mijn spullen te halen, maar toen ik de trap afging, was het of het de laatste keer was.

Ze zou het briefje lezen, in de laden en kasten kijken om te zien wat ik had meegenomen, en als ze besefte dat ik nu echt weg was, zou ze in de huiskamer zitten en even een traantje wegpinken. Misschien zelfs een heleboel tranen. Maar zo heel erg lang zou het niet duren. Ze zou zonder veel moeite aan de volgende fase van haar leven beginnen.

Bij het wegrijden voelde ik me niet bevrijd. Het was niet zo geweldig om weer vrijgezel te zijn. Claire en ik hadden allebei verloren.

17

Ik sloot me in de rechtswinkel op. Het kantoor was op zondag kouder dan het op zaterdag was geweest. Ik droeg een dikke trui, een corduroy broek, dikke sokken, en ik zat met twee dampende koppen koffie voor me de krant te lezen. Het gebouw had een verwarmingssysteem, maar daar ging ik niet aan prutsen. Ik miste mijn stoel, mijn leren directiestoel die draaide, schommelde en kantelde wanneer ik maar wilde. Mijn nieuwe stoel was net iets beter dan die klapstoeltjes die je voor een bruiloft huurde. Ook als ik in goede conditie verkeerde, zou ik er niet lekker op zitten. Zoals ik er nu aan toe was, was het een regelrecht martelapparaat. Het bureau was een gehavend tweedehandsje, waarschijnlijk afkomstig uit een leegstaande school, een recht en lomp geval, met drie laden aan weerskanten, waarvan vier open konden. De twee cliëntenstoelen aan de andere kant waren echte klapstoeltjes – een in het zwart en een in een groenige kleur die ik nog nooit eerder had gezien. De muren waren van pleisterkalk. Tientallen jaren geleden waren ze gewit en daarna hadden ze licht citroengeel mogen worden zonder dat iemand er iets tegen ondernam. De pleisterkalk was gebarsten en de spinnen hadden bezit genomen van de bovenhoeken. De enige decoratie bestond uit een ingelijst aanplakbiljet waarop een Mars voor Gerechtigheid, in juli 1988 te houden op de Mall, werd aangekondigd.

De vloer bestond uit oeroude eikenhouten planken die aan de randen rond waren afgesleten, een teken van jarenlang intensief gebruik. Er was kort geleden geveegd en de bezem stond nog met een blik in de hoek. Dat was een stille wenk: als ik ooit wilde dat het stof werd verwijderd, moest ik het zelf doen.

O, hoe diep was de machtige gezonken! Als mijn goede broer Warner me daar op zondag had zien zitten, huiverend aan mijn armoedige bureautje, starend naar de barsten in de pleisterkalk, met de deur op slot opdat mijn potentiële cliënten me niet konden beroven, zou hij in zulke beeldende en kleurrijke krachttermen zijn uitgebarsten dat het zonde zou zijn om ze niet allemaal te noteren.

Ik kon me niet voorstellen hoe mijn ouders zouden reageren. Binnenkort moest ik ze bellen om mijn twee nieuwe adressen door te geven: een dubbele schok.

Er werd hard op de deur geklopt. Ik schrok me een ongeluk en sprong overeind, niet wetend wat ik moest doen. Kwamen de straatrovers achter me aan? Toen er opnieuw werd geklopt, ging ik naar de voorkant. Ik zag iemand die door de tralies en het dikke glas van de voordeur probeerde te kijken.

Het was Barry Nuzzo, die huiverend stond te wachten tot hij in veiligheid was. Ik maakte de sloten open en liet hem binnen.

'Wat een krot!' begon hij vriendelijk. Hij keek in de voorkamer om zich heen terwijl ik de deur weer op slot deed.

'Schilderachtig, hè?' zei ik. Ik schrok een beetje van zijn komst en vroeg me af wat hij kwam doen.

'Wat een troep!' Hij keek geamuseerd om zich heen en liep om Sofia's bureau heen en trok langzaam zijn handschoenen uit. Hij durfde niets aan te raken omdat er dan misschien een lawine van dossiers naar beneden zou komen.

'We houden de overhead laag, dan kunnen we al het geld in onze eigen zak stoppen,' zei ik. Dat was een oude grap bij Drake & Sweeney. De maten mopperden de hele tijd over de overhead, terwijl de meesten zich tegelijkertijd erg druk maakten over de inrichting van hun eigen kantoor.

'Dus je zit hier voor het geld?' vroeg hij, nog steeds geamuseerd.

'Allicht.'

'Je bent gek geworden.'

'Ik heb een roeping gevonden.'

'Ja, je hoort stemmen.'

145

'Ben je daarvoor gekomen? Om me te vertellen dat ik gek ben?'
'Ik heb Claire gebeld.'
'En wat zei ze?'
'Ze zei dat je bij haar weg was.'
'Dat klopt. We gaan scheiden.'
'Wat is er met je gezicht?'
'Airbag.'
'O ja. Dat was ik vergeten. Ik hoorde dat het alleen blikschade was.'
'Ja. Er is blik beschadigd.'
Hij hing zijn jas over een stoel en trok hem toen vlug weer aan.
'Bedoel je met die lage overhead ook dat jullie de gasrekening niet betalen?'
'We slaan wel eens een maand over.'
Hij liep nog wat rond en keek in de zijkamertjes. 'Wie betaalt voor dit alles?' vroeg hij.
'Een stichting.'
'Een stichting in verval?'
'Ja, in snel verval.'
'Hoe heb je dit gevonden?'
'Meneer kwam hier vaak. Dit waren zijn advocaten.'
'Die goeie ouwe Meneer,' zei hij. Hij onderbrak zijn rondgang even en keek naar een muur. 'Denk je dat hij ons zou hebben gedood?'
'Nee. Niemand luisterde naar hem. Hij was maar een dakloze. Hij wilde gehoord worden.'
'Heb je er enig moment aan gedacht hem te bespringen?'
'Nee, maar ik dacht er wel over om zijn pistool te grijpen en Rafter overhoop te schieten.'
'Had dat maar gedaan.'
'Volgende keer misschien.'
'Heb je koffie?'
'Ja. Ga zitten.'
Ik wilde niet dat Barry me naar het keukentje volgde, want dat liet sterk te wensen over. Ik vond een kopje, waste het vlug om en goot er koffie in. Ik nodigde hem in mijn kamer uit.
'Riant,' zei hij, om zich heen kijkend.
'Hier wordt al het grote werk gedaan,' zei ik trots. We gingen tegenover elkaar zitten, het bureau tussen ons in, beide stoelen krakend en nog net niet instortend.
'Heb je hiervan gedroomd toen je nog rechten studeerde?' vroeg hij.

'Ik weet niets meer van mijn studie. Ik heb daarna te veel declarabele uren gemaakt.'

Ten slotte keek hij me aan, zonder een glimlach of een grijns. Het was uit met de grappige opmerkingen. Het was een afschuwelijke gedachte, maar ik vroeg me onwillekeurig af of Barry een microfoon bij zich droeg. Ze hadden Hector met zo'n dingetje onder zijn overhemd in de strijd geworpen; ze konden hetzelfde met Barry doen. Hij zou het niet zelf aanbieden, maar ze konden hem onder druk zetten. Ik was de vijand.

'Dus je kwam hier omdat je meer over Meneer wilde weten?' zei hij.

'Dat zou je kunnen zeggen.'

'En wat ontdekte je?'

'Hou je je nu van de domme, Barry? Wat gebeurt er op het kantoor? Zijn jullie aan de belegering begonnen? Kom je achter mij aan?'

Hij dacht daar goed over na en nam intussen kleine slokjes van zijn koffie. 'Die koffie is bocht,' zei hij met een gezicht alsof hij het ging uitspuwen.

'Hij is tenminste warm.'

'Ik vind het jammer van Claire.'

'Dank je, maar ik wil er liever niet over praten.'

'Er is een dossier verdwenen, Michael. Iedereen wijst naar jou.'

'Wie weet dat je hier bent?'

'Mijn vrouw.'

'Heeft het kantoor je gestuurd?'

'Absoluut niet.'

Ik geloofde hem. Hij was al zeven jaar mijn vriend, soms zelfs een erg goede vriend. Meestal hadden we het trouwens te druk gehad voor vriendschap.

'Waarom wijzen ze naar mij?'

'Het dossier heeft iets met Meneer te maken. Je ging naar Braden Chance en wilde het inzien. Je bent in de buurt van zijn kamer geweest op de avond dat het verdween. Er zijn aanwijzingen dat iemand je sleutels heeft gegeven die je misschien niet had mogen hebben.'

'Is dat alles?'

'Dat, en de vingerafdrukken.'

'Vingerafdrukken?' vroeg ik, alsof ik daar voor het eerst over hoorde.

'Overal. Op de deur, het lichtknopje, de dossierkast zelf. Ze komen

perfect met de jouwe overeen. Je bent daar geweest, Michael. Je hebt dat dossier gepakt. Wat ga je er nu mee doen?'
'Hoeveel weet jij van dat dossier?'
'Meneer is uit een pand gezet door een van onze vastgoedcliënten. Hij was een kraker. Hij werd gek, joeg ons de stuipen op het lijf, jij bent bijna geraakt. Je bent ingestort.'
'Is dat alles?'
'Dat is alles wat ze ons hebben verteld.'
'Wie zijn "ze"?'
'De jongens aan de top. Het hele kantoor: advocaten, secretaresses, juridisch medewerkers, iedereen, kreeg vrijdag tegen het eind van de dag een memo. Daar stond in dat er een dossier was gestolen, dat jij de verdachte was en dat niemand van het kantoor contact met je mocht opnemen. Het is mij verboden hier op dit moment te zijn.'
'Ik zal je niet verklikken.'
'Dank je.'
Als Braden Chance verband had gelegd tussen de ontruiming en Lontae Burton, was hij er het type niet naar om dat aan iemand toe te geven. Zelfs niet aan zijn medematen. Barry sprak de waarheid. Waarschijnlijk dacht hij dat ik alleen vanwege DeVon Hardy in het dossier geïnteresseerd was.
'Waarom ben je hier dan?'
'Ik ben je vriend. Het is een gekkenhuis bij ons. Allemachtig, we hadden vrijdag de politie op kantoor, kun je dat geloven? Vorige week hadden we het SWAT-team over de vloer en waren we gijzelaars. Nu ben jij door het lint gegaan. En dan dat met Claire. Als we nou eens vakantie namen. Laten we ergens een paar weken heen gaan. Met onze vrouwen.'
'Waarheen?'
'Ik weet het niet. Wat doet het ertoe? De eilanden.'
'Wat zouden we daarmee bereiken?'
'Om te beginnen kunnen we wat ontdooien. Een beetje tennissen. Veel slapen. De accu opladen.'
'Op kosten van het kantoor?'
'Op kosten van mij.'
'Vergeet Claire maar. Het is voorbij, Barry. Het heeft lang geduurd, maar het is voorbij.'
'Goed. Dan gaan we met zijn tweeën.'
'Maar je mag officieel helemaal geen contact met me hebben.'

'Ik heb een idee. Ik denk dat ik wel met Arthur kan praten. Ik kan het hem uitleggen. We kunnen de zaak tot bedaren brengen. Jij brengt het dossier terug, je vergeet wat erin staat, het kantoor vergeeft en vergeet jou ook, jij en ik gaan twee weken tennissen op Maui, en als we dan terug zijn, ga jij weer in je luxe kamer zitten, waar je thuishoort.'
'Ze hebben je gestuurd, hè?'
'Nee. Ik zweer het je.'
'Het gaat niet, Barry.'
'Geef me een goede reden. Alsjeblieft.'
'De advocatuur is meer dan declarabele uren maken en geld verdienen. Waarom zouden we de hoer spelen voor grote bedrijven? Ik ben het zat, Barry. Ik wil iets voor mensen doen.'
'Je praat als een eerstejaars rechtenstudent.'
'Precies. We hebben voor dit vak gekozen omdat we dachten dat het recht een hogere roeping was. We zouden tegen onrechtvaardigheid en maatschappelijke misstanden vechten en allerlei geweldige dingen doen omdat we advocaten waren. Ooit waren we idealistisch. Waarom kunnen we dat niet opnieuw zijn?'
'Hypotheken?'
'Ik probeer je niet te rekruteren. Je hebt drie kinderen. Gelukkig hebben Claire en ik geen kinderen. Ik kan het me veroorloven om een beetje gek te worden.'
In een hoek begon een radiator, die ik nog niet had opgemerkt, te ratelen en sissen. We keken ernaar en hoopten op een beetje warmte. Een minuut ging voorbij. Twee minuten.
'Ze komen achter je aan, Michael,' zei hij, zijn blik nog op de radiator, al zag hij hem niet echt.
'Ze? Je bedoelt "we"?'
'Ja. Het kantoor. Je kunt geen dossier stelen. Denk eens aan de cliënt. De cliënt moet op vertrouwelijkheid kunnen rekenen. Als een dossier verloren raakt, zijn we de cliënt ook kwijt.'
'Wordt er officieel aangifte van diefstal gedaan?'
'Waarschijnlijk. Ze zijn ziedend, Michael. Je kunt het ze niet kwalijk nemen. Er wordt ook gepraat over een klacht bij de balie. De kans is groot dat je uit de advocatuur wordt gezet. Rafter is er al mee bezig.'
'Waarom heeft Meneer niet een beetje lager gemikt?'
'Ze gaan er hard tegenaan.'
'Het kantoor heeft meer te verliezen dan ik.'

Hij keek me aandachtig aan. Hij wist niet wat er in het dossier stond. 'Er is meer dan Meneer?' vroeg hij.

'Veel meer. Het kantoor is erg kwetsbaar. Als ze achter mij aan komen, ga ik achter het kantoor aan.'

'Je kunt geen gebruikmaken van een gestolen dossier. Geen enkele rechter in het land zal het als bewijsmateriaal accepteren. Jij weet niets van procesrecht.'

'Ik leer er steeds meer bij. Zeg tegen ze dat ze zich moeten terugtrekken. Vergeet niet: ik heb het dossier, en daar staat rottigheid in.'

'Het waren maar een stel krakers, Michael.'

'Het zit veel ingewikkelder in elkaar. Iemand moet eens met Braden Chance gaan praten om de waarheid uit hem los te krijgen. Zeg tegen Rafter dat hij zijn huiswerk moet doen voordat hij een stomme stunt uithaalt. Geloof me, Barry, dit is voorpaginamateriaal. Jullie zullen je huis niet meer uit durven.'

'Dus je stelt een wapenstilstand voor? Jij houdt het dossier, wij laten je met rust.'

'Voorlopig, ja. Ik weet niet hoe het volgende week of de week daarna is.'

'Waarom praat je niet met Arthur? Ik wil wel bemiddelen. We gaan met z'n drieën in een kamer zitten, doen de deur op slot en werken dit helemaal uit. Wat zeg je daarvan?'

'Het is te laat. Er zijn mensen doodgegaan.'

'Het is Meneers eigen schuld dat hij dood is.'

'Er zijn anderen.' En nu had ik genoeg gezegd. Hoewel hij mijn vriend was, zou hij het grootste deel van ons gesprek aan zijn bazen overbrieven.

'Zou je dat willen uitleggen?' zei hij.

'Dat kan ik niet. Het is vertrouwelijk.'

'Dat klinkt een beetje vals uit de mond van een advocaat die dossiers steelt.'

De radiator gorgelde en boerde, en een tijdlang was het gemakkelijker om daarnaar te kijken dan om te praten. We wilden geen van beiden dingen zeggen waar we later spijt van zouden hebben.

Hij vroeg naar de andere medewerkers van de rechtswinkel. Ik gaf hem een korte rondleiding. 'Ongelooflijk,' mompelde hij meer dan eens.

'Kunnen we in contact blijven?' zei hij bij de deur.

'Tuurlijk.'

18

Mordecai had ongeveer een half uur nodig om me het werk uit te leggen, de tijd die we erover deden om van de rechtswinkel naar het Samaritan House in Petworth in Northeast te rijden. Hij reed en praatte tegelijk. Ik zat zwijgend naast hem, mijn aktetas tegen me aan gedrukt, zo nerveus als een groentje dat op het punt staat voor de wolven te worden gegooid. Ik droeg een spijkerbroek, een wit overhemd met stropdas, een oude blauwe blazer, en aan mijn voeten had ik versleten Nike-tennisschoenen en witte sokken. Ik schoor me niet meer. Ik was een straatadvocaat en kon me kleden zoals ik wilde.

Hij had die verandering in stijl natuurlijk meteen opgemerkt toen ik zijn kantoor binnenkwam en hem vertelde dat ik klaar was om aan het werk te gaan. Hij zei niets, maar zijn blik bleef een tijdje op de Nikes rusten. Hij had het allemaal al eerder meegemaakt: types van grote advocatenkantoren die uit hun ivoren torens neerdaalden om een paar uur met de armen door te brengen. Om de een of andere reden voelden ze zich altijd gedwongen hun baard te laten staan en spijkergoed aan te trekken.

'Je clientèle is een mengeling van "derden",' zei hij met een hand aan het stuur en een beker koffie in de andere hand, zonder veel oog te hebben voor de weggebruikers om ons heen. 'Ongeveer een derde heeft werk, een derde heeft een gezin met kinderen, een derde is geestelijk gestoord, een derde is ex-militair. En ongeveer een derde van degenen die voor goedkope huisvesting in aanmerking komen, krijgt dat ook. In de afgelopen vijftien jaar zijn er tweeënhalf miljoen goedkope woningen verdwenen, en het federale budget voor volkshuisvesting is met zeventig procent gekort. Geen wonder dat er mensen op straat leven. Overheden brengen hun begrotingen in balans over de ruggen van de armen.'

De gegevens kwamen als een stroom over de lippen. Dit was zijn leven, zijn werk. Als advocaat was ik getraind om altijd zorgvuldig notities te maken. Ik kwam bijna in de verleiding om mijn aktetas open te rukken en met schrijven te beginnen. In plaats daarvan luisterde ik alleen maar.

'Omdat die mensen op het minimum zitten, kunnen ze nooit een huis in de privé-sector huren. Daar dromen ze niet eens van. En het geld dat ze verdienen houdt geen gelijke tred met de huisvestingskosten. En dus raken ze steeds meer achterop, en tegelijk krijgen de hulpprogramma's de ene opdonder na de andere te incasseren. Stel je voor: maar veertien procent van de arbeidsongeschikte daklozen krijgt een uitkering wegens arbeidsongeschiktheid. Veertien procent! Je zult veel van die gevallen meemaken.'

We kwamen gierend tot stilstand voor rood licht. Zijn auto blokkeerde een groot deel van het kruispunt. Overal om ons heen werd getoeterd. Ik liet me wat onderuit zakken, want ik verwachtte elk moment een nieuwe aanrijding. Mordecai merkte er niets van dat zijn auto het spitsverkeer ophield. Hij keek strak voor zich uit, in een andere wereld.

'Het angstaanjagende van dakloosheid is juist wat je niet op straat ziet. Ongeveer de helft van alle mensen geeft zeventig procent van het inkomen uit om te proberen hun woning te houden. Volgens de officiële normen zouden ze daar maar een derde aan moeten uitgeven. Er zijn in deze stad tienduizenden mensen die zich vastklampen aan het dak boven hun hoofd; één keer een loonzakje mislopen, één onverwachts bezoek aan het ziekenhuis, één onvoorzien noodgeval, en ze verliezen hun onderdak.'

'Waar gaan ze dan heen?'

'Ze gaan bijna nooit rechtstreeks naar de opvangcentra. Eerst gaan ze naar familie, dan naar vrienden. Dat brengt ook weer risico's met zich mee, want hun familieleden en vrienden hebben ook gesubsidieerde woningen en volgens hun huurcontract mag er niet meer dan een bepaald aantal mensen in de woning verblijven. Ze zien zich gedwongen hun huurcontract te schenden, en dat kan tot ontruiming leiden. Zo gaan ze van het ene adres naar het andere, en soms laten ze een kind bij een zuster achter en een ander kind bij een vriendin. Het gaat van kwaad tot erger. Veel daklozen zijn bang voor de opvangcentra en doen hun uiterste best om daar niet naar toe te hoeven gaan.'

Hij zweeg lang genoeg om een slok koffie te nemen.

'Waarom?' vroeg ik.

'Niet alle centra zijn goed. Er hebben zich gewelddadigheden, berovingen, zelfs verkrachtingen voorgedaan.'

En daaraan zou ik nu de rest van mijn juridische carrière wijden. 'Ik ben mijn pistool vergeten,' zei ik.

'Je loopt geen gevaar. Er zijn in deze stad honderden advocaten die voor daklozen werken. Ik heb nooit gehoord dat er een gewond raakte.'

'Blij dat te horen.' We reden weer, een beetje veiliger.

'Ongeveer de helft van de mensen heeft een of ander verslavingsprobleem, zoals je vriend DeVon Hardy. Het komt erg veel voor.'

'Wat kun je voor hen doen?'

'Niet veel, vrees ik. Er zijn nog een paar instanties over, maar het is moeilijk om een bed voor ze te vinden. Het lukte ons Hardy in een afkickcentrum voor veteranen geplaatst te krijgen, maar hij liep weg. De verslaafde bepaalt zelf wanneer hij wil afkicken.'

'Wat is de favoriete drug?'

'Alcohol. Dat is het goedkoopste. En veel crack, want dat is ook goedkoop. Je zult alles meemaken, maar de designerdrugs zijn meestal te duur.'

'Wat worden mijn eerste vijf zaken?'

'Je kan niet wachten, hè?'

'Ja, en ik heb geen idee van wat me te wachten staat.'

'Maak je geen zorgen. Het werk is niet moeilijk. Je moet alleen wat geduld hebben. Je krijgt te maken met iemand die zijn voorzieningen niet krijgt, bijvoorbeeld zijn levensmiddelenbonnen. Een echtscheiding. Iemand met een klacht tegen een huisbaas. Een arbeidsgeschil. Je kunt ook op een strafzaak rekenen.'

'Wat voor strafzaak?'

'Klein spul. In de Amerikaanse steden is het de trend om daklozen te criminaliseren. De grote steden hebben allerlei wetten aangenomen om mensen die op straat leven te vervolgen. Je mag niet bedelen, je mag niet op een bank slapen, je mag niet onder een brug kamperen, je mag geen persoonlijke bezittingen in een park bewaren, je mag niet op het trottoir zitten, je mag niet eten in het openbaar. Veel van die wetten zijn ongeldig verklaard door de rechter. Abraham heeft in dat opzicht geweldig werk verricht. Hij heeft federale rechters ervan overtuigd dat die slechte wetten in strijd zijn met het Eerste Amendement op de grondwet. En dus zoeken de gemeenten het in algemene wetten, zoals die tegen landloperij en openbare dronkenschap. Ze moeten de daklozen altijd hebben. Als iemand in een net pak dronken uit een bar komt en in een steegje gaat staan pissen, is dat geen probleem. Als een dakloze in datzelfde steegje pist, wordt hij gearresteerd wegens urineren in het openbaar. Je maakt ook veel veegoperaties mee.'

'Veegoperaties?'

'Ja. Ze kiezen een deel van de stad uit, pakken alle daklozen op en dumpen ze ergens anders. Atlanta deed dat ook voor de Olympische Spelen. Al die arme mensen die stonden te bedelen en op parkbankjes sliepen terwijl de hele wereld toekeek – dat konden ze niet hebben. En dus stuurden ze stormtroepers en die elimineerden het probleem. Daarna pochte de stad dat alles er zo mooi uitzag.'

'Waar brachten ze ze heen?'

'Ze brachten ze in elk geval niet naar opvangcentra, want die hebben ze niet. Ze hebben ze gewoon verplaatst. Ze dumpten ze in andere delen van de stad, als mest.' Een snelle slok koffie terwijl hij de verwarming bijstelde – vijf seconden geen handen op het stuur. 'Vergeet niet, Michael, iedereen moet ergens verblijven. Die mensen hebben geen alternatief. Als je honger hebt, bedel je om eten. Als je moe bent, ga je slapen waar je maar een plekje kunt vinden. Als je dakloos bent, moet je ergens leven.'

'Worden ze gearresteerd?'

'Elke dag, en dat is een stompzinnig beleid. Je neemt iemand die op straat leeft, die van opvangcentrum naar opvangcentrum gaat, die ergens voor het minimumloon een baantje heeft, die zijn best doet om er bovenop te komen en zichzelf te kunnen redden. Hij wordt gearresteerd wegens slapen onder een brug. Hij wil niet onder een brug slapen, maar iedereen moet ergens slapen. Hij is schuldig omdat de gemeenteraad het in zijn wijsheid een misdaad heeft gemaakt om dakloos te zijn. Hij moet dertig dollar betalen om uit de gevangenis te komen, en ook nog eens dertig dollar boete. Zestig dollar uit een praktisch lege portemonnee. En dus schoppen ze hem nog een eindje omlaag. Hij wordt gearresteerd, vernederd, beboet, gestraft, en dan is het de bedoeling dat hij zijn fouten inziet en een huis gaat zoeken. Dat hij van de straat af gaat. Zo gaat het in de meeste van onze steden.'

'Zou hij in de gevangenis niet beter af zijn?'

'Heb je de laatste tijd een gevangenis van binnen gezien?'

'Nee.'

'Ga er maar niet heen. De politie is niet getraind om met daklozen om te gaan, zeker niet met de geesteszieken en verslaafden. De gevangenissen zijn overvol. Het gevangenisstelsel is toch al een nachtmerrie, en door de vervolging van daklozen raakt het nog meer verstopt. En nu komt het krankzinnigste. Het kost per dag vijfentwintig procent meer om iemand in de gevangenis te houden dan om hem onderdak, eten, vervoer en maatschappelijke begeleiding te geven. Die laatste dingen zouden natuurlijk voordelen op de lange termijn hebben. Die laatste dingen zouden natuurlijk veel logischer zijn. Vijfentwintig procent. En dan heb ik het nog niet over de kosten van politiewerk en rechtbanken. De meeste steden zijn toch al blut, vooral Washington – daarom sluiten ze opvangcentra, weet je wel – en toch verspillen ze geld doordat ze daklozen tot criminelen maken.'

'Dat lijkt me iets om tegen te procederen,' zei ik, alsof hij nog aangespoord moest worden.

'We procederen als gekken. Advocaten in het hele land gaan die wetten te lijf. Die vervloekte gemeenten besteden meer aan advocatenhonoraria dan aan het bouwen van opvangcentra voor daklozen. Je moet wel moeite doen om van dit land te houden. New York, de rijkste stad van de wereld, kan zijn mensen niet huisvesten, en dus slapen ze op straat en bedelen ze op 5th Avenue, en daar storen de fijngevoelige New Yorkers zich aan, en dus kiezen ze Rudy Hoe-ook-weer tot burgemeester, want hij belooft dat hij de straten schoon zal vegen, en hij laat zijn voortreffelijke gemeenteraad dak-loosheid buiten de wet stellen, zomaar eventjes – je mag niet bedelen, je mag niet op het trottoir zitten, je mag niet dakloos zijn – en ze snijden als gekken in de budgetten, gooien opvangcentra dicht en hakken in de uitkeringen, en tegelijk geven ze een fortuin uit aan New Yorkse advocaten die hen moeten verdedigen tegen beschuldi-

gingen dat ze arme mensen proberen te elimineren.'
'Hoe erg is het in Washington?'
'Niet zo erg als in New York, maar ook niet veel beter.' We waren in
een deel van de stad waar ik twee weken geleden nog niet bij klaar-
lichte dag in een pantserwagen doorheen zou zijn gereden. Alle etalages hadden zwarte tralies; de woongebouwen waren hoge levenloze
bouwsels, met wasgoed dat over de balkonhekken hing. Ze waren
allemaal van grauwe baksteen, ze hadden allemaal de nietszeggende
architectuur van gebouwen die voor zo min mogelijk overheidsgeld
uit de grond waren gestampt.
'Washington is een zwarte stad,' ging hij verder, 'met veel mensen
die op steun zijn aangewezen. Zo'n stad trekt veel mensen aan die
verandering willen, veel actievoerders en radicalen. Mensen als jij.'
'Ik ben nou niet bepaald een actievoerder of een radicaal.'
'Het is nu maandagochtend. Ga eens na waar je de afgelopen zeven
jaar elke maandagochtend was.'
'Achter mijn bureau.'
'Een erg mooi bureau.'
'Ja.'
'In je stijlvol ingerichte kantoor.'
'Klopt.'
Hij keek me met een brede grijns aan en zei: 'Je bent nu een radi-
caal.'
En daarmee had hij me wel voldoende ingewerkt.

Rechts voor ons zagen we een groep dik ingepakte mannen. Ze
stonden op een straathoek over een butagasbrandertje gebogen. We
parkeerden dicht bij hen. Het gebouw was ooit een warenhuis
geweest, vele jaren geleden. Op een met de hand beschilderd bord
stond: SAMARITAN HOUSE.
'Het is een particulier opvangcentrum,' zei Mordecai. 'Negentig
bedden, goed eten, gefinancierd door een groep kerken in Arlington. We komen hier al zes jaar.'
Voor de deur stond een busje van een voedselbank. Vrijwilligers
laadden dozen met fruit en groente uit. Mordecai sprak met een
oudere man die bij de deur stond, en we mochten naar binnen.
'Ik geef je een korte rondleiding,' zei Mordecai. Ik bleef dicht bij
hem. We liepen door de benedenverdieping. Het was een doolhof
van korte gangetjes, met daaraan kleine kamertjes van onbeschil-

derde gipsplaat. Elke kamer had een deur met een slot. Een van die deuren was open. Mordecai keek naar binnen en zei: 'Goedemorgen.'

Een klein mannetje met wilde ogen zat op de rand van een bed. Hij keek naar ons maar zei niets. 'Dit is een goede kamer,' zei Mordecai tegen mij. 'Je hebt hier privacy, een goed bed, ruimte om dingen te bewaren, en elektriciteit.' Hij drukte op een lichtknopje bij de deur en een klein gloeilampje ging uit. De kamer werd even donkerder, en toen deed hij het licht weer aan. De wilde ogen bewogen geen millimeter.

De kamer had geen plafond. Tien meter boven de vloer waren de oude panelen van het vroegere warenhuis te zien.

'En badkamers?' vroeg ik.

'Die zijn achterin. Er zijn niet veel opvangcentra met privé-badkamers. Een prettige dag gewenst,' zei hij tegen de bewoner, die knikte.

Er stonden radio's aan, sommige met muziek, sommige met nieuws. Mensen liepen rond. Het was maandagochtend; ze hadden werk, moesten ergens heen.

'Is het moeilijk om hier een kamer te krijgen?' vroeg ik, al kende ik het antwoord al.

'Het is bijna onmogelijk. Er is een wachtlijst van een kilometer lang, en het centrum kan selecteren.'

'Hoe lang blijven ze hier?'

'Dat varieert. Het gemiddelde zou wel eens drie maanden kunnen zijn. Dit is een van de betere opvangcentra, dus hier zijn ze veilig. Zodra ze een beetje stabiliteit hebben gevonden, probeert het centrum betaalbare woonruimte voor ze te vinden.'

Hij stelde me voor aan een jonge vrouw met zwarte soldatenlaarzen die de leiding van het centrum had. 'Onze nieuwe advocaat,' zo beschreef hij me. Ze verwelkomde me in het centrum. Ze spraken over een cliënt die verdwenen was, en ik liep wat door de gang tot ik bij de afdeling met gezinnen kwam. Ik hoorde een baby huilen en liep naar een open deur. Deze kamer was een beetje groter en was in hokjes verdeeld. Een gezette vrouw van hooguit vijfentwintig zat in een stoel, haar bovenlijf naakt. Ze gaf een baby de borst en trok zich er helemaal niets van aan dat ik op drie meter afstand stond te kijken. Twee kleine kinderen ravotten op een bed. Uit een radio kwam rapmuziek.

De vrouw nam haar andere borst in haar rechterhand en bood hem mij aan. Ik liep vlug de gang door en vond Mordecai terug.

De cliënten zaten al op ons te wachten. Ons kantoor bevond zich in een hoek van de eetzaal, bij de keuken. Ons bureau was een klaptafel die we van de kok leenden. Mordecai maakte het slot van een archiefkast in de hoek open, en we konden beginnen. Zes mensen zaten op een rij stoelen langs de wand.

'Wie is de eerste?' vroeg Mordecai, en een vrouw kwam met haar stoel naar voren. Ze ging tegenover haar advocaten zitten, die allebei met hun pen in de aanslag zaten. De ene advocaat was een doorgewinterde veteraan in het straatrecht, de andere advocaat had geen flauw benul van waar hij mee bezig was.

Ze heette Waylene, was zevenentwintig, en ze had twee kinderen en geen man.

'De helft komt uit het centrum,' zei Mordecai tegen me terwijl we aantekeningen maakten. 'De andere helft komt van de straat.'

'We accepteren iedereen?'

'Iedereen die dakloos is.'

Waylenes probleem was niet ingewikkeld. Ze had in een fastfoodrestaurant gewerkt en ontslag genomen om een reden die Mordecai niet belangrijk vond. En nu had ze nog recht op haar laatste twee looncheques. Omdat ze geen vast adres had, had de werkgever de cheques naar het verkeerde adres gestuurd. De cheques waren verdwenen; de werkgever hield het verder voor gezien.

'Waar ben je volgende week?' vroeg hij haar.

Dat wist ze niet zeker. Misschien hier, misschien daar. Ze was op zoek naar een baan, en als ze er een vond, konden er andere dingen gebeuren, en misschien kon ze intrekken bij die of die. Of zelf iets vinden.

'Ik zorg dat je je geld krijgt. Ik laat de cheques naar mijn kantoor sturen.' Hij gaf haar een kaartje. 'Bel me over een week op dit nummer.'

Ze nam het kaartje aan, bedankte ons en liep vlug weg.

'Wil jij die taco bellen? Je zegt dat je haar advocaat bent, begint heel vriendelijk en dreigt met hel en verdoemenis als ze niet meewerken. Zo nodig ga je er zelf heen om de cheques op te halen.'

Ik noteerde die instructies alsof ze ingewikkeld waren. Waylene had tweehonderdtien dollar te goed. De laatste zaak waar ik bij Drake & Sweeney aan had gewerkt, was een antitrustzaak met een inzet van negenhonderd miljoen dollar.

De tweede cliënt kon geen specifiek juridisch probleem naar voren brengen. Hij wilde gewoon met iemand praten. Hij was dronken of geestesziek, waarschijnlijk allebei, en Mordecai bracht hem naar de keuken en schonk wat koffie voor hem in.

'Sommigen van die arme stumpers kunnen het niet laten om in een rij te gaan staan,' zei hij.

Nummer drie was een bewoonster van het centrum. Ze woonde daar al twee maanden, dus haar adresprobleem was niet zo groot. Ze was achtenvijftig, schoon en netjes, weduwe van een militair. Volgens de stapel papieren waar ik me doorheen werkte terwijl mijn confrère met haar sprak, had ze recht op een militair pensioentje. Maar de cheques werden naar een bankrekening in Maryland gestuurd, en daar kon ze niet bij. Ze legde dat uit. Haar papieren bevestigden haar verhaal. Mordecai zei: 'Die pensioendienst van het leger is zo kwaad nog niet. We zullen zorgen dat de cheques hierheen worden gestuurd.'

We werkten de ene na de andere cliënt efficiënt af, maar de rij groeide. Mordecai had het allemaal al vaker meegemaakt: levensmiddelenbonnen die niet meer werden verstrekt omdat iemand geen vast adres had; een huisbaas die een borgsom niet terug wilde geven; kinderbijslag die niet was uitgekeerd; een arrestatiebevel voor het vervalsen van cheques; een aanvraag voor een gehandicaptenvoorziening. Na twee uur en tien cliënten ruilde ik met Mordecai van plaats en begon ze zelf te ondervragen.

Marvis was mijn eerste solocliënt. Hij wilde scheiden. Ik ook. Nadat ik zijn droevige verhaal had aangehoord, had ik zin om naar huis te rennen, naar Claire, en haar voeten te kussen. Marvis' vrouw was prostituee. Vroeger was ze fatsoenlijk geweest, maar toen ontdekte ze de crack. De crack leidde haar naar een dealer, en toen naar een pooier, en toen naar het leven op straat. Intussen stal en verkocht ze alles wat ze bezaten en maakte ze schulden die hij moest aflossen. Hij vroeg zijn faillissement aan. Ze nam beide kinderen en trok bij haar pooier in.

Hij had een paar algemene vragen over de gang van zaken bij een scheiding, en hoewel ik er niet al te veel van wist, probeerde ik hem zo goed mogelijk te antwoorden. Terwijl ik mijn aantekeningen maakte, zag ik opeens voor me hoe Claire op datzelfde moment in het fraaie kantoor van haar advocate zou zitten om de definitieve plannen voor de ontbinding van ons huwelijk te maken.

'Hoe lang duurt het?' vroeg hij, en daarmee wekte hij me uit mijn korte dagdroom.

'Een half jaar,' zei ik. 'Denkt u dat ze het zal betwisten?'

'Wat bedoelt u?'

'Zal ze akkoord gaan met de scheiding?'

'We hebben er nog niet over gepraat.'

De vrouw was een jaar eerder bij hem vandaan gegaan. Het leek me een geval van verlating, en omdat daar nog overspel bovenop kwam, leek de zaak me geen probleem.

Marvis was nu een week in het opvangcentrum. Hij was schoon, nuchter en op zoek naar werk. Ik genoot van het halfuur dat ik met hem doorbracht en nam me voor zijn scheiding voor elkaar te krijgen.

De ochtend ging vlug voorbij. Mijn nervositeit was al gauw verdwenen. Ik deed mijn best om echte mensen met echte problemen te helpen, gewone mensen die nergens anders juridische bijstand konden krijgen. Ze waren niet alleen bang voor mij, maar ook voor de grote wereld van wetten en voorschriften en rechtbanken en ambtenarij. Ik leerde te glimlachen, leerde hun het gevoel te geven dat ze welkom waren. Sommigen verontschuldigden zich omdat ze me niet konden betalen. Geld was niet belangrijk, zei ik tegen hen. Geld was niet belangrijk.

Om twaalf uur brachten we de tafel terug, opdat het middageten kon worden opgediend. Het was druk in de eetzaal; de soep was klaar.

Omdat we toch in de buurt waren, gingen we wat *soul food* eten in de Florida Avenue Grill. Mijn gezicht was het enige blanke in het drukke restaurant, maar ik leerde leven met mijn blanke huid. Tot nu toe had niemand geprobeerd me te vermoorden. Het scheen niemand iets te kunnen schelen.

Sofia vond een telefoon die het nog deed. Die stond onder een stapel mappen op het bureau dat het dichtst bij de deur stond. Ik bedankte haar en trok me in de privacy van mijn kamer terug. Ik telde acht mensen die stilletjes zaten te wachten tot Sofia, de nietadvocate, hun haar advies gaf. Mordecai stelde voor dat ik die middag aan de zaken zou werken die we 's morgens in het Samaritan hadden aangehoord. Het waren er negentien in totaal. Hij liet ook doorschemeren dat ik een beetje moest opschieten, dan kon ik Sofia helpen met de mensen die zaten te wachten.

Als ik dacht dat het tempo op straat lager zou zijn, vergiste ik me. Opeens zat ik tot mijn oren in de problemen van andere mensen. Jammer genoeg was ik, verstokte workaholic, volkomen opgewassen tegen die taak. Maar mijn eerste telefoontje ging naar Drake & Sweeney. Ik vroeg naar Hector Palma van Vastgoed en werd onder de knop gezet. Na vijf minuten hing ik op en belde opnieuw. Ten slotte nam een secretaresse op, maar ook die zette me onder de knop. Plotseling blafte de scherpe stem van Braden Chance in mijn oor: 'Kan ik u helpen?' Ik slikte en zei: 'Ja, ik wacht op Hector Palma.' Ik probeerde mijn stem wat hoger te laten klinken en op afgemeten toon te spreken. 'Met wie spreek ik?' vroeg hij. 'Rick Hamilton, een oude vriend van school.' 'Hij werkt hier niet meer. Sorry.' Hij hing op en ik staarde naar de telefoon. Ik dacht erover om Polly te bellen en haar te vragen haar licht op te steken, te informeren wat er met Hector was gebeurd. Ze zou niet veel tijd nodig hebben. Of misschien Rudolph, of Barry Nuzzo, of mijn eigen favoriete medewerker. Toen besefte ik dat ze mijn vrienden niet meer waren. Ik was weg. Ik was verboden terrein. Ik was de vijand. Ik was een lastpak en de hogere machten hadden iedereen verboden met me te praten.

Er stonden drie Hector Palma's in het telefoonboek. Ik wilde ze bellen, maar de telefoonlijnen waren bezet. De rechtswinkel had twee lijnen en vier advocaten.

19

Aan het eind van mijn eerste dag had ik geen haast om de rechtswinkel te verlaten. Mijn huis was een lege zolder, niet veel groter dan drie van de hokjes in het Samaritan House bij elkaar. Mijn huis bestond uit een slaapkamer zonder bed, een huiskamer met een televisie zonder kabel, een keuken met een tafel en geen koelkast. Ik had vage plannen om het ooit te stofferen en meubileren.

Sofia vertrok precies om vijf uur, zoals ze altijd deed. Ze woonde in een gevaarlijke buurt en wilde graag thuis zijn voor het donker werd, met de deur stevig op slot. Mordecai ging om een uur of zes weg, nadat hij een halfuur met mij had gepraat over wat we die dag hadden gedaan. Maak het niet te laat, waarschuwde hij, en probeer met zijn tweeën weg te gaan. Hij had met Abraham Lebow gepraat, die tot een uur of negen wilde doorwerken, en hij stelde voor dat we samen zouden gaan. Parkeer dicht bij de deur. Loop snel. Let overal op.

'Nou, wat vind je ervan?' vroeg hij. Op weg naar buiten bleef hij nog even bij de deur staan.

'Het lijkt me fascinerend werk. Het menselijk contact is inspirerend.'

'Soms breekt het je hart.'

'Dat is al gebeurd.'

'Dat is goed. Als je het punt bereikt waarop het geen pijn meer

doet, is het tijd om ermee te kappen.'
'Ik ben nog maar net begonnen.'
'Dat weet ik, en het is goed dat we je hebben. We hadden hier al veel eerder een blanke yup moeten hebben.'
'Dan ben ik blij dat ik als symbool kan fungeren.'
Hij ging weg en ik deed de deur weer dicht. Ik had gemerkt dat hier een stilzwijgend opendeurbeleid heerste. Sofia werkte in de open ruimte en ik had de hele middag telkens even moeten glimlachen als ze een of andere ambtenaar door de telefoon de les las terwijl de hele rechtswinkel meeluisterde. Mordecai was een beest als hij aan het telefoneren was. Als hij zijn eisen stelde en dreigementen uitte, bulderde zijn diepe stem door het hele kantoor. Abraham was veel rustiger, maar ook zijn deur stond altijd open.
Omdat ik nog niet wist wat ik deed, hield ik mijn deur liever dicht. Ze hadden vast wel een beetje geduld met me.
Ik belde de drie Hector Palma's in het telefoonboek. De eerste was niet de Hector die ik zocht. Op het tweede nummer werd niet opgenomen. Op het derde nummer kreeg ik de voice-mail van de juiste Hector Palma. De boodschap was kortaf: 'We zijn niet thuis. Laat een boodschap achter. We bellen terug.'
Het was zijn stem.
Het kantoor beschikte natuurlijk over talloze manieren en plaatsen om Hector Palma te verbergen. Achthonderd advocaten, honderd-zeventig juridisch medewerkers, kantoren in Washington, New York, Chicago, Los Angeles, Portland, Palm Beach, Londen en Hongkong. Ze zouden hem heus niet ontslaan, want hij wist te veel. En dus zouden ze zijn salaris verdubbelen, hem promotie geven, hem naar een ander kantoor in een nieuwe stad overplaatsen en voorzien van een grotere woning.
Ik schreef zijn adres uit het telefoonboek over. Als de voice-mail nog werkte, was hij misschien nog niet verhuisd. Met mijn pas ver-worven gewiekstheid van de straat zou ik hem vast wel kunnen opsporen.
Er werd zachtjes op de deur geklopt, en de deur ging meteen ook open. Het slot was versleten; de deur wilde wel dicht maar niet goed sluiten. Het was Abraham. 'Heb je even?' zei hij, en ging zit-ten.
Het was zijn beleefdheidsbezoekje, zijn begroeting. Hij was een stil-le, terughoudende man met een intense, cerebrale uitstraling die

intimiderend zou zijn geweest als ik de afgelopen zeven jaar niet in een gebouw met vierhonderd advocaten van allerlei slag had doorgebracht. Ik had wel tien Abrahams gekend en ontmoet: gereserveerde en serieuze types die zich niet druk maakten om sociale vaardigheden.

'Ik wilde je welkom heten,' zei hij, en toen begon hij meteen aan een vurige rechtvaardiging van de sociale advocatuur. Hij was een jongen uit een goed milieu in Brooklyn, had rechten gestudeerd aan Columbia, had drie verschrikkelijke jaren bij een kantoor op Wall Street doorgebracht, vier jaar bij een anti-doodstraf-groep in Atlanta, twee frustrerende jaren op Capitol Hill, en toen had een advertentie in een advocatenblad zijn aandacht getrokken: een vacature bij de rechtswinkel aan 14th Street.

'Het recht is een hogere roeping,' zei hij. 'Het is meer dan alleen geld verdienen.' Toen hield hij nog een speech, een tirade tegen grote kantoren en advocaten die miljoenen bij elkaar schraapten. Een vriend van hem uit Brooklyn verdiende tien miljoen per jaar met processen tegen fabrikanten van borstimplantaten. 'Tien miljoen per jaar! Daarmee kun je alle daklozen in Washington onderdak en eten geven!'

Hoe dan ook, hij was blij dat ik het licht had gezien, en hij betreurde de episode met Meneer.

'Wat doe je precies?' vroeg ik. Ik genoot van ons gesprek. Hij was fel en intelligent, met een woordenschat waar ik telkens weer versteld van stond.

'Twee dingen. Ten eerste: beleid. Ik werk met andere juristen samen om jurisprudentie te maken. En ten tweede coördineer ik procesvoering, meestal groepsprocessen. We hebben tegen het ministerie van Handel geprocedeerd omdat de daklozen sterk ondervertegenwoordigd waren in de volkstelling van 1990. We hebben tegen het onderwijssysteem van Washington geprocedeerd omdat ze weigerden dakloze kinderen toe te laten. We hebben een proces aangespannen omdat Washington ten onrechte en in strijd met alle procedures de huursubsidie van duizenden mensen heeft ingetrokken. We hebben veel nieuwe wetten aangevallen die daklozen criminaliseren. We procederen tegen bijna alles waarmee ze de daklozen proberen te treffen.'

'Dat zijn ingewikkelde processen.'

'Dat klopt, maar gelukkig hebben we hier in Washington veel erg goede advocaten die hun tijd ter beschikking stellen. Ik ben de coach. Ik bedenk de strategie, breng het team bijeen en laat het spel beginnen.'

'Je ontmoet de cliënten niet?'

'Soms wel. Maar ik werk het best als ik in mijn eentje in mijn kamer zit. Daarom ben ik blij dat jij er bent. We hebben hulp nodig bij het opvangen van de cliënten.'

Hij sprong overeind; het gesprek was voorbij. We spraken nog af om onze vluchtpoging om precies negen uur te ondernemen, en toen was hij weg. Midden in een van zijn toespraakjes had ik gezien dat hij geen trouwring had.

Het recht was zijn leven. Het oude gezegde dat het recht een jaloerse minnares was, was door mensen als Abraham en mij op een nieuw niveau gebracht.

Het recht was alles wat we hadden.

De politie wachtte tot bijna één uur in de nacht en ging toen als een commandotroep in de aanval. Ze drukten op de bel en begonnen daarna meteen met hun vuisten op de deur te bonken. Tegen de tijd dat Claire bij haar positieven was gekomen, uit bed was gestapt en iets over haar pyjama heen had aangeschoten, schopten ze al tegen de deur, die elk moment kon bezwijken. 'Politie!' riepen ze toen Claire angstig vroeg wie daar waren. Ze deed langzaam de deur open en deed toen verschrikt een stap terug. Vier mannen – twee in uniform en twee in burger – stormden naar binnen alsof er levens op het spel stonden.

'Achteruit!' commandeerde een van hen. Ze kon geen woord uitbrengen.

Ze gooiden de deur achter haar dicht. De leider, inspecteur Gasko, in een goedkoop, strakzittend pak, kwam naar voren en trok wat opgevouwen papieren uit zijn zak. 'Bent u Claire Brock?' vroeg hij met een stem als van een slechte acteur die voor Columbo speelt. Ze knikte met open mond.

'Ik ben inspecteur Gasko. Waar is Michael Brock?'

'Die woont hier niet meer,' kon ze uitbrengen. De andere drie bleven dichtbij staan, klaar om zich op iets te storten.

Dat wilde Gasko natuurlijk niet zomaar geloven. Maar hij had geen arrestatiebevel, alleen een huiszoekingsbevel. 'Ik heb een huiszoekingsbevel voor dit appartement. Het is vanmiddag om vijf uur

ondertekend door rechter Kisner.' Hij vouwde de papieren open en hield ze haar voor, alsof ze op dat moment al die kleine lettertjes zou kunnen lezen en doorgronden.
'Wilt u opzij gaan?' Claire ging nog wat verder achteruit.
'Waar zoekt u naar?' vroeg ze.
'Dat staat in de papieren,' zei Gasko, en hij gooide ze op de ontbijtbar. De vier mannen verspreidden zich over het appartement.
De mobiele telefoon bevond zich dicht bij mijn hoofd. Hij lag op een kussen op de vloer, bij het hoofdeinde van mijn slaapzak. Het was de derde nacht dat ik op de vloer sliep. Dat deed ik ook om me beter met mijn nieuwe cliënten te kunnen identificeren. Ik at weinig en sliep nog minder doordat ik probeerde een indruk te krijgen van hoe het is om op parkbanken en trottoirs te slapen. De linkerkant van mijn lichaam was paars tot aan de knie en deed pijn bij elke aanraking. Daarom sliep ik op mijn rechterzij.
Dat ongemak nam ik voor lief. Ik had een dak boven mijn hoofd, verwarming, een deur die op slot kon, een baan en de zekerheid dat ik morgen en daarna te eten zou hebben.
Ik kreeg de mobiele telefoon te pakken en zei: 'Hallo.'
'Michael!' snauwde Claire met gedempte stem. 'De politie doorzoekt het appartement.'
'Wat?'
'Ze zijn hier nu. Met zijn vieren, met een huiszoekingsbevel.'
'Wat willen ze?'
'Ze zoeken een dossier.'
'Ik ben er over tien minuten.'
'Schiet op, alsjeblieft.'

Ik stormde als een bezetene het appartement binnen. Gasko was toevallig de eerste politieman die ik tegenkwam. 'Ik ben Michael Brock. Wie bent u?'
'Inspecteur Gasko,' zei hij met een grijns.
'Legitimeert u zich eens.' Ik wendde me tot Claire, die met een kop koffie tegen de koelkast leunde. Zo te zien had ze zichzelf weer helemaal onder controle. 'Geef me een stuk papier,' zei ik.
Gasko haalde zijn legitimatiebewijs uit de zak van zijn jas en hield het voor me omhoog.
'Larry Gasko,' zei ik. 'Jij bent de eerste tegen wie ik een aanklacht indien, om negen uur morgenvroeg. Nou, wie heb je bij je?'

'Er zijn drie anderen,' zei Claire, en ze gaf me een papier. 'Ik geloof dat ze in de slaapkamers zijn.'

Ik liep naar het achterste deel van het appartement, gevolgd door Gasko, die weer gevolgd werd door Claire. Ik zag een geüniformeerde agent op handen en knieën onder het bed in de logeerkamer kijken. 'Legitimatie,' schreeuwde ik hem toe. Hij krabbelde overeind en nam bijna een gevechtshouding aan. Ik deed een stap naar hem toe, klemde mijn tanden op elkaar en siste: 'Je legitimatiebewijs, lul.'

'Wie bent u?' vroeg hij. Hij ging een stap terug en keek Gasko aan. 'Michael Brock. Wie ben jij?'

Hij haalde zijn legitimatiebewijs tevoorschijn. 'Darrel Clark,' zei ik hardop terwijl ik het noteerde. 'Gedaagde nummer twee.'

'U kunt niet tegen mij procederen,' zei hij.

'Wacht maar af, grote jongen. Over acht uur eis ik bij een federale rechtbank een miljoen dollar van je wegens onrechtmatige huiszoeking. En ik zal winnen. Ik krijg dat miljoen toegewezen en dan zit ik je op de huid tot je je faillissement aanvraagt.'

De andere twee politiemannen kwamen uit mijn vroegere slaapkamer en gingen om me heen staan.

'Claire,' zei ik. 'Haal de videocamera even. Ik wil dit opnemen.' Ze verdween in de huiskamer.

'We hebben een huiszoekingsbevel, ondertekend door een rechter,' zei Gasko, een beetje in het defensief gedrongen. De andere drie kwamen een stap naar voren om de cirkel kleiner te maken.

'Deze huiszoeking is onwettig,' zei ik fel. 'Ik dien een aanklacht in tegen de mensen die het bevel hebben ondertekend. En tegen jullie allemaal. Jullie worden op verlof gestuurd, waarschijnlijk zonder doorbetaling van salaris, en jullie krijgen een civiele procedure aan jullie broek.'

'We genieten immuniteit,' zei Gasko met een blik op zijn collega's. 'Vergeet het maar.'

Claire kwam met de camera. 'Heb je ze verteld dat ik hier niet meer woon?' vroeg ik haar.

'Ja,' zei ze, en ze bracht de camera naar haar oog.

'En toch gingen jullie door met zoeken? Op dat moment werd het onrechtmatig. Jullie hadden moeten stoppen, maar natuurlijk zou dat niet leuk zijn, hè? Het is veel leuker om in de persoonlijke bezittingen van andere mensen te rommelen. Jullie hebben een kans gehad, jongens, en die hebben jullie verknoeid. Nu moeten jullie de consequenties aanvaarden.'

'U bent niet goed snik,' zei Gasko. Ze deden hun best om niets van hun angst te laten blijken – maar ze wisten dat ik advocaat was. Ze hadden me niet in het appartement aangetroffen, dus misschien had ik wel gelijk. Dat had ik niet. Maar op dat moment klonk het goed.

Het juridische ijs waarop ik schaatste, was erg dun.

Ik negeerde hem. 'Jullie namen, alsjeblieft,' zei ik tegen de andere twee. Ze lieten legitimatiebewijzen zien. Ralph Lilly en Robert Blower. 'Dank je,' zei ik als een echte doortrapte rotzak. 'Jullie zijn gedaagden drie en vier. Zo, jullie kunnen vertrekken.'

'Waar is het dossier?' vroeg Gasko.

'Het dossier is hier niet, omdat ik hier niet woon. Daarom worden jullie aangeklaagd, agent Gasko.'

'Nou en? We worden de hele tijd aangeklaagd.'

'Prachtig. Wie is je advocaat?'

In de cruciale fractie van een seconde die volgde, kon hij geen naam noemen. Ik liep naar de huiskamer en ze kwamen met tegenzin achter me aan.

'Vertrekken,' zei ik. 'Het dossier is hier niet.'

Claire achtervolgde hen met de video, en daardoor hielden ze zich in. Toen ze naar de deur schuifelden, mompelde Blower nog iets over advocaten.

Zodra ze weg waren, las ik het huiszoekingsbevel. Claire dronk koffie aan de keukentafel en zat naar me te kijken. De schok van de huiszoeking was voorbij; ze was weer rustig, ijzig kalm zelfs. Ze zou niet toegeven dat ze bang was geweest, wilde absoluut niet kwetsbaar overkomen, en ze was zeker niet van plan de indruk te wekken dat ze mij in enig opzicht nodig had.

'Wat zit er in dat dossier?' vroeg ze.

Ze wilde het niet echt weten. Wat Claire wilde, was de verzekering dat het niet opnieuw zou gebeuren.

'Het is een lang verhaal.' Met andere woorden, vraag er niet naar. Ze begreep dat.

'Ga je ze echt aanklagen?'

'Nee. Er is geen grond voor een aanklacht. Ik wilde ze alleen de deur uit hebben.'

'Het heeft gewerkt. Kunnen ze terugkomen?'

'Nee.'

'Ik ben blij dat te horen.'

Ik vouwde het huiszoekingsbevel op en stak het in mijn zak. Er werd maar één voorwerp in genoemd, het RiverOaks/TAG-dossier, dat op dat moment goed verstopt zat achter de wand van mijn nieuwe appartement, samen met een kopie.

'Heb je ze verteld waar ik woon?' vroeg ik.

'Ik weet niet waar je woont,' antwoordde ze. Er volgden enkele ogenblikken waarin ze eigenlijk zou moeten vragen waar ik nu woonde. Ze deed het niet.

'Ik vind het erg vervelend voor je dat dit gebeurd is, Claire.'

'Het is al goed. Als je me maar belooft dat het niet nog een keer gebeurt.'

'Dat beloof ik.'

Ik ging weg zonder een knuffel, een kus, of wat voor aanraking dan ook. Ik zei gewoon welterusten en ging weg. Dat was precies wat ze wilde.

20

Dinsdag was een intakedag in de Community for Creative Non-Violence, de CCNV, verreweg het grootste opvangcentrum in Washington. Ook nu zat Mordecai achter het stuur. Hij was van plan om de eerste week met me mee te gaan en me dan op de stad los te laten.

Mijn dreigementen en waarschuwingen aan het adres van Barry Nuzzo waren aan dovemansoren gericht geweest. Drake & Sweeney zou het hard spelen, en dat had ik ook wel verwacht. De nachtelijke inval in mijn vroegere appartement was nog maar het begin. Ik moest Mordecai de waarheid vertellen. Ik moest hem vertellen wat ik had gedaan.

Zodra we in de auto zaten en waren weggereden, zei ik: 'Mijn vrouw en ik zijn uit elkaar. Ik ben het huis uit gegaan.'

De arme kerel was niet voorbereid op zulk somber nieuws om acht uur in de morgen. 'Dat is rot voor je,' zei hij. Hij keek me even aan en raakte bijna een voetganger die door rood licht liep.

'Ja. En vanmorgen deed de politie een inval in het appartement waar ik tot voor kort woonde. Ze zochten naar mij en in het bijzonder naar een dossier dat ik heb meegenomen toen ik bij het kantoor wegging.'

'Wat voor dossier?'

'Het dossier over DeVon Hardy en Lontae Burton.'

'Ik luister.'

'Zoals we nu weten, heeft DeVon Hardy zijn noodlottige gijzelings-actie ondernomen omdat Drake & Sweeney hem uit zijn huis had gezet. Tegelijk met hem werden zestien anderen en nog wat kinderen op straat gezet. Lontae en haar gezinnetje hoorden daar ook bij.'

Hij dacht even na en zei toen: 'Dit is een erg kleine stad.'

'Dat pakhuis stond toevallig op grond waar RiverOaks een sorteer-centrum voor de posterijen wil bouwen. Het is een project van twintig miljoen dollar.'

'Ik ken dat gebouw. Het is altijd al door krakers gebruikt.'

'Alleen waren het dit keer geen krakers, tenminste, ik denk van niet.'

'Is dat een vermoeden? Of weet je het zeker?'

'Voorlopig is het een vermoeden. Er is met het dossier geknoeid; papieren weggenomen, papieren toegevoegd. Een juridisch mede-werker, Hector Palma, deed het vuile werk, de inspecties van het pand en de ontruiming zelf, en hij is mijn informant geworden. Hij stuurde me een anoniem briefje waarin hij me vertelde dat de ont-ruimingen onrechtmatig waren. Hij hielp me aan sleutels om bij het dossier te komen. Met ingang van gisteren werkt hij niet meer op het kantoor hier in Washington.'

'Waar is hij?'

'Dat zou ik ook graag willen weten.'

'Hij gaf je sleutels?'

'Hij gaf ze niet persoonlijk aan me. Hij liet ze op mijn bureau lig-gen, met instructies.'

'En je hebt ze gebruikt?'

'Ja.'

'Om een dossier te stelen?'

'Ik was niet van plan het te stelen. Ik was op weg naar de rechtswin-kel om fotokopieën te maken, toen een of andere idioot door rood licht reed en ik in het ziekenhuis terechtkwam.'

'Was dat het dossier dat we uit je auto hebben gehaald?'

'Ja. Ik wilde kopieën maken en het dossier terugbrengen. Dan zou niemand het ooit hebben geweten.'

'Ik weet niet of het wel zo verstandig was wat je deed.' Eigenlijk wil-de hij me een domme zak noemen, maar daarvoor kenden we elkaar nog niet lang genoeg.

'Wat is er uit dat dossier verdwenen?' vroeg hij.

In het kort vertelde ik het verhaal van RiverOaks en hun grote haast om dat sorteercentrum te bouwen. 'Ze stonden onder druk. Dat perceel moest snel vrij komen. De eerste keer dat Palma naar het pakhuis ging, werd hij overvallen en beroofd. Memo in het dossier. Hij ging opnieuw, nu met een bewaker, en die memo is verdwenen. Hij is in het register van het dossier genoteerd en later weggehaald, waarschijnlijk door Braden Chance.'

'En wat staat er in die memo?'

'Weet ik niet. Maar ik heb zo het gevoel dat Hector het pakhuis inspecteerde, de krakers in hun geïmproviseerde appartementen aantrof, met ze praatte en van ze hoorde dat ze in werkelijkheid huur betaalden aan Tillman Gantry. Ze waren geen krakers, maar huurders, en als zodanig hadden ze recht op huurbescherming. Maar inmiddels was de sloopkogel al onderweg, het pand moest worden overgedragen, Gantry zou goud verdienen aan die zaak, en dus werd de memo genegeerd en vond de ontruiming plaats.'

'Er waren zeventien mensen.'

'Ja, en nog wat kinderen.'

'Weet je de namen van de anderen?'

'Ja. Iemand, ik denk Palma, gaf me een lijst. Althans, hij legde hem op mijn bureau. Als we die mensen kunnen vinden, hebben we getuigen.'

'Misschien. Maar het lijkt me waarschijnlijker dat Gantry ze erg bang heeft gemaakt. Hij is een grote man met een groot pistool, en hij ziet zichzelf als een soort *godfather*. Als hij tegen mensen zegt dat ze hun bek moeten houden, doen ze dat, want anders kun je ze uit de rivier opdreggen.'

'Maar jij bent toch niet bang voor hem, Mordecai? Laten we hem opzoeken en hem een beetje onder druk zetten. Misschien stort hij in en vertelt hij alles.'

'Jij loopt zeker al wat langer op straat rond, hè? Ik heb blijkbaar een stomkop ingehuurd.'

'Hij loopt hard weg als hij ons ziet.'

De humor werkte op dat vroege uur nog niet. En de verwarming van zijn auto ook niet, al had hij de blower op de hoogste stand gezet. Het was ijskoud in de auto.

'Hoeveel heeft Gantry voor het gebouw gekregen?' vroeg hij.

'Tweehonderdduizend. Hij had het een half jaar eerder gekocht. In

het dossier staat niet hoeveel hij ervoor heeft betaald.'
'Van wie had hij het gekocht?'
'Van de gemeente. Het stond leeg.'
'Hij heeft er waarschijnlijk vijfduizend voor betaald. Tien op zijn hoogst.'
'Geen slechte transactie.'
'Nee. Het is voor Gantry een stap omhoog. Hij was altijd een betrekkelijk kleine jongen; appartementen en autowasserijen en winkeltjes, kleine projecten.'
'Waarom zou hij het pakhuis kopen en opsplitsen en verhuren?'
'Voor het geld. Laten we zeggen dat hij er vijfduizend voor heeft betaald. Hij geeft nog eens duizend uit om een paar tussenwanden op te trekken en een paar toiletten te installeren. Hij laat de elektriciteit aansluiten, en hij kan het verhuren. Het nieuws verspreidt zich snel; er komen huurders opzetten; hij laat ze honderd dollar per maand betalen, in contanten. Zijn cliënten maken zich toch al niet echt druk om papieren. Hij zorgt dat het gebouw er als een krot blijft uitzien, en als de gemeente komt, zegt hij dat het gewoon een stel krakers zijn. Hij belooft dat hij ze eruit schopt, maar dat is hij niet van plan. Zulke dingen gebeuren hier de hele tijd. Onrechtmatige bewoning.'
Ik vroeg bijna waarom de gemeente niet tussenbeide kwam om de wet te handhaven, maar gelukkig hield ik me in. Het antwoord was te vinden in de vele gaten in de wegen die je niet meer kon ontwijken, in de vloot van politieauto's waarvan een derde te gevaarlijk was om erin te rijden, in de scholen met ingezakte daken, de ziekenhuizen waar patiënten in kasten werden gelegd, de vijfhonderd dakloze moeders en kinderen die geen opvangcentrum konden vinden. De gemeente bracht er gewoon niets van terecht.
En een louche huisbaas, toch altijd nog iemand die mensen van de straat haalde, zou niet gauw boven aan de prioriteitenlijst komen te staan.
'Hoe zou je Hector Palma kunnen vinden?' vroeg hij.
'Ik neem aan dat het kantoor zo slim is hem niet te ontslaan. Ze hebben zeven andere kantoren, dus ik denk dat ze hem ergens hebben weggestopt. Ik vind hem wel.'
We waren in de binnenstad. Hij wees en zei: 'Zie je die trailers daar, op elkaar gestapeld? Dat is Mount Vernon Square.'
Het was een half stadsblok, met hoge schuttingen eromheen om

het enigszins aan het oog van de buitenwereld te onttrekken. De trailers hadden verschillende vormen en formaten. Sommige waren vervallen, en ze zagen er allemaal groezelig uit.

'Het is het ergste opvangcentrum in de stad. Het zijn oude trailers van de posterijen. De posterijen gaven ze aan de gemeente Washington, en die kwam op het briljante idee ze vol te stoppen met daklozen. Ze zitten in die trailers samengepakt, als sardientjes in een blik.'

Bij 2nd en D Street wees hij naar een langgerekt gebouw van drie verdiepingen – het woonverblijf van dertienhonderd mensen.

De CCNV was in het begin van de jaren zeventig opgericht door een groep oorlogsdemonstranten die in Washington bijeen was gekomen om de overheid het vuur aan de schenen te leggen. Ze woonden samen in een huis in Northwest. Tijdens hun demonstraties rondom het Capitool ontmoetten ze dakloze Vietnamveteranen en begonnen ze hen in hun huis op te nemen. Ze verhuisden naar een groter gebouw, naar allerlei panden in de stad, en hun aantal groeide. Na de Vietnamoorlog richtten ze zich op het lot van de daklozen in Washington. In het begin van de jaren tachtig verscheen een actievoerder, een zekere Mitch Snyder, op het toneel, en al gauw was hij een vurige en luidruchtige woordvoerder van straatmensen. De CCNV vond een verlaten schoolgebouw, gebouwd met federaal geld en nog steeds eigendom van de overheid, en drong er met zeshonderd krakers binnen. Het werd hun hoofdkwartier en hun huis. Er werden allerlei pogingen in het werk gesteld om ze eruit te krijgen, maar die haalden niets uit. In 1984 hield Snyder een hongerstaking van eenenvijftig dagen om de aandacht op het lot van de daklozen te vestigen. Omdat de presidentsverkiezingen eraan zaten te komen, maakte president Reagan plannen bekend om het gebouw in een modelcentrum voor daklozen te veranderen. Snyder beëindigde zijn hongerstaking. Iedereen was tevreden. Reagan probeerde na zijn herverkiezing onder zijn belofte uit te komen, en dat leidde tot allerlei felle juridische procedures.

In 1989 bouwde de stad een opvangcentrum in Southeast, ver van de binnenstad vandaan. Het was de bedoeling dat de daklozen uit de CCNV werden weggehaald. Maar de gemeente moest constateren dat de daklozen een koppig stel mensen waren. Ze waren helemaal niet van plan om weg te gaan. Snyder maakte bekend dat ze ramen

dicht timmerden en zich op een beleg voorbereidden. Er deden allerlei geruchten de ronde – er zouden daar achthonderd straatmensen zitten, er zou een wapenarsenaal zijn, het zou een ware oorlog worden. De gemeente deinsde terug en slaagde erin vrede te sluiten. De CCNV groeide aan tot dertienhonderd bedden, het grootste opvangcentrum in het land. Mitch Snyder pleegde zelfmoord in 1990, en de stad noemde een straat naar hem. Het was bijna half negen toen we aankwamen, tijd voor de bewoners om naar buiten te gaan. Velen van hen hadden een baan, de meesten wilden naar buiten. Voor de ingang hingen wel honderd mannen rond. Ze rookten sigaretten en voerden de opgewekte gesprekken van mensen die de nacht op een warme plaats hebben doorgebracht en net de frisse lucht in zijn gekomen. Voorbij de deur op de begane grond sprak Mordecai met een toezichthouder in diens glazen hokje. Hij vulde zijn naam in en we liepen door de hal, zigzaggend door een zwerm van mannen die haast hadden om buiten te komen. Ik deed mijn best om er niet aan te denken dat ik blank was, maar dat was onmogelijk. Ik was redelijk goed gekleed, met een jasje en een stropdas. Ik had mijn hele leven geld gehad, en nu dreef ik hier in een zee van zwart – jonge keiharde straatmannen, van wie de meesten een strafblad hadden en van wie maar weinigen meer dan drie dollar op zak hadden. Het kon bijna niet uitblijven of een van hen zou mijn nek breken en er met mijn portefeuille vandoor gaan. Ik vermeed oogcontact, hield mijn blik neergeslagen. We wachtten bij de intakekamer.
'Wie met wapens of drugs wordt betrapt, krijgt automatisch een verbod voor het leven,' zei Mordecai, terwijl we naar de stroom mannen op de trap keken. Ik voelde me een beetje veiliger.
'Ben je hier ooit bang geweest?' vroeg ik.
'Je raakt eraan gewend.' Hij had makkelijk praten. Hij sprak de taal.
Op een klembord naast de deur zat een intekenlijst voor het advocatenspreekuur. Mordecai pakte de lijst en we keken naar de namen van onze cliënten. Tot nu toe waren het er dertien. 'Iets minder dan gemiddeld,' zei hij. Terwijl we op de sleutel wachtten, gaf hij me uitleg. 'Dat daar is het postkantoor. Een van de frustrerende aspecten van dit werk is dat het zo moeilijk is om onze cliënten bij te houden. Ze hebben steeds een ander adres. De goede opvangcentra

stellen hun mensen in staat post te versturen en te ontvangen.' Hij
wees naar een andere deur. 'Dat is de kledingkamer. Ze nemen dertig tot veertig nieuwe mensen per week aan. De eerste stap is een
medisch onderzoek; ze zijn tegenwoordig vooral bang voor tuber-
culose. De tweede stap is een bezoek aan de kledingkamer. Daar
krijgen ze drie stellen kleren: ondergoed, sokken, alles. Eens per
maand mag een cliënt terugkomen voor een nieuw kledingstuk, en
aan het eind van het jaar heeft hij een complete garderobe. Het zijn
geen vodden. Het centrum krijgt meer kleren aangeboden dan het
kan gebruiken.'
'Een jaar?'
'Ja. Ze gooien ze er na een jaar uit. Dat lijkt hard, maar is het niet.
Het doel is zelfstandigheid. Als iemand hier binnenkomt, weet hij
dat hij twaalf maanden de tijd heeft om orde op zaken te stellen,
nuchter te worden, wat vaardigheden te leren en een baan te vinden. De meesten zijn binnen een jaar weg. Sommigen zouden hier
altijd wel willen blijven.'
Een zekere Ernie kwam naar ons toe met een indrukwekkende sleu-
telbos. Hij maakte de deur van de intakekamer open en verdween.
We legden onze spullen neer en konden beginnen. Mordecai liep
met het klembord naar de deur en riep de eerste naam: 'Luther Williams.'
Luther paste nauwelijks door de deur, en de stoel kraakte toen hij
zich er tegenover ons in liet zakken. Hij droeg een groen werkuni-
form, witte sokken en oranje rubbersandalen. Hij werkte 's nachts
in een stookruimte onder het Pentagon. Zijn vriendin was bij hem
weggegaan. Ze had alles meegenomen en ook had ze schulden
gemaakt. Hij raakte zijn woning kwijt en schaamde zich omdat hij
bij het opvangcentrum had moeten aankloppen. 'Ik heb alleen een
kans nodig,' zei hij, en ik had medelijden met hem.
Hij had veel rekeningen. Financieringsmaatschappijen achtervolg-
den hem als een roedel honden. Voorlopig hield hij zich schuil in
de CCNV.
'Laten we een faillissement aanvragen,' zei Mordecai tegen me. Ik
had geen idee hoe je dat deed. Ik knikte ernstig. Luther was zo te
zien blij met het advies. We waren twintig minuten bezig formulieren in te vullen, en hij ging weg als een tevreden man.
De volgende cliënt was Tommy, die gracieus de kamer binnen
schreed en een hand uitstak waarvan de nagels knalrood geverfd

waren. Ik schudde die hand; Mordecai niet. Tommy was fulltime aan het afkicken – crack en heroïne – en hij had belastingschulden. Hij had drie jaar lang geen aangifte gedaan en de belastingdienst had dat plotseling ontdekt. Daar kwam nog bij dat hij een paar duizend dollar achter was met de alimentatie voor een kind. Ik vond het nogal een opluchting dat hij een vader was, nou ja, een soort vader. Het afkickprogramma was intensief – zeven dagen per week. Daardoor kon hij geen fulltime baan zoeken.

'Een faillissement verlost je niet van de alimentatie, en ook niet van de belastingen,' zei Mordecai.

'Nou, door dat afkickprogramma kan ik niet werken, en als ik stop met afkicken, ga ik weer aan de drugs. Dus als ik niet kan werken en niet failliet kan gaan, wat kan ik dan doen?'

'Niets. Maak je er maar niet druk om tot je klaar bent met afkicken en een baan hebt. En bel dan Michael Brock hier.'

Tommy glimlachte, knipoogde naar me en schreed toen de kamer uit.

'Volgens mij mag hij je wel,' zei Mordecai.

Ernie kwam een volgende intekenlijst brengen met elf namen. Er stond een rij voor de deur. We besloten ons op te splitsen; ik ging naar de andere kant van de kamer. Mordecai bleef zitten waar hij zat en we begonnen ieder afzonderlijk cliënten te ondervragen.

Dit was mijn tweede dag als pro Deo-advocaat en ik werkte al in mijn eentje. Ik maakte aantekeningen en deed me net zo gewichtig voor als mijn confrère. Mijn volgende cliënt was een jongeman die terecht moest staan voor een drugsmisdrijf. Ik noteerde alles om het in de rechtswinkel aan Mordecai te kunnen voorleggen.

Van de volgende cliënt schrok ik toch wel even: een blanke man van een jaar of veertig, zonder tatoeages, littekens, kapotte tanden, oorringen, bloeddoorlopen ogen of rode neus. Zijn baard was een week oud en zijn hoofd was ongeveer een maand geleden geschoren. Toen we elkaar de hand schudden, merkte ik dat die van hem zacht en vochtig was. Hij heette Paul Pelham en woonde al drie maanden in het opvangcentrum. Vroeger was hij arts geweest.

Drugs, een scheiding, een faillissement en ontzegging van zijn medische bevoegdheid waren allemaal al verleden tijd, herinneringen die snel uit zijn geheugen wegzakten. Hij wilde gewoon iemand om mee te praten, bij voorkeur iemand met een blank gezicht. Van tijd tot tijd keek hij angstig naar Mordecai.

177

Pelham was een vooraanstaand gynaecoloog in Scranton, Pennsylvania, geweest, compleet met een groot huis, Mercedes, mooie vrouw en twee kinderen. Het begon met valium en daarna raakte hij verslaafd aan zwaarder spul. Hij leerde ook de verrukkingen van cocaïne en van verscheidene verpleegsters in zijn kliniek kennen. Daarnaast speculeerde hij in onroerend goed en leende daarvoor grof van de bank. Toen liet hij tijdens een gewone bevalling een baby vallen. De baby overleed. De vader, een gerespecteerde dominee, was getuige van het incident. De vernedering van een proces, nog meer drugs, nog meer verpleegsters, en toen stortte alles in. Hij kreeg herpes van een patiënte, gaf het door aan zijn vrouw, en bij de scheiding kreeg zij alles. Ze verhuisde naar Florida.

Ik luisterde gefascineerd naar zijn verhaal. Bij iedere cliënt die ik in mijn korte carrière als daklozenadvocaat tot dan toe had ontmoet, had ik tot in alle trieste details willen horen hoe ze op straat terecht waren gekomen. Ik wilde de geruststelling dat het mij niet kon overkomen, dat mensen in mijn maatschappelijke klasse niet bang voor zoiets hoefden te zijn.

Pelham was fascinerend, omdat ik voor het eerst een cliënt tegenover me had van wie ik kon zeggen: ja, dat had ik ook kunnen zijn. Alles in het leven kon samenspannen om zo ongeveer iedereen te gronde te richten. En hij vond het helemaal niet moeilijk om erover te praten.

Hij liet doorschemeren dat ze hem misschien nog op het spoor waren. Ik had lang genoeg geluisterd en wilde net vragen waarom hij precies een advocaat nodig had, toen hij zei: 'Ik heb bij mijn faillissement een aantal dingen verborgen gehouden.'

Terwijl wij blanke jongens met elkaar zaten te praten, werkte Mordecai de ene na de andere cliënt af. Daarom begon ik weer aantekeningen te maken. 'Wat voor dingen?'

Zijn curator was corrupt geweest, zei hij, en toen begon hij aan een lang verhaal over banken die te vroeg hadden geëxecuteerd en hem hadden geruïneerd. Hij sprak met een zachte, diepe stem, en telkens wanneer Mordecai in zijn richting keek, zweeg hij even.

'En er is nog meer,' zei hij.

'Wat?' vroeg ik.

'Dit is toch vertrouwelijk? Ik bedoel, ik heb veel advocaten gehad, maar ik heb ze altijd betaald. God weet hoe veel ik ze heb betaald.'

'Dit is uiterst vertrouwelijk,' zei ik in alle oprechtheid. Ik mocht

178

dan voor niets werken, het maakte voor de geheimhouding tussen advocaat en cliënt niets uit of er betaald werd of niet.

'U mag het niemand vertellen.'

'Niemand.' Het begon me te dagen dat een daklozencentrum in de binnenstad van Washington, met dertienhonderd anderen om je heen, een prima plek was om je te verstoppen.

Blijkbaar was hij overtuigd. 'Toen het nog goed met me ging,' zei hij, nog zachter dan daarnet, 'ontdekte ik dat mijn vrouw het met een andere man deed. Een van mijn patiëntes vertelde het me. Als je naakte vrouwen onderzoekt, vertellen ze je alles. Ik was er kapot van. Ik huurde een privé-detective in, en ja hoor, het was waar. Die andere man, nou, laten we zeggen dat hij op een dag gewoon verdween.' Hij zweeg, wachtte op mijn reactie.

'Verdween?'

'Ja. Niemand heeft hem ooit nog gezien.'

'Is hij dood?' vroeg ik verbijsterd.

Hij knikte vaag.

'Weet u waar hij is?'

Weer een hoofdknikje.

'Hoe lang is dat geleden?'

'Vier jaar.'

Met bevende vingers probeerde ik alles op te schrijven.

Hij boog zich naar voren en fluisterde: 'Het was een FBI-agent. Een vriendje van de universiteit, Penn State.'

'Kom nou,' zei ik. Ik wist echt niet of hij de waarheid sprak.

'Ze zitten achter me aan.'

'Wie?'

'De FBI. Ze zitten al vier jaar achter me aan.'

'Wat wilt u dat ik doe?'

'Ik weet het niet. Misschien een deal met ze maken. Ik ben het zat om geschaduwd te worden.'

Ik moest hier even over nadenken. Mordecai was klaar met een cliënt en liet de volgende komen. Pelham lette op al zijn bewegingen.

'Ik moet meer informatie hebben,' zei ik. 'Weet u de naam van die FBI-agent?'

'Ja. En ik weet wanneer en waar hij geboren is.'

'En wanneer en waar hij stierf.'

'Juist.'

Hij had geen aantekeningen of papieren bij zich.

'Als u nu eens naar mijn kantoor komt? Neemt u de informatie dan mee. Dan kunnen we praten.'

'Laat me erover nadenken,' zei hij met een blik op zijn horloge. Hij legde uit dat hij parttime als schoonmaker in een kerk werkte en dat hij laat was. We schudden elkaar de hand en hij ging weg.

Ik leerde snel dat goed kunnen luisteren een belangrijk element van de straatadvocatuur was. Veel van mijn cliënten wilden alleen maar met iemand praten. Ze waren allemaal op de een of andere manier naar beneden geschopt en geslagen, en omdat er gratis juridisch advies werd aangeboden, konden ze hun hart luchten bij de advocaten. Mordecai verstond de kunst om door de verhalen heen te prikken en vast te stellen of er iets bij zat waar hij mee kon werken. Ik was nog steeds onder de indruk van het feit dat mensen zo arm konden zijn.

Ik leerde ook dat de beste zaak een zaak is die ter plekke kan worden afgehandeld, zonder follow-up. Ik had een notitieboek vol aanvragen voor levensmiddelenbonnen, huursubsidie, Medicare, sofinummers, zelfs rijbewijzen. In geval van twijfel vulden we een formulier in.

Zesentwintig cliënten trokken die ochtend aan ons voorbij. Toen we weggingen, waren we doodmoe.

'Laten we een eind gaan lopen,' zei Mordecai toen we voor het gebouw stonden. De lucht was strakblauw en na drie uur in een benauwd kamertje zonder ramen doorgebracht te hebben, voelde de koude lekker fris aan. Aan de overkant van de straat stond de belastingrechtbank, een mooi modern gebouw. De CCNV werd omringd door verscheidene mooiere, nieuwere gebouwen. We bleven op de hoek van 2nd en D Street staan en keken naar het opvangcentrum.

'Over vier jaar loopt hun huurcontract af,' zei Mordecai. 'De vastgoedgieren cirkelen al rond. Er zijn plannen voor een nieuw congrescentrum dat twee blokken in beslag neemt.'

'Dat wordt een lastig gevecht.'

'Dat wordt oorlog.'

We staken de straat over en wandelden in de richting van het Capitool.

'Die blanke man. Hoe luidde zijn verhaal?' vroeg hij.

Pelham was de enige blanke geweest. 'Het klonk vooral verbijste-

rend,' zei ik. Ik wist niet goed waar ik moest beginnen. 'Hij is vroeger arts geweest, in Pennsylvania.'
'Wie zit er achter hem aan?'
'Wat?'
'Wie zit er nu achter hem aan?'
'De FBI.'
'Dat is interessant. De vorige keer was het de CIA.'
Mijn voeten hielden op met bewegen; die van hem niet. 'Je hebt hem al eerder gezien?'
'Ja, hij gaat van de een naar de ander. Peter en nog wat.'
'Paul Pelham.'
'De naam verandert ook,' zei hij over zijn schouder. 'Hij kan goed verhalen vertellen, vind je niet?'
Ik kon geen woord uitbrengen. Ik stond daar maar en zag Mordecai van me weg lopen, zijn handen diep in zijn jaszakken. Zijn schouders schudden van het lachen.

21

Toen ik de moed had verzameld om Mordecai uit te leggen dat ik die middag vrij moest nemen, vertelde hij me meteen dat ik dezelfde positie innam als de rest, dat niemand op mijn uren lette en dat ik zelf mocht weten of ik tijd vrij nam of niet. Ik ging vlug weg. Sofia scheen de enige te zijn die het merkte.

Ik bracht een uur bij de schaderegelaar door. De Lexus was total loss; mijn verzekeringsmaatschappij bood 21.480 dollar, als ik ze machtigde om de verzekeraar van de Jaguar aan te spreken. Ik was de bank zestienduizend dollar schuldig en verliet het kantoor dus met een cheque van vijfduizend dollar en nog wat. Dat was in elk geval genoeg om een redelijke auto te kopen, een auto die bij mijn nieuwe maatschappelijke positie als pro Deo-advocaat paste en die niet meteen iedere autodief in de verleiding zou brengen.

Daarna verspilde ik een uur in de wachtkamer van mijn huisarts. Ik, een drukbezette advocaat met een mobiele telefoon en veel cliënten, zat me te verbijten tussen de oude tijdschriften. De klok tikte maar door.

Een zuster liet me alles uittrekken, behalve mijn boxershorts, en ik zat twintig minuten op een koude tafel. De blauwe plekken waren donkerbruin geworden. De dokter porde ertegen en maakte alles nog erger dan het al was, en verklaarde daarna dat ik over veertien dagen weer helemaal de oude zou zijn.

Ik was precies om vier uur op het kantoor van Claires advocate en werd ontvangen door een pinnige receptioniste die als een man gekleed was. Het hele kantoor straalde niets dan krengerigheid uit. Alle geluiden waren anti-man: de abrupte, hese stem van het meisje dat de telefoon opnam, de geluiden van een countryzangeres die uit de speakers kwamen, nu en dan een schelle stem in een andere kamer. Overal zag je zachte pastelkleuren: lavendel en roze en beige. De bladen op de tafel lagen daar alleen om iets duidelijk te maken: felle feministische tijdschriften, geen glamourbladen, geen roddelbladen. Die bladen lagen daar niet om gelezen te worden maar om de bewondering van de bezoekers te oogsten.

Jacqueline Hume had eerst een fortuin verdiend aan het uitkleden van ontspoorde artsen en had toen naam gemaakt met het te gronde richten van een stuk of wat overspelige senatoren. Haar naam joeg de schrik om het hart van alle ongelukkig getrouwde Washingtonse mannen met een goed inkomen. Even de papieren tekenen en dan gauw weer weg, dacht ik.

In plaats daarvan lieten ze me een halfuur wachten. Ik stond al op het punt een lelijke scène te maken toen een medewerkster me kwam halen en naar een kamer aan de gang bracht. Ze gaf me de scheidingsovereenkomst, en voor het eerst zag ik de realiteit voor me liggen. Het opschrift luidde: Claire Addison Brock versus Michael Nelson Brock.

De wet vereiste dat we zes maanden van elkaar gescheiden leefden voordat de officiële echtscheiding kon worden uitgesproken. Ik las de overeenkomst goed door, zette mijn handtekening en ging weg. Rond Thanksgiving zou ik weer officieel vrijgezel zijn.

Mijn vierde bezoek van die middag bracht ik aan het parkeerterrein van Drake & Sweeney, waar Polly me om precies vijf uur ontmoette. Ze bracht twee verhuisdozen met de resterende souvenirs uit mijn kantoor mee. Ze was beleefd en efficiënt, maar ook erg zwijgzaam, en natuurlijk had ze haast. Waarschijnlijk hadden ze haar een microfoontje meegegeven.

Ik liep een aantal blokken en bleef op een drukke hoek staan. Leunend tegen een muur draaide ik Barry Nuzzo's nummer. Zoals gewoonlijk was hij in bespreking. Ik gaf mijn naam op, zei dat het dringend was, en binnen dertig seconden had ik Barry aan de lijn.

'Kunnen we praten?' vroeg ik. Ik nam aan dat het telefoongesprek werd opgenomen.

'Ja.'
'Ik ben in de straat, op de hoek van K en Connecticut. Laten we koffie drinken.'
'Ik kan er over een uur zijn.'
'Nee. Nu meteen, of anders helemaal niet.' Ik wilde niet dat de jongens allerlei plannetjes konden uitdenken. En ook niet dat ze de tijd hadden om microfoontjes en zendertjes aan te brengen.
'Goed, even kijken. Ja, goed. Ik kan wel.'
'Ik ben in Bingler's Coffee.'
'Ik ken het.'
'Ik wacht. En kom alleen, Barry.'
'Jij hebt te veel films gezien, Mike.'
Tien minuten later zaten we voor het raam van een vol cafetaria achter koppen hete koffie. We keken naar de voetgangers op Connecticut.
'Waarom dat huiszoekingsbevel?' vroeg ik.
'Het is ons dossier. Jij hebt het en wij willen het terug hebben. Heel simpel.'
'Jullie vinden het toch niet. Dus hou op met die vervloekte huiszoekingsbevelen.'
'Waar woon je tegenwoordig?'
Ik kreunde en produceerde een gewiekst lachje. 'Meestal wordt een huiszoekingsbevel gevolgd door een arrestatiebevel,' zei ik. 'Dat is hier toch ook de bedoeling?'
'Daar mag ik niets over zeggen.'
'Dank je, vriend.'
'Hoor eens, Michael, laten we er even vanuit gaan dat je het mis hebt. Je hebt iets meegenomen dat niet van jou is. Dat is stelen. Zo simpel ligt dat. En daardoor ben je een tegenstander van het kantoor geworden. Ik, je vriend, werk nog steeds voor het kantoor. Je kunt niet van me verwachten dat ik je help als wat je doet schade aan het kantoor kan toebrengen. Jij hebt deze puinhoop veroorzaakt, niet ik.'
'Braden Chance vertelt niet alles. Hij is een waardeloze vent, een arrogante lul die de wet heeft overtreden en zich nu probeert in te dekken. Hij wil jullie wijs maken dat het alleen maar een kwestie van een gestolen dossier is en dat het veiliger is om mij te grazen te nemen. Maar het dossier kan het kantoor in grote moeilijkheden brengen.'

'Wat wil je nou precies?'
'Dat jullie je gedeisd houden. Dat jullie geen domme dingen doen.'
'Zoals bijvoorbeeld jou laten arresteren?'
'Ja, dat om te beginnen. Ik kijk de hele dag al over mijn schouder, en dat is geen pretje.'
'Moet je maar niet stelen.'
'Ik was ook niet van plan te stelen, oké? Ik had dat dossier even geleend. Ik wilde het kopiëren en terugbrengen, maar dat is er niet van gekomen.'
'Dus je geeft nu eindelijk toe dat je het hebt.'
'Ja. Maar ik kan het ook weer ontkennen.'
'Je moet niet denken dat je een spelletje kunt spelen, Michael. Dat kan je nog lelijk opbreken.'
'Niet als jullie me met rust laten. Voorlopig. Laten we een wapenstilstand van een week afspreken. Geen huiszoekingsbevelen meer. Geen arrestaties.'
'Goed, en wat stel jij daar tegenover?'
'Ik breng het kantoor niet in verlegenheid met het dossier.'
Barry schudde zijn hoofd en nam een slok hete koffie. 'Ik verkeer niet in de positie dat ik zulke toezeggingen kan doen. Ik ben maar een nederige medewerker.'
'Geeft Arthur de bevelen?'
'Natuurlijk.'
'Zeg dan tegen Arthur dat ik alleen met jou wil praten.'
'Je gaat van te veel dingen uit, Michael. Je gaat ervan uit dat het kantoor met je wil praten. Neem maar van mij aan: dat willen ze niet. Ze winden zich erg op over de diefstal van dat dossier, en over je weigering het terug te geven. Dat kun je ze niet kwalijk nemen.'
'Zorg dat je hun aandacht krijgt, Barry. Dat dossier is voorpaginanieuws. Grote vette krantenkoppen, gevolgd door nog veel meer verhalen in de pers. Als ik word gearresteerd, ga ik regelrecht naar de *Post*.'
'Je bent gek geworden.'
'Waarschijnlijk. Chance had een juridisch medewerker die Hector Palma heet. Heb je ooit van hem gehoord?'
'Nee.'
'Je bent niet op de hoogte van de zaak.'
'Ik heb ook nooit beweerd dat ik dat was.'
'Palma weet te veel over het dossier. Met ingang van gisteren werkt

hij niet meer waar hij vorige week nog wel werkzaam was. Ik weet niet waar hij is, maar het zou interessant zijn om daar achter te komen. Vraag het Arthur.'

'Geef dat dossier nou maar terug, Michael. Ik weet niet wat je ermee wilt doen, maar je kunt het niet in een rechtszaak gebruiken.'

Ik pakte mijn koffie en liet me van de kruk af glijden. 'Een wapenstilstand van een week,' zei ik, weglopend. 'En zeg tegen Arthur dat hij je op de hoogte moet brengen.'

'Arthur neemt geen bevelen aan van jou,' snauwde hij me toe.

Ik ging vlug weg, zigzaggend tussen mensen op het trottoir door, en ik liep bijna rennend naar Dupont Circle. Ik deed dat om Barry, en eventuele anderen die ze hadden meegestuurd om me te bespioneren, ver achter me te laten.

Het adres waar de Palma's volgens het telefoonboek woonden, was een appartementengebouw in Bethesda. Omdat ik geen haast had en tijd wilde hebben om na te denken, reed ik over de Beltway om de stad heen, bumper aan bumper met ongeveer een miljoen anderen.

Ik gaf mezelf een kans van vijftig procent dat ik binnen een week gearresteerd werd. Er zat niets anders op voor het kantoor dan achter me aan te gaan, en als Braden Chance inderdaad de waarheid voor Arthur en de raad van bestuur verborgen hield, waarom zouden ze er dan ook niet hard tegenaan gaan? Alles wees erop dat ik het dossier had gestolen. Het zou niet moeilijk zijn om een arrestatiebevel van een rechter los te krijgen.

De Meneer-episode had het kantoor geschokt. Ze hadden Chance op het matje geroepen. De kopstukken van het kantoor hadden hem langdurig ondervraagd, en natuurlijk had hij niet toegegeven dat hij iets verkeerd had gedaan. Hij had gelogen, in de hoop dat hij in het dossier kon knoeien en op de een of andere manier het hoofd boven water kon houden. Per slot van rekening waren zijn slachtoffers maar een stel dakloze krakers.

Maar hoe had hij zich dan zo snel van Hector kunnen ontdoen? Geld was geen probleem – Chance was lid van de maatschap. Als ik Chance was geweest, zou ik Hector geld hebben aangeboden, geld in het handje met het dreigement dat hij anders op staande voet ontslagen zou worden. En ik zou een bevriende maat in bijvoorbeeld Denver hebben gebeld en hem om een gunst hebben

186

gevraagd: een snelle overplaatsing van een juridisch medewerker. Dat zou niet moeilijk zijn geweest.

Hector was weg. Hij hield zich verborgen voor mij en voor ieder ander die vragen kwam stellen. Hij was nog in dienst van het kantoor, waarschijnlijk met een hoger salaris. En die leugendetector dan? Was dat alleen maar een dreigement geweest dat het kantoor tegen Hector en mij gebruikte? Kon hij met succes door die test zijn gekomen? Dat betwijfelde ik. Chance had Hector nodig om de waarheid verborgen te houden. Hector had Chance nodig om zijn baan te houden. Op een gegeven moment had Chance gezorgd dat die leugendetectortests er niet kwamen, gesteld dat daar überhaupt serieus over was gedacht.

Het appartementencomplex was langgerekt en groot. In noordelijke richting, van de stad vandaan, waren nieuwe stukken bijgebouwd. In de straten daar in de buurt had je overal restaurants voor de snelle hap, benzinestations voor snelle benzine, videotheken, alles wat gejaagde forensen nodig hadden om tijd te besparen.

Ik parkeerde bij een tennisbaan en liep langs de verschillende eenheden. Ik nam de tijd, want na dit avontuur kon ik nergens meer heen. Overal zou politie op de loer liggen met arrestatiebevelen en handboeien. Ik probeerde niet aan de gruwelverhalen te denken die ik over de gevangenis had gehoord.

Toch was een van die verhalen als een brandmerk in mijn geheugen geschroeid. Een paar jaar geleden had een jonge medewerker van Drake & Sweeney op vrijdagavond na zijn werk een paar uur zitten drinken in een bar in Georgetown. Toen hij naar Virginia probeerde te komen, was hij gearresteerd op verdenking van rijden onder invloed. Op het politiebureau weigerde hij een ademtest, en toen hadden ze hem meteen in de cel voor dronkelappen gegooid. Die cel was overvol. Hij was de enige in een pak, de enige met een mooi horloge, mooie schoenen en een blank gezicht. Hij stapte per ongeluk op de voet van een medegedetineerde en werd met grof geweld in elkaar geslagen. Nadat hij drie maanden in een ziekenhuis had doorgebracht om zijn gezicht te laten restaureren, ging hij naar huis in Wilmington, waar zijn ouders zich over hem ontfermden. De hersenschade was gering, maar toch nog zo ernstig dat hij niet meer tegen de stress van een groot kantoor bestand zou zijn.

Het eerste kantoortje was dicht. Ik liep door, op zoek naar een ander kantoortje. In het telefoonboek had geen appartementnummer gestaan. Het was een veilig complex. Ik zag fietsen en plastic speelgoed op de kleine binnenplaatsen. Door de ramen zag ik gezinnen eten en televisie kijken. Er zaten geen tralies voor de ramen. De auto's op de volle parkeerterreinen waren middenklassers zoals forensen ze hadden, voor het merendeel schoon en met alle vier de wieldoppen er nog op.

Een bewaker sprak me aan. Toen hij eenmaal had vastgesteld dat ik geen bedreiging vormde, wees hij me de weg naar het hoofdkantoor, bijna een halve kilometer verderop.

'Hoeveel appartementen zitten er in dit complex?' vroeg ik.

'Een heleboel,' antwoordde hij. Waarom zou hij het aantal weten?

De nachtportier was een student die een broodje zat te eten. Hij had een opengeslagen natuurkundeboek voor zich liggen, maar keek naar de wedstrijd van de Bullets en de Knicks op de televisie. Ik vroeg naar Hector Palma, en hij typte iets in op een toetsenbord. Het nummer was G-134.

'Maar ze zijn verhuisd,' zei hij met een mondvol eten.

'Ja, dat weet ik,' zei ik. 'Ik was een collega van Hector. Vrijdag was hij voor het laatst. Ik zoek een appartement en ik vroeg me af of ik dat van hem zou mogen bekijken.'

Hij schudde al van nee voordat ik was uitgesproken. 'Alleen op zaterdag, meneer. We hebben negenhonderd appartementen. En er is een wachtlijst.'

'Op zaterdag ben ik er niet.'

'Sorry,' zei hij. Hij nam weer een hap en keek naar de wedstrijd.

Ik haalde mijn portefeuille tevoorschijn. 'Hoeveel slaapkamers?' vroeg ik.

Hij bleef naar de televisie kijken. 'Twee.'

Hector had vier kinderen. Ik wist zeker dat zijn nieuwe onderkomen royaler was.

'Hoeveel per maand?'

'Zevenhonderdvijftig.'

Ik haalde een briefje van honderd tevoorschijn, en hij zag het meteen. 'Dit is mijn voorstel. Geef me de sleutel. Ik kijk daar even rond en ben over tien minuten terug. Niemand zal het ooit weten.'

'We hebben een wachtlijst,' zei hij opnieuw. Hij liet zijn broodje op een kartonnen bord vallen.

'Zit die wachtlijst in die computer daar?' vroeg ik, wijzend.

'Ja.' Hij veegde zijn mond af.

'Dan is daar wel iets aan te veranderen.'
Hij vond de sleutels in een afgesloten kastje en pakte het geld aan.
'Tien minuten,' zei hij.
Het appartement was niet ver weg. Het bevond zich op de begane grond van een gebouw van drie verdiepingen. De sleutel paste. Voordat ik naar binnen ging, drong de lucht van verse verf al tot me door. Het schilderwerk bleek nog in volle gang te zijn. In de huiskamer zag ik een ladder, afdekfolie en witte emmers.
Al stuurde je er een heel team van de technische recherche op af, ze zouden geen spoor meer van de familie Palma kunnen vinden. Alle bureauladen en kasten waren leeggehaald; alle vloerbedekking en stoffering waren weggerukt en verdwenen. Zelfs de vlekken in het bad en de toiletpot waren verwijderd. Geen stof, geen spinnenwebben, geen vuil in het aanrechtkastje. Het appartement was steriel. Alle kamers hadden een nieuw laagje gebroken wit gekregen, behalve de huiskamer, daar waren ze nog mee bezig.
Ik ging naar het kantoor terug en gooide de sleutel op de balie.
'En?' vroeg hij.
'Te klein,' zei ik. 'Maar evengoed bedankt.'
'Wilt u uw geld terug?'
'Studeer je?'
'Ja.'
'Hou het dan maar.'
'Bedankt.'
Bij de deur bleef ik staan en vroeg: 'Heeft Palma een nieuw adres achtergelaten?'
'Ik dacht dat u een collega van hem was,' zei hij.
'Ben ik ook,' zei ik, en ik deed vlug de deur achter me dicht.

22

Het kleine vrouwtje zat tegen onze deur toen ik woensdagochtend op mijn werk kwam. Het was bijna acht uur; het kantoor was nog dicht; het was onder het vriespunt. Eerst dacht ik dat ze daar de nacht had doorgebracht en ons portiek had gebruikt om een beetje uit de wind te zijn. Maar toen ze me zag aankomen, sprong ze meteen overeind en zei: 'Goedemorgen.'

Ik glimlachte, zei haar gedag en begon naar mijn sleutels te zoeken.

'Bent u een advocaat?' vroeg ze.

'Ja, dat klopt.'

'Voor mensen als ik?'

Ik nam aan dat ze dakloos was, en dat was het enige dat we van onze cliënten verlangden. 'Ja. Komt u binnen,' zei ik terwijl ik de deur opende. Binnen was het nog kouder dan buiten. Ik draaide aan een thermostaat die, voorzover ik had kunnen vaststellen, nergens mee verbonden was. Ik zette koffie en vond een paar muffe donuts in de keuken. Ik bood ze haar aan en ze at er vlug een op.

'Hoe heet u?' vroeg ik. We zaten voorin, naast Sofia's bureau, wachtend op de koffie en hopend op de radiatoren.

'Ruby.'

'Ik ben Michael. Waar woon je, Ruby?'

'Hier en daar.' Ze droeg een grijs sweatshirt van Georgetown Hoya, dikke bruine sokken en vuile witte gymschoenen zonder merknaam. Ze was ergens tussen de dertig en de veertig, broodmager en een beetje scheel.

'Kom nou,' zei ik met een glimlach. 'Ik moet weten waar je woont. Is het een opvangcentrum?'

'Daar heb ik gewoond, maar daar moest ik weg. Ik ben bijna verkracht. Ik heb een auto.'

Ik had geen auto bij het kantoor zien staan. 'Je hebt een auto?'

'Ja.'

'Rijd je daarin?'

'Hij kan niet rijden. Ik slaap achterin.'

Ik stelde vragen zonder notities te maken, terwijl me toch was geleerd dat je dat nooit moet doen. Ik schonk twee grote kartonnen bekers koffie in en we gingen naar mijn kamer, waar de radiator gelukkig wel warm was, gorgelend en wel. Ik sloot de deur. Mordecai zou gauw komen en hij had nooit geleerd dat zachtjes te doen.

Ruby ging op de punt van mijn bruine klapstoel voor cliënten zitten, haar schouders ingezakt, haar hele bovenlichaam als het ware om haar beker koffie heen, alsof die koffie het laatste warme ding op aarde was.

'Wat kan ik voor je doen?' vroeg ik, voorzien van een compleet assortiment schrijfblokken.

'Het gaat over mijn zoon, Terrence. Hij is zestien en ze hebben hem bij me weggehaald.'

'Wie hebben dat gedaan?'

'De gemeente, de mensen van de kinderbescherming.'

'Waar is hij nu?'

'Zíj hebben hem.'

Haar antwoorden waren korte, nerveuze salvo's, direct na elke vraag. 'Ontspan je nu maar en vertel me over Terrence,' zei ik.

En dat deed ze. Zonder een poging tot oogcontact te doen, en met beide handen om de koffiebeker geklemd, vertelde ze haar hele verhaal. Een aantal jaren geleden, ze wist niet meer precies wanneer, maar Terrence was toen een jaar of tien, hadden ze met zijn tweetjes een kleine woning. Ze werd gearresteerd voor het verkopen van drugs. Ze ging vier maanden naar de gevangenis. Terrence ging bij haar zuster wonen. Na haar vrijlating haalde ze Terrence op en begonnen ze aan een verschrikkelijk leven op straat. Ze sliepen in auto's, kraakten leegstaande gebouwen, sliepen bij warm weer onder bruggen en gingen naar de opvangcentra als het koud was.

191

Op de een of andere manier zorgde ze dat hij naar school kon blijven gaan. Ze bedelde op de trottoirs, ze verkocht haar lichaam – 'tricking', noemde ze dat – en ze verkocht wat crack. Ze deed alles wat nodig was om Terrence te voeden, te kleden en op school te houden. Maar ze was verslaafd en kon niet buiten de crack. Ze werd zwanger, en toen het kind werd geboren, nam de gemeente het meteen van haar af. Het was een crackbaby.

Blijkbaar voelde ze niets voor de baby, alleen voor Terrence. De gemeente begon vragen over hem te stellen, en moeder en kind zakten nog dieper weg in de schaduw van de daklozen. Uit wanhoop ging ze naar een gezin waar ze ooit als dienstmeisje had gewerkt, de Rowlands, een echtpaar met volwassen kinderen die niet meer thuis woonden. Ze hadden een warm klein huis bij de Howard-universiteit. Ze bood hun aan vijftig dollar per maand te betalen als Terrence bij hen mocht komen wonen. Er was een kleine slaapkamer boven de achterveranda. Die kamer had ze zelf vaak schoongemaakt en hij was heel geschikt voor Terrence. De Rowlands aarzelden eerst, maar gingen ten slotte akkoord. Het waren goede mensen, toen nog wel. Ruby mocht Terrence elke avond een uur bezoeken. Zijn schoolprestaties gingen vooruit, hij was schoon en veilig, en Ruby was tevreden over zichzelf.

Ze stelde haar hele leven op Terrence in: andere gaarkeukens en voedselprojecten dichter bij de Rowlands, andere opvangcentra voor noodsituaties, andere steegjes en parken en verlaten auto's. Ze schraapte elke maand het geld bij elkaar en bezocht haar zoon elke avond.

Totdat ze weer werd gearresteerd. De eerste keer werd ze voor prostitutie gearresteerd, de tweede keer omdat ze op Farragut Square op een parkbank sliep. Misschien was er nog een derde keer geweest, maar dat wist ze niet meer.

Ze werd in allerijl naar het D.C. General gebracht toen iemand haar bewusteloos op straat aantrof. Ze werd op een afkickafdeling voor verslaafden gezet, maar liep na drie dagen weg omdat ze Terrence miste.

Toen ze op een avond bij hem in zijn kamer was, keek hij naar haar buik en vroeg of ze weer zwanger was. Ze dacht van wel, zei ze. Wie was de vader? wilde hij weten. Ze had geen idee. Hij vervloekte haar en schreeuwde zo hard dat de Rowlands haar vroegen weg te gaan.

Zolang ze zwanger was, wilde Terrence bijna niets met haar te maken hebben. Het was hartverscheurend. Ze sliep in auto's, bedelde om kleingeld, telde de uren tot ze hem kon zien, en werd dan een uur lang genegeerd terwijl ze in een hoek van zijn kamer zat en hem zijn huiswerk zag maken.

Op dat punt in het verhaal begon Ruby te huilen. Ik maakte wat aantekeningen en hoorde hoe Mordecai met veel lawaai de voorkamer binnenkwam en meteen ruzie begon te maken met Sofia. Haar derde bevalling, nog maar een jaar geleden, leverde weer een crackbaby op. De gemeente ontfermde zich weer meteen over de baby. Ze zag Terrence vier dagen niet; zo lang bleef ze in het ziekenhuis om van de bevalling te herstellen. Toen ze uit het ziekenhuis kwam, ging ze weer het enige leven leiden dat ze kende.

Terrence was een erg goede leerling. Hij blonk uit in wiskunde en Spaans, speelde trombone en acteerde in toneelstukken van de school. Hij droomde van de marineacademie. Rowland was militair geweest.

Op een avond toen Ruby naar het huis van de Rowlands kwam, was ze er slecht aan toe. Mevrouw Rowland sprak haar daar op aan en ze kregen ruzie in de keuken. Over en weer vielen harde woorden; er werden ultimatums gesteld. Terrence was er ook bij; drie tegen een. Als ze zich niet liet helpen, zou ze niet meer in het huis worden toegelaten. Ruby zei dat ze haar jongen gewoon zou meenemen. Terrence zei dat hij zich niet liet meenemen.

De volgende avond stond er een maatschappelijk werker van de gemeente op haar te wachten met papieren. Er was al iemand naar de rechtbank geweest. Terrence was onder toezicht van de raad van de kinderbescherming gesteld. De Rowlands zouden zijn nieuwe ouders zijn. Hij woonde al drie jaar bij hen. De bezoekregeling werd stopgezet totdat ze naar een afkickcentrum ging en zestig dagen clean was.

Er waren nu drie weken voorbijgegaan.

'Ik wil mijn zoon zien,' zei ze. 'Ik mis hem zo erg.'

'Zit je in een afkickcentrum?' vroeg ik.

Ze schudde vlug haar hoofd en deed haar ogen dicht.

'Waarom niet?' vroeg ik.

'Ik kom er niet in.'

Ik had geen idee hoe een dakloze crackverslaafde toegang tot een afkickcentrum kreeg, maar het werd tijd dat ik daar achter kwam.

Ik stelde me Terrence in zijn warme kamer voor, goed gevoed, goed gekleed, veilig, schoon en nuchter. Een jongen die onder het strikte toezicht van de heer en mevrouw Rowland zijn huiswerk deed, die inmiddels bijna even veel van hem hielden als Ruby. Ik zag voor me hoe hij aan de tafel in dat gezin zat te ontbijten en bij de warme pap zijn woordenlijsten naast zich had liggen terwijl Rowland het ochtendblad negeerde en hem zijn Spaans overhoorde. Terrence was evenwichtig en normaal, in tegenstelling tot mijn arme cliënte, die in een hel leefde.

En ze vroeg me te zorgen dat ze met hem herenigd zou worden.

'Hier gaat wel wat tijd in zitten,' zei ik, al had ik daar geen flauw idee van. In een stad waar vijfhonderd gezinnen op een klein plekje in een opvangcentrum wachtten, zouden niet veel bedden beschikbaar zijn voor drugsverslaafden.

'Je ziet Terrence pas terug als je drugsvrij bent,' zei ik. Ik probeerde niet als een dominee over te komen.

Haar ogen werden waterig en ze zei niets.

Op dat moment besefte ik hoe weinig ik van verslaving wist. Hoe kwam ze aan haar drugs? Hoeveel kostten ze? Hoeveel keer per dag gebruikte ze iets? Hoe lang duurde het voor ze clean was? En hoe lang om haar te genezen? Hoe groot was de kans dat ze van een verslaving af kwam die ze meer dan tien jaar had gehad?

En wat deed de gemeente eigenlijk met al die crackbaby's?

Ze had geen papieren, geen adres, geen identiteitspapieren, alleen een hartverscheurend verhaal. Blijkbaar vond ze het wel prettig om op mijn stoel te zitten, en ik wist niet hoe ik haar kon vragen weg te gaan. De koffie was op.

Sofia's schelle stem bracht me in de werkelijkheid terug. Ik hoorde scherpe stemmen om haar heen. Toen ik naar de deur rende, ging het door mijn hoofd dat er misschien weer een gek als Meneer met een pistool naar binnen was gelopen.

Maar het waren andere pistolen. Inspecteur Gasko was terug, en hij had weer een heleboel hulp meegebracht. Drie geüniformeerde agenten kwamen op Sofia af, die met de nodige krachttermen reageerde zonder dat het iets uithaalde. Twee politiemannen in jeans en sweatshirt wachtten tot ze in actie konden komen. Toen ik mijn kamer uitkwam, kwam Mordecai ook net uit de zijne.

'Hallo, Mikey,' zei Gasko tegen me.

'Wat moet dit voorstellen?' gromde Mordecai, en de muren schudden ervan. Een van de geüniformeerde agenten greep zowaar naar zijn dienstwapen.

Gasko ging recht op Mordecai af. 'Dit is een huiszoeking,' zei hij. Hij haalde de vereiste papieren tevoorschijn en gooide ze Mordecai toe. 'Bent u de heer Green?'

'Dat ben ik,' antwoordde hij, en hij griste de papieren naar zich toe.

'Wat zoeken jullie?' schreeuwde ik Gasko toe.

'Hetzelfde dossier,' schreeuwde hij terug. 'Geef het ons en we houden er meteen mee op.'

'Het is hier niet.'

'Welk dossier?' vroeg Mordecai, die nog naar het huiszoekingsbevel keek.

'Het ontruimingsdossier,' antwoordde ik.

'Ik heb niks van je aanklacht gemerkt,' zei Gasko tegen mij. Ik herkende twee van de geüniformeerde agenten als Lilly en Blower.

'Allemaal grootspraak,' zei Gasko.

'Donder op!' blafte Sofia tegen Blower, die iets te dicht bij haar bureau was gekomen.

Gasko had duidelijk de leiding. 'Luister eens, dame,' zei hij met zijn gebruikelijke grijns. 'We kunnen dit op twee manieren doen. U kunt in die stoel gaan zitten en uw mond houden. Of we doen u handboeien om en u zit de komende twee uur op de achterbank van een auto.'

Een van de agenten stak zijn hoofd om de hoek van alle kamertjes. Ik voelde dat Ruby achter me wegdook.

'Rustig maar,' zei Mordecai tegen Sofia. 'Rustig nou maar.'

'Wat is er boven?' vroeg Gasko aan mij.

'Alleen opslagruimte,' zei Mordecai.

'Uw opslagruimte?'

'Ja.'

'Daar is het niet,' zei ik. 'Jullie verspillen jullie tijd.'

'Dan moeten we die maar verspillen, nietwaar?'

Een mogelijke cliënt deed de voordeur open; alle aanwezigen schrokken ervan. Zijn ogen gingen vlug de kamer rond en bleven toen op de drie geüniformeerde mannen rusten. Hij trok zich haastig in de veiligheid van de straat terug.

Ik vroeg Ruby om ook weg te gaan. Toen ging ik Mordecais kamer in en deed de deur dicht.

'Waar is dat dossier?' vroeg hij met een diepe stem.

'Het is hier niet, dat zweer ik je. Dit is alleen maar intimidatie.'
'Dat huiszoekingsbevel lijkt echt. Er is een diefstal gepleegd. Het is een redelijke veronderstelling dat het bij de advocaat is die het gestolen heeft.'

Ik zocht naar iets wat juridisch en scherpzinnig was, een staaltje van knappe juristerij waardoor de huiszoeking meteen moest worden afgelast en de politie moest afdruipen. Maar de woorden wilden me niet te binnen schieten. In plaats daarvan schaamde ik me omdat door mijn schuld de politie in de rechtswinkel kwam rondneuzen.

'Heb je een kopie van het dossier?' vroeg hij.
'Ja.'
'Heb je erover gedacht ze hun origineel terug te geven?'
'Dat kan ik niet doen. Daarmee zou ik schuld bekennen. Ze weten niet zeker dat ik het dossier heb. En al gaf ik het terug, dan zouden ze weten dat ik het heb gekopieerd.'

Hij wreef over zijn baard en was het met me eens. Net toen we zijn kamer uitkwamen, verstapte Lilly zich bij het ongebruikte bureau naast dat van Sofia. Een lawine van dossiermappen gleed op de vloer. Sofia schreeuwde tegen hem; Gasko schreeuwde tegen haar. De spanning laaide zo hoog op dat het elk moment tot fysiek geweld kon komen.

Ik deed de voordeur op slot, opdat onze cliënten de huiszoeking niet konden zien. 'We doen het op de volgende manier,' zei Mordecai. De politiemannen keken hem fel aan, maar ze wilden erg graag dat iemand de leiding nam. Het doorzoeken van een advocaten-kantoor was tenslotte iets heel anders dan een inval in een bar vol minderjarigen.

'Het dossier is hier niet. We beginnen met die verzekering. Jullie mogen naar alle dossiers kijken die jullie willen, maar jullie mogen ze niet openmaken. Dat zou in strijd zijn met de geheimhouding waarop onze cliënten mogen rekenen. Akkoord?'

De andere politiemannen keken Gasko aan. Hij haalde zijn schouders op. Blijkbaar vond hij het wel aanvaardbaar.

We begonnen in mijn kamer. Alle zes politiemannen, ikzelf en Mordecai stonden in dat kleine kamertje en deden ons uiterste best om lichamelijk contact te vermijden. Ik opende elke la van mijn bureau. De meeste daarvan gingen trouwens pas open als ik er een harde ruk aan gaf. Op een gegeven moment hoorde ik Gasko in zichzelf mompelen: 'Mooi kantoor.'

Ik haalde elk dossier uit mijn kasten, hield ze onder Gasko's neus en legde ze op hun plaats terug. Omdat ik daar pas sinds maandag was, viel er niet veel te doorzoeken. Mordecai glipte de kamer uit en ging naar Sofia's bureau om de telefoon te gebruiken. Toen Gasko zei dat mijn kamer officieel doorzocht was, gingen we daar uit, nog net op tijd om Mordecai in de hoorn te horen zeggen: 'Ja, edelachtbare, dank u. Hij staat hier naast me.'

Met een glimlach zo breed dat al zijn tanden te zien waren, hield hij Gasko de hoorn voor. 'Dit is rechter Kisner, de rechter die het huiszoekingsbevel heeft ondertekend. Hij wil u graag even spreken.'

Gasko pakte de hoorn aan alsof een melaatse ermee getelefoneerd had. 'Met Gasko,' zei hij. Hij hield de hoorn een paar centimeter van zijn hoofd vandaan.

Mordecai wendde zich tot de andere politiemannen. 'Heren, u mag deze kamer doorzoeken, en daar blijft het bij. U hebt geen toegang tot de privé-kantoren opzij. Opdracht van de rechter.'

'Ja, edelachtbare,' mompelde Gasko, en hij hing op.

We sloegen hun activiteiten een uur lang gade. Ze gingen van bureau naar bureau – in totaal vier bureaus, inclusief dat van Sofia. Na een paar minuten beseften ze dat ze toch niets zouden vinden, en toen rekten ze het door alles zo langzaam mogelijk te doen. Elk bureau was bedekt met dossiers die allang gesloten waren. De boeken en juridische tijdschriften waren in geen jaren open geweest. Sommige stapels zaten onder het stof.

Er moesten een paar spinnenwebben worden opgeruimd.

Elk dossier had een etiket. Daarop was met een schrijfmachine of met de hand een zaaknaam aangebracht. Twee van de politiemannen noteerden de namen van de dossiers, die werden opgelezen door Gasko en de anderen. Het was geestdodend werk, en volkomen zinloos.

Ze bewaarden Sofia's bureau voor het laatst. Ze regelde het zelf, las de namen van elk dossier op, en als zo'n naam te ingewikkeld was, gebruikte ze namen als Jones, Smith en Williams. De politiemannen bleven op een afstand. Ze opende haar laden net ver genoeg om ze een snelle blik naar binnen te laten werpen. Ze had een persoonlijke la en daar wilde niemand in kijken. Ik was er zeker van dat ze daar wapens in bewaarde.

Ze gingen weg zonder afscheid te nemen. Ik verontschuldigde me bij Sofia en Mordecai voor de storing en trok me in mijn veilige kamer terug.

23

Nummer vijf op de lijst van personen die uit het pakhuis waren gezet, was Kelvin Lam, een naam die Mordecai vaag bekend voorkwam. Hij had het aantal daklozen in Washington eens op ongeveer tienduizend geschat. Verspreid door onze rechtswinkel lagen minstens zoveel dossiers. Alle namen kwamen Mordecai bekend voor.

Hij deed navraag bij de gaarkeukens en opvangcentra en hulpverleners, de predikanten en politieagenten en de andere straatadvocaten. Toen het donker was, reden we naar een kerk in de binnenstad, tussen dure kantoorgebouwen en luxe hotels in. In een groot souterrain, twee verdiepingen onder de grond, was het eetproject Vijf Broden in volle gang. De grote ruimte stond vol met klaptafels en daaraan zaten hongerige mensen te eten en te praten. Het was niet alleen soep wat ze kregen. Op de borden hadden ze maïs, aardappelen, een plak van iets wat kalkoen of kip was, vruchtensalade en brood. Ik had nog geen avondeten gehad en kreeg honger toen ik al dat voedsel rook.

'Ik ben hier in geen jaren geweest,' zei Mordecai toen we bij de ingang stonden en omlaag keken naar die grote ruimte met al die etende mensen. 'Ze geven hier driehonderd mensen per dag te eten. Is het niet geweldig?'

'Waar komt het eten vandaan?'

'De D.C. Centrale Keuken, een organisatie in het souterrain van de CCNV. Ze hebben een schitterend systeem ontwikkeld. Ze verzamelen overtollig voedsel van restaurants, geen restjes, maar voedsel dat nog niet bereid is en dat bederft als het niet onmiddellijk wordt gebruikt. Ze hebben een vloot van koelwagens en rijden door de hele stad om voedsel op te halen. Dat voedsel brengen ze naar de keuken en daar worden dan de maaltijden bereid. Meer dan tweeduizend per dag.'

'Het ziet er lekker uit.'

'Het smaakt ook echt goed.'

Een jonge vrouw, Liza heette ze, kwam naar ons toe. Ze was nieuw in Vijf Broden. Mordecai had haar voorgangster gekend, over wie ze even praatten terwijl ik naar de etende mensen keek.

Er viel me iets op wat ik eerder had moeten zien. Je had verschillende niveaus van dakloosheid, duidelijke sporten op de socio-economische ladder. Aan een van de tafels zaten zes mannen opgewekt over een basketbalwedstrijd te praten die ze op de televisie hadden gezien. Ze waren redelijk goed gekleed. Een van hen droeg handschoenen onder het eten, en afgezien daarvan had dit groepje ook in een arbeiderscafé in de stad kunnen zitten zonder dat iedereen meteen zag dat het daklozen waren. Achter hen at een kolossale man met dikke donkere brillenglazen in zijn eentje. Hij hield het stuk kip in zijn vingers. Hij droeg rubberlaarzen, ongeveer zoals Meneer had gedragen toen hij stierf. Zijn jas was vuil en gerafeld. Hij was zich absoluut niet van zijn omgeving bewust. Zijn leven was duidelijk harder dan dat van de mannen die aan de volgende tafel zaten te lachen. Zij hadden toegang tot warm water en zeep; hij taalde daar blijkbaar niet naar. Zij sliepen in opvangcentra. Hij sliep bij de duiven in het park. Maar dakloos waren ze allemaal.

Liza kende Kelvin Lam niet, maar zou naar hem informeren. We zagen hoe ze zich door de menigte bewoog, met de mensen sprak, naar de afvalbakken wees die in een hoek stonden, een oudere dame hielp. Ze ging tussen twee mannen zitten, die doorpraatten zonder haar aan te kijken. Ze ging naar een andere tafel, en naar nog een andere.

Verrassend genoeg kwam er een advocaat binnen, een jonge medewerker van een groot kantoor, een vrijwilliger van de Rechtswinkel voor Daklozen in Washington. Hij herkende Mordecai van een geldinzamelingsdiner van een jaar geleden. We spraken een paar

200

minuten over recht en toen verdween hij in een achterkamer om aan drie uur van intakegesprekken te beginnen.

'De Rechtswinkel voor Daklozen in Washington heeft honderdvijftig vrijwilligers,' zei Mordecai.

'Is dat genoeg?' vroeg ik.

'Het is nooit genoeg. Ik denk dat we ons vrijwilligersprogramma weer eens tot leven moeten wekken. Misschien wil jij daar de leiding wel van nemen. Het lijkt Abraham ook een goed idee.'

Het was prettig om te weten dat Mordecai en Abraham, en ongetwijfeld Sofia ook, het over een nieuw programma hadden gehad dat ik zou kunnen oppeppen en leiden.

'Het zou onze basis verbreden, zou ons zichtbaarder maken in de advocatenwereld, en daardoor zou het gemakkelijker worden geld in te zamelen.'

'Juist,' zei ik zonder veel overtuiging.

'Ik maak me grote zorgen over geld, Michael. De Cohen Trust is er slecht aan toe. Ik weet niet hoe lang we het hoofd nog boven water kunnen houden. Ik ben bang dat we nog meer moeten gaan bedelen, net als alle andere charitatieve instellingen in de stad.'

'Jullie hebben nooit geld ingezameld?'

'Erg weinig. Het is hard werken en kost ontzaglijk veel tijd.'

Liza kwam terug. 'Kelvin Lam zit daar achter,' zei ze, knikkend. 'De tweede tafel van achteren. Met die Redskins-pet.'

'Heb je met hem gesproken?' vroeg Mordecai.

'Ja. Hij is nuchter en erg helder. Hij zegt dat hij in de CCNV heeft geslapen en parttime op een vuilniswagen werkt.'

'Is er een klein kamertje dat we kunnen gebruiken?'

'Ja, hoor.'

'Zeg tegen Lam dat een daklozenadvocaat hem wil spreken.'

Lam zei geen gedag en maakte ook geen aanstalten ons een hand te geven. Mordecai ging op de rand van een tafel zitten. Ik stond in een hoek. Lam nam de enige beschikbare stoel en keek me aan met een blik waar ik kippenvel van kreeg.

'Er is niets aan de hand,' zei Mordecai met zijn beste sussende stem. 'We willen je alleen maar een paar vragen stellen. Dat is alles.'

Lam zei geen woord. Hij was gekleed als iemand die in een opvangcentrum woont – spijkerbroek, sweatshirt, gymschoenen, wollen jasje – in tegenstelling tot de stinkende, uit vele lagen bestaande kleding van iemand die onder een brug slaapt.

'Ken je een vrouw die Lontae Burton heet?' vroeg Mordecai. Hij zou het woord namens ons, de advocaten, voeren.

Lam schudde van nee.

'DeVon Hardy?'

Weer nee.

'Woonde je vorige maand in een leegstaand pakhuis?'

'Ja.'

'Op de hoek van New York en Florida?'

'Ja.'

'Betaalde je huur?'

'Ja.'

'Honderd dollar per maand?'

'Ja.'

'Aan Tillman Gantry?'

Lam verstijfde en deed zijn ogen dicht om over de vraag na te denken. 'Wie?' vroeg hij.

'Wie was eigenaar van dat pakhuis?'

'Ik betaalde huur aan een knakker die Johnny heette.'

'Voor wie werkte Johnny?'

'Weet ik niet. Kan me ook niet schelen. Ik heb er nooit naar gevraagd.'

'Hoe lang heb je daar gewoond?'

'Een maand of vier.'

'Waarom ging je weg?'

'Ik werd eruit gezet.'

'Wie heeft je eruit gezet?'

'Weet ik veel. Op een dag kwamen de smerissen met nog een stel knakkers. Ze sleurden ons eruit en gooiden ons op straat. Een paar dagen later ging het pakhuis tegen de vlakte.'

'Heb je de politie uitgelegd dat je huur betaalde om daar te wonen?'

'Dat zeiden een hoop mensen. Die ene vrouw met kleine kinderen probeerde met de politie te vechten, maar dat hielp niet. Zelf vecht ik niet tegen smerissen. Het was daar niet best, man.'

'Kreeg je papieren voordat je eruit werd gezet?'

'Nee.'

'Een papier waarop stond dat je eruit moest?'

'Nee. Niets. Ze kwamen gewoon.'

'Niets op schrift?'

'Niets. De politie zei dat we krakers waren. We moesten er meteen uit.'
'Dus je was daar vorig najaar gaan wonen, in oktober of zo.'
'Zoiets.'
'Hoe had je dat pakhuis gevonden?'
'Weet ik niet meer. Iemand zei dat ze kleine woningen in dat pakhuis verhuurden. Lage huur, je weet wel. Dus ik ging kijken. Ze timmerden tussenwanden en zo. Er was daar een dak, een wc in de buurt, stromend water. Het was lang niet slecht.'
'Dus je ging daar wonen?'
'Ja.'
'Heb je een huurcontract getekend?'
'Nee. Die knakker zei dat de bewoning illegaal was, dus er stond niks op schrift. Hij zei dat als iemand ernaar vroeg, ik moest zeggen dat ik kraakte.'
'En hij wilde contant geld?'
'Alleen contant geld.'
'Betaalde je elke maand?'
'Dat probeerde ik. Hij kwam het altijd rond de vijftiende halen.'
'Was je achter met de huur toen je eruit werd gezet?'
'Een beetje.'
'Hoeveel?'
'Misschien één maand.'
'Was dat de reden waarom je eruit werd gezet?'
'Weet ik niet. Ze gaven geen reden op. Ze zetten gewoon iedereen eruit, allemaal tegelijk.'
'Kende je de andere mensen in het pakhuis?'
'Twee. Maar we bleven op onszelf. Elke woning had een goede deur. Die kon op slot.'
'Die moeder over wie je het had, die met de politie vocht. Kende je haar?'
'Nee. Misschien heb ik haar een of twee keer gezien. Ze woonde aan de andere kant.'
'De andere kant?'
'Ja. Er liepen geen waterleidingen en zo in het midden van het pakhuis, dus maakten ze de woningen aan beide uiteinden.'
'Kon je haar woning vanuit jouw woning zien?'
'Nee. Het was een groot pakhuis.'
'Hoe groot was je woning?'

'Twee kamers. Ik weet niet precies hoe groot.'
'Elektriciteit?'
'Ja, ze hadden wat leidingen gelegd. We konden radio's en dat soort dingen gebruiken. We hadden licht. Er was stromend water, maar je moest een gemeenschappelijk toilet gebruiken.'
'En verwarming?'
'Niet veel. Het werd koud, maar lang niet zo koud als wanneer je op straat slaapt.'
'Dus je was er blij mee?'
'Het ging wel. Ik bedoel, voor honderd dollar per maand was het niet slecht.'
'Je zei dat je twee andere mensen kende. Hoe heten ze?'
'Herman Harris en Shine-en-nog-wat.'
'Waar zijn ze nu?'
'Ik heb ze niet meer gezien.'
'Waar slapen ze?'
'De CCNV.'
Mordecai haalde een visitekaartje uit zijn zak en gaf het aan Lam.
'Hoe lang blijf je hier?' vroeg hij.
'Weet ik niet.'
'Kun je contact met me opnemen?'
'Waarom?'
'Misschien heb je nog eens een advocaat nodig. Bel me als je van opvangcentrum verandert of iets voor jezelf vindt.'
Lam nam het kaartje zwijgend aan. We bedankten Liza en gingen naar kantoor terug.

Zoals met elke rechtszaak het geval is, konden we op verschillende manieren te werk gaan tegen de gedaagden. Het waren er drie: RiverOaks, Drake & Sweeney en TAG. We verwachtten niet dat er nog een bij zou komen.
De eerste methode was de hinderlaag. Een andere methode was serveren en gaan volleyen.
Kozen we voor de hinderlaag, dan zouden we onze beschuldigingen op een rijtje zetten, ermee naar de rechtbank rennen, de aanklacht indienen, de zaak naar de pers laten uitlekken – en vervolgens hopen dat we de dingen die we meenden te weten ook nog konden bewijzen. Die methode had het voordeel van het verrassingseffect en zou de gedaagden in verlegenheid brengen en hopelijk ook de

publieke opinie mobiliseren. Aan de andere kant was deze methode het juridisch equivalent van een sprong in een afgrond met de sterke maar onbevestigde overtuiging dat er beneden ergens een net was gespannen.

De methode van serveren en volleyen begon met een brief aan de gedaagden waarin we dezelfde beschuldigingen uitten maar waarin we, in plaats van meteen een proces te beginnen, hen uitnodigden de aangelegenheid met ons te bespreken. Er zouden dan brieven heen en weer gaan, waarbij elke partij vrij goed kon voorspellen wat de andere partij zou doen. Als aansprakelijkheid kon worden bewezen, zou het waarschijnlijk tot een discrete schikking komen. Op die manier zou een proces worden vermeden.

De hinderlaag sprak Mordecai en mij het meest aan, en wel om twee redenen. Het zag er niet naar uit dat het kantoor mij met rust wilde laten. De twee huiszoekingen bewezen duidelijk dat Arthur op de bovenste verdieping en Rafter en zijn bende rotzakken op Procesrecht hun best zouden doen mij het leven zo zuur mogelijk te maken. Reken maar dat ze het verhaal van mijn arrestatie aan de pers zouden doorspelen, al was het alleen maar om me te vernederen en de druk op te voeren. We moesten klaar zijn om meteen met onze eigen aanval te komen.

De tweede reden raakte de kern van de zaak. Hector en de andere getuigen konden niet worden gedwongen een getuigenverklaring af te leggen, tenzij we een officiële aanklacht indienden en hen opriepen om voor de rechter te verschijnen. In de onderzoeksfase die op het indienen van de aanklacht volgde, zouden we in de gelegenheid zijn allerlei vragen aan de gedaagden te stellen, en dan zouden ze onder ede moeten antwoorden. We zouden iedereen kunnen oproepen die we maar wilden. Als we Hector Palma vonden, zou hij onder ede door ons ondervraagd kunnen worden. Als we de andere mensen vonden die uit het pakhuis waren gezet, konden we ze dwingen te vertellen wat er gebeurd was.

We moesten uitzoeken wat iedereen wist, en dat zou ons buiten het kader van een gerechtelijke procedure niet lukken.

In theorie was onze argumentatie heel eenvoudig. De bewoners van het pakhuis hadden huur betaald aan Tillman Gantry of aan iemand die namens hem optrad, contant en zonder dat er iets op schrift werd gesteld. Gantry kreeg de kans om het pand aan River-Oaks te verkopen, maar dan moest het wel snel gebeuren. Gantry loog tegen RiverOaks en de door hen ingehuurde juristen over de krakers. Drake & Sweeney had voor alle zekerheid Hector Palma naar het pakhuis gestuurd voordat de eigendom werd overgedragen. De eerste keer werd Hector overvallen, en daarom nam hij de tweede keer een bewaker mee, en toen hij het pand inspecteerde, constateerde hij dat de bewoners in werkelijkheid geen krakers waren, maar huurders. Hij rapporteerde dit in een memo aan Braden Chance, die de noodlottige beslissing nam om dit gegeven te negeren en de overdracht te laten doorgaan. De huurders werden als krakers uit het gebouw gezet, zonder dat de vereiste procedures in acht werden genomen.

Een formele ontruiming van huurders zou minstens dertig dagen extra in beslag hebben genomen, tijd die geen van de betrokkenen wilden verspillen. Dertig dagen wachten, en het ergste van de winter zou achter de rug zijn geweest: geen sneeuwstormen en vriesnachten meer, geen bittere noodzaak om in een auto te slapen met de verwarming aan.

Het waren maar straatmensen, zonder papieren, zonder kwitanties van de huur, zonder spoor dat gevolgd kon worden.

In theorie was het geen ingewikkelde zaak. Maar er moesten enorme hindernissen worden genomen. Het kon moeilijk worden om de getuigenverklaringen van de daklozen los te krijgen, vooral wanneer meneer Gantry besloot zijn gezag te laten gelden. Hij heerste over de straten, een arena waarin ik niet graag wilde vechten. Mordecai had een groot netwerk dat op gunsten en gefluisterde informatie gebaseerd was, maar hij was geen partij voor Gantry's artillerie. Een uur lang spraken we over verschillende manieren om te vermijden dat TAG, Inc. als gedaagde werd genoemd. Om voor de hand liggende redenen zou het proces veel rommeliger en gevaarlijker worden als Gantry erbij betrokken was. We konden hem erbuiten laten en het aan zijn medegedaagden – RiverOaks en Drake & Sweeney – overlaten hem er als derde partij bij te sleuren.

Maar Gantry speelde een grote rol in onze aansprakelijkheidstheorie. Wanneer we hem als gedaagde negeerden, zou dat in het vervolg van de zaak tot grote moeilijkheden kunnen leiden.

We moesten Hector Palma zien te vinden. Hadden we hem eenmaal gevonden, dan moesten we hem ervan overtuigen dat hij de verborgen memo moest afgeven of ons moest vertellen wat erin stond. Het zou niet zo'n probleem zijn om Palma te vinden, maar het zou nagenoeg onmogelijk zijn hem aan het praten te krijgen. Hij zou dat natuurlijk niet willen, want hij wilde zijn baan niet verliezen. Hij had mij al meteen verteld dat hij een vrouw en vier kinderen had.

Er waren nog meer problemen aan de gerechtelijke procedure verbonden, en het grootste daarvan was van zuiver formele aard. Wij als advocaten hadden niet de bevoegdheid om namens de erfgenamen van Lontae Burton en haar vier kinderen een proces te beginnen. Haar familieleden, voorzover die beschikbaar waren, moesten ons opdracht geven hen te vertegenwoordigen. Omdat haar moeder en twee broers in de gevangenis zaten en de identiteit van haar vader nog niet bekend was, vond Mordecai dat we de rechtbank moesten vragen een bewindvoerder te benoemen die Lontaes nalatenschap zou beheren. Op die manier konden we de familie omzeilen, in elk geval in het begin. In het geval dat we een schadevergoeding los kregen, zouden we nog de grootste last met de familie krijgen. We mochten gerust aannemen dat de vier kinderen twee of meer verschillende vaders hadden, en als er geld werd uitgekeerd, moesten die fokstieren stuk voor stuk worden ingelicht.

'Dat is van later zorg,' zei Mordecai. 'Eerst moeten we zien te winnen.' We waren in de voorkamer, bij het bureau naast dat van Sofia, waar de oude computer stond die het grootste deel van de tijd functioneerde. Ik typte, en Mordecai liep heen en weer en dicteerde. We maakten plannen tot middernacht. We stelden de aanklacht op, brachten allerlei veranderingen aan, ontwikkelden theorieën, spraken over procedures, zochten naar manieren om RiverOaks en mijn oude kantoor op een luidruchtige manier voor het gerecht te slepen. Hij zag het als een keerpunt, iets wat de tanende sympathie van het publiek voor de daklozen weer kon opkrikken. Ik zag het gewoon als een manier om onrecht aan de kaak te stellen.

24

Weer koffie met Ruby. Ze stond bij de voordeur te wachten toen ik om kwart voor acht aankwam en was blij me te zien. Hoe kon iemand zo opgewekt zijn na acht uur lang te hebben geprobeerd op de achterbank van een achtergelaten auto in slaap te komen? 'Heb je donuts?' vroeg ze toen ik het licht aandeed.

Het was al een gewoonte.

'Ik zal even kijken. Ga zitten, dan zet ik koffie voor ons.' Ik rommelde wat in de keuken, maakte de koffiepot schoon, zocht iets te eten. De muffe donuts van de vorige dag waren nog harder geworden, maar er was niets anders. Ik nam me voor om de volgende dag verse donuts te kopen, voor het geval dat Ruby voor de derde dag achtereen zou komen. Ik had het sterke gevoel dat ze dat zou doen.

Ze at één donut. Ze knabbelde aan de harde randen en deed haar best om niets van haar teleurstelling te laten blijken.

'Waar eet je je ontbijt?' vroeg ik.

'Meestal niet.'

'En je middageten en avondeten?'

'Middageten bij Naomi's in 10th Street. Voor mijn avondeten ga ik naar het Calvary-missiehuis aan 15th.'

'Wat doe je overdag?'

Ze had haar handen weer om de papieren beker gelegd om een beetje warmte in haar magere lichaam te krijgen.

'Meestal ben ik in Naomi's,' zei ze.
'Hoeveel vrouwen zijn daar?'
'Weet ik niet. Een heleboel. Ze zorgen goed voor ons, maar het is alleen voor overdag.'
'Is het alleen voor dakloze vrouwen?'
'Ja, dat klopt. Ze gaan om vier uur dicht. De meeste vrouwen wonen in opvangcentra, sommige op straat. Zelf heb ik een auto.'
'Weten ze dat je crack gebruikt?'
'Ik denk van wel. Ze willen dat ik naar bijeenkomsten voor drinkers en mensen aan de dope ga. Ik ben niet de enige. Er zijn veel vrouwen die het doen, weet je.'
'Ben je gisteravond high geweest?' vroeg ik. De woorden galmden in mijn oren. Ik kon bijna niet geloven dat ik zulke vragen stelde. Haar kin zakte naar haar borst; haar ogen gingen dicht.
'Eerlijk zeggen,' zei ik.
'Ik moest wel. Ik doe het elke avond.'
Ik wilde haar niet de les lezen. Sinds de vorige dag had ik niets gedaan om haar te helpen een behandelingsplaats te krijgen. Het werd plotseling mijn eerste prioriteit.
Ze vroeg om nog een donut. Ik verpakte de laatste in folie en schonk haar nog wat koffie in. Ze was laat voor iets bij Naomi's, en weg was ze.

De mars begon bij het gemeentehuis met een demonstratie voor gerechtigheid. Omdat Mordecai een belangrijk persoon in de wereld van de daklozen was, liet hij me in de menigte achter en ging naar zijn plaats op het podium.
Een kerkkoor, gehuld in bourgognerode en goudkleurige gewaden, verzamelde zich op de trappen en even later golfden de levendige hymnen over het plein. Honderden politieagenten slenterden in losse formaties over de straat heen en weer. Hun afzettingen hielden het verkeer tegen.
De CCNV had duizend van zijn voetsoldaten beloofd, en ze kwamen allemaal tegelijk – een lange, indrukwekkende, wanordelijke colonne van mannen die dakloos waren en daar trots op waren. Ik hoorde ze aankomen voordat ik ze zag. Hun goed ingestudeerde protestleuzen waren al van verre te horen. Toen ze de hoek omkwamen, gingen alle cameraploegen ze tegemoet.
Ze verzamelden zich voor de trappen van het gemeentehuis en

begonnen met hun protestborden te zwaaien, waarvan sommige primitief in elkaar gezet en met de hand beschilderd waren, met teksten als STOP DE MOORDEN; RED DE OPVANGCENTRA; IK HEB RECHT OP EEN WONING; WERK, WERK, WERK. Ze werden boven hun hoofd gestoken en intussen dansten ze op het ritme van de hymnen en op de cadans van hun eigen luidruchtige leuzen. Kerkbussen stopten voor de afzettingen. Er kwamen honderden mensen uit, van wie velen zo te zien niet op straat leefden. Het waren goed geklede kerkmensen, bijna allemaal vrouwen. De menigte zwol aan, de ruimte om me heen werd steeds kleiner. Ik kende helemaal niemand, behalve Mordecai dan. Sofia en Abraham waren ergens in de menigte, maar ik zag ze niet. Het was aangekondigd als de grootste daklozendemonstratie van de afgelopen tien jaar – Lontaes Mars.

Op tal van grote protestborden prijkte een vergrote foto van Lontae Burton, gekleed in het zwart, met onder haar gezicht de onheilspellende woorden: WIE HEBBEN LONTAE GEDOOD? Die borden werden in de menigte verspreid, en al gauw waren ze favoriet, zelfs onder de mannen van de CCNV, die hun eigen spandoeken hadden meegebracht. Lontaes gezicht deinde en zwaaide boven de mensenmassa. In de verte loeide een sirene, die steeds dichterbij kwam. Een begrafenisauto met politie-escorte werd door de afzetting gelaten en stopte recht voor het gemeentehuis, midden in de menigte. De achterdeuren gingen open. Een nagemaakte doodkist, zwartgeverfd, werd naar buiten getild door de dragers – zes dakloze mannen die de kist op hun schouders hesen en klaar stonden om aan de processie te beginnen. Nog vier kisten, met dezelfde kleur en vorm maar veel kleiner, werden door andere dragers uit de auto getild.

De mensenzee week uiteen en de processie bewoog zich langzaam naar de trappen. Het koor zette een gevoelvol requiem in dat bijna tranen in mijn ogen bracht. Het was een dodenmars. Een van die kleine kisten vertegenwoordigde Ontario.

Toen stuwde de menigte weer op. Handen gingen naar boven en raakten de kisten aan, zodat ze boven de hoofden zweefden, zacht heen en weer en vooruit en achteruit schommelend.

Het was allemaal erg dramatisch, en de camera's bij het podium registreerden alle plechtige bewegingen van de processie. De volgende achtenveertig uur zouden we het telkens weer op de televisie zien.

De kisten werden naast elkaar, met die van Lontae in het midden, op een kleine standaard van triplex midden op de trappen gezet, ongeveer een meter onder het podium waarop Mordecai stond. Ze werden uitgebreid gefilmd en gefotografeerd, en toen begonnen de toespraken.

De presentator was een actievoerder die allereerst alle groepen bedankte die aan de organisatie van de mars hadden meegewerkt. Het was een indrukwekkende lijst, in elk geval in kwantitatief opzicht. Toen hij de namen opsomde, werd ik aangenaam verrast door het grote aantal opvangcentra, missiehuizen, gaarkeukens, organisaties, medische klinieken, rechtswinkels, open huizen, kerken, centra, steungroepen, drugsprojecten en zelfs enige gekozen functionarissen – allemaal tot op zekere hoogte verantwoordelijk voor deze demonstratie.

Hoe kon er, met zoveel steun, nog sprake zijn van een daklozenprobleem? De volgende zes sprekers gaven antwoord op die vraag. Om te beginnen was er gebrek aan financiering, en dan waren er nog de bezuinigingen, de dove oren van de federale overheid, de blinde ogen van de gemeente, het gebrek aan mededogen van mensen met geld, een rechtsstelsel dat te conservatief was geworden – en zo ging de lijst nog een hele tijd door.

Dezelfde thema's werden door iedere spreker herhaald, behalve door Mordecai, die als vijfde aan het woord kwam en de menigte tot zwijgen bracht met zijn verhaal over de laatste uren van de familie Burton. Toen hij over het verschonen van de luier sprak, waarschijnlijk de allerlaatste luier die de baby kreeg, kon je een speld horen vallen. Niemand kuchte of fluisterde. Ik keek naar de kisten, alsof de baby echt in een daarvan lag.

Toen verliet de familie het opvangcentrum, vertelde hij. Hij sprak langzaam, zijn stem klonk diep en galmend. Ze gingen de straat weer op, de sneeuwstorm in, waar Lontae en haar kinderen nog maar enkele uren in leven zouden blijven. Mordecai permitteerde zich op dit punt nogal wat vrijheid, omdat niemand precies wist wat er gebeurd was. Ik wist dat, maar het maakte me niet uit. De rest van de menigte luisterde gefascineerd naar het verhaal.

Toen hij de laatste ogenblikken beschreef, waarin de moeder en haar kinderen dicht tegen elkaar aan kropen in een vergeefse poging om warm te blijven, hoorde ik om me heen vrouwen huilen.

211

Mijn gedachten werden egoïstisch. Als deze man, mijn vriend en medeadvocaat, een menigte van duizenden mensen vanaf een podium op dertig meter afstand kon boeien, wat kon hij dan wel niet bereiken bij twaalf juryleden die zo dichtbij zaten dat hij ze zou kunnen aanraken?

Op dat moment besefte ik dat het Burton-proces nooit zo ver zou komen. Als de advocaten van de tegenpartij ook maar een greintje verstand hadden, zouden ze nooit toestaan dat Mordecai Green een betoog zou houden voor een zwarte jury in deze stad. Als onze veronderstellingen juist waren, en als we ze konden bewijzen, zou het nooit tot een proces komen.

Na anderhalf uur van toespraken werd de menigte onrustig. De mensen hadden zin om te gaan lopen. Het koor begon weer te zingen en de kisten werden opgetild door de dragers, die voorop gingen in de optocht. Achter de kisten volgden de leiders, onder wie Mordecai. De rest van ons volgde. Iemand gaf me een Lontae-protestbord en ik hield het net zo hoog als alle anderen.

Bevoorrechte mensen protesteren en demonstreren niet. Hun wereld is veilig en schoon en wordt beheerst door wetten die tot doel hebben te zorgen dat zij gelukkig kunnen blíjven. Ik was nooit eerder de straat op gegaan; waarom zou ik? En in het begin vond ik het vreemd om in een mensenmassa mee te lopen, met een protestbord waarop het gezicht stond van een tweeëntwintigjarige zwarte moeder die vier onwettige kinderen had gekregen.

Maar ik was niet langer degene die ik een paar weken eerder was. En ik kon ook niet meer terug, gesteld al dat ik dat zou willen. Mijn vroegere leven werd beheerst door geld en bezit en status, en aan die zaken liet ik me nu niets meer gelegen liggen.

En dus ontspande ik en genoot van het lopen. Ik scandeerde met de daklozen mee, bewoog mijn protestbord precies in het ritme van de anderen en probeerde zelfs hymnen mee te zingen die ik niet kende. Ik genoot van mijn allereerste demonstratie. Het zou vast en zeker niet mijn laatste zijn.

De wegafzettingen beschermden ons op onze weg naar Capitol Hill. De mars was goed georganiseerd, en omdat we met zo velen waren, trokken we onderweg veel aandacht. De kisten werden op de trappen van het Capitool gelegd. We verzamelden ons er als een grote mensenmassa omheen en luisterden naar een nieuwe serie toespraken van burgerrechtenactivisten en twee Congresleden.

De toespraken begonnen op elkaar te lijken; ik had genoeg gehoord. Mijn dakloze broeders hadden weinig te doen; ik had, sinds ik afgelopen maandag aan mijn nieuwe carrière was begonnen, eenendertig dossiers geopend. Eenendertig echte mensen wachtten tot ik ze aan levensmiddelenbonnen, huisvesting, een echtscheiding, achterstallig loon of een afkickprogramma hielp, of hen in een strafzaak verdedigde of voorkwam dat ze uit hun huis werden gezet. Allemaal dachten ze dat ik maar even met mijn vingers hoefde te knippen om gerechtigheid te krijgen. Als antitrustadvocaat had ik de cliënten bijna nooit ontmoet. Op straat was dat heel anders.

Ik kocht een goedkope sigaar bij een venter op het trottoir en maakte een korte wandeling over de Mall.

25

Ik klopte op de deur van de woning naast het vroegere adres van de Palma's. Een vrouwenstem vroeg: 'Wie is daar?' Ze maakte geen aanstalten om open te doen. Ik had lang over mijn list nagedacht. Ik had het zelfs gerepeteerd toen ik naar Bethesda onderweg was. Maar ik wist niet zeker of ik overtuigend zou overkomen.

'Bob Stevens,' zei ik, en ik kromp een beetje ineen. 'Ik ben op zoek naar Hector Palma.'

'Wie?' vroeg ze.

'Hector Palma. Hij woonde hiernaast.'

'Wat wilt u?'

'Ik ben hem wat geld schuldig. Ik probeer hem te vinden. Dat is alles.'

Als ik geld kwam halen of een of andere onaangename boodschap had, zouden de buren natuurlijk onwillig zijn. Ik vond dat ik een slimme truc had bedacht.

'Hij is weg,' zei ze.

'Ik weet dat hij weg is. Weet u misschien waar hij heen is?'

'Nee.'

'Is hij weg uit de omgeving?'

'Weet ik niet.'

'Hebt u ze zien verhuizen?'

Natuurlijk was het antwoord ja; daar kon ze niet omheen. Maar in plaats van te helpen, trok ze zich terug in de diepten van haar woning en belde waarschijnlijk de bewaking. Ik herhaalde de vraag en drukte nog eens op de bel. Niets.

En dus ging ik naar de deur aan de andere kant van Hectors laatst bekende adres. Na twee keer bellen ging de deur een eindje open, tot de ketting strak stond. Een man van mijn leeftijd met mayonaise in zijn mondhoek zei: 'Wat wilt u?'

Ik herhaalde het Bob Stevens-verhaal. Hij luisterde aandachtig terwijl zijn kinderen achter hem in de huiskamer aan het stoeien waren. Een televisietoestel stond erg hard. Het was na acht uur. Het was donker en koud en ik had een late avondmaaltijd verstoord. Maar hij was niet onvriendelijk. 'Ik kende hem niet,' zei hij.

'En zijn vrouw?'

'Ook niet. Ik ben veel op reis. Meestal ben ik er niet.'

'Heeft uw vrouw ze misschien gekend?'

'Nee.' Hij zei dat net iets te vlug.

'Hebben u en uw vrouw ze zien verhuizen?'

'We waren hier vorig weekend niet.'

'En u hebt geen idee waar ze heen zijn?'

'Nee.'

Ik bedankte hem en draaide me om. Meteen stond ik tegenover een vlezige bewaker in uniform. Hij had een gummiknuppeltje in zijn rechterhand en tikte daarmee tegen zijn linker handpalm, als een straatagent in een film. 'Wat bent u aan het doen?' snauwde hij.

'Ik zoek iemand,' zei ik. 'Doet u dat ding alstublieft weg.'

'We staan niet toe dat mensen langs de deuren venten.'

'Bent u doof? Ik zoek iemand, ik loop niet te venten.' Ik liep langs hem in de richting van het parkeerterrein.

'We hebben een klacht gehad,' zei hij tegen mijn rug. 'U moet weg.'

'Ik ben al weg.'

Het avondmaal bestond uit een taco en een biertje in een eethuis daar in de buurt. Ik vond het een veiliger idee om in de buitenwijken te eten. Het eethuis behoorde tot een nationale keten die rijk werd van glanzende etablissementen in nieuwbouwwijken. Het publiek bestond vooral uit jonge ambtenaren die op weg naar huis waren. Ze praatten allemaal over beleid en politiek en dronken tapbier en genoten luidruchtig van een of andere wedstrijd op de televisie.

Eenzaamheid was een kwestie van wennen. Mijn vrouw en vrienden had ik achtergelaten. Die zeven jaren van hard werken bij Drake & Sweeney hadden me geen echte vriendschappen opgeleverd, en ze waren mijn huwelijk ook niet ten goede gekomen. Ik was tweeëndertig en ik was slecht voorbereid op het vrijgezellenleven. Toen ik naar de wedstrijd en naar de vrouwen keek, vroeg ik me af of ik naar het bar- en clubwereldje moest terugkeren om gezelschap te vinden. Er zouden toch wel andere plaatsen en methoden zijn? Ik werd neerslachtig en ging weg.

Ik reed langzaam de stad in, want ik had geen enkele haast om thuis te komen. Mijn naam stond op een huurcontract, zat ergens in een computer, en het zou de politie niet veel moeite kosten om mijn nieuwe adres te vinden. Als ze van plan waren me te arresteren, zouden ze dat 's avonds of 's nachts doen. Ze zouden het prachtig vinden om me midden in de nacht van mijn bed te lichten, een beetje ruw met me om te springen terwijl ze me fouilleerden en me de handboeien omdeden. Dan zouden ze me de deur uit duwen, me stevig vastpakken in de lift, en me op de achterbank van een politiewagen duwen voor de rit naar het huis van bewaring, waar ik de enige jonge blanke academicus zou zijn die in die nacht gearresteerd was. Het zou hen een groot genoegen zijn om mij in een gemeenschappelijke celruimte met het gebruikelijke assortiment aan geboefte te gooien en me daar aan mijn lot over te laten.

Bij alles wat ik deed, had ik twee dingen bij me. Een daarvan was een mobiele telefoon, waarmee ik Mordecai zou bellen zodra ik gearresteerd werd. Verder had ik een pakje bankbiljetten – twintig honderdjes – dat ik kon gebruiken om een borgsom te betalen en op die manier hopelijk vrij te komen voordat ik in zo'n gemeenschappelijke cel terechtkwam.

Ik parkeerde op twee blokken afstand en keek in elke lege auto of er verdachte types in zaten. Ten slotte kwam ik heelhuids in mijn woning aan.

Mijn huiskamer was nu ingericht met twee tuinstoelen en een plastic opslagbox die ik als salontafel annex voetenbankje gebruikte. De televisie stond op precies zo'n opslagbox. Ik keek glimlachend naar het spaarzame meubilair en nam me voor de woning voor mij alleen te houden. Niemand zou zien hoe ik woonde.

Mijn moeder had gebeld. Ik luisterde naar haar ingesproken tekst. Zij en pa maakten zich zorgen en wilden dat ik bij ze op bezoek kwam. Ze hadden het een en ander met mijn broer Warner besproken, en hij zou misschien ook komen. Ik kon hun analyse van mijn nieuwe leven al bijna horen. Iemand moest mij wat verstand aanpraten.

De demonstratie voor Lontae was het belangrijkste item op het journaal van elf uur. Je zag close-ups van vijf zwarte doodkisten op de trappen van het gemeentehuis, en daarna zag je hoe ze door de straat werden gedragen. Mordecai kwam in beeld, sprekend tot de massa. De menigte was blijkbaar groter geweest dan ik had beseft. De burgemeester had geen commentaar.

Ik zette de televisie af, nam de telefoon en toetste Claires nummer in. We hadden al vier dagen niet met elkaar gesproken en ik wilde wat beleefdheid aan de dag leggen en het ijs breken. Officieel waren we nog steeds getrouwd. Het zou leuk zijn om over een week of zo eens met elkaar te gaan eten.

Na drie keer werd opgenomen en er klonk een onbekende, nogal norse stem: 'Hallo.' Het was een mannenstem.

Eerst was ik te verbaasd om een woord te kunnen uitbrengen. Het was half twaalf op een gewone donderdagavond. Claire had een man op bezoek. Ik was nog geen week weg. Ik hing bijna op, maar beheerste me toen en zei: 'Mag ik Claire even spreken?'

'Met wie spreek ik?' vroeg hij bot.

'Met Michael, haar man.'

'Ze staat onder de douche,' zei hij met enige voldoening.

'Wilt u haar zeggen dat ik heb gebeld?' zei ik, en ik hing zo gauw mogelijk op.

Ik dwaalde tot middernacht door de drie kamers, kleedde me toen weer aan en maakte een wandeling in de kou. Als een huwelijk afbrokkelt, laat je allerlei scenario's door je hoofd gaan. Waren we gewoon uit elkaar gegroeid of was er meer aan de hand geweest? Waren de signalen me ontgaan? Was hij iemand voor één nacht, of gingen ze al jaren met elkaar om? Was hij een oververhitte arts met vrouw en kinderen, of een jonge viriele medicijnenstudent die haar gaf wat ze van mij nooit had gekregen?

Ik zei steeds weer tegen mezelf dat het er niet toe deed. We gingen niet scheiden vanwege ontrouw. Als ze overspelig was geweest, was het nu te laat om me daar druk om te maken.

Het huwelijk was voorbij, zo simpel lag het. Om welke reden dan ook. Wat mij betrof, kon ze naar de pomp lopen. Ze had afgedaan.

Ik dacht niet meer aan haar. Als ik vrij was om ander gezelschap te zoeken, was zij dat immers ook.

Ja, ja.

Om twee uur die nacht bevond ik me op Dupont Circle, waar ik de lokroepen van de homo's negeerde en om mannen heen liep die in dikke lagen kleding en dekens op banken lagen te slapen. Het was daar gevaarlijk, maar dat kon me niet schelen.

Een paar uur later ging ik naar een Krispy Kreme en kocht twaalf verschillende donuts, twee grote bekers koffie en een krant. Ruby stond al trouw bij de deur te wachten, huiverend van de kou. Haar ogen waren roder dan gewoonlijk en haar glimlach kwam niet zo gemakkelijk.

We gingen aan een bureau in de voorkamer zitten, die met de minste stapels oude dossiers was beladen. Ik maakte het bureau vrij en diende de koffie en donuts op. Ze hield niet van chocolade, maar nam in plaats daarvan de donuts met vruchtenvulling.

'Lees je de krant?' vroeg ik, terwijl ik hem openvouwde.

'Nee.'

'Hoe goed kun je lezen?'

'Niet goed.'

En dus las ik het haar voor. We begonnen op de voorpagina, vooral omdat daar een grote foto stond van de vijf kisten die op de hoofden van de mensenmassa leken te drijven. Het verhaal had een kop over de volle breedte, en ik las het van begin tot eind voor aan Ruby, die aandachtig luisterde. Ze had verhalen over de dood van de familie Burton gehoord; de bijzonderheden fascineerden haar.

'Zou ik op die manier kunnen sterven?' vroeg ze.

'Nee. Niet als je auto geen motor heeft en je de verwarming niet aanzet.'

'Ik wou dat hij verwarming had.'

'Je zou aan onderkoeling kunnen sterven.'

'Wat is dat?'

'Dan vries je dood.'

Ze veegde met een servetje over haar mond en nam een slokje koffie. In de nacht waarin Ontario en zijn familie waren gestorven, was het twaalf graden onder nul geweest. Hoe had Ruby die nacht overleefd?

'Waar ga je heen als het erg koud wordt?' vroeg ik.

'Nergens heen.'
'Je blijft in de auto?'
'Ja.'
'Hoe komt het dat je niet bevriest?'
'Ik heb veel dekens. Ik begraaf me daar gewoon in.'
'Je gaat nooit naar een opvangcentrum?'
'Nooit.'
'Zou je naar een opvangcentrum gaan als dat je kans zou vergroten om Terrence terug te zien?'
Ze hield haar hoofd schuin en keek me bevreemd aan. 'Zeg dat nog eens een keer,' zei ze.
'Je wilt Terrence zien, toch?'
'Ja.'
'Dan moet je clean zijn. Toch?'
'Ja.'
'Om clean te zijn moet je een tijdje in een afkickcentrum leven. Dat wil je toch wel?'
'Misschien,' zei ze. 'Misschien.'
Het was een kleine stap, maar een belangrijke.
'Ik kan je helpen Terrence terug te zien, en dan kun je met hem in contact blijven. Maar dan moet je wel clean zijn, en clean blijven.'
'Hoe doe ik dat?' vroeg ze zonder me aan te kijken. Ze hield haar beker koffie in haar handen. De damp steeg op naar haar gezicht.
'Ga je vandaag naar Naomi's?'
'Ja.'
'Ik heb met de directrice daar gepraat. Ze hebben vandaag twee bijeenkomsten, alcoholisten en drugsverslaafden samen. Dat heet AA/NA. Ik wil dat je naar allebei die bijeenkomsten gaat. De directrice zal me bellen.'
Ze knikte als een kind dat een standje heeft gekregen. Ik zou niet verder aandringen, niet op dat moment. Ze knabbelde aan haar donuts, dronk haar koffie en luisterde gefascineerd naar het ene na het andere krantenbericht dat ik haar voorlas. Ze interesseerde zich niet voor buitenlands nieuws en sport, maar het stadsnieuws boeide haar wel degelijk. Ze had een keer gestemd, vele jaren geleden, en de stadspolitiek was nog wel te volgen. De misdaadverhalen kon ze goed begrijpen.
Een lang hoofdartikel veegde de vloer aan met het Congres en de gemeente omdat ze te weinig voorzieningen voor daklozen finan-

cierden. Er zouden nog meer Lontaes volgen, waarschuwde de krant. Nog meer kinderen zouden in onze straten sterven, in de schaduw van het Capitool. Ik las dit, in eenvoudiger bewoordingen, aan Ruby voor, en ze was het eens met elk woord.

Omdat er inmiddels een ijskoude motregen viel, reed ik Ruby naar haar volgende adres van die dag. Naomi's Vrouwencentrum was een gebouw van vier verdiepingen aan 10th Street, NW, in een blok van soortgelijke gebouwen. Het ging om zeven uur open en om vier uur dicht, en bood elke dag eten, douches, kleding, activiteiten en maatschappelijke hulp aan. Het stond open voor alle dakloze vrouwen die het adres konden vinden. Ruby was een vaste klant. Toen we binnenkwamen, werd ze hartelijk door haar vriendinnen begroet.

Ik sprak zachtjes met de directrice, een jonge vrouw die Megan heette. We spraken af Ruby te helpen clean te worden. De helft van de vrouwen was geesteziek, de helft was aan de drugs, een derde was seropositief. Voorzover Megan wist, had Ruby geen besmettelijke ziekten.

Toen ik wegging, zaten de vrouwen in de grote zaal bij elkaar. Ze zongen liederen.

Ik zat aan mijn bureau en was hard aan het werk, toen Sofia op mijn deur klopte en binnenkwam voordat ik iets kon zeggen.

'Mordecai zegt dat je iemand zoekt,' zei ze. Ze had een schrijfblok bij zich en hield haar pen in de aanslag.

Ik dacht even na en herinnerde me Hector. 'O, ja. Dat klopt.'

'Ik kan je helpen. Vertel me alles wat je over die persoon weet.'

Ze ging zitten en begon notities te maken. Ik gaf haar zijn naam, adres, laatst bekende werkplek, signalement, en vertelde dat hij een vrouw en vier kinderen had.

'Leeftijd?'

'Een jaar of dertig.'

'Salaris?'

'Ongeveer vijfendertigduizend.'

'Als hij vier kinderen heeft, kunnen we gerust aannemen dat er minstens één op een school zit. Met dat salaris, en met een adres in Bethesda, denk ik niet dat het een particuliere school is. Hij heeft een Spaanse naam en zal dus wel katholiek zijn. Verder nog iets?'

Ik kon niets meer bedenken. Ze ging terug naar haar bureau, waar ze een dik boek met drie ringen opensloeg en daarin begon te bladeren. Ik hield mijn deur open om naar haar te kunnen luisteren. Eerst belde ze naar iemand bij de posterijen. Ze ging meteen over op het Spaans en ik kon haar niet meer volgen. Het ene telefoontje volgde het andere. Ze zei iemand in het Engels gedag, vroeg om haar contactpersoon en ging weer over op haar moedertaal. Ze belde het katholiek diocees, en dat leidde tot een serie korte telefoongesprekjes. Ik verloor mijn belangstelling.

Een uur later kwam ze mijn kamer in en ze zei: 'Ze zijn naar Chicago verhuisd. Heb je een adres nodig?'

'Hoe ben je...?' Mijn stem stierf weg en ik keek haar ongelovig aan.

'Vraag me dat niet. Een vriend van een vriend in hun kerk. Ze zijn in het weekend verhuisd, in alle haast. Wil je hun nieuwe adres hebben?'

'Hoe lang duurt dat?'

'Dat is niet makkelijk. Ik kan je in de juiste richting sturen.'

Ze had minstens zes cliënten bij het raam aan de straatkant zitten die haar om raad wilden vragen. 'Niet nu,' zei ik. 'Misschien later. Dank je.'

'Niets te danken.'

Niets te danken. Ik was van plan geweest nog een paar uur in het donker op deuren van buren te kloppen, in de kou, op mijn hoede voor bewakers, in de hoop dat niemand me overhoop schoot. En zij zat een uurtje aan de telefoon en had hem gevonden.

Drake & Sweeney had honderd advocaten in zijn kantoor in Chicago. Ik was daar twee keer eerder geweest, voor antitrustzaken. Het kantoor bevond zich in een wolkenkrabber in de buurt van het meer. De hal van het gebouw was enkele verdiepingen hoog, met fonteinen en winkels langs de rand en roltrappen die naar boven zigzagden. Het was de perfecte plek om ongezien naar Hector Palma uit te kijken.

26

Daklozen leven dicht bij de straat, bij het wegdek, de trottoirbanden en goten, het beton, het vuil, de riooldeksels en brandspuiten en afvalbakken, bushaltes en etalages. Ze bewegen zich langzaam over vertrouwd terrein, dag na dag. Ze blijven staan om met elkaar te praten, want ze hebben alle tijd, ze blijven staan om naar een auto te kijken waarvan de motor is afgeslagen midden in het verkeer, naar een nieuwe drugshandelaar op een hoek, een vreemd gezicht op hun terrein. Ze zitten op hun trottoirs, verborgen onder hoeden en petten, en onder zonneschermen van winkels, en ze kijken als schildwachten naar alles wat er gebeurt. Ze horen de geluiden van de straat, ze nemen de dieseldampen van stadsbussen en de vetlucht van goedkope restaurants in zich op. Als dezelfde taxi twee keer per uur voorbijkomt, weten ze dat. Als er in de verte een schot valt, weten ze waar het vandaan komt. Als een mooie auto met een nummerbord uit Virginia of Maryland langs het trottoir wordt geparkeerd, kijken ze ernaar tot hij wegrijdt. Als een politieman zonder uniform in een gewone personenauto zit, zien ze dat.

'De politie is daarbuiten,' zei een van onze cliënten tegen Sofia. Sofia liep naar de voordeur, keek in zuidoostelijke richting naar Q Street en ze zag een gewone personenauto die blijkbaar van de politie was. Ze wachtte een halfuur en keek opnieuw. Toen ging ze naar Mordecai.

Ik wist van niets, want ik vocht aan het ene front tegen de dienst die de levensmiddelenbonnen uitreikte, en aan het andere front tegen het openbaar ministerie. Het was vrijdagmiddag, en de bureaucratie van Washington, die ook de rest van de week niet bepaald soepel draaide, lag nu zo goed als stil. Ze kwamen me samen het nieuws vertellen.

'Ik denk dat de politie je buiten zit op te wachten,' zei Mordecai ernstig.

Ik had de neiging om meteen onder het bureau te duiken, maar natuurlijk deed ik dat niet. Ik probeerde rustig te blijven. 'Waar?' vroeg ik, alsof dat er iets toe deed.

'Op de hoek. Ze houden het gebouw al een uur in de gaten.'

'Misschien zitten ze achter jou aan,' zei ik. Ha-ha. Ze keken me met ijzige gezichten aan.

'Ik heb gebeld,' zei Sofia. 'En er is een arrestatiebevel tegen je uitgevaardigd. Gekwalificeerde diefstal.'

Een misdrijf! Gevangenis! Een aantrekkelijke blanke jongen die in de slangenkuil wordt gegooid. Ik wiebelde een beetje heen en weer op mijn stoel en deed mijn best om niet te laten blijken hoe bang ik was.

'Dat is geen verrassing,' zei ik. Dit soort dingen gebeurde toch aan de lopende band? 'Laten we het afwerken.'

'Ik heb naar iemand op het openbaar ministerie gebeld,' zei Mordecai. 'Het zou mooi zijn als ze je de kans gaven om jezelf aan te geven.'

'Dat zou mooi zijn,' zei ik alsof het eigenlijk geen verschil maakte. 'Maar ik heb de hele middag met het openbaar ministerie gepraat. Daar luistert niemand.'

'Ze hebben tweehonderd juristen,' zei hij.

Mordecai had geen vrienden aan die kant van de straat. Politiemensen en officieren van justitie waren zijn natuurlijke vijanden.

We werkten vlug een plan uit. Sofia zou een borgtochtfinancier bellen die ons in de gevangenis zou ontmoeten. Mordecai zou proberen een welgezinde rechter te vinden. Ze zwegen over iets wat duidelijk was: het was vrijdagmiddag. Het was de vraag of ik een weekend in het huis van bewaring zou overleven.

Ze gingen mijn kamer uit om hun telefoongesprekken te voeren, en ik zat als verstijfd achter mijn bureau. Ik kon me niet verroeren, ik kon niet denken, ik kon niets anders doen dan luisteren of ik het piepen van de voordeur hoorde. Ik hoefde niet lang te wachten. Om precies vier uur kwam inspecteur Gasko naar binnen, gevolgd door twee van zijn zware jongens.

Toen ik Gasko de eerste keer ontmoette, die avond waarop hij Claires appartement doorzocht, toen ik tekeerging en namen noteerde en hem en zijn vriendjes met alle mogelijke aanklachten bedreigde, toen elk woord van hem op een venijnig weerwoord van mij stuitte, toen ik een keiharde advocaat was en hij een nederig politiemannetje, had ik er geen moment bij stilgestaan dat hij op een dag misschien het genoegen zou smaken me te arresteren. Maar daar stond hij dan in al zijn gewichtigheid, glimlachend en grijnzend. Hij had weer papieren bij zich. Ze waren nog opgevouwen, maar hij stond klaar om mij ermee om de oren te slaan.

'Ik moet de heer Brock spreken,' zei hij tegen Sofia, en op ongeveer datzelfde moment kwam ik glimlachend de voorkamer in.

'Hallo, Gasko,' zei ik. 'Nog steeds op zoek naar dat dossier?'

'Nee. Vandaag niet.'

Mordecai kwam zijn kamer uit. Sofia stond achter haar bureau. Iedereen keek naar iedereen. 'Heb je een rechterlijk bevel?' vroeg Mordecai.

'Ja. Voor meneer Brock hier,' zei Gasko.

Ik haalde mijn schouders op en zei: 'Laten we maar gaan.' Ik liep naar Gasko toe. Een van de zware jongens haalde een paar handboeien tevoorschijn. Ik was vastbesloten in elk geval een zelfverzekerde indruk te maken.

'Ik ben zijn advocaat,' zei Mordecai. 'Laat me dat eens zien.' Hij nam het arrestatiebevel van Gasko over en bestudeerde het. Intussen werden mijn handen achter mijn rug geboeid. Het koude staal kneep in mijn polsen. De boeien waren te strak, of in elk geval strakker dan nodig was, maar ik kon het verdragen en ik was vastbesloten me nonchalant voor te doen.

'Ik zou mijn cliënt graag naar het politiebureau vergezellen,' zei Mordecai.

'Aardig van je,' zei Gasko. 'Maar ik zal je de moeite besparen.'

'Waar gaat hij heen?'

'Het huis van bewaring.'

'Dan volg ik je daarheen,' zei Mordecai tegen mij. Sofia was aan het telefoneren, en dat was een nog prettiger idee dan dat Mordecai ergens achter me aan zou komen.

Drie van onze cliënten zagen het; drie onschuldige heren van de straat die even iets aan Sofia kwamen vragen. Ze zaten op de plaats waar de cliënten altijd zaten te wachten, en toen ik langs hen liep, keken ze verbaasd.

Een van de politiemannen kneep in mijn elleboog en trok me door de voordeur, en ik stapte het trottoir op om zo gauw mogelijk in hun auto te duiken, een vuile onopvallende witte auto die op de hoek geparkeerd stond. De daklozen zagen het allemaal – de auto die kwam aanrijden, de politiemannen die vlug naar binnen gingen, en diezelfde politiemannen die mij in de boeien geslagen naar buiten brachten.

'Er is een advocaat gearresteerd,' zouden ze tegen elkaar fluisteren, en het nieuws zou als een lopend vuurtje door de straten gaan.

Gasko zat bij me achterin. Ik zakte een beetje onderuit en staarde voor me uit zonder iets te zien. De schok begon tot me door te dringen.

'Wat een tijdverspilling,' zei Gasko, die zich ontspande door zijn cowboylaars op zijn knie te leggen. 'We hebben honderdveertig onopgeloste misdrijven in deze stad, drugs op elke straathoek, drugshandelaren die hun spul op middelbare scholen verkopen, en wij moeten tijd verspillen aan iemand zoals jij.'

'Probeer je me te ondervragen, Gasko?' vroeg ik.

'Nee.'

'Goed.' Hij had niet de moeite genomen me mijn rechten voor te lezen, en dat hoefde hij ook niet te doen zolang hij geen vragen stelde.

Zware Jongen Eén reed met grote snelheid in zuidelijke richting door 14th, zonder zwaailicht of sirene en ook zonder enige aandacht voor stoplichten en voetgangers.

'Laat me dan gaan,' zei ik.

'Als het aan mij lag, zou ik dat doen. Maar je hebt sommige mensen erg kwaad gemaakt. De officier van justitie zegt dat hij onder druk staat om jou te grazen te nemen.'

'Druk van wie?' vroeg ik. Maar ik kende het antwoord. Drake & Sweeney zou geen tijd verspillen aan politiemannen, maar rechtstreeks met de hoogste officier van justitie praten. Juristen onder elkaar.

'De slachtoffers,' zei Gasko met dik opgelegd sarcasme. Ik was het met zijn beoordeling eens. Je kon je een stel rijke advocaten moeilijk als slachtoffers van een misdrijf voorstellen. Veel beroemde mensen zijn gearresteerd. Ik groef in mijn geheugen. Martin Luther King had meermalen in de gevangenis gezeten. En dan waren er Boesky en Milken en andere vermaarde dieven van wie de namen me waren ontschoten. En wat te denken van al die beroemde acteurs en sportlieden die waren opgepakt omdat ze dronken achter het stuur zaten of hoertjes hadden opgepikt of coke in hun bezit hadden? Die waren op de achterbank van een politieauto gegooid en als gewone misdadigers weggebracht. Er was een rechter uit Memphis die een levenslange gevangenisstraf uitzat. Iemand die ik uit mijn studietijd kende, had gezeten. Een voormalige cliënt zat wegens belastingontduiking in een federale strafinrichting. Ze waren allemaal gearresteerd, opgebracht, geregistreerd. Hun vingerafdrukken waren genomen en er was een foto van hen gemaakt, met zo'n nummer onder hun kin. En ze hadden het allemaal overleefd.

Ik vermoedde dat zelfs Mordecai Green wel eens de koude greep van een paar handboeien had gevoeld.

In zekere zin was ik opgelucht. Nu was het eindelijk gebeurd. Ik hoefde niet meer te vluchten, hoefde me niet meer te verstoppen, hoefde niet meer de hele tijd over mijn schouder te kijken. Er was een eind aan het wachten gekomen. En het was geen middernachtelijke inval geweest, geen arrestatie waarbij zeker was dat ik tot de ochtend in een gemeenschappelijke cel zou zitten. Het gebeurde op een redelijk gunstig tijdstip. Met een beetje geluk kon ik op borgtocht vrij komen voordat de weekendspits begon.

Aan de andere kant had dit alles ook iets angstaanjagends. Zo'n angst had ik mijn hele leven nog niet gehad. In het huis van bewaring kon van alles mis gaan. Papieren konden zoek raken. Er kon allerlei uitstel worden gecreëerd. De vrijlating op borgtocht kon worden uitgesteld tot zaterdag, of zondag, of zelfs tot maandag. Ik kon in een stampvolle cel worden gezet met onvriendelijke of zelfs gewelddadige mensen.

Het zou uitlekken dat ik gearresteerd was. Mijn vrienden zouden hun hoofd schudden en zich afvragen wat ik nog meer zou kunnen doen om mijn eigen leven te verwoesten. Mijn ouders zouden ontroostbaar zijn. Ik wist niet hoe Claire zou reageren, zeker niet nu die gigolo haar gezelschap hield.

Ik deed mijn ogen dicht en probeerde een beetje comfortabel te zitten, wat niet mogelijk bleek te zijn als je op je handen zit.

De registratie trok in een waas aan me voorbij – surrealistische bewegingen van het ene punt naar het volgende. Als een klein hondje liet ik me door Gasko leiden. Naar beneden kijken, zei ik steeds tegen mezelf. Kijk die mensen niet aan. Eerst de inventaris, alles uit mijn zakken, een formulier ondertekenen. Door een vuile gang naar Fotografie, schoenen uit, tegen het meetlint gaan staan, je hoeft niet te lachen als je niet wilt, maar kijk wel naar de camera. Dan van opzij. Dan naar Vingerafdrukken, waar het op dat moment druk was, zodat Gasko me als een psychiatrisch patiënt met mijn handboeien vastmaakte aan een stoel op de gang. Hij ging koffie halen. Arrestanten schuifelden in verschillende stadia van registratie voorbij. Overal was politie. Een blank gezicht, geen politieman maar een verdachte net als ik – jonge man, blauw pak van goede snit, duidelijk dronken met een blauwe plek op zijn linkerwang. Hoe kon iemand al voor vrijdagmiddag vijf uur zo dronken zijn? Hij was luidruchtig en agressief en sprak lallend en hard, en werd genegeerd door iedereen die ik zag. Toen was hij weg. De tijd verstreek en ik begon in paniek te raken. Buiten was het donker, het weekend was begonnen, de misdaad zou beginnen en het zou steeds drukker worden in het huis van bewaring. Gasko kwam terug, bracht me naar Vingerafdrukken en keek toe terwijl iemand de inkt op mijn vingers aanbracht en ze op de vellen papier drukte.

Ik hoefde niet te telefoneren. Mijn advocaat was ergens in de buurt, al had Gasko hem niet gezien. De deuren werden dikker naarmate we dieper in de gevangenis doordrongen. We gingen in de verkeerde richting; de straat lag achter me.

'Kan ik niet op borgtocht vrijkomen?' vroeg ik ten slotte. Ik zag tralies in de verte, tralies over ramen en drukke bewakers met pistolen.

'Ik denk dat je advocaat daaraan werkt,' zei Gasko.

Hij droeg me over aan brigadier Coffey, die me tegen een muur drukte, mijn benen van elkaar vandaan schopte en me fouilleerde alsof hij op zoek was naar een dubbeltje. Toen hij niets vond, wees hij met een gromgeluid naar een metaaldetector, waar ik doorheen liep zonder dat er iets gebeurde. Een zoemer, en een deur schoof open en we kwamen op een gang terecht met rijen tralies aan weerskanten. Een deur viel met een harde metalen klap achter me dicht en mijn hoop op een snelle vrijlating vervloog.

Er staken handen en armen door de tralies, de smalle gang in. Ze keken naar ons toen we voorbijkwamen. Ik keek weer naar mijn voeten. Coffey keek in elke cel. Ik had de indruk dat hij de koppen telde. We bleven bij de derde aan de rechterkant staan.

Mijn celgenoten waren zwart en allemaal veel jonger dan ik. Ik telde er eerst vier en zag toen een vijfde op het bovenbed liggen. Er waren twee bedden voor zes mensen. De cel was een kleine vierkante ruimte, waarvan drie wanden uit niets dan tralies bestonden, zodat ik ook de gedetineerden naast ons en aan de overkant kon zien. De achterwand bestond uit gasbetonblokken met een klein toilet in een van de hoeken.

Coffey gooide de deur achter me dicht. De jongen op het bovenbed ging rechtop zitten en zwaaide zijn benen uit het bed, zodat ze dicht bij het gezicht van de jongen op het benedenbed bungelden. Ze keken alle vijf nors naar mij, terwijl ik daar bij de deur stond en mijn best deed om rustig en niet bang over te komen en wanhopig naar een plek op de vloer zocht waar ik kon zitten zonder het gevaar te lopen een van mijn celgenoten aan te raken.

Goddank hadden ze geen wapens. Goddank had iemand die metaaldetector geïnstalleerd. Ze hadden geen pistolen en messen en ik had geen ander bezit dan mijn kleren. Mijn horloge, portefeuille, mobiele telefoon, kleingeld – en al het andere dat ik bij me had – waren ingenomen en genoteerd.

De voorkant van de cel leek me veiliger dan de achterkant. Ik negeerde hun ogen en ging op de vloer zitten, met mijn rug naar de deur. Ergens verderop schreeuwde iemand om een bewaarder.

Twee cellen verder was een gevecht uitgebroken. Tussen de tralies en bedden door zag ik hoe de dronken man met het blanke gezicht en het blauwe pak in een hoek werd vastgehouden door twee grote zwarte mannen die op zijn gezicht inbeukten. Andere stemmen moedigden hen aan en de hele vleugel werd rumoerig. Het was niet echt het gunstigste moment om blank te zijn.

Er klonk een schril fluitsignaal, een deur ging open en Coffey was terug. Hij had een gummiknuppeltje in zijn hand. Aan het gevecht kwam abrupt een eind. De dronken man viel op zijn buik en bleef roerloos liggen. Coffey ging naar de cel en vroeg wat er gebeurd was. Niemand wist het; niemand had iets gezien.

'Geen lawaai meer!' zei hij, en hij ging weg.

Minuten gingen voorbij. De dronken man begon te kreunen. Ergens in de verte moest iemand braken. Een van mijn celgenoten kwam overeind en liep naar mij toe. Zijn blote voeten raakten mijn been net niet aan. Ik keek op en wendde mijn ogen weer af. Hij keek dreigend omlaag, en ik wist dat dit het einde was.

'Mooi jasje,' zei hij.

'Dank je,' mompelde ik. Ik deed mijn best om niet sarcastisch te klinken, of op een andere manier provocerend. Het jasje was een blauwe blazer, een oude die ik dagelijks bij mijn spijkerbroek of kakibroek droeg – mijn radicale plunje. Het was het zeker niet waard dat ik me ervoor in elkaar liet slaan.

'Mooi jasje,' zei hij opnieuw, en hij porde me een beetje aan met zijn voet. De jongen op het bovenbed sprong naar beneden en kwam dichterbij om het beter te kunnen zien.

'Dank je,' zei ik opnieuw.

Hij was achttien of negentien, groot en slank, geen grammetje vet, waarschijnlijk een bendelid dat zijn hele leven op straat had doorgebracht. Hij was arrogant en wilde de anderen erg graag imponeren met zijn bravoure.

Ik zou het makkelijkste slachtoffer zijn dat hij ooit had gehad.

'Ik heb niet zo'n mooi jasje,' zei hij. Een hardere por met zijn voet, duidelijk provocerend bedoeld.

Dat ik nou net weer zo'n straatvechter moet treffen, dacht ik. Hij kon het jasje niet stelen, want hij kon nergens heen vluchten. 'Wil je het lenen?' vroeg ik zonder op te kijken.

'Nee.'

Ik trok mijn voeten in, zodat mijn knieën dicht bij mijn kin kwamen. Het was een defensieve houding. Als hij schopte of sloeg, zou ik niet terugvechten. Bij het minste verzet van mijn kant zouden de andere vier meteen in actie komen. Ze zouden het prachtig vinden om een blanke in elkaar te slaan.

'Die jongen zegt dat je een mooi jasje hebt,' zei de jongen van het bovenbed.

'En ik zei dank je.'

'Die jongen zegt dat hij niet zo'n mooi jasje heeft.'

'Wat moet ik daaraan doen?' vroeg ik.

'Een cadeautje zou op zijn plaats zijn.'

Een derde kwam naar voren en sloot de halve kring om me heen. De eerste schopte tegen mijn voet, en ze kwamen alle drie dichterbij geschuifeld. Ze stonden klaar om toe te slaan, wachtten ieder op de anderen. Ik trok vlug mijn blazer uit en stak hem naar voren. 'Is dit een cadeau?' vroeg de eerste, terwijl hij het aanpakte. 'Het is wat jij wilt dat het is,' zei ik. Ik keek omlaag, vermeed nog steeds oogcontact. Daardoor zag ik zijn voet niet. Het was een harde schop tegen mijn linkerslaap. Mijn hoofd vloog achterover en klapte tegen de tralies. 'Verdomme!' schreeuwde ik, tastend naar mijn achterhoofd.

'Je mag dat rotding hebben,' zei ik, en ik bereidde me voor op de massale aanval.

'Is het een cadeau?'

'Ja.'

'Dank je, man.'

'Niets te danken,' zei ik, wrijvend over mijn gezicht. Mijn hele hoofd voelde verdoofd aan.

Ze gingen van me vandaan. Ik bleef opgerold liggen.

Minuten gingen voorbij, al had ik bijna geen besef van de tijd. De dronken blanke man twee deuren verderop deed pogingen zichzelf weer een beetje tot leven te wekken, en een andere stem riep om een bewaarder. De straatvechter met mijn jasje trok het niet aan. De cel slokte het op.

Mijn gezicht klopte van pijn, maar er was geen bloed. Als dit de enige verwonding was die ik opliep, mocht ik me gelukkig prijzen. Een gedetineerde ergens verderop riep dat hij probeerde te slapen, en ik begon me af te vragen wat de nacht zou brengen. Zes gedetineerden, twee erg smalle bedden. Was het de bedoeling dat we op de vloer sliepen, zonder deken en kussen?

De vloer begon koud te worden, en terwijl ik daar zat, keek ik heimelijk naar mijn celgenoten en vroeg me af welke misdrijven ze hadden gepleegd. Ikzelf had een dossier geleend met de intentie het terug te brengen. En toch zat ik hier als onderste in de pikorde, tussen drugshandelaren, autodieven, verkrachters, waarschijnlijk zelfs moordenaars.

Ik had geen honger, maar ik dacht aan eten. Ik had geen tandenborstel. Ik hoefde niet naar de wc, maar wat zou er gebeuren als ik moest? Waar was het drinkwater? Dat soort elementaire dingen was opeens van groot belang.

'Mooie schoenen,' zei een stem. Ik keek geschrokken op en zag weer een van hen bij me staan. Hij droeg vuile witte sokken, geen

schoenen, en zijn voeten waren centimeters langer dan de mijne.
'Dank je,' zei ik. Het waren oude Nikes. Het waren geen mooie
basketbalschoenen of zo en ze zouden niet erg aanlokkelijk moeten
zijn voor mijn celgenoot. Deze ene keer wou ik dat ik de loafers met
kwastjes uit mijn vroegere carrière droeg.
'Welke maat?' vroeg hij.
'Tien.'
De jongen die mijn jasje had gekregen, kwam dichterbij; de bood-
schap was duidelijk.
'Dezelfde maat als ik,' zei de eerste.
'Wil je ze hebben?' vroeg ik. Ik begon meteen de veters los te
maken. 'Hier, ik wil je graag mijn schoenen cadeau geven.' Ik trap-
te ze vlug uit, en hij pakte ze aan.
Iemand nog interesse voor mijn spijkerbroek en ondergoed? wilde
ik vragen.
Mordecai had het om zeven uur 's avonds eindelijk voor elkaar.
Coffey haalde me uit de cel, en toen we naar voren liepen, vroeg hij:
'Waar zijn je schoenen?'
'In de cel,' zei ik. 'Ze zijn afgepakt.'
'Ik haal ze wel.'
'Dank u. Ik had ook nog een blauwe blazer.'
Hij keek naar de linkerkant van mijn gezicht, die dik begon te wor-
den bij de ooghoek. 'Gaat het wel?'
'Prima. Ik ben vrij.'
Mijn borgsom was tienduizend dollar. Mordecai stond met de
borgtochtman te wachten. Ik betaalde hem duizend dollar vooruit
en tekende de papieren. Coffey bracht mijn schoenen en blazer, en
mijn gevangenschap was voorbij. Sofia wachtte buiten met haar
auto, en ze brachten me weg.

27

Ik betaalde een fysieke prijs voor mijn reis van mijn luxe kantoor naar de straat. De blauwe plekken van de aanrijding waren bijna weg, maar mijn spieren en gewrichten zouden nog weken pijn blijven doen. Ik viel om twee redenen af – ik kon de restaurants die ik vroeger vanzelfsprekend vond niet meer betalen, en ik had geen belangstelling meer voor eten. Mijn rug deed pijn van het op de vloer slapen in een slaapzak, iets wat ik bleef doen om te kijken of het ooit draaglijk zou worden. Ik had mijn twijfels. En toen had een of andere straatvechter bijna mijn schedel verbrijzeld met zijn blote voet. Ik legde er urenlang ijs op, en telkens wanneer ik die nacht wakker werd, was het of de bult groter was geworden.

Maar ik was blij dat ik nog leefde, blij dat ik nog intact was na enkele uren in een hel te zijn afgedaald. De angst voor het onbekende was verdwenen, in elk geval voorlopig. Er hingen geen politiemannen in de schaduw rond.

Het misdrijf waarvan ik werd beschuldigd, gekwalificeerde diefstal, was bepaald serieus te nemen, temeer omdat ik schuldig was. Het maximum was tien jaar gevangenisstraf. Maar dat was van later zorg.

Ik verliet mijn zolder die zaterdag kort voordat het licht werd. Ik wilde zo gauw mogelijk een krant kopen. De cafetaria in mijn nieuwe buurt was een kleine, dag en nacht geopende bakkerij van een luidruchtige familie Pakistani aan Kalorama, in een deel van Adams-Morgan waar 'veilig' en 'gevaarlijk' soms maar één klein blok van elkaar verwijderd waren. Ik ging naar de toonbank en bestelde een grote kop koffie. Toen sloeg ik de krant open en vond het kleine berichtje in afwachting waarvan ik bij voorbaat al wakker had gelegen. Mijn vrienden bij Drake & Sweeney hadden het goed geregeld. Op bladzijde twee van het stadskatern prijkte mijn gezicht. Het was een foto die een jaar eerder was genomen voor een wervingsbrochure van het kantoor. Alleen het kantoor had het negatief.

Het was een bericht van vier alinea's, kort, zakelijk, en het bevatte vooral informatie die door het kantoor aan de verslaggever was verstrekt. Ik had daar zeven jaar gewerkt, op Antitrust, ik had rechten gestudeerd aan Yale en ik had nog geen strafblad. Het kantoor was het op vier na grootste in het land – achthonderd advocaten, verspreid over acht steden, enzovoort. Er werd niemand geciteerd, want er waren geen citaten nodig. Het verhaal had alleen tot doel mij te vernederen, en dat doel werd bereikt. ADVOCAAT GEARRESTEERD WEGENS DIEFSTAL, luidde de kop bij mijn portret. Over de buit werd alleen gezegd dat het 'voorwerpen' waren. Voorwerpen die ik zou hebben meegenomen toen ik het kantoor verliet.

Het klonk als een kinderachtige ruzie – een stelletje advocaten die over papieren kibbelden. Wie kon het wat schelen, behalve mijzelf dan en mensen die mij kenden? De vernedering zou snel vergeten zijn; er gebeurden te veel echt belangrijke dingen op de wereld.

De foto en de achtergrondinformatie hadden hun weg naar een bevriende journalist gevonden, die bereid was die vier alinea's alvast te schrijven en daarna te wachten tot mijn arrestatie kon worden bevestigd. Ik kon me gemakkelijk voorstellen hoe Arthur en Rafter en zijn team urenlang bezig waren geweest plannen te maken voor mijn arrestatie en de nasleep daarvan, uren die ongetwijfeld gedeclareerd zouden worden aan RiverOaks, alleen omdat dat toevallig de cliënt was die het dichtst bij de rotzooi zat.

Wat een public-relationssucces! Vier alinea's in de zaterdageditie.

De Pakistani hadden geen donuts met fruit. In plaats daarvan kocht ik havermoutkoekjes, en vervolgens reed ik naar kantoor.

Ruby lag in het portiek te slapen, en toen ik dichterbij kwam, vroeg ik me af hoe lang ze daar al was. Ze had twee of drie oude dekens over zich heen, en haar hoofd lag op een grote canvas boodschappentas, waar ze haar bezittingen in had. Ze sprong overeind toen ik kuchte en geluid maakte.

'Waarom slaap je hier?' vroeg ik.

Ze keek naar de papieren zak met eten en zei: 'Ik moet ergens slapen.'

'Ik dacht dat je in een auto sliep.'

'Doe ik ook. Meestal.'

Elk gesprek met een dakloze over de vraag waarom hij op een bepaalde plaats sliep, was volkomen zinloos. Ruby had honger. Ik maakte de deur open, deed het licht aan en ging koffie zetten. Zoals ons ritueel was geworden, ging zij regelrecht naar wat haar bureau was geworden, en bleef daar wachten.

We nuttigden koffie en koekjes bij het ochtendnieuws. We wisselden verhalen uit – ik las een bericht voor dat mij interesseerde, en toen een bericht waar zij belang in stelde. Het bericht over mijzelf sloeg ik over.

Ruby was de vorige middag uit de AA/NA-bijeenkomst bij Naomi's weggelopen. De ochtendsessie was zonder incidenten verlopen, maar uit de tweede was ze weggerend. Ongeveer een uur voordat Gasko was gekomen, had Megan, de directrice van Naomi's, me gebeld.

'Hoe voel je je vanmorgen?' vroeg ik toen we de krant uit hadden.

'Goed. En jij?'

'Goed. Ik ben clean. Jij ook?'

Haar kin zakte een paar centimeter; ze keek schuw en aarzelde net lang genoeg om niet meer geloofwaardig over te komen. 'Ja, hoor,' zei ze. 'Ik ben clean.'

'Nee, dat ben je niet. Je moet niet tegen me liegen, Ruby. Ik ben je vriend en je advocaat, en ik ga je helpen om weer met Terrence in contact te komen. Maar ik kan je niet helpen als je tegen me liegt. Nou, kijk me eens in de ogen en vertel me dat je clean bent.'

Op de een of andere manier zag ze kans nog meer te verschrompelen, en met neergeslagen blik zei ze: 'Ik ben niet clean.'

'Dank je. Waarom ben je gistermiddag uit de AA/NA-bijeenkomst weggelopen?'

'Dat heb ik niet gedaan.'

'De directrice zei van wel.'

'Ik dacht dat ze klaar waren.'

Ik liet me niet verleiden tot een discussie die ik niet kon winnen.
'Ga je vandaag naar Naomi's?'
'Ja.'
'Goed. Ik zal je brengen, maar je moet beloven dat je naar beide bij-
eenkomsten gaat.'
'Dat beloof ik.'
'Je moet de eerste zijn die komt op die bijeenkomsten, en de laatste
die weggaat. Goed?'
'Goed.'
'En de directrice zal op je letten.'
Ze knikte en nam nog een koekje, haar vierde. We praatten over
Terrence, over afkicken en clean worden, en opnieuw besefte ik hoe
hopeloos een verslaving was. Voor haar was het al een veel te zware
opgave om zelfs maar vierentwintig uur clean te blijven.
Haar drug was crack, zoals ik al vermoedde. Snel verslavend en
spotgoedkoop.
Onderweg naar Naomi's zei Ruby plotseling: 'Je bent gearresteerd,
hè?'
Ik reed bijna door rood licht. Ze lag 's morgens in alle vroegte in het
portiek van ons kantoor te slapen; ze kon amper lezen. Hoe kon ze
de krant hebben gezien?
'Inderdaad, ja.'
'Dacht ik al.'
'Hoe wist je het?'
'Je hoort wel eens wat op straat.'
Ach, ja. Geen kranten nodig. De daklozen verspreiden hun eigen
nieuws. Die jonge advocaat die bij Mordecai werkt, is gearresteerd.
De smerissen sleurden hem weg, alsof hij een van ons was.
'Het is een misverstand,' zei ik, alsof dat haar iets kon schelen.
Ze waren al begonnen met zingen; we hoorden ze toen we de trappen van Naomi's op gingen. Megan deed de voordeur open en
nodigde me uit om koffie te blijven drinken. In de grote kamer op
de begane grond, die eens een fraaie salon was, zongen de dames
van Naomi's en luisterden ze naar elkaars problemen. We keken
enkele minuten naar hen. Als enige man voelde ik me een indrin-
ger.
In de keuken schonk Megan koffie in, en daarna gaf ze me een korte rondleiding door het gebouw. We fluisterden, want niet ver van
ons vandaan waren de dames aan het bidden. Op de begane grond,

235

bij de keuken, waren rustkamers en douches. Achter was een kleine tuin, waar vrouwen die aan depressies leden vaak heen gingen om alleen te zijn. De eerste verdieping bevatte kantoren, intakeruimten en een rechthoekige kamer vol stoelen waar de afdelingen van Alcoholics Anonymous/Narcotics Anonymous bijeenkwamen. Toen we de smalle trap beklommen, barstte beneden ons een vreugdevol koor los. Megans kantoor bevond zich op de tweede verdieping. Ze nodigde me uit binnen te komen, en zodra ik was gaan zitten, gooide ze een *Post* op mijn schoot.

'Zware nacht gehad zeker?' zei ze met een glimlach.

Ik keek weer naar de foto. 'Het viel wel mee.'

'Wat is dat?' vroeg ze, wijzend naar mijn slaap.

'Mijn celgenoot wilde mijn schoenen hebben. Hij nam ze.'

Ze keek naar mijn oude Nikes. 'Die?'

'Ja. Mooi, hè?'

'Hoe lang heb je in de cel gezeten?'

'Een paar uur. Toen stelde ik orde op zaken in mijn leven. Ik kwam door de reclassering. En nu ben ik een nieuw mens.'

Ze glimlachte weer, een perfecte glimlach. We keken elkaar even in de ogen en ik dacht: allemachtig, geen trouwring aan haar vinger. Ze was lang en een beetje te mager. Haar haar was donkerrood en kort en leuk geknipt, tot boven de oren. Haar ogen waren lichtbruin, erg groot en rond, en het was fijn om er enkele ogenblikken in te kijken. Het viel me op dat ze erg aantrekkelijk was, en ik vond het vreemd dat me dat niet eerder was opgevallen.

Werd ik in de val gelokt? Had ze me die trap laten beklimmen om een andere reden dan de rondleiding? Hoe hadden die glimlach en die ogen me de vorige dag kunnen ontgaan?

We wisselden onze levensgeschiedenissen uit. Haar vader was priester in de anglicaanse Kerk en een Redskins-fan die veel van Washington hield. Als tiener had ze besloten met de armen te gaan werken. Er was geen hogere roeping.

Ik moest bekennen dat ik tot veertien dagen geleden nooit aan de armen had gedacht. Ze luisterde geboeid naar het verhaal van Meneer en de louterende effecten die de gebeurtenissen op me hadden gehad.

Ze nodigde me uit om voor de lunch terug te komen om te horen hoe het met Ruby was gegaan. Als de zon scheen, konden we in de tuin eten.

Pro Deo-advocaten zijn niet anders dan andere mensen. Ze kunnen romantiek vinden op de vreemdste plaatsen, in een centrum voor dakloze vrouwen, bijvoorbeeld.

Nu ik een week door de gevaarlijkste wijken van Washington had gereden en uren in opvangcentra had doorgebracht, en me steeds weer onder daklozen had gemengd, werd het tijd dat ik de straat op ging zonder dat ik me de hele tijd achter Mordecai verschool. Hij was een waardevol schild, maar om op straat te kunnen overleven moest ik in het diepe springen en leren zwemmen.

Ik had een lijst van bijna dertig opvangcentra en gaarkeukens en tehuizen waar daklozen kwamen en gingen. En ik had de namen van de zeventien mensen die uit het pakhuis waren gezet, inclusief DeVon Hardy en Lontae Burton.

Die zaterdagmorgen ging ik na mijn bezoek aan Naomi's meteen naar de Mt. Gilead-kerk bij de Gallaudet-universiteit. Volgens mijn stadsplattegrond was dat de gaarkeuken die zich het dichtst bij het kruispunt van New York en Florida bevond, dus het dichtst bij de plek waar het pakhuis had gestaan. De directrice was een jonge vrouw die Gloria heette en die, toen ik om negen uur aankwam, alleen in de keuken stond. Ze hakte selderie en maakte zich druk om het feit dat er geen vrijwilligers waren gekomen. Nadat ik me had voorgesteld en haar er met enige moeite van had overtuigd dat ik te goeder trouw was, wees ze me een snijplank aan en vroeg me de uien te snijden. Hoe kon een bonafide pro Deo-advocaat daar nee op zeggen?

Ik had het al eerder gedaan, legde ik uit, in Dolly's keuken op de avond van die sneeuwstorm. Ze was beleefd maar verkeerde in tijdnood. Terwijl ik de uien sneed en mijn ogen afdroogde, vertelde ik over de zaak waaraan ik werkte en noemde ik de namen van de mensen die tegelijk met DeVon Hardy en Lontae Burton uit dat pakhuis waren gezet.

'Wij zijn geen maatschappelijk werkers,' zei ze. 'We geven ze alleen te eten. Ik weet niet veel namen.'

Een vrijwilliger kwam met een zak aardappelen. Ik maakte aanstalten om weg te gaan. Gloria bedankte me en noteerde de namen. Ze beloofde haar oor te luisteren te leggen.

Het was een druk schema: ik had veel bezoeken af te leggen, en ik had weinig tijd. Ik sprak met een arts in de Capitol Clinic, een particulier gefinancierde polikliniek voor daklozen. De kliniek hield gegevens van elke patiënt bij. Het was zaterdag, en op maandag zou hij de secretaresse in de computerbestanden laten kijken. Als daar namen in zaten die ook op mijn lijst stonden, zou ze me bellen. Ik dronk thee met een katholieke priester in het Redeemer-missiehuis in een zijstraat van Rhode Island. Hij keek erg aandachtig naar de namen, maar er ging geen belletje bij hem rinkelen. 'Er zijn er zo veel,' zei hij.

Het enige angstige moment van die ochtend beleefde ik in de Freedom Coalition, een groot gebouw dat door een allang verdwenen organisatie was neergezet en later tot gemeenschapscentrum was verbouwd. Om elf uur vormde zich bij de ingang al een rij voor het middageten. Omdat ik daar niet kwam om te eten, negeerde ik de rij en liep recht naar de deur. Sommige van de heren die op eten wachtten, dachten dat ik voordrong en riepen me scheldwoorden toe. Ze hadden honger, en plotseling waren ze woedend, en het feit dat ik blank was, maakte de zaak er ook al niet beter op. Hoe konden ze mij voor een dakloze aanzien? De deur werd bemand door een vrijwilliger, die ook dacht dat ik een klootzak was. Hij duwde me ruw weg, de zoveelste daad van geweld tegen mijn persoon. 'Ik kom hier niet om te eten!' zei ik kwaad. 'Ik ben een advocaat van de daklozen!'

Dat bracht ze tot rust; plotseling was ik weer een broeder in de strijd. Ik kon het gebouw binnengaan zonder verder nog te worden lastiggevallen. De directeur was een zekere dominee Kip, een fel klein mannetje met een rode baret en een zwarte boord. Het klikte niet tussen ons. Toen hij besefte dat (a) ik advocaat was, (b) mijn cliënten de Burtons waren, (c) ik aan hun aanklacht werkte en (d) er misschien een schadevergoeding te halen viel, begon hij aan geld te denken. Ik verspilde een halfuur aan hem. Toen ik wegging, nam ik me voor Mordecai naar hem toe te sturen.

Ik belde Megan en zei dat ik niet kon lunchen. Mijn excuus was dat ik me aan de andere kant van de stad bevond, met een lange lijst van mensen die ik nog moest spreken. In werkelijkheid wist ik niet of ze met me flirtte, of niet. Ze was knap, intelligent en bijzonder sympathiek, en ze was wel het laatste dat ik kon gebruiken. Ik had in bijna tien jaar niet geflirt. Ik kende de regels niet meer.

Maar Megan had geweldig nieuws. Ruby had niet alleen de ochtendsessie van AA/NA overleefd, maar ze had ook gezworen dat ze

vierentwintig uur clean zou blijven. Het was een emotioneel tafereel geweest. Megan had achter in de kamer staan toekijken. 'Ze moet vanavond van de straat af,' zei Megan. 'Ze is al twaalf jaar geen dag clean geweest.'
Ik kon natuurlijk weinig hulp bieden. Megan had verschillende ideeën.

De middag was net zo vruchteloos als de ochtend, al kende ik nu wel alle opvangcentra in Washington. En ik ontmoette mensen, legde contacten, wisselde visitekaartjes uit met mensen die ik waarschijnlijk terug zou zien.
Kelvin Lam was nog steeds de enige ex-pakhuisbewoner die we konden vinden, naast DeVon Hardy en Lontae Burton. In totaal zat ik nog met veertien mensen die door de barsten in het wegdek leken te zijn gevallen.
De geharde daklozen komen van tijd tot tijd in de opvangcentra voor een maaltijd of een paar schoenen of een deken, maar zij laten geen spoor na. Ze willen geen hulp. Ze hebben geen behoefte aan menselijk contact. Het was moeilijk te geloven dat de overige veertien zo gehard waren. Een maand geleden hadden ze nog een dak boven hun hoofd gehad en huur betaald.
Geduld, zei Mordecai steeds weer tegen me. Straatadvocaten moeten geduld hebben.
Ruby stond bij de deur van Naomi's op me te wachten, en ze begroette me met een stralende glimlach en een innige omhelzing. Ze had beide sessies afgemaakt. Megan had al de basis gelegd voor de komende twaalf uren. Ruby mocht niet op straat blijven. Ruby had zich daarbij neergelegd.
Ruby en ik verlieten de stad en reden naar het westen, naar de staat Virginia. In een winkelcentrum in een buitenwijk kochten we een tandenborstel en tandpasta, zeep, shampoo en een grote lading snoep. We reden steeds verder van de stad vandaan, en in het stadje Gainesville vond ik een gloednieuw motel dat eenpersoonskamers voor tweeënveertig dollar per nacht aanbood. Ik betaalde met een creditcard; het zou toch wel aftrekbaar zijn?
Ik liet haar daar achter met de strikte opdracht om in die kamer te blijven, met de deur op slot, totdat ik haar zondagmorgen kwam halen.

28

Zaterdagavond, de eerste dag van maart. Jong, vrijgezel, zeker niet zo rijk als tot voor kort, maar ook nog niet helemaal platzak. Een kast vol mooie kleren die niet gebruikt werden. Een stad van twee miljoen mensen met tal van aantrekkelijke jonge vrouwen die door het middelpunt van de politieke macht waren aangetrokken en die, zo gingen de geruchten, altijd voor een pretje te vinden waren. Ik dronk bier, at pizza en keek naar een basketbalwedstrijd op de televisie, alleen op mijn zolder en niet eens ongelukkig. Elke verschijning in het openbaar zou die avond op een wrede begroeting stuiten: 'Hé, ben jij niet die vent die gearresteerd is? Ik zag het vanmorgen in de krant.'

Ik belde Ruby. De telefoon ging acht keer voordat ze opnam, en ik raakte bijna in paniek. Ze genoot enorm. Ze had een hele tijd onder de douche gestaan, had een pond snoep gegeten en keek nu non-stop tv. Ze was de kamer niet uit geweest.

Ze was dertig kilometer verderop, in een plaatsje aan de snelweg, ergens in Virginia waar noch zij noch ik een sterveling kende. Ze zou daar nooit aan drugs kunnen komen. Ik gaf mezelf weer een schouderklopje.

In de pauze van de wedstrijd tussen Duke en Carolina ging de mobiele telefoon op de plastic opslagbox naast de pizza. Ik schrok ervan. Een erg opgewekte vrouwenstem zei: 'Hallo, gevangenisboef.'

Het was Claire, zonder venijnige ondertoon.

'Hallo,' zei ik, en zette het geluid van de televisie af.

'Alles goed?'

'Fantastisch. En met jou?'

'Goed. Ik zag je glimlachende gezicht vanmorgen in de krant, en ik maakte me zorgen.' Claire las alleen de zondagskrant, dus als ze het berichtje over mij had gezien, had iemand haar de krant gegeven. Waarschijnlijk dezelfde dekhengst die had opgenomen toen ik haar belde. Was ze op zaterdagavond alleen, net als ik?

'Het was een hele ervaring,' zei ik, en ik vertelde haar het hele verhaal, te beginnen met Gasko en eindigend met mijn vrijlating. Ze wilde praten, en terwijl ik vertelde, kwam ik tot de conclusie dat ze inderdaad alleen was. Waarschijnlijk verveelde ze zich en misschien voelde ze zich eenzaam. En misschien was er een kans dat ze zich echt zorgen om me maakte.

'Hoe serieus zijn de aanklachten?' vroeg ze.

'Op gekwalificeerde diefstal staat maximaal tien jaar,' zei ik ernstig. Ik vond het wel een prettig idee dat ze zich zorgen maakte. 'Maar daar maak ik me niet druk om.'

'Het is toch maar een dossier?'

'Ja, en het was geen diefstal.' Natuurlijk was het dat wel, maar dat wilde ik nog niet toegeven.

'Kun je uit de advocatuur worden gezet?'

'Ja, als ik voor een misdrijf in deze categorie wordt veroordeeld, gebeurt dat automatisch.'

'Dat is verschrikkelijk, Mike. Wat ga je dan doen?'

'Eerlijk gezegd heb ik daar nog niet over nagedacht. Het zal niet gebeuren.' Ik sprak in alle oprechtheid; ik had er nog niet serieus over nagedacht dat ze me uit de advocatuur konden zetten. Misschien was het iets dat overweging verdiende, maar ik was er nog niet aan toe gekomen.

We informeerden beleefd naar elkaars familie, en ik dacht er zowaar aan om naar haar broer James en zijn ziekte van Hodgkin te informeren. Zijn behandeling was begonnen; de familie was optimistisch.

Ik bedankte haar voor het bellen en we beloofden het contact aan te houden. Toen ik de mobiele telefoon naast de pizza legde, keek ik naar de geluidloze wedstrijd en gaf ik met tegenzin aan mezelf toe dat ik haar miste.

Ruby had gedoucht en droeg de schone kleren die Megan haar de vorige dag had gegeven. Haar motelkamer bevond zich op de begane grond, met de deur naar het parkeerterrein. Ze had op me gewacht. Ze stapte het zonlicht in en omhelsde me heftig. 'Ik ben clean!' zei ze met een brede grijns. 'Ik ben vierentwintig uur clean!' We omhelsden elkaar nog een keer.

Een echtpaar van in de zestig kwam twee deuren verder naar buiten en keek naar ons. God mag weten wat ze dachten.

We reden naar de stad terug en gingen naar Naomi's, waar Megan en haar medewerksters op het nieuws zaten te wachten. Er ging gejuich op toen Ruby haar bekendmaking deed. Megan had me verteld dat er voor de eerste vierentwintig uur altijd het hardst werd gejuicht.

Het was zondag en een predikant kwam een bijbelstudie houden. De vrouwen verzamelden zich voor hymnen en gebed in de zaal. Megan en ik dronken koffie in de tuin en spraken over de komende vierentwintig uur. Naast gebed en eredienst zou Ruby twee zware sessies van AA/NA krijgen. Ons optimisme was voorzichtig. Megan zat dagelijks tussen de verslaafden en was er zeker van dat Ruby weer weg zou zakken zodra ze op straat terugkwam. Ze maakte dat elke dag mee.

Ik kon me de motelstrategie nog een paar dagen permitteren, en ik was bereid ervoor te betalen. Maar om vier uur die middag zou ik naar Chicago gaan om naar Hector te zoeken, en ik wist niet hoe lang ik weg zou blijven. Ruby wilde best naar een motel. Het beviel haar daar opperbest.

We besloten stap voor stap te werk te gaan. Megan zou Ruby naar een hotel in een buitenwijk rijden, een kamer waarvoor ik zou betalen, en haar daar op zondagavond afzetten. Ze zou haar maandagochtend ophalen en dan zouden we wel zien wat we verder deden.

Megan zou ook beginnen met pogingen Ruby ervan te overtuigen dat ze van de straat af moest. Ze zou eerst naar een afkickcentrum gaan, en dan een half jaar naar een vrouwencentrum om daar te leren gestructureerd te leven, te werken en van de crack af te blijven.

'Vierentwintig uur is een grote stap,' zei ze. 'Maar er is nog een hele berg te beklimmen.'

Ik ging zo gauw mogelijk weg. Ze nodigde me uit om voor de lunch

terug te komen. We konden in haar kantoor eten, alleen wij tweetjes, en belangrijke dingen bespreken. Haar ogen twinkelden en
tartten me om ja te zeggen. En dat deed ik.

Advocaten van Drake & Sweeney vlogen altijd eerste klas; ze vonden dat ze daar recht op hadden. Ze logeerden in viersterrenhotels,
aten in dure restaurants, maar trokken de grens bij limousines, die
te extravagant werden gevonden. En dus huurden ze Lincolns. Alle
reiskosten werden aan de cliënten in rekening gebracht, en aangezien de cliënten van het beste juridisch talent ter wereld profiteer-
den, moesten ze niet klagen over de extra kosten.

Ik reisde in de toeristenklasse naar Chicago. Ik had op het laatste
moment gereserveerd en zat dus in het gevreesde midden. De plaats
bij het raam werd bezet door een zwaarlijvige heer met knieën zo
dik als basketballen, en aan het gangpad zat een stinkende jongeman van een jaar of achttien met gitzwart haar in een perfect
Mohawk-kapsel. Hij was versierd met een verbijsterende collectie
zwart leer en stekelig chroom. Ik zat tussen die twee in geperst en
hield twee uur mijn ogen dicht. Ik probeerde niet te denken aan de
pompeuze klootzakken in de eerste klas, waar ik vroeger ook zat.

Met deze reis schond ik de condities van mijn vrijlating op borgtocht: ik mocht Washington niet verlaten zonder toestemming van
de rechter. Maar Mordecai en ik waren het erover eens dat het een
klein vergrijp was, dat van geen belang was zolang ik maar naar
Washington terugkeerde.

Op het vliegveld O'Hare nam ik een taxi naar een goedkoop hotel
in de binnenstad.

Sofia had geen nieuw woonadres van de Palma's kunnen vinden.
Als ik Hector niet vond in het kantoor van Drake & Sweeney, hadden we pech.

Op het kantoor van Drake & Sweeney in Chicago werkten hon-
derdzes advocaten. Het was hun op twee na grootste kantoor, na
Washington en New York. De vastgoedafdeling was naar verhou-
ding nogal groot; er werkten achttien advocaten, meer dan in Washington. Ik veronderstelde dat Hector daarom naar Chicago was
gestuurd – er was daar vast wel plaats voor hem. Er was genoeg
werk te doen. Ik herinnerde me vaag dat Drake & Sweeney in het
begin van mijn carrière een welvarende vastgoedfirma in Chicago

had overgenomen.

Op maandagmorgen kwam ik kort na zeven uur bij het Associated Life Building aan. Het was een grauwe sombere dag en er kwam een gure wind van Lake Michigan. Het was de derde keer dat ik in Chicago was, en de vorige twee keer was het net zulk slecht weer geweest. Ik nam een kopje koffie en kocht een krant om me achter te verschuilen, en vond een uitkijkpunt aan een tafel in een hoek van het immense atrium op de begane grond. De roltrappen kriskrasten naar de eerste en tweede verdieping, waar meer dan tien liften stonden te wachten.

Om half acht krioelde het op de begane grond van de bedrijvige mensen. Om acht uur, na drie koppen koffie, was ik gespannen. Ik verwachtte de man nu elk moment. De roltrappen stonden vol met honderden managers, advocaten, secretaresses. Ze droegen allemaal een dikke winterjas en leken opvallend veel op elkaar.

Om twintig over acht verscheen Hector Palma vanaf de zuidkant van het gebouw in het atrium. Hij liep met vlugge pas naar binnen, in de stroom van forensen. Hij streek met zijn vingers door zijn verwaaide haren en ging recht op de roltrappen af. Zo nonchalant mogelijk liep ik naar een andere roltrap en liep de treden op. Ik ving een glimp van hem op toen hij een hoek omging om op een lift te wachten.

Het was duidelijk Hector, en ik besloot niet te veel risico te nemen. Mijn veronderstellingen waren juist; hij was van de ene op de andere dag van Washington naar Chicago overgeplaatst, waar ze hem in de gaten konden houden, met een hoger salaris konden omkopen en zo nodig onder druk konden zetten.

Ik wist waar hij was, en ik wist dat hij de komende acht tot tien uur niet weg zou gaan. Vanaf de eerste verdieping van het atrium, met een schitterend uitzicht over het meer, belde ik Megan. Ruby was de nacht goed doorgekomen; ze was nu achtenveertig uur clean. Ik belde Mordecai om hem van mijn ontdekking op de hoogte te stellen.

Volgens het kantoorhandboek van vorig jaar waren er drie maten op de afdeling Vastgoed van het kantoor in Chicago. De namenlijst in het atrium vermeldde ze alle drie op de vijftigste verdieping. Ik pikte er willekeurig een uit: Dick Heile.

Ik ging met de golf van negen uur naar de vijftigste verdieping. Toen ik uit de lift stapte, was ik meteen in een vertrouwde omgeving: marmer, koper, walnotenhout, indirecte verlichting, fraaie tapijten.

Toen ik achteloos naar de receptioniste liep, keek ik om me heen of ik de toiletten zag. Ik zag ze niet.

Ze nam juist de telefoon op. Ik fronste mijn wenkbrauwen en probeerde de indruk te wekken dat ik het moeilijk had.

'Ja, meneer,' zei ze met een stralende glimlach tussen twee telefoontjes door.

Ik zette mijn tanden op elkaar, zoog lucht in en zei: 'Ja, ik heb een afspraak om negen uur met Dick Heile, maar ik ben bang dat ik moet overgeven. Zeker iets verkeerds gegeten. Mag ik gebruikmaken van uw toiletten?' Ik hield mijn handen tegen mijn buik, drukte mijn knieën tegen elkaar en overtuigde haar er blijkbaar van dat ik op het punt stond over haar balie te kotsen.

De glimlach verdween. Ze sprong overeind en begon te wijzen. 'Daar de hoek om, aan de rechterkant.'

Ik liep al, voorovergebogen alsof ik elk moment kon losbarsten.

'Dank u,' kon ik nog net uitbrengen.

'Kan ik u verder ergens mee helpen?' vroeg ze.

Ik schudde mijn hoofd, te misselijk om nog iets anders te zeggen. Zodra ik de hoek om was, dook ik de herentoiletten in. Daar sloot ik me op en ik wachtte af.

Omdat de telefoon aan een stuk door ging, zou ze het te druk hebben om zich zorgen te maken over mij. Ik was gekleed als een advocaat van een groot kantoor en maakte dus geen verdachte indruk.

Na tien minuten liep ik de herentoiletten uit. Ik liep door de gang van de receptie vandaan. Zodra ik langs een leeg bureau kwam, greep ik wat papieren die aan elkaar vastgeniet waren. Onder het lopen noteerde ik daar iets op, alsof ik met belangrijke zaken bezig was. Intussen keek ik in alle richtingen: namen op deuren, namen op bureaus, secretaresses die het te druk hadden om op te kijken, grijsharige advocaten in hemdsmouwen, jonge advocaten die zaten te telefoneren met hun deur op een kier, typistes die op hun toetsenborden hamerden.

Het kwam me allemaal zo bekend voor!

Hector had zijn eigen kantoor, een kleine kamer zonder naam op de deur. Ik zag hem door zijn halfopen deur en liep meteen naar binnen en gooide die deur achter me dicht.

Hij schrok op en hield zijn beide handen omhoog, alsof hij opeens met een pistool bedreigd werd. 'Wat moet dat?' zei hij.

'Hallo, Hector.'

Geen pistool, geen overval, alleen een onaangename herinnering. Hij liet zijn handen weer op zijn bureau zakken en kon nu zowaar glimlachen. 'Wat moet dit voorstellen?' zei hij opnieuw.

'Hoe gaat het in Chicago?' vroeg ik. Ik ging op de rand van zijn bureau zitten.

'Wat doe jij hier?' vroeg hij verbaasd.

'Ik zou jou hetzelfde kunnen vragen.'

'Ik werk.' Hij krabde op zijn hoofd. Honderdvijftig meter boven de straat, weggestopt in een onopvallend kamertje zonder ramen, geisoleerd door lagen van mensen die belangrijker waren dan hij, was Hector nu uitgerekend gevonden door de enige voor wie hij was gevlucht. 'Hoe heb je me gevonden?'

'Dat was niet moeilijk, Hector. Ik ben nu een straatadvocaat, gewiekst en slim. Als je weer vlucht, vind ik je opnieuw.'

'Ik vlucht niet meer.' Hij wendde zijn ogen af.

'We dienen morgen een aanklacht in,' zei ik. 'De gedaagden zijn RiverOaks, TAG en Drake & Sweeney. Je kunt je nergens verstoppen.'

'Wie zijn de eisers?'

'De nabestaanden van Lontae Burton. Later voegen we daar de anderen die uit het pakhuis zijn gezet aan toe, als we ze allemaal kunnen vinden.'

Hij deed zijn ogen dicht en kneep in de rug van zijn neus.

'Je kunt je Lontae toch wel herinneren, Hector? Dat was die jonge moeder die met de politie vocht toen jij iedereen uit dat pakhuis zette. Jij hebt het allemaal gezien, en je voelt je schuldig omdat je de waarheid kende. Je wist dat ze huur betaalden aan Gantry. Je hebt het allemaal in je memo gezet, die van 27 januari, en je hebt gezorgd dat die memo in het dossier werd opgenomen en in het register werd opgetekend. Dat deed je omdat je wist dat Braden Chance hem er op een gegeven moment uit zou halen. En dat heeft hij ook gedaan. Daarom ben ik hier, Hector. Ik wil een kopie van die memo. Ik heb de rest van het dossier, en binnenkort komt het in de openbaarheid. Nu wil ik de memo.'

'Waarom denk je dat ik een kopie heb?'

'Omdat je slim genoeg bent om een kopie te maken. Je wist dat Chance het origineel zou weghalen om zijn eigen hachje te redden. Maar nu gaat hij voor de bijl. Laat je niet door hem meesleuren.'

'Waar moet ik dan heen?'

'Nergens,' zei ik. 'Je kunt nergens heen.'

Hij wist het. Omdat hij de waarheid wist over de ontruiming, zou hij op een gegeven moment, en op de een of andere manier, gedwongen worden een getuigenverklaring af te leggen. Zijn getuigenverklaring zou rampzalig zijn voor Drake & Sweeney, en het zou ook zijn eigen ondergang worden. Het was een gang van zaken waarover Mordecai en ik hadden gesproken. We konden hem een paar kruimels aanbieden.

'Als je me de memo geeft,' zei ik, 'zal ik niet vertellen waar ik hem vandaan heb. En ik zal je niet als getuige oproepen, tenzij het echt niet anders kan.'

Hij schudde zijn hoofd. 'Ik zou kunnen liegen, weet je,' zei hij.

'Natuurlijk. Maar je zult niet liegen, want je wordt in het nauw gedreven. Het is gemakkelijk te bewijzen dat je memo in het dossier is opgenomen en er daarna weer uit is gehaald. Je kunt niet ontkennen dat je hem hebt geschreven. En dan hebben we de getuigenverklaring van de mensen die je uit dat pakhuis hebt gezet. Die getuigen zullen grote indruk maken op een zwarte jury in Washington. En we hebben met de bewaker gepraat die op 27 januari met je mee ging.'

Elke stoot kwam recht op Hectors kaak terecht. Hij hing al in de touwen. In werkelijkheid hadden we de bewaker niet kunnen vinden; zijn naam stond niet in het dossier.

'Je kunt niet liegen,' zei ik. 'Dat maakt de dingen alleen maar erger.'

Hector was te eerlijk om te liegen. Per slot van rekening was hij degene die me de lijst van uitgezette personen had toegespeeld, en de sleutels waarmee ik het dossier had kunnen stelen. Hij had een ziel en een geweten, en hij vond het vast niet prettig om zich in Chicago te verbergen, op de vlucht voor zijn verleden.

'Heeft Chance ze de waarheid verteld?' vroeg ik.

'Ik weet het niet,' zei hij. 'Ik denk van niet. Daar zou lef voor nodig zijn, en Chance is een lafaard... Ze zullen me ontslaan, weet je.'

'Misschien, maar dan kun je wel een prachtig proces tegen ze aanspannen. Ik regel dat wel voor je. We gaan nog een keer tegen ze procederen, en ik breng je geen cent in rekening.'

Er werd op zijn deur geklopt. We schrokken allebei; ons gesprek had ons in de tijd teruggevoerd. 'Ja,' zei hij, en er kwam een secretaresse binnen.

'Meneer Peck is er,' zei ze, en ze keek me taxerend aan.
'Ik kom zo,' zei Hector. Ze trok zich langzaam terug en liet de deur openstaan.
'Ik moet gaan,' zei hij.
'Ik ga niet weg zonder een kopie van de memo.'
'We ontmoeten elkaar om twaalf uur bij de fontein voor het gebouw.'
'Ik zal er zijn.'
In de hal knipoogde ik tegen de receptioniste. 'Dank u,' zei ik. 'Ik voel me al veel beter.'
'Graag gedaan,' zei ze.

Van de fontein liepen we over Grand Avenue naar een drukke joodse broodjeszaak. Toen we in de rij stonden om een broodje te bestellen, gaf Hector me een envelop. 'Ik heb vier kinderen,' zei hij. 'Alsjeblieft, bescherm me.'
Ik nam de envelop en wilde net iets zeggen toen hij zich terugtrok en in de menigte verdween. Ik zag dat hij zich door de deur perste en voor het raam van de broodjeszaak langs liep, met de flappen van zijn jas zowat om zijn oren, in grote haast om van me vandaan te komen.
Ik dacht niet meer aan lunchen. Ik liep vier blokken naar het hotel, betaalde mijn rekening en gooide mijn spullen in een taxi. Onderuitgezakt op de achterbank, met de deuren op slot, de chauffeur half ingedut, en terwijl niemand ter wereld wist waar ik op dat moment was, maakte ik de envelop open.
De memo zag eruit zoals alle memo's van Drake & Sweeney. Hij was op Hectors pc gemaakt en had het cliëntnummer, het dossiernummer en de datum in kleine lettertjes in de linker benedenhoek. Hij was gedateerd op 27 januari en was door Hector Palma gestuurd aan Braden Chance. Het onderwerp was de RiverOaks/TAG-ontruiming, het pakhuis aan Florida Avenue. Op die dag was Hector met een gewapende bewaker, Jeff Mackle van Rock Creek Security, naar het pakhuis gegaan. Hij was daar om kwart over negen 's morgens aangekomen en hij was om half een weggegaan. Het pakhuis had drie verdiepingen, en nadat hij eerst krakers op de begane grond had aangetroffen, was Hector naar de eerste verdieping gegaan, waar hij geen tekenen van bewoning had gezien. Op de tweede verdieping zag hij rommel, oude kleren en de resten van een kampvuur dat

iemand vele maanden geleden had gemaakt.

Op de begane grond trof hij aan de westkant elf tijdelijke woningen aan, inderhaast opgetrokken van triplex en gipsplaat, ongeverfd maar duidelijk door dezelfde persoon of hetzelfde bedrijf gemaakt, in ongeveer dezelfde tijd. Er was enige moeite gedaan om er iets van te maken. De woningen leken aan de buitenkant allemaal ongeveer even groot, maar Hector kon niet naar binnen. Alle deuren waren hetzelfde. Ze waren van een licht, hol, synthetisch materiaal, waarschijnlijk plastic, en hadden een knop en een slot.

De badkamer was intensief gebruikt en vuil. Er waren de laatste tijd geen verbeteringen meer aangebracht.

Hector ontmoette een man die zich alleen als Herman voorstelde, en Herman had niet veel zin om te praten. Hector vroeg hoeveel huur er voor de appartementen moest worden betaald, en Herman zei: geen huur. Hij zei dat hij kraakte. Toen hij de gewapende bewaker zag, wilde hij helemaal niets meer zeggen.

Aan de oostkant van het gebouw bevonden zich tien appartementen die ongeveer hetzelfde waren. Hector hoorde achter een van de deuren een kind huilen en hij vroeg de bewaker zich even terug te trekken. Een jonge moeder deed open toen hij aanklopte. Ze had een baby op de arm en er verdrongen zich nog een paar kinderen om haar benen heen. Hector vertelde haar dat hij voor een advocatenkantoor werkte, dat het gebouw verkocht was en dat ze over een paar dagen weg zou moeten gaan. Ze zei eerst dat ze kraakte, maar ging toen snel in de aanval. Het was haar woning. Ze huurde hem van een zekere Johnny, die rond de vijftiende van elke maand honderd dollar kwam halen. Er stond niets op schrift. Ze wist niet wie de eigenaar van het gebouw was; Johnny was haar enige contactpersoon. Ze zat er al drie maanden en kon niet weg, want ze kon nergens anders heen. Ze werkte twintig uur per week in een supermarkt.

Hector zei dat ze haar spullen moest inpakken en zich op haar vertrek moest voorbereiden. Het gebouw zou over tien dagen worden gesloopt. Ze wond zich op. Hector provoceerde haar nog meer. Hij vroeg of ze kon bewijzen dat ze huur betaalde. Ze vond haar portemonnee, onder het bed, en gaf hem een stukje papier, een kassabon van een supermarkt. Op de achterkant had iemand geschreven: ONTV. V. LONTAE BURTON, 15 JAN., $100 HUUR.

De memo was twee pagina's lang. Maar er zat een derde pagina aan vast, een kopie van het nauwelijks leesbare kassabonnetje. Hector had het van haar gekregen, er een kopie van gemaakt en het origineel aan de memo vastgeniet. Het was inderhaast geschreven en door het kopiëren nog slechter leesbaar geworden, maar het was verbijsterend. Ik moet een of ander uitbundig geluid hebben gemaakt, want de taxichauffeur keek ineens op en bestudeerde me in zijn spiegeltje.

De memo bevatte een zakelijke beschrijving van wat Hector had gezien, gezegd en gehoord. Er stonden geen conclusies in, geen waarschuwingen voor zijn superieuren. Ik geef ze genoeg touw, moet hij tegen zichzelf hebben gezegd, dan zullen we zien of ze zich verhangen. Hij was maar een nederige medewerker, niet iemand die adviezen mocht geven of zijn mening naar voren mocht brengen, zeker niet iemand die een zaak in de weg mocht staan.

Op het vliegveld O'Hare faxte ik de memo naar Mordecai. Als mijn vliegtuig neerstortte, of als ik beroofd werd en iemand het te pakken kreeg, wilde ik dat er diep in de archieven van de rechtswinkel nog een kopie te vinden was.

29

Omdat Lontae Burtons vader ons niet bekend was, en waarschijnlijk niemand bekend was, en omdat haar moeder en haar broers achter de tralies zaten, namen we het tactische besluit om aan de familie voorbij te gaan en een bewindvoerder als cliënt te gebruiken. Terwijl ik op maandagochtend in Chicago was, verscheen Mordecai voor een rechter en vroeg hij om de benoeming van een tijdelijke bewindvoerder voor de nalatenschap van Lontae Burton en ieder van haar kinderen. Dat was een routineaangelegenheid. De rechter was een kennis van Mordecai. Het verzoek werd binnen enkele minuten goedgekeurd, en we hadden een nieuwe cliënt. Ze heette Wilma Phelan en ze was een maatschappelijk werkster die Mordecai kende. Ze zou maar een kleine rol in de procedure spelen, en ze zou recht hebben op een erg klein honorarium in het geval dat we onze eis toegewezen kregen.

De Cohen Trust mocht in financieel opzicht dan slecht geleid zijn, hij had wel regels en voorschriften met het oog op alle denkbare aspecten van een sociaal advocatenkantoor op non-profitbasis. Leonard Cohen was advocaat geweest, en blijkbaar eentje met een voorliefde voor details. Hoewel het niet werd aangemoedigd en zelfs werd afgekeurd, mocht de rechtswinkel in een procedure om schadevergoeding wegens letsel of dood een percentage van het toegewezen bedrag bedingen – maar dat was dan wel aan een maximum van twintig procent gebonden, in tegenstelling tot het derde deel van het bedrag, zoals gebruikelijk was. Sommige advocaten namen altijd veertig procent.

Van die twintig procent mocht de rechtswinkel de helft houden; de andere tien procent ging naar de stichting. In dertien jaar tijd had Mordecai twee keer zo'n zaak gehad. De eerste had hij verloren omdat de jury hem slecht gezind was. In het tweede geval ging het om een dakloze vrouw die door een stadsbus was geraakt. Hij had een schikking getroffen voor honderdduizend dollar, hetgeen de rechtswinkel in totaal tienduizend dollar opleverde. Met dat geld had hij nieuwe telefoons en tekstverwerkers gekocht.

De rechter ging met enige tegenzin akkoord met ons contract van twintig procent. Nu waren we klaar voor het proces.

De wedstrijd begon om vijf over half acht: Georgetown tegen Syracuse. Mordecai had op de een of andere manier twee kaartjes losgepeuterd. Mijn vliegtuig arriveerde om twintig over zes op National, precies op tijd, en een halfuur later ontmoette ik Mordecai bij de oostelijke ingang van de U.S. Air Arena in Landover. We waren daar met bijna twintigduizend andere supporters. Hij gaf me een kaartje en haalde toen een dikke, ongeopende envelop uit zijn zak, die aangetekend en ter attentie van mij naar de rechtswinkel was gestuurd. Hij was afkomstig van de Orde van Advocaten.

'Dit is vandaag gekomen,' zei hij. Hij wist precies wat er in zat. 'We zien elkaar op onze plaatsen terug.' Hij verdween in een menigte studenten.

Ik scheurde de envelop open en vond ergens een plek met genoeg licht om te lezen. Mijn vrienden bij Drake & Sweeney gooiden alles in de strijd wat ze hadden.

Het was een formele klacht, ingediend bij het Hof van Appel. Ik werd beschuldigd van onethisch gedrag. De beschuldigingen namen drie bladzijden in beslag, maar hadden ook in één goede alinea kunnen worden samengevat. Ik had een dossier gestolen. Ik had het beroepsgeheim geschonden. Ik was een stoute jongen en ik moest (1) voorgoed uit de advocatuur worden gezet, dan wel (2) voor vele jaren worden geschorst en/of (3) publiekelijk worden berispt. En omdat het dossier nog steeds niet terug was, was het een dringende aangelegenheid en moest er vaart achter het onderzoek en de procedure worden gezet.

Er zaten kennisgevingen, formulieren en andere papieren bij die ik nauwelijks een blik waardig keurde. Het was een hele schok. Ik moest even tegen een muur leunen om na te denken. Zeker, ik had wel verwacht dat de Orde van Advocaten werd ingeschakeld. Het zou onrealistisch zijn geweest om te denken dat het kantoor niet alle mogelijke wegen zou bewandelen om het dossier terug te krijgen. Maar ik had gedacht dat ze voorlopig wel even genoeg zouden hebben aan mijn arrestatie.

Blijkbaar niet. Ze wilden bloed zien. Het was een typische strategie van een groot advocatenkantoor, keihard, zonder enig mededogen, en ik begreep het volkomen. Wat ze niet wisten, was dat ik de volgende morgen om negen uur het genoegen zou smaken een eis van tien miljoen tegen hen in te dienen vanwege hun schuld aan de dood van de Burtons.

Zag ik het goed, dan konden ze verder weinig tegen me ondernemen. Geen huiszoekingsbevelen meer. Geen aangetekende brieven meer. Alles lag nu op tafel, alle lijnen waren getrokken. In zekere zin was het een opluchting om de papieren in handen te hebben.

En het was ook angstaanjagend. Sinds ik tien jaar geleden aan mijn rechtenstudie begon, had ik nooit serieus overwogen om op een ander terrein te gaan werken. Wat zou ik doen als ik uit de advocatuur werd gezet?

Aan de andere kant: Sofia mocht ook niet als advocaat optreden en was toch mijn gelijke.

Mordecai en ik kwamen elkaar weer tegen op de gang die naar onze plaatsen leidde. Ik vatte het verzoek aan de Orde voor hem samen. Hij bood me zijn condoléances aan.

Hoewel het een spannende en opwindende wedstrijd beloofde te worden, ging het ons niet om het basketbal zelf. Jeff Mackle werkte parttime als bewaker voor Rock Creek Security, onder andere bij basketbalwedstrijden. Sofia had hem in de loop van de dag opgespoord. We namen aan dat hij een van de honderd geüniformeerde bewakers was die in het gebouw rondhingen en gratis naar de wedstrijd keken en naar de meisjesstudenten loerden.

We hadden geen idee of hij oud, jong, blank, zwart, dik of slank was, maar de bewakers hadden naamplaatjes boven hun linker borstzak. We liepen door de gangen en tussenpaden. Het liep al tegen de rust toen Mordecai hem vond. Hij stond bij het kaartjes-

loket van ingang D, een plek waar ik al twee keer was geweest.
Mackle was groot, blank en ongeveer van mijn leeftijd. Hij had een
doodgewoon gezicht, zijn nek en biceps waren kolossaal, zijn borst
was dik en rond. Mijn confrère en ik overlegden even. Het leek ons
het beste als ik hem benaderde.

Met een van mijn visitekaartjes tussen mijn vingers liep ik nonchalant naar hem toe en stelde me voor: 'Meneer Mackle, ik ben
Michael Brock, advocaat.'

Hij keek me aan met de blik die je meestal na zo'n begroeting
krijgt, en nam het kaartje zwijgend aan. Ik had zijn geflirt met de
kaartjesverkoopster onderbroken.

'Mag ik u een paar vragen stellen?' zei ik als een echte rechercheur
van Moordzaken.

'U vraagt maar. Misschien geef ik antwoord.' Hij knipoogde naar
de kaartjesverkoopster.

'Hebt u ooit bewakingswerk voor Drake & Sweeney gedaan, een
groot advocatenkantoor hier in Washington?'

'Misschien.'

'Hebt u ze zelfs geholpen bij ontruimingen?'

Ik had een gevoelige snaar geraakt. Zijn gelaatsuitdrukking werd
meteen hard en het gesprek was zo goed als voorbij. 'Ik geloof van
niet,' zei hij, en hij wendde zijn ogen af.

'Weet u het zeker?'

'Ja, ik weet het zeker. Het antwoord is nee.'

'U hebt dat kantoor niet geholpen op 4 februari een pakhuis vol
krakers te ontruimen?'

Hij schudde zijn hoofd, zijn kaken op elkaar, zijn ogen half dicht-
geknepen. Iemand van Drake & Sweeney was al bij de heer Mackle
op bezoek geweest. Of wat nog waarschijnlijker was: het kantoor
had zijn werkgever onder druk gezet.

Hoe dan ook, Mackle keek me ijzig kalm en onbewogen aan. De
kaartjesverkoopster had alleen maar aandacht voor haar nagels. Ik
was buitengesloten.

'Vroeg of laat moet u antwoord geven op mijn vragen,' zei ik.

De spieren in zijn kaak vertrokken, maar hij zei niets. Ik besloot
niet verder aan te dringen. Hij was nogal een ruw type, zo'n type
dat elk moment met zijn vuisten kon gaan werken om een eenvoudige straatadvocaat tegen de vlakte te slaan. Ik had de afgelopen
veertien dagen al genoeg verwondingen opgelopen.

Ik keek tien minuten naar de tweede helft en ging toen weg met kramp in mijn rug, een nawerking van het auto-ongeluk.

Het motel was een van de nieuwe motels aan de noordelijke rand van Bethesda. Ook veertig dollar per nacht, en na drie nachten kon ik me geen opsluittherapie voor Ruby meer permitteren. Megan was van mening dat het tijd werd dat ze terugkwam. Pas op straat zou blijken of ze echt clean kon blijven.

Op dinsdagmorgen klopte ik om half acht op haar deur op de eerste verdieping, kamer 120, zoals Megan me had doorgegeven. Er werd niet opengedaan. Ik klopte opnieuw en opnieuw en probeerde de deurknop. De deur zat op slot. Ik ging vlug naar de hal en vroeg de receptie de kamer te bellen. Opnieuw geen antwoord. Niemand had de kamer opgezegd. Er was ook niets ongewoons gemeld.

Er werd een assistent-manager gehaald, en ik overtuigde haar ervan dat het een noodgeval was. Ze piepte een bewaker op en we gingen met zijn drieën naar de kamer. Onderweg legde ik uit wat we met Ruby deden, en waarom de kamer niet op haar naam stond. De assistent-manager vond het geen prettig idee dat haar mooie motel voor het afkicken van crackverslaafden werd gebruikt.

De kamer was leeg. Het bed was keurig opgemaakt. Uit niets bleek dat het die nacht was gebruikt. Alle voorwerpen lagen op hun plaats, en geen van haar bezittingen was achtergebleven.

Ik bedankte hen en ging weg. Het motel stond minstens vijftien kilometer van ons kantoor vandaan. Ik belde Megan om haar te waarschuwen en vocht me toen met een miljoen forensen een weg terug naar de stad. Om kwart over acht belde ik vanuit de file naar kantoor en vroeg Sofia of ze Ruby had gezien. Dat had ze niet.

De aanklacht was kort en zakelijk. Wilma Phelan, bewindvoerder van de nalatenschap van Lontae Burton en haar kinderen, diende een aanklacht in tegen RiverOaks, Drake & Sweeney en TAG, Inc., die ze beschuldigde van een illegale ontruiming. De logica was eenvoudig; het oorzakelijk verband was duidelijk. Onze cliënten zouden niet in hun auto hebben geslapen als ze niet uit hun woning waren gegooid. En ze zouden niet zijn gestorven als ze niet in hun auto hadden geslapen. Het was een mooie aansprakelijkheidstheorie, des te aantrekkelijker omdat ze zo eenvoudig was. Elke jury in het land zou de redenering kunnen volgen.

De nalatigheid en/of opzettelijke handelingen van de gedaagden hadden tot de sterfgevallen geleid, die te voorzien waren. Er gebeurden vreselijke dingen met mensen die op straat leefden, vooral met alleenstaande moeders met kleine kinderen. Als je ze ten onrechte uit hun huis gooide, moest je ervoor boeten wanneer hun iets overkwam.

We hadden er even over gedacht om ook een eis in te dienen in verband met Meneers dood. Ook hij was ten onrechte uit zijn woning gezet, maar je kon niet zeggen dat zijn dood te voorzien was geweest. Toen ze hem onrecht aandeden, hadden ze niet kunnen voorzien dat hij mensen zou gijzelen en daarbij zou worden doodgeschoten. Bovendien zou de jury weinig sympathie voor hem kunnen opbrengen. We lieten Meneer voorgoed rusten.

Drake & Sweeney zou de rechter onmiddellijk vragen mij te gelasten het dossier over te dragen. De kans was groot dat de rechter me daartoe zou dwingen, en daarmee zou mijn schuld vast komen te staan. Het zou me ook mijn bevoegdheid om mijn beroep van advocaat uit te oefenen kunnen kosten. Bovendien zou de rechter eventueel bewijsmateriaal dat aan het gestolen dossier was onttrokken onrechtmatig kunnen verklaren.

Mordecai en ik namen dinsdag de definitieve tekst door, en hij vroeg me opnieuw of ik het wilde doorzetten. Hij was bereid de zaak te laten rusten om mij te beschermen. We hadden daar meermalen over gesproken. We hadden zelfs een strategie uitgedacht: we zouden de Burton-aanklacht intrekken en een wapenstilstand met Drake & Sweeney sluiten om mijn naam te zuiveren, dan zouden we een jaar wachten tot de gemoederen tot bedaren waren gekomen en daarna de zaak doorspelen aan een vriend van hem die in een ander deel van de stad opereerde. Het was een slechte strategie en we zagen er bijna meteen van af.

Hij ondertekende de aanklacht en we gingen naar de rechtbank. Hij reed, en ik las de tekst nog eens door. De bladzijden leken zwaarder te worden bij elke kilometer die we reden.

Het zou op onderhandelingen uitdraaien. De publiciteit zou schadelijk zijn voor Drake & Sweeney, een kantoor met een immense trots, een immens ego, een kantoor dat gebouwd was op fundamenten als geloofwaardigheid, dienstverlening en betrouwbaarheid. Ik kende de mentaliteit, de persoonlijkheid, de cultus van grote advocaten die niet verkeerd konden doen. Ik wist hoe bang ze waren om in welk opzicht dan ook voor slecht te worden aangezien. Ze voelden zich schuldig omdat ze zoveel geld verdienden en wilden dan ook erg graag de indruk wekken dat ze begaan waren met het lot van minder fortuinlijken.

Drake & Sweeney zat fout, al vermoedde ik dat het kantoor niet precies besefte hoe fout. Ik stelde me voor dat Braden Chance angstig achter zijn afgesloten deur zat, hopend dat het allemaal vanzelf voorbij zou gaan.

Maar ik zat ook fout. Misschien konden we elkaar ergens halverwege tegemoet komen. Misschien konden we het op een akkoordje gooien. Zo niet, dan zou Mordecai Green op een dag het genoegen smaken de zaak-Burton aan een welgezinde jury voor te leggen en een fortuin op te eisen. En het kantoor zou het genoegen smaken mijn strafzaak wegens gekwalificeerde diefstal tot het uiterste te voeren, tot een punt waar ik liever niet aan dacht.

De zaak-Burton zou nooit tot een procedure komen. Ik kon nog steeds denken als een advocaat van Drake & Sweeney. Ze zouden doodsbang zijn dat ze met een Washingtonse jury te maken kregen. Zodra ze in verlegenheid werden gebracht, zouden ze naar een manier zoeken om hun verlies te beperken.

Tim Claussen, een studievriend van Abraham, was verslaggever bij de *Washington Post*. Hij stond voor de griffie te wachten, en we gaven hem een kopie van de aanklacht. Hij las hem door terwijl Mordecai het origineel indiende, en stelde toen vragen, die we graag wilden beantwoorden, maar dan wel *off the record*.

De Burton-tragedie was hard op weg een politiek en sociaal heet hangijzer in Washington te worden. De schuld werd met duizelingwekkende snelheid doorgeschoven. De verschillende gemeentediensten gaven elkaar de schuld. De gemeenteraad gaf de schuld aan de burgemeester, die het de gemeenteraad weer kwalijk nam en tegelijk ook het Congres. Sommige rechtse Congresleden gaven uiteindelijk de schuld aan de burgemeester, de gemeenteraad en de hele stad.

Het idee om dit alles toe te schrijven aan een stel rijke blanke advocaten was goed voor een schitterend verhaal. Claussen – hard, scherp, afgestompt door jaren van journalistiek – kon zijn enthousiasme niet onderdrukken.

De onverhoedse aanval die de pers op Drake & Sweeney zou doen, zat mij absoluut niet dwars. Een week geleden had het kantoor de regels van het spel bepaald door een journalist te vertellen dat ik gearresteerd was. Ik stelde me voor dat Rafter en zijn vrolijke troepje procesvoerders allemaal gretig om de vergadertafel hadden zitten knikken: ja, natuurlijk moesten ze de media van mijn arrestatie op de hoogte stellen, en dat niet alleen: ze zouden er ook een mooie foto van de misdadiger bij doen. Dat zou zo vernederend voor mij zijn dat ik er spijt van kreeg en me gedwongen zou voelen het dossier op te hoesten en alles te doen wat ze wilden.

Ik kende die mentaliteit. Ik wist hoe het spel werd gespeeld.

Ik had er geen enkel probleem mee om die journalist te helpen.

30

De intake in de CCNV, in mijn eentje en twee uur te laat. De cliënten zaten geduldig op de vuile vloer van de hal te wachten. Sommigen waren ingedommeld, anderen lazen een krant. Ernie met de
sleutels was niet blij met mijn late komst; hij had zelf ook een tijd-
schema. Hij maakte de intakekamer voor me open en gaf me een
klembord met de namen van dertien cliënten. Ik riep de eerste op.
Ik stond er versteld van hoe ver ik in een week was gekomen. Een
paar minuten geleden was ik het gebouw ingelopen zonder bang te
zijn dat ik overhoop werd geschoten. Ik had in de hal op Ernie
gewacht zonder erbij stil te staan dat ik blank was. Ik luisterde
geduldig maar efficiënt naar mijn cliënten, want ik wist wat ik
moest doen. Ik zag er zelfs zo uit als van me werd verwacht. Mijn
baard was meer dan een week oud; mijn haar hing een beetje over
mijn oren en vertoonde de eerste tekenen van verwaarlozing; de
vouw was uit mijn kakibroek; mijn blauwe blazer was gekreukt;
mijn das hing een beetje los. De Nikes waren nog stijlvol maar
zagen er versleten uit. Nu nog een hoornen bril en ik zou het proto-
type van de sociale advocaat zijn.
Niet dat het de cliënten iets kon schelen. Ze wilden iemand die
naar hen luisterde. Dat was mijn taak. De lijst groeide aan tot
zeventien, en ik zat vier uur lang te praten. Ik dacht niet meer aan
het komende gevecht met Drake & Sweeney. Ik dacht niet

meer aan Claire, al kostte me dat, triest genoeg, veel minder moeite. Ik dacht zelfs niet meer aan Hector Palma en mijn reis naar Chicago.

Maar Ruby Simon kon ik niet vergeten. Op de een of andere manier bracht ik iedere nieuwe cliënt met haar in verband. Ik maakte me geen zorgen meer om haar veiligheid; ze had zich veel langer op straat gehandhaafd dan ik ooit zou kunnen. Maar waarom zou ze een schone motelkamer met een televisie en een douche verlaten en door de stad gaan zwerven om haar oude auto te zoeken?

Ze was verslaafd: dat was het simpele, onvermijdelijke antwoord. Crack was een magneet die haar weer naar de straat trok.

Als ik haar nog geen drie nachten in motels buiten de stad opgesloten kon houden, hoe kon ik haar dan ooit helpen clean te worden? Die beslissing was niet aan mij.

Aan het eind van de middag werden mijn werkzaamheden onderbroken door een telefoontje van mijn oudste broer Warner. Hij was voor zaken in de stad, onverwachts, en zou me eerder hebben gebeld als hij mijn nieuwe nummer had geweten. Zouden we ergens samen kunnen gaan eten? Hij betaalde, zei hij voordat ik antwoord kon geven, en hij had van een geweldig nieuw restaurant gehoord. Het heette Danny O's en een vriend van hem had daar een week geleden nog gegeten – fantastische gerechten! Ik had een hele tijd niet aan een dure maaltijd gedacht.

Ik ging akkoord met Danny O's.

Na beëindiging van ons gesprek keek ik nog een hele tijd naar de telefoon. Ik wilde Warner niet ontmoeten, want ik wilde niet naar Warner luisteren. Hij was niet voor zaken in de stad, al gebeurde dat ongeveer een keer per jaar. Ik was er vrij zeker van dat mijn ouders hem hadden gestuurd. Ze zaten daar in Memphis verdriet te hebben over weer een scheiding, en daar was mijn plotselinge val van de maatschappelijke ladder ook nog bij gekomen. Iemand moest eens met me gaan praten. Het was altijd Warner.

We ontmoetten elkaar in de drukke bar van Danny O's. Het was trendy, luidruchtig en te duur, precies wat ik had verwacht.

Voordat we elkaar de hand konden drukken of elkaar konden omhelzen, deed hij een stap achteruit om mijn nieuwe image te kunnen bekijken. Baard, kapsel, kakibroek, alles.

'Een echte radicaal,' zei hij met een mengeling van humor en sarcasme.
'Ik ben blij je te zien.' Ik probeerde zijn theatrale gedoe te negeren.
'Je ziet er mager uit,' zei hij.
'Jij niet.'
Hij klopte op zijn buik alsof er elke dag een paar extra pondjes aan boord waren gekomen. 'Die raak ik wel weer kwijt.' Hij was achtendertig, zag er goed uit en maakte zich nog erg druk om zijn uiterlijk. Alleen al het feit dat ik iets over zijn extra gewicht had gezegd, was voor hem genoeg om het binnen een maand te willen kwijtraken.
Warner was nu drie jaar vrijgezel. Vrouwen waren erg belangrijk voor hem. Tijdens zijn scheiding waren beschuldigingen van overspel uitgesproken, maar aan beide kanten.
'Je ziet er goed uit,' zei ik. En dat was ook zo. Maatkostuum, maatoverhemd. Dure das. Ik had een kast vol met dat spul.
'Jij ook. Ga je tegenwoordig zo naar je werk?'
'Meestal wel. Soms doe ik de das af.'
We bestelden Heineken en dronken te midden van de menigte. Alles wat een rok aan had, werd uitgebreid bekeken door Warner.
'Hoe is het met Claire?' vroeg hij. We hadden de inleidende opmerkingen nu achter de rug.
'Goed, denk ik. We hebben echtscheiding aangevraagd, op gemeenschappelijk verzoek. Ik woon niet meer bij haar.'
'Is ze gelukkig?'
'Ik denk dat ze blij is van me af te zijn. Ze is nu vast gelukkiger dan een maand geleden.'
'Heeft ze iemand anders gevonden?'
'Ik denk van niet,' zei ik. Ik moest voorzichtig zijn, want alles of bijna alles van wat we zeiden zou aan mijn ouders worden herhaald, vooral wanneer de scheiding een scandaleuze achtergrond had. Ze zouden graag de schuld aan Claire willen geven, en als ze dachten dat ze op overspel was betrapt, zou de scheiding een begrijpelijke zaak zijn.
'En jij?' vroeg hij.
'Ik ook niet. Ik heb mijn broek aangehouden.'
'Waarom dan die scheiding?'
'Een hoop redenen. Daar wil ik het nu liever niet over hebben.'
Dat was niet zijn bedoeling. Hij had zelf een zware scheiding

gehad. Beide partijen hadden om het gezag over de kinderen gevochten. Hij had me alle details verteld, soms tot vervelens toe. En nu wilde hij van mijn kant hetzelfde.

'Op een dag werden jullie wakker en besloten jullie te gaan scheiden?'

'Je hebt het zelf doorgemaakt, Warner. Zo simpel is het niet.'

De ober leidde ons diep het restaurant in. We kwamen langs een tafel waar Wayne Umstead zat in het gezelschap van twee mannen die ik niet herkende. Umstead was een medegijzelaar geweest, degene die door Meneer naar de deur was gestuurd om het voedsel te halen, de man die bijna door de kogel van de scherpschutter was getroffen. Hij zag me niet.

Een exemplaar van de aanklacht was om elf uur 's morgens, toen ik op de CCNV was, uitgereikt aan Arthur Jacobs, voorzitter van het bestuur. Omdat Umstead geen maat was, vroeg ik me af of hij überhaupt wíst dat er een aanklacht was ingediend.

Natuurlijk wist hij het wel. In de loop van de middag was er in het hele kantoor haastig overleg gepleegd. Het nieuws was ingeslagen als een bom. Er moest een verdediging worden opgebouwd, een tactiek bepaald, een actieplan opgesteld. Geen woord tegen iemand buiten het kantoor. Aan de oppervlakte zou de aanklacht worden genegeerd.

Jammer genoeg was onze tafel niet te zien vanaf die van Umstead. Ik keek om me heen om zeker te weten dat er geen andere schurken in het restaurant waren. Warner wilde een martini voor ons beiden bestellen, maar ik zei vlug dat ik niet wilde. Voor mij alleen water.

Bij Warner ging alles met veel vaart. Werken, spelen, eten, drinken, vrouwen, zelfs boeken en oude films. Hij was bijna doodgevroren in een sneeuwstorm op een Peruviaans monument, en hij was door een dodelijke waterslang gebeten toen hij in Australië aan het diepzeeduiken was. Na zijn scheiding had hij zich opmerkelijk snel kunnen aanpassen, vooral omdat hij zoveel had waarmee hij zijn zinnen kon verzetten: reizen, deltavliegen, bergen beklimmen, met haaien vechten en vrouwen versieren op wereldwijde schaal.

Als maat in een groot kantoor in Atlanta verdiende hij bakken met geld. En hij gaf er ook een heleboel van uit. Het diner ging over geld.

'Water?' vroeg hij vol walging. 'Kom nou. Drink iets.'

'Nee,' protesteerde ik. Warner zou van martini's op wijn overschakelen. Het zou laat zijn als we het restaurant verlieten, en dan zou hij nog tot vier uur achter zijn laptop gaan zitten. De lichte kater die hij zou hebben, zou hij van zich afzetten. Dat was voor hem niets bijzonders.

'Slappeling,' mompelde hij. Ik keek in het menu. Hij keek of hij interessante vrouwen zag.

Zijn drankje kwam en we bestelden. 'Vertel me eens over je werk,' zei hij. Hij deed echt heel erg zijn best om de indruk te wekken dat het hem interesseerde.

'Waarom?'

'Omdat het fascinerend moet zijn.'

'Waarom zeg je dat?'

'Je bent weggelopen van een fortuin. Daar moet je wel een verdomd goede reden voor hebben gehad.'

'Ik heb zo mijn redenen, en die zijn goed genoeg voor mij.'

Warner had het initiatief tot deze ontmoeting genomen. Hij wist precies wat hij wilde en ook wat hij zou doen om zijn doel te bereiken. Ik wist nog steeds niet precies waar hij heen wilde.

'Ik ben vorige week gearresteerd,' zei ik om hem af te leiden. De schok was zo groot dat het me lukte.

'Wat?'

Ik vertelde hem het verhaal en rekte het door hem alle bijzonderheden te vertellen, want nu had ik de leiding van het gesprek. Hij keurde mijn diefstal af, maar ik probeerde me op dat punt niet te verdedigen. Het dossier zelf was ook een ingewikkelde zaak. Daar wilden we geen van beiden nader op ingaan.

'Dus de brug met Drake & Sweeney heb je achter je verbrand?' vroeg hij toen we aan het eten waren.

'Voorgoed.'

'Hoe lang ben je van plan in de sociale advocatuur te blijven werken?'

'Ik ben nog maar net begonnen. Ik heb nog niet aan het eind gedacht. Hoezo?'

'Hoe lang kun je voor niets werken?'

'Zolang ik me in leven kan houden.'

'Dus overleving is de norm?'

'Voorlopig wel. Wat is jouw norm?' Het was een belachelijke vraag.

'Geld. Hoeveel ik verdien; hoeveel ik uitgeef; hoeveel ik opzij kan leggen en kan zien groeien, zodat ik op een dag een grote pot vol heb en me nergens meer zorgen over hoef te maken.'

Ik had dat al vaker gehoord. Openlijke hebzucht als hoogste goed. Het was een iets primitievere versie van wat ons als kinderen was geleerd. Hard werken en veel geld verdienen, en op de een of andere manier zou de samenleving als geheel daar baat bij hebben. Hij tartte me om kritiek uit te oefenen, maar ik had geen trek in die discussie. Het zou een gevecht zonder winnaars zijn, een verbeten remise.

'Hoeveel heb je?' vroeg ik. Als hebzuchtige rotzak was Warner trots op zijn rijkdom.

'Als ik veertig ben, heb ik een miljoen dollar in beleggingsfondsen. Als ik vijfenveertig ben, heb ik drie miljoen. Als ik vijftig ben, zijn het er tien. En dan loop ik de deur uit.'

We kenden die cijfers uit ons hoofd. Grote advocatenkantoren waren overal hetzelfde.

'En jij?' vroeg hij, terwijl hij een mes nam en een scharrelkip te lijf ging.

'Tja, eens kijken. Ik ben tweeëndertig en ik heb een netto vermogen van zo'n vijfduizend dollar. Als ik vijfendertig ben, moet dat, als ik hard werk en geld opzij leg, zo'n tienduizend zijn. Op mijn vijftigste zou ik zo'n twintigduizend dollar in beleggingsfondsen kunnen hebben.'

'Dat is iets om je op te verheugen. Achttien jaar armoede.'

'Jij weet niets van armoede.'

'Misschien toch wel. Voor mensen als wij is armoede een goedkope woning, een gebruikte auto met deuken en kreukels, slechte kleren, geen geld om te reizen en plezier te maken en iets van de wereld te zien, geen geld om te sparen of te beleggen, geen pensioenvoorziening, geen vangnet, niets.'

'Precies. Je hebt net bewezen dat ik gelijk heb. Jij weet helemaal niets van armoede. Hoeveel ga je dit jaar verdienen?'

'Negenhonderdduizend.'

'Ik dertigduizend. Wat zou je doen als iemand je dwong om voor dertigduizend dollar te werken?'

'Zelfmoord plegen.'

'Dat wil ik wel geloven. Ik geloof echt dat je een pistool zou nemen en de hersenen uit je hoofd zou schieten; dat altijd nog liever dan dat je voor dertigduizend dollar zou werken.'

'Je vergist je. Ik zou pillen nemen.'

'Lafaard.'

'Ik zou nooit voor zo weinig geld werken.'

'O, je zou wel voor zo weinig geld kunnen werken, maar je zou niet van zo weinig geld kunnen leven.'

'Dat is hetzelfde.'

'Kijk, daar zit hem nou het verschil tussen jou en mij,' zei ik.

'Natuurlijk is er verschil tussen ons. Maar hoe zijn wij zo verschillend geworden, Michael? Een maand geleden was je net als ik. En moet je je nu eens zien: die belachelijke bakkebaarden en die vale kleren, al die onzin over het dienen van mensen en het redden van de mensheid. Op welk punt is het misgegaan met jou?'

Ik haalde diep adem en genoot van de humor van zijn vraag. Hij ontspande ook. We waren te beschaafd om in het openbaar ruzie te maken.

'Je bent een stommeling, weet je.' Hij boog zich naar me voorover. 'Je was hard op weg naar een plek in de maatschap. Je bent intelligent en getalenteerd, vrijgezel, je hebt geen kinderen. Je zou op je vijfendertigste een miljoen dollar per jaar kunnen verdienen. Je kunt toch wel rekenen?'

'Het is al gebeurd, Warner. Ik heb mijn liefde voor het geld verloren. Geld is de vloek van de duivel.'

'Wat origineel. Laat me je iets vragen. Wat ga je doen als je op een dag wakker wordt en je bent, laten we zeggen, zestig jaar oud? Je hebt er genoeg van om de wereld te redden, want die is toch niet te redden. Je hebt geen pot om in te pissen, geen stuiver, geen kantoor, geen maten, geen vrouw die een smak geld verdiend als hersenchirurg, niemand die je kan opvangen. Wat ga je dan doen?'

'Nou, daar heb ik over nagedacht, en ik denk dat ik dan een grote broer heb die stinkend rijk is. En dus ga ik jou bellen.'

'En als ik dood ben?'

'Zet me in je testament. De verloren broer.'

We raakten geïnteresseerd in ons eten en het gesprek zakte weg. Warner was arrogant genoeg om te denken dat een directe confrontatie mij bij mijn verstand zou kunnen brengen. Een paar steekhoudende opmerkingen van hem over de consequenties van mijn misstappen, en ik zou dat armoedegedoe overboord zetten en een echte baan nemen. 'Ik praat wel met hem,' kon ik hem tegen mijn ouders horen zeggen.

Hij had nog enkele argumenten over. Hij vroeg wat de secundaire arbeidsvoorwaarden in de rechtswinkel waren. Uiterst beperkt, zei ik. En een pensioenplan? Niet dat ik wist. Hij was van mening dat ik me maar een paar jaar aan het redden van arme mensen moest wijden en daarna in de echte wereld moest terugkeren. Ik bedankte hem. En hij gaf me het voortreffelijke advies om op zoek te gaan naar een gelijkgezinde vrouw, maar dan wel met geld, en met haar te trouwen.

We namen afscheid op het trottoir voor het restaurant. Ik verzeker-de hem dat ik wist wat ik deed, dat het goed met me zou komen en dat hij een optimistisch verslag aan onze ouders moest uitbrengen.

'Praat ze geen zorgen aan, Warner. Zeg tegen ze dat alles hier gewel-dig is.'

'Bel me als je honger krijgt,' zei hij, in een poging tot humor.

Ik zwaaide naar hem en liep weg.

De Pylon Grill was een dag en nacht geopend cafetaria in Foggy Bottom, dicht bij de George Washington-universiteit. Het etablis-sement stond bekend als een pleisterplaats van slapelozen en nieuwsverslaafden. De eerste editie van de *Washington Post* kwam elke avond kort voor twaalf uur, en dan was het er zo druk als in een goede broodjeszaak in de middagpauze. Ik kocht een krant en ging aan de bar zitten. Het was een vreemd gezicht: iedereen was daar verdiept in het nieuws. Het viel me op hoe rustig het in de Pylon was. De *Post* was net gearriveerd, enkele minuten voordat ik bin-nenkwam, en zo'n dertig mensen bogen zich over hun krant alsof er een oorlog was uitgebroken.

Het verhaal was typisch iets voor de *Post*. Het begon op pagina één, onder een vette kop, en ging verder op pagina tien, waar de foto's stonden – een foto van Lontae, dezelfde die ook op de protestbor-den had gestaan, een foto van Mordecai toen hij tien jaar jonger was, en drie foto's die uiterst vernederend waren voor de confrères bij Drake & Sweeney: Arthur Jacobs in het midden, links van hem een boevenfoto van Tillman Gantry, en rechts van hem een boeven-foto van DeVon Hardy, die alleen met het verhaal te maken had doordat hij uit dat pakhuis was gezet en gestorven was onder omstandigheden die nieuwswaarde hadden.

Arthur Jacobs, geflankeerd door twee criminelen, twee Afro-Ameri-kaanse criminelen met kleine nummers op hun borst: naast elkaar op pagina tien van de *Post*.

Ik zag ze al in hun kantoren en vergaderkamers bij elkaar zitten, de deur op slot, de telefoon van de haak, alle afspraken afgezegd. Ze zouden hun tegenmaatregelen uitdenken, honderd verschillende strategieën ontwikkelen, hun public-relationsmensen erbij halen. Het zou hun absolute dieptepunt zijn.

De faxoorlogen zouden vroeg beginnen. Kopieën van het illustere trio zouden naar advocatenkantoren van kust tot kust worden gefaxt, en op alle grote kantoren zou hartelijk worden gelachen.

Gantry zag er erg bedreigend uit. Het zat me niet lekker dat we hem als tegenstander hadden.

En dan was er nog de foto van mij, dezelfde foto die de krant op de vorige zaterdag had gebruikt, toen mijn arrestatie werd bekendgemaakt. Ik werd de schakel tussen het kantoor en Lontae Burton genoemd, al kon de verslaggever niet weten dat ik haar persoonlijk had ontmoet.

Het was een lang en grondig verhaal. Het begon met de ontruiming en met al degenen die daarbij betrokken waren geweest, inclusief Hardy, die zeven dagen later in het kantoor van Drake & Sweeney opdook, waar hij een aantal mensen gijzelde, onder wie mijzelf. Van mij ging het naar Mordecai en naar de dood van de Burtons. Mijn arrestatie kwam ook ter sprake, al had ik de verslaggever niet veel over het betwiste dossier verteld.

Hij hield zich aan zijn belofte: we werden niet met naam genoemd, alleen als 'welingelichte bronnen'. Ik had het zelf niet beter kunnen schrijven.

Geen woord van een van de gedaagden. Blijkbaar had de verslaggever weinig of geen moeite gedaan om contact met hen op te nemen.

31

Warner belde me om vijf uur 's morgens vanuit zijn hotelsuite. 'Ben je wakker?' vroeg hij. Hij was zelf klaarwakker en vuurde zo'n honderd opmerkingen en vragen over het proces op me af. Hij had de krant gelezen.
Terwijl ik een beetje warm probeerde te blijven in mijn slaapzak, hoorde ik hem aan. Hij vertelde me precies hoe ik de zaak moest aanpakken. Warner was procesadvocaat, een erg goede, en hij werd opgewonden bij de gedachte aan de indruk die de zaak-Burton op een jury zou maken. We hadden niet genoeg schadevergoeding gevraagd – tien miljoen was niet genoeg. Als de jury goed was, kon je een bijna onbegrensd bedrag vragen. O, wat zou hij deze zaak graag zelf doen. En Mordecai? Was dat een procesadvocaat?
En het honorarium? We hadden toch wel een contract van veertig procent? Misschien was er toch nog hoop voor mij.
'Tien procent,' zei ik, nog steeds in het donker van mijn kamer.
'Wat? Tien procent? Zijn jullie gek geworden?'
'Wij zijn een non-profitkantoor,' probeerde ik uit te leggen, maar hij luisterde niet. Hij schold me uit omdat ik niet hebzuchtiger was.
Het dossier was een groot probleem, zei hij, alsof wij daar nog niet aan hadden gedacht. 'Kunnen jullie het zonder het dossier ook bewijzen?'
'Ja.'

Hij barstte in lachen uit bij het idee dat die ouwe Jacobs in de krant stond met aan beide zijden een crimineel. Over twee uur vertrok zijn vliegtuig naar Atlanta. Om negen uur zou hij weer achter zijn bureau zitten. Hij kon bijna niet wachten tot hij de foto's liet rondgaan. Hij zou ze meteen naar Californië faxen.

Hij hing midden in een zin op.

Ik had drie uur geslapen. Ik draaide me een paar keer om, maar de slaap wilde niet meer komen. Er hadden zich de laatste tijd zoveel veranderingen in mijn leven voorgedaan dat ik niet meer rustig kon slapen.

Ik nam een douche, en ging op weg. Bij de Pakistani dronk ik koffie tot de zon opkwam, en toen kocht ik koekjes voor Ruby.

Er stonden twee onbekende auto's op de hoek van 14th en Q Street geparkeerd, dicht bij ons kantoor. Ik reed om half acht langzaam voorbij, en mijn instinct gaf me in dat ik moest doorrijden. Ruby zat niet in het portiek.

Als Tillman Gantry dacht dat geweld hem kon helpen zich tegen de aanklacht te verdedigen, zou hij niet aarzelen het te gebruiken. Mordecai had me gewaarschuwd, al was dat niet nodig geweest. Ik belde hem thuis op en vertelde wat ik had gezien. Hij zou om half negen komen, en we spraken af dat we elkaar dan zouden ontmoeten. Hij zou Sofia waarschuwen. Abraham was de stad uit.

Twee weken lang had de zaak-Burton het grootste deel van mijn aandacht gehad. Er waren andere, belangrijke dingen geweest die me hadden afgeleid – Claire, mijn verhuizing, het begin van een nieuwe carrière – maar de zaak tegen RiverOaks en mijn vorige kantoor liet me nooit lang los. Elke grote zaak bracht in de fase voordat de aanklacht werd ingediend grote drukte met zich mee. Als de bom dan was ingeslagen en het stof was gaan liggen, had je altijd even de tijd om rustig achterover te leunen.

Gantry vermoordde ons niet op de dag nadat we een aanklacht tegen hem en zijn twee medegedaagden hadden ingediend. Op kantoor verliep alles normaal. De telefoons gingen niet vaker dan gewoonlijk. Er kwamen niet meer of minder mensen. Omdat ik de zaak-Burton tijdelijk uit mijn hoofd kon zetten, kon ik me beter op mijn andere zaken concentreren.

Ik kon me alleen maar een voorstelling maken van de paniek op de marmeren gangen van Drake & Sweeney. Er zou niet geglimlacht worden, niet geroddeld worden bij de koffiemachine. Niemand maakte grappen of praatte over sport. Bij een uitvaartmaatschappij zou het nog luidruchtiger zijn.

Bij Antitrust zouden vooral degenen die me het best kenden erg somber gestemd zijn. Polly zou stoïcijns zijn, terughoudend, en even efficiënt als altijd. Rudolph zou zijn kantoor niet verlaten, behalve om met de kopstukken van het kantoor te overleggen.

Het enige trieste aspect van deze aanklacht tegen vierhonderd advocaten was het onontkoombare feit dat ze bijna allemaal niet alleen onschuldig waren aan malversaties, maar ook helemaal nergens van wisten. Het kon niemand iets schelen wat er op Vastgoed gebeurde. Verreweg de meesten kenden Braden Chance niet eens. Ik had daar al zeven jaar gewerkt voordat ik de man ontmoette, en dat gebeurde alleen omdat ik naar hem op zoek ging. Ik had met de onschuldigen te doen – de oudgedienden die een geweldig kantoor hadden opgebouwd en ons goed hadden opgeleid, de jongens van mijn jaargang die de traditie van uitmuntendheid zouden voortzetten, de nieuwkomers die opeens te horen kregen dat hun gewaardeerde werkgever op de een of andere manier verantwoordelijk was voor de dood van een aantal mensen.

Maar ik had geen medelijden met Braden Chance en Arthur Jacobs en Donald Rafter. Die hadden besloten mij bij de keel te grijpen. Ik hoopte dat ze het nu erg moeilijk hadden.

Megan pauzeerde even van alle beslommeringen die de leiding van een huis met tachtig dakloze vrouwen met zich mee bracht. We gingen een eindje rijden door Northwest. Ze had geen idee waar Ruby was, en eigenlijk verwachtten we ook niet dat we haar zouden vinden. Maar het was een goede reden om een paar minuten bij elkaar te zijn.

'Dit is niet ongewoon,' zei ze om me een beetje gerust te stellen. 'Dakloze mensen zijn in de regel erg onvoorspelbaar, vooral de verslaafden.'

'Je hebt het al vaker meegemaakt?'

'Ik heb alles al eens meegemaakt. Je leert je er niet druk om te maken. Als een cliënt van zijn verslaving af komt, een baan vindt, een woning krijgt, zeg je een stil gebedje van dank. Maar je windt je niet op als er een Ruby voorbij komt die je hart breekt. Er zijn nu eenmaal wat meer dalen dan bergen.'

'Hoe voorkom je dat je depressief wordt?'

'Je put kracht uit de cliënten. Het zijn heel bijzondere mensen. De meesten maken vanaf hun geboorte al geen schijn van kans, en toch houden ze zich in leven. Ze struikelen en vallen, maar ze staan op en blijven het proberen.'

Drie blokken van de rechtswinkel vandaan kwamen we langs een garage waarachter een groot aantal autowrakken stond. De voorkant werd bewaakt door een grote, woeste hond met een ketting om zijn nek. Ik was niet van plan geweest om in allerlei roestige oude auto's te gaan zoeken, en de hond maakte de beslissing om gewoon door te rijden nog veel gemakkelijker. We veronderstelden dat ze ergens tussen de rechtswinkel aan 14th en Naomi's aan 10th bij L Street leefde, ruwweg tussen Logan Circle en Mt. Vernon Square.

'Maar je kunt nooit weten,' zei ze. 'Ik sta er steeds weer versteld van hoe mobiel die mensen zijn. Ze hebben alle tijd, en sommigen lopen kilometers.'

We keken naar de straatmensen. Langzaam voorbijrijdend, keken we van bedelaar naar bedelaar. We wandelden door parken, keken ook daar naar de daklozen, lieten muntjes in hun bekers vallen, hoopten dat we iemand zouden zien die we kenden. Niemand.

Ik zette Megan bij Naomi's af en beloofde haar later op de middag te bellen. Ruby was een geweldig excuus geworden om met Megan in contact te blijven.

Het Congreslid uit Indiana was al aan zijn vijfde termijn bezig. Hij heette Burkholder, hij was republikein en hij had een appartement in Virginia, maar mocht in het begin van de avond graag een eindje joggen in de buurt van Capitol Hill. Zijn medewerkers vertelden de pers dat hij douchte en zich verkleedde in een van de zelden gebruikte fitnessruimten die het Congres in het souterrain van een van zijn kantoorgebouwen voor zichzelf had laten inrichten.

Burkholder was een van de vierhonderdvijfendertig leden van het Huis van Afgevaardigden. Hij was dus nagenoeg onbekend, al zat hij al jaren in Washington. Hij was gematigd ambitieus, brandschoon, een gezondheidsfreak, eenenveertig jaar oud. Hij zat in de commissie voor Landbouw en was voorzitter van een subcommissie voor budgettering.

Burkholder werd neergeschoten toen hij in het begin van woensdagavond in de buurt van Union Station in zijn eentje aan het joggen was. Hij droeg een trainingspak; had geen portefeuille bij zich, alleen kleingeld, geen zakken waarin hij iets waardevols had kunnen hebben. Er was geen duidelijk motief. Hij kwam op de een of andere manier een straatpersoon tegen, botste misschien tegen iemand op of wisselde een paar onvriendelijke woorden met iemand, en toen werden er twee schoten gelost. De ene kogel miste het Congreslid, de andere trof hem in zijn linker bovenarm, verplaatste zich tot in zijn schouder en kwam erg dicht bij zijn hals tot stilstand.

De schoten vielen niet lang na het vallen van de duisternis, op een trottoir van een straat vol late forensen. Er waren vier getuigen, die de belager allemaal beschreven als een zwarte man, type dakloze. Hij verdween in de duisternis, en toen de eerste forens was gestopt, uit zijn auto was gestapt en Burkholder te hulp was geschoten, was de man met het vuurwapen allang verdwenen.

Het Congreslid werd in allerijl naar het ziekenhuis aan George Washington gebracht, waar de kogel tijdens een twee uur durende operatie werd verwijderd. De artsen maakten bekend dat zijn toestand stabiel was.

Het was vele jaren geleden dat een lid van het Congres in Washington was doodgeschoten. Verscheidenen waren op straat beroofd, maar altijd zonder lichamelijk letsel. Die slachtoffers van straatroof hadden altijd een mooie gelegenheid om tekeer te gaan tegen de misdaad en het gebrek aan waarden en de algehele achteruitgang van alles. Alle schuld werd natuurlijk bij de andere partij gelegd.

Burkholder kon niet tekeergaan toen ik om elf uur het nieuws zag. Ik had half ingedut in mijn stoel zitten lezen en naar het boksen gekeken. Er was die dag weinig in Washington gebeurd, totdat Burkholder werd neergeschoten. De presentator maakte het ademloos bekend. Hij gaf de informatie met een mooie foto van het Congreslid op de achtergrond. Vervolgens gingen ze – *live!* – naar het ziekenhuis, waar een verslaggeefster bij de ingang van Spoedgevallen in de kou stond te huiveren, de deur waardoor Burkholder vier uur eerder naar binnen was gedragen. Maar er stond een ambulance op de achtergrond, en er waren felle lichten, en omdat ze de kijkers geen bloed of een lijk kon laten zien, moest ze het zo sensationeel mogelijk maken.

De operatie verliep goed, zei ze. Burkholders toestand was stabiel

272

en hij rustte. De artsen hadden een verklaring uitgegeven waarin in feite niets werd gezegd. Eerder was een aantal van zijn collega's in allerijl naar het ziekenhuis gegaan. Op de een of andere manier had ze hen weten over te halen om hen voor de camera te verschijnen. Drie van hen stonden dicht bij elkaar. Ze keken alle drie met gepaste ernst en somberheid, al was Burkholders leven nooit in gevaar geweest. Ze tuurden in de cameralampen en probeerden de indruk te wekken alsof het een grove inbreuk op hun persoonlijke leven was.

Ik had nooit van een van hen gehoord. Ze zeiden dat ze zich zorgen maakten over hun collega en waren veel somberder over zijn conditie dan de artsen. Zonder dat er enige druk op hen werd uitgeoefend, gaven ze hun visie op de algehele achteruitgang in Washington.

Er volgde nog een live-verslag van de plaats waar de schoten waren gevallen. Een andere bespottelijke verslaggeefster stond op de *Exacte Plaats!* waar hij gevallen was, en daar was nu eens echt iets te zien. Er was een vlek van rood bloed, en daar wees ze met een dramatisch gebaar naar, daar op het trottoir. Ze hurkte neer en raakte het trottoir bijna aan. Een politieman kwam in beeld en gaf zijn vage verslag van wat er gebeurd was.

Het was een live-verslag, maar op de achtergrond waren nog flikkerende rode en blauwe lichten van politieauto's te zien. Ik merkte dat op; de verslaggeefster niet.

Er was een schoonveegactie aan de gang. De politie van Washington was massaal bezig de straten schoon te vegen. Ze stopten de straatmensen in auto's en busjes en brachten ze weg. In de loop van de nacht veegden ze heel Capitol Hill schoon. Ze arresteerden iedereen die op een bankje sliep, in een park zat, op een trottoir bedelde, iedereen die zo te zien geen dak boven zijn hoofd had. Ze beschuldigden hen van landloperij, bedelarij of openbare dronkenschap.

Ze werden niet allemaal gearresteerd en naar het gevang gebracht. Twee busladingen werden naar Rhode Island Avenue gereden, in Northeast, en op een parkeerterrein gedumpt naast een gemeenschapscentrum met een dag en nacht geopende gaarkeuken. Een ander busje reed met elf mensen naar het Calvary-missiehuis aan T Street, vijf blokken van ons kantoor vandaan. De mannen kregen de keuze: naar de gevangenis of de straat op. Het busje liep leeg.

32

Ik nam me voor om een bed te kopen. Op de harde vloer slapen, kostte me te veel slaap, en wat had het voor zin om iets alleen aan mezelf te bewijzen? Lang voor het aanbreken van de dag zat ik in het donker in mijn slaapzak en beloofde mezelf dat ik iets zachters zou vinden om op te slapen. Ik vroeg me ook voor de duizendste keer af hoe mensen het uithielden om op trottoirs te slapen.

In de Pylon Grill was het warm en bedompt, met sigarettenrook die boven de tafels bleef hangen. Net binnen de deur wachtte de geur van koffiebonen uit de hele wereld. Zoals gewoonlijk zat het om half vijf 's morgens al vol met nieuwsjunkies.

Burkholder was de man van het uur. Zijn gezicht stond op de voor-pagina van de *Washington Post*, en er waren verschillende berichten over de man, de schoten, het politieonderzoek. Niets over de schoonveegactie. Mordecai zou me daar later over vertellen.

In het stadskatern wachtte me een aangename verrassing. Tim Claussen was blijkbaar een man met een missie. Onze aanklacht had hem geïnspireerd.

In een lang artikel behandelde hij elk van de drie gedaagden, te beginnen met RiverOaks. Het twintig jaar oude bedrijf was eigen-dom van een groep investeerders. Een van hen was Clayton Bender, een onroerendgoedmagnaat die volgens geruchten tweehonderd miljoen dollar waard was. Benders foto stond bij het verhaal, samen met een foto van het hoofdkantoor van RiverOaks in Hagerstown, Maryland. De onderneming had in twintig jaar elf kantoorgebouwen in Washington en omgeving gebouwd, en ook tal van winkelcentra in de buitenwijken van Baltimore en Washington. De totale waarde van haar bezit werd geschat op driehonderdvijftig miljoen dollar. Er waren ook veel bankschulden; de hoogte daarvan kon niet worden geschat.

De geschiedenis van het geplande sorteercentrum in Northeast werd tot in het kleinste detail beschreven. En daarna ging het over Drake & Sweeney.

Uiteraard beschikte de krant niet over een informatiebron binnen het kantoor. Telefoontjes werden niet beantwoord. Claussen gaf alleen de elementaire feiten: omvang, voorgeschiedenis, een paar beroemde advocaten. Er stonden ook twee grafieken bij het artikel, allebei ontleend aan het blad *U.S. Law*. De ene grafiek gaf de grootste tien advocatenkantoren naar grootte weer, en de andere gaf de rangorde naar de gemiddelde inkomsten van de maten in het vorige jaar. Met achthonderd advocaten was Drake & Sweeney de vijfde in grootte, en met 910.500 dollar waren de maten nummer drie.

Was ik echt weggelopen van zoveel geld?

Het laatste lid van het onwaarschijnlijke trio was Tillman Gantry, wiens kleurrijke leven gemakkelijk was na te trekken voor een journalist. Politiemannen praatten over hem. Een vroegere celgenoot uit de gevangenis bezong zijn lof. Een dominee van een of andere geloofsrichting in Northeast vertelde dat Gantry baskets voor arme kinderen had laten maken. Een ex-prostituee herinnerde zich dat hij haar vaak had geslagen. Hij werkte via twee ondernemingen: TAG en Gantry Group. Via die twee ondernemingen bezat hij drie autoslooperreinen, twee kleine winkelcentra, een appartementengebouw waar twee mensen waren doodgeschoten, zes huurhuizen, een bar waar een vrouw was verkracht, een videotheek en tal van braakliggende percelen en leegstaande panden die hij voor bijna niets van de gemeente had gekocht.

Van de drie gedaagden was Gantry de enige die wilde praten. Hij gaf toe dat hij in juli van het vorig jaar elfduizend dollar voor het pakhuis aan Florida Avenue had betaald en dat hij het op 31 januari voor tweehonderdduizend dollar aan RiverOaks had verkocht. Hij had geluk gehad, zei hij. Het gebouw was nutteloos, maar de grond waar het op stond, was veel meer waard dan elfduizend dollar.

Daarom had hij het gekocht.

Het pakhuis had altijd al krakers aangetrokken, zei hij. Hij had zich gedwongen gezien ze weg te jagen. Hij had nooit huur gevraagd en hij had ook geen idee waar dat gerucht vandaan kwam. Hij had massa's advocaten en die zouden hem vol vuur verdedigen.

Ik kwam niet in het verhaal voor. Er werd ook niets over DeVon Hardy en het gijzelingsdrama gezegd, en erg weinig over Lontae Burton en de punten van de aanklacht.

Voor de tweede dag achtereen kwam het eerbiedwaardige oude kantoor Drake & Sweeney in combinatie met een voormalige souteneur in de publiciteit. Sterker nog, in het verhaal werd gesuggereerd dat de advocaten eigenlijk nog ergere criminelen waren dan Tillman Gantry.

Morgen, werd de lezers beloofd, volgde er weer een aflevering – een blik in het droevige leven van Lontae Burton.

Hoe lang zou Arthur Jacobs toestaan dat zijn dierbare kantoor door het slijk werd gehaald? Drake & Sweeney was zo'n gemakkelijk doelwit. De *Post* kon erg hardnekkig zijn. Die verslaggever werkte blijkbaar dag en nacht door. Het ene verhaal zou tot het andere leiden.

Om twintig over negen arriveerde ik met mijn advocaat bij het Carl Moultrie Building op de hoek van 6th en Indiana, in de binnenstad. Mordecai wist waar we heen gingen. Ik was nog nooit in de buurt van het Moultrie Building geweest, het gerechtsgebouw voor civiele zaken en strafzaken in Washington. Voor de ingang stond een rij van advocaten en partijen en criminelen. Veel vaart zat er niet in de rij, want iedereen die naar binnen wilde, werd gefouilleerd en moest een metaaldetector passeren. Binnen was het een drukte van belang – een hal vol gespannen mensen en vier verdiepingen met rechtszalen.

De edelachtbare Norman Kisner zetelde op de begane grond, in zaal 14. Op de rol bij de deur stond mijn naam in de rubriek Eerste Verschijningen. Elf andere criminelen deelden die rubriek met mij. We gingen de zaal in. De rechter was nog niet aanwezig; advocaten liepen druk door elkaar heen. Mordecai verdween ergens achterin en ik ging op de tweede rij zitten. Ik las in een tijdschrift en probeerde een verveelde indruk te maken.

'Goeiemorgen, Michael,' zei iemand vanaf het middenpad. Het

was Donald Rafter. Hij hield zijn aktetas met beide handen tegen zich aan. Achter hem stond iemand die ik van Procesrecht herkende, maar ik kon me zijn naam niet herinneren.

Ik knikte. 'Hallo,' kon ik uitbrengen.

Ze liepen haastig door en vonden plaatsen aan de andere kant van de rechtszaal. Ze vertegenwoordigden de slachtoffers en hadden als zodanig het recht om bij elk onderdeel van de procedure aanwezig te zijn.

Het was maar een eerste verschijning! Ik zou voor de rechter staan terwijl hij de telastelegging voorlas. Ik zou me niet schuldig verklaren, mijn borgtocht zou worden verlengd, en ik kon weer gaan. Wat deed Rafter hier?

Het antwoord daagde me langzaam. Ik staarde naar het tijdschrift, deed mijn best om volkomen kalm te blijven en besefte ten slotte dat hij hier alleen maar was gekomen om mij eraan te herinneren dat ze de diefstal als een ernstige aangelegenheid zagen en me zo veel mogelijk op de huid zouden zitten. Rafter was de slimste en gemeenste van alle procesadvocaten. Het was de bedoeling dat ik beefde van angst zodra ik hem in de rechtszaal zag.

Om half tien kwam Mordecai de zaal weer in en gaf me een teken. De rechter wachtte in zijn kamer op me. Mordecai stelde me aan hem voor en we gingen met zijn drieën om een kleine tafel zitten.

Rechter Kisner was minstens zeventig, met een ruige bos grijs haar, een onverzorgde grijze baard en bruine ogen die gaten brandden als hij sprak. Hij en mijn advocaat kenden elkaar al vele jaren.

'Ik zei net tegen Mordecai,' zei hij, wuivend met zijn hand, 'dat dit een erg ongewone zaak is.'

Ik knikte instemmend. Voor mij was het in elk geval erg ongewoon.

'Ik ken Arthur Jacobs al dertig jaar. Ik ken ook veel van de advocaten daar. Het zijn goede advocaten.'

Daar had hij absoluut gelijk in. Ze namen de besten in dienst en leidden ze goed op. Het zat me niet lekker dat mijn rechter zoveel bewondering voor de slachtoffers had.

'Een lopend dossier dat uit een advocatenkantoor is gestolen... Het is moeilijk de financiële waarde daarvan te bepalen. Het is maar een stel papieren, niets van reële waarde voor iemand anders dan de advocaat zelf. Het zou niets waard zijn als je het op straat probeerde te verkopen. Niet dat ik u van het stelen van dat dossier beschuldig, begrijpt u me goed.'

'Ja. Ik begrijp het.' Ik wist niet of ik het begreep, maar ik wilde dat hij verder ging.

'Laten we eens veronderstellen dat u het dossier hebt, en laten we veronderstellen dat u het uit het kantoor hebt weggenomen. Als u het nu teruggaf, onder mijn toezicht, zou ik geneigd zijn er een waarde van minder dan honderd dollar aan toe te kennen. Dan zou het natuurlijk evengoed nog een delict zijn, maar dat zouden we met een beetje papierwerk wel onder het tapijt kunnen vegen. Natuurlijk zoudt u dan wel moeten toezeggen dat u geen gebruikmaakt van eventuele informatie uit het dossier.'

'En als ik het niet teruggeef? Nog steeds in die veronderstelling, uiteraard.'

'Dan wordt het veel waardevoller. Dan is het gekwalificeerde diefstal en komt het tot een proces. Als de officier van justitie het bewijs levert en de jury u schuldig vindt, moet ik u veroordelen.'

De rimpels in zijn voorhoofd, de harde blik in zijn ogen en de toon van zijn stem maakten me volkomen duidelijk dat ik die veroordeling maar beter kon vermijden.

'Daar komt nog bij dat u, als de jury u schuldig bevindt aan gekwalificeerde diefstal, de bevoegdheid verliest om uw vak van advocaat uit te oefenen.'

'Ja, edelachtbare,' zei ik timide.

Mordecai hield zich stil. Hij luisterde en nam alles in zich op.

'In tegenstelling tot de meeste van mijn zaken is de tijdsfactor in dit geval van cruciaal belang,' ging Kisner verder. 'De civiele procedure kan betrekking hebben op de inhoud van het dossier. Een andere rechter, in een andere rechtszaal, moet over de toelaatbaarheid van het dossier als bewijsmateriaal beslissen. Ik zou graag willen dat de strafzaak is afgehandeld voordat de civiele zaak te ver gevorderd is. Nogmaals, nu gaan we er even van uit dat u het dossier hebt.'

'Hoe gauw?' vroeg Mordecai.

'Ik denk dat u aan twee weken genoeg hebt om uw besluit te nemen.'

We beaamden dat twee weken een redelijke termijn was. Mordecai en ik gingen naar de rechtszaal terug, waar we nog een uur wachtten terwijl er niets gebeurde.

Tim Claussen van de *Washington Post* kwam tegelijk met een stel advocaten binnen. Hij zag ons in de rechtszaal zitten, maar kwam niet naar me toe. Mordecai ging van me vandaan en kwam uiteinde-

lijk bij hem terecht. Hij legde uit dat er twee advocaten van Drake &
Sweeney in de rechtszaal zaten, Donald Rafter en nog iemand, en dat
ze de krant misschien wel iets te zeggen zouden hebben.
Claussen ging meteen op ze af. We hoorden stemmen achterin,
waar Rafter had zitten wachten. Ze verlieten de rechtszaal en zetten
hun discussie op de gang voort.
Mijn verschijning voor Kisner was zo kort als ik had verwacht. Ik
verklaarde me niet schuldig, tekende wat formulieren en ging vlug
weg. Rafter was nergens te bekennen.

'Wat hebben jij en Kisner besproken voordat ik daar kwam?' vroeg
ik zodra we in de auto zaten.
'Hetzelfde als wat hij jou vertelde.'
'Hij is geen makkelijk type.'
'Hij is een goede rechter, en hij is jaren advocaat geweest. Een straf-
pleiter, een van de beste. Hij kan weinig sympathie opbrengen voor
een advocaat die de dossiers van een andere advocaat steelt.'
'Hoeveel jaar krijg ik als ik word veroordeeld?'
'Dat zei hij niet. Maar je zou de gevangenis in gaan.'
We stonden voor rood licht. Gelukkig zat ik achter het stuur.
'Goed, meneer de advocaat,' zei ik. 'Wat doen we?'
'We hebben twee weken de tijd. Laten we het voorzichtig en rustig
aanpakken. Dit is niet het moment om overhaaste beslissingen te
nemen.'

33

Er stonden twee artikelen in de ochtendeditie van de *Post*, allebei op een prominente plaats en allebei met foto's.

Het eerste was het verhaal dat in de editie van de vorige dag was beloofd, een lange geschiedenis van het tragische leven van Lontae Burton. Haar grootmoeder was de voornaamste bron, al had het team van verslaggevers ook contact met twee tantes, een ex-werkgever, een maatschappelijk werkster, een voormalige onderwijzer, en haar moeder en twee broers in de gevangenis. De krant, met zijn typische agressie en onbegrensde budget, had voortreffelijk werk geleverd: zo kwamen we aan veel informatie die we nodig hadden voor onze zaak.

Lontaes moeder was zestien toen Lontae als tweede van drie kinderen geboren werd, allemaal buitenechtelijk, allemaal van verschillende vaders, al weigerde haar moeder iets over haar vader te zeggen. Ze groeide op in de achterbuurten van Northeast, verhuisde met haar problematische moeder van het ene naar het andere adres en woonde af en toe bij haar grootmoeder en tantes. Haar moeder zat telkens in de gevangenis en Lontae ging na de zesde klas van school. Daarna was haar leven voorspelbaar deprimerend. Drugs, jongens, bendes, kleine criminaliteit, het gevaarlijke leven op straat. Ze had een aantal baantjes waarmee ze een minimumloon verdiende, maar haar werkgevers konden geen staat op haar maken.

De gegevens van politie en justitie vertelden een groot deel van het verhaal: een arrestatie wegens winkeldiefstal toen ze veertien was, verschijning voor de kinderrechter. Drie maanden later weer de kinderrechter, nu voor openbare dronkenschap. Op haar vijftiende gearresteerd wegens het bezit van marihuana: kinderrechter. Zeven maanden later nog een keer. Op haar zestiende gearresteerd wegens prostitutie: voor de gewone rechter, wel een veroordeling maar geen gevangenisstraf. Gearresteerd wegens diefstal van een draagbare cd-speler uit een pandjeshuis, wel veroordeeld, geen gevangenis. Toen ze achttien was, werd Ontario geboren, in het D.C. General-ziekenhuis, geen vader vermeld op de geboorteakte. Op haar twintigste kreeg ze de tweeling Alonzo en Dante, ook in het D.C. General, ook zonder vader op de akte. En toen kwam Temeko, de baby met de natte luier, geboren toen Lontae eenentwintig was.

Tussen al die trieste feiten was slechts één sprankje hoop te vinden. Na de geboorte van Temeko strompelde Lontae het House of Mary binnen, een dagcentrum voor vrouwen, ongeveer zoiets als Naomi's, en daar ontmoette ze een maatschappelijk werkster, een zekere Nell Cather. Mevrouw Cather werd uitgebreid geciteerd in het artikel.

Volgens haar versie van Lontaes laatste maanden was Lontae vastbesloten geweest om van de straat af te gaan en haar leven op orde te brengen. Ze begon enthousiast de anticonceptiepil te slikken; die kreeg ze van het House of Mary. En ze wilde erg graag clean worden. Ze ging naar AA/NA-bijeenkomsten in het centrum en vocht met veel moed tegen haar verslavingen, al lukte het haar nooit helemaal clean te worden. Ze leerde al gauw beter lezen en droomde van een vaste baan, zodat ze voor haar kinderen zou kunnen zorgen. Ten slotte vond mevrouw Cather een baan voor haar: groente uitpakken in een grote supermarkt, twintig uur per week voor vier dollar vijfenzeventig per uur. Ze sloeg geen dag werk over.

In het vorig najaar fluisterde ze Nell Cather op een dag toe dat ze een woning had gevonden, al moest het geheim blijven. Nell wilde de woning inspecteren, dat hoorde bij haar werk, maar Lontae weigerde dat. Het was illegaal, legde ze uit. Het was een kleine tweekamerwoning met een dak, een deur die op slot kon en een badkamer in de buurt, en ze zou honderd dollar per maand contant betalen.

Ik noteerde de naam van Nell Cather van het House of Mary en glimlachte bij het idee dat ze in de getuigenbank zou staan en het verhaal van de Burtons aan een jury zou vertellen.

Lontae werd doodsbang bij het idee dat ze haar kinderen zou verliezen, want dat gebeurde zo vaak. De meeste dakloze vrouwen in het House of Mary hadden hun kinderen verloren, en hoe meer van hun gruwelverhalen Lontae hoorde, des te vastbeslotener werd ze om haar gezin bijeen te houden. Ze studeerde nog harder, leerde zelfs enigszins met een computer om te gaan en bleef een keer vier dagen van de drugs af.

Toen werd ze uit haar woning gezet. Haar schamele bezittingen werden tegelijk met haar kinderen op straat gegooid. Toen mevrouw Cather haar de volgende dag zag, was ze er slecht aan toe. De kinderen waren vuil en hadden honger; Lontae was stoned. Het House of Mary had het beleid dat iemand die kennelijk onder invloed van alcohol of drugs verkeerde niet werd toegelaten. De directrice moest haar vragen weg te gaan. Mevrouw Cather had haar daarna niet meer gezien. Ze hoorde niets meer van haar, tot ze in de krant over de sterfgevallen las.

Toen ik het verhaal las, dacht ik aan Braden Chance. Ik hoopte dat hij het ook las, 's morgens vroeg in de behaaglijke warmte van zijn mooie huis ergens in Virginia. Ik wist zeker dat hij al zo vroeg wakker was. Hoe zou iemand die onder zo grote druk stond, nog kunnen slapen?

Ik wilde dat hij het moeilijk had, dat hij besefte hoeveel ellende zijn totale veronachtzaming van de rechten en waardigheid van anderen had veroorzaakt. Jij zat in je mooie kantoor, Braden, en je werkte hard voor je gouden uurtarief. Je verwerkte papieren voor je rijke cliënten, las memo's van medewerkers die je het vuile werk liet opknappen, en je nam de kille, keiharde beslissing om een ontruiming te laten doorgaan die je had kunnen voorkomen. Het waren maar krakers, hè, Braden? Eenvoudige zwarte straatmensen die daar leefden als dieren. Er stond niets op schrift, geen huurcontract. Geen papieren, en dus geen rechten. Gooi ze er maar uit. Als die mensen vertraging opleverden, zou dat immers het project in gevaar kunnen brengen.

Ik had zin om hem thuis te bellen, om hem bij zijn ochtendkoffie op te schrikken en tegen hem te zeggen: 'Hoe voel je je nu, Braden?' Het tweede krantenartikel was een aangename verrassing, tenminste vanuit juridisch standpunt. Het voorspelde ook moeilijkheden. Er was een ex-vriendje gevonden, een negentienjarige straatvechter die Kito Spires heette. Zijn foto zou elke brave burger grote schrik aanjagen. Kito had nogal wat te zeggen. Hij beweerde de vader van Lontaes jongste drie kinderen te zijn: de tweeling en de baby. Ze hadden de afgelopen drie jaar af en aan samengeleefd; meer af dan aan.

Kito was een typisch binnenstadsproduct, een werkloze schooldropout met een strafblad. Zijn geloofwaardigheid zou altijd in twijfel worden getrokken.

Hij had met Lontae en zijn kinderen in het pakhuis gewoond. Hij had haar zoveel mogelijk geholpen met het betalen van de huur. Op een dag na Kerstmis hadden ze ruzie gekregen en was hij weggegaan. Hij leefde momenteel samen met een vrouw wier man in de gevangenis zat.

Hij wist niets van de ontruiming, al vond hij wel dat het verkeerd was. Gevraagd naar de omstandigheden in het pakhuis, gaf Kito genoeg bijzonderheden om mij ervan te overtuigen dat hij daar inderdaad was geweest. Zijn beschrijving kwam overeen met die in Hectors memo.

Hij wist niet dat het pakhuis eigendom van Tillman Gantry was geweest. Een zekere Johnny kwam de huur ophalen op de vijftiende van elke maand. Honderd dollar.

Mordecai en ik zouden hem gauw genoeg vinden. Onze lijst van getuigen werd langer en meneer Spires zou wel eens onze troefkaart kunnen zijn.

Kito was ook diep getroffen door de dood van zijn kinderen en hun moeder. Ik had erg aandachtig naar de begrafenis gekeken, en ik wist zeker dat ik Kito niet had gezien.

Onze zaak kreeg meer publiciteit dan we hadden kunnen dromen. We wilden maar tien miljoen dollar, een mooi rond bedrag waarover dagelijks werd geschreven en waarover op straat werd gesproken. Lontae had seks gehad met wel duizend mannen. Kito was pas de eerste mogelijke vader van haar kinderen. Nu er zoveel geld op het spel stond, zouden zich nog veel meer vaders aandienen die om hun gestorven kinderen rouwden. Op straat wemelde het van de mogelijke vaders.

Dat was het verontrustende deel van zijn verhaal.

We zouden nooit de kans krijgen om met hem te praten.

Ik belde Drake & Sweeney en vroeg naar Braden Chance. Een secretaresse nam op en ik herhaalde mijn verzoek. 'En met wie spreek ik?' vroeg ze.

Ik gaf haar een verzonnen naam en beweerde dat ik een mogelijke cliënt was en dat ik door Clayton Bender van RiverOaks naar Chance was verwezen.

'De heer Chance is niet beschikbaar,' zei ze.

'Vertelt u me dan even wanneer ik hem wél kan spreken,' zei ik grof.

'Hij is op vakantie.'

'Mooi. Wanneer is hij terug?'

'Dat weet ik niet,' zei ze, en ik hing op. Die vakantie zou een maand duren, en dan zou het een sabbatsjaar worden, en dan onbetaald verlof, en op een gegeven moment zouden ze eindelijk toegeven dat Chance ontslagen was.

Ik vermoedde al dat hij weg was; na dit telefoontje wist ik het zeker. Aangezien het kantoor zeven jaar lang mijn leven had bepaald, was het niet moeilijk om te voorspellen wat ze zouden doen. Het kantoor werd beheerst door trots en arrogantie en ze zouden alles op alles zetten om zich niet te laten vernederen.

Ik vermoedde dat ze de waarheid uit Braden Chance hadden gekregen zodra de aanklacht was ingediend. Het deed er niet toe of hij daar uit eigen beweging mee was gekomen of dat ze het uit hem los hadden gepeuterd. Hij had van het begin af aan tegen ze gelogen, en nu was er een procedure tegen het hele kantoor aangespannen. Misschien had hij ze de oorspronkelijke memo van Hector laten zien, samen met de huurkwitantie van Lontae. Maar het was waarschijnlijker dat hij die papieren had vernietigd en zich gedwongen had gezien om te beschrijven wat hij in de shredder had geduwd. Het kantoor – Arthur Jacobs en het bestuur – wist nu eindelijk de waarheid. De ontruiming had niet mogen plaatsvinden. De mondelinge huurovereenkomsten hadden schriftelijk opgezegd moeten worden, door Chance namens RiverOaks, met een opzegtermijn van dertig dagen.

Dertig dagen uitstel zou het sorteercentrum in gevaar hebben gebracht, in elk geval voor RiverOaks.

En een vertraging van dertig dagen zou Lontae en de andere huurders de kans hebben gegeven om door het ergste van de winter heen te komen.

Chance was uit het kantoor gezet, ongetwijfeld met een royale uitkoopsom voor zijn aandeel in de maatschap. Hector was waarschijnlijk voor ondervraging naar huis gevlogen. Nu Chance weg was, kon Hector rustig de waarheid vertellen. Maar hij zou niets over zijn contact met mij zeggen.

Achter gesloten deuren had het bestuur van de maatschap eindelijk de realiteit onder ogen gezien. Het kantoor was erg kwetsbaar. Rafter en zijn team procesadvocaten hadden een verdedigingsplan uitgedacht. Ze zouden veel werk maken van het argument dat de aanklacht gebaseerd was op materialen die uit een Drake & Sweeney-dossier waren gestolen. En als de gestolen materialen niet op de rechtbank mochten worden gebruikt, zou de aanklacht worden afgewezen. Vanuit juridisch perspectief was dat volkomen logisch.

Maar voordat ze hun verdediging konden inzetten, kwam de krant ertussen. Er waren getuigen gevonden die een verklaring konden afleggen over de dingen die in het dossier stonden. We zouden toch nog met toelaatbare bewijzen kunnen komen.

Drake & Sweeney moest wel in staat van grote chaos verkeren. Vierhonderd agressieve advocaten die beslist niet bereid waren hun mening voor zich te houden: elk moment kon de revolutie uitbreken. Als ik er nog was geweest en met een soortgelijk schandaal in een andere divisie van het kantoor geconfronteerd was, zou ik er luidkeels op hebben aangedrongen dat de zaak met een schikking werd afgehandeld, buiten de pers om. Het was gewoon ondoenlijk om de luiken dicht te gooien en af te wachten tot de storm was overgetrokken. Het verhaal in de *Post* was nog maar een voorproefje van het proces zelf. En dat proces zou nog een jaar op zich laten wachten.

Er zou ook pressie vanuit een andere hoek komen. Uit het dossier bleek niet in hoeverre RiverOaks de waarheid over de pakhuisbewoners wist. Er zat erg weinig correspondentie in van Chance naar zijn cliënt en omgekeerd. Blijkbaar had hij opdracht gekregen de zaak zo snel mogelijk voor elkaar te krijgen. RiverOaks oefende druk uit en Chance kwam als een stoomwals in actie.

Als we veronderstelden dat RiverOaks niet wist dat de ontruiming illegaal was, zou de onderneming heel goed een aanklacht wegens juridische malversatie tegen Drake & Sweeney kunnen indienen. Ze had het advocatenkantoor in de arm genomen om een karwei op te knappen; dat karwei was verknoeid; de blunder bracht schade toe aan de cliënt. Met een bezit van driehonderdvijftig miljoen had RiverOaks genoeg macht om het kantoor tot compensatie aan te zetten.

Andere grote cliënten zouden er ook het hunne van denken. 'Wat is er bij jullie aan de hand?' was een vraag die iedere maat te horen zou krijgen van degenen die de rekeningen betaalden. In de keiharde wereld van de commerciële advocatuur begonnen meteen gieren van andere kantoren rond te cirkelen.

Drake & Sweeney moest het hebben van haar imago, van het beeld dat het publiek van haar had. Dat gold voor alle grote advocaten-kantoren. En geen enkel kantoor was immuun voor de druk waar-onder mijn vroegere broodheren nu kwamen te staan.

Congreslid Burkholder herstelde voorspoedig. Op de dag na zijn operatie sprak hij met de pers. Het was perfect georganiseerd. Ze reden hem in een rolstoel naar een geïmproviseerd podium in de hal van het ziekenhuis. Daar kwam hij met hulp van zijn aantrekke-lijke vrouw overeind en stapte naar voren om een verklaring uit te spreken. Toevallig droeg hij een knalrood Hoosier-sweatshirt. Er zat verband om zijn hals en hij had zijn linkerarm in een mitella.

Hij zei dat hij gezond en wel was en zijn werkzaamheden op Capi-tol Hill al binnen enkele dagen zou kunnen hervatten. Vervolgens groette hij zijn achterban in Indiana.

Hij was helemaal in zijn element. Hij weidde uit over de straatcri-minaliteit en de achteruitgang van onze steden. (De stad waar hij vandaan kwam, telde achtduizend zielen.) Het was jammer dat de hoofdstad van onze natie in zo'n erbarmelijke staat verkeerde, en nu hij ternauwernood aan de dood was ontsnapt, zou hij zich voortaan inzetten voor het veiliger maken van de straten. Hij had een nieuw doel in zijn leven.

Hij zwetste nog een tijdje over wapenwetgeving en meer gevange-nissen.

De aanval op Burkholder had de politie van Washington onder gro-te, zij het tijdelijke, druk gezet om de straten schoon te vegen. Sena-toren en afgevaardigden hadden de hele dag voor de camera over de gevaren van de binnenstad van Washington uitgeweid. Als gevolg daarvan begon er na het vallen van de duisternis een nieuwe schoonveegoperatie. Elke dronkaard, zwerver, bedelaar en dakloze die zich in de buurt van het Capitool bevond, werd een heel eind daarvandaan gebracht. Sommigen werden gearresteerd. Anderen werden gewoon in busjes geladen en als vee naar andere wijken getransporteerd.

Om twintig voor twee die avond werd de politie naar een drank-winkel aan 4th Street bij Rhode Island Avenue gestuurd, in North-east. De eigenaar van de winkel had schoten gehoord, en iemand op het trottoir had een man zien liggen.

Op een braakliggend terrein naast de drankwinkel vond de politie achter een berg puin en kapotte bakstenen het lichaam van een jon-ge zwarte man. Het bloed was vers en was afkomstig uit twee kogel-gaten in zijn hoofd.

Hij werd later geïdentificeerd als Kito Spires.

34

Ruby dook maandagmorgen weer op. Ze had een groot verlangen naar koekjes en nieuws. Glimlachend en met een hartelijke begroeting stond ze op de stoep te wachten toen ik om acht uur, een beetje later dan gewoonlijk, op kantoor kwam. Zolang we niet wisten wat Gantry ging doen, ging ik pas naar kantoor als het buiten helemaal licht was en er meer mensen op straat waren.

Ze zag er hetzelfde uit. Ik dacht dat ik misschien aan haar gezicht kon zien dat ze hevig aan de crack was geweest, maar ik zag niets bijzonders. We gingen samen het kantoor binnen en namen plaats aan ons gebruikelijke bureau. Op de een of andere manier vond ik het wel een geruststellend gevoel dat ik iemand bij me in het gebouw had.

'Hoe gaat het met je?' vroeg ik.

'Goed,' zei ze, en ze pakte een koekje uit de zak. Er waren drie zakken, allemaal in de vorige week gekocht, alleen voor haar, al had Mordecai een spoor van kruimels achtergelaten.

'Waar slaap je?'

'In mijn auto.' Waar anders? 'Ik ben blij dat de winter bijna voorbij is.'

'Ik ook. Ben je bij Naomi's geweest?' vroeg ik.

'Nee. Maar ik ga vandaag. Ik voel me niet zo goed.'

'Ik geef je een lift.'

'Dank je.'

Het gesprek verliep nogal stijfjes. Ze verwachtte dat ik naar haar laatste verblijf in het motel zou vragen. Ik zou dat ook wel willen, maar het leek me beter van niet.

Toen de koffie klaar was, schonk ik twee kopjes in en zette ze op het bureau. Ze was aan haar derde koekje bezig en knabbelde non-stop aan de rand, zoals muizen doen. Ook nu boog ze haar hele lichaam om de warme kop koffie heen en genoot ze van de damp. Hoe kon ik streng zijn tegen iemand die zo meelijwekkend was? Nu het nieuws.

'Zullen we de krant lezen?' vroeg ik.

'Dat zou leuk zijn.'

Er stond een foto van de burgemeester op de voorpagina, en omdat ze van verhalen over gemeentepolitiek hield en de burgemeester altijd goed was voor een beetje sensatie, begon ik met dat artikel. Het was een interview dat zaterdag was gegeven. De burgemeester en de gemeenteraad, die een wankel en tijdelijk bondgenootschap met elkaar hadden gesloten, vroegen het ministerie van Justitie een onderzoek naar de dood van Lontae Burton en haar kinderen in te stellen. Waren er burgerrechten geschonden? De burgemeester liet doorschemeren dat hij daar een sterk vermoeden van had, maar om Justitie er nu bij te halen!

Omdat de zaak-Burton midden in de belangstelling stond, werd naarstig gezocht naar een nieuwe groep van schuldigen. Er werd al veel minder met een beschuldigende vinger naar de gemeente gewezen. Ook aan de beschuldigingen over en weer in de richting van het Congres was een eind gekomen. Degenen die de eerste beschuldigingen over zich heen hadden gekregen, schoven de schuld nu ijverig door naar het grote advocatenkantoor en zijn rijke cliënt.

Ruby luisterde gefascineerd naar het verhaal over de zaak-Burton. Ik vertelde haar in het kort wat de aanklacht inhield en wat er was gebeurd sinds de aanklacht was ingediend.

De krant gaf Drake & Sweeney er weer flink van langs. Zo langzamerhand zouden de advocaten van het kantoor zich afvragen: wanneer houdt het ooit op?

Voorlopig nog even niet.

In de benedenhoek van de voorpagina stond een kort artikel over het besluit van de posterijen om de bouw van een sorteercentrum in Washington-Northeast nog even uit te stellen. De controverse rondom de aankoop van de grond, het pakhuis, de aanklacht tegen RiverOaks en Gantry – al die factoren speelden mee.

RiverOaks raakte zijn project van twintig miljoen dollar kwijt. RiverOaks zou reageren als elke andere agressieve projectontwikkelaar die bijna een miljoen dollar had uitgegeven om nutteloze grond in de binnenstad te kopen. RiverOaks zou zijn advocaten te lijf gaan.

De druk werd nog een beetje groter.

We namen het wereldnieuws door. Ruby interesseerde zich voor een aardbeving in Peru, en we lazen daarover. Verder naar het stadskatern, waar de eerste woorden die ik zag mijn hart bijna tot stilstand brachten. Onder dezelfde foto van Kito Spires, dezelfde maar dan wel twee keer zo groot en nog angstaanjagender, stond de kop: KITO SPIRES DOODGESCHOTEN. De krant vertelde opnieuw welke rol de heer Spires in het Burton-drama speelde en gaf vervolgens de weinige bijzonderheden van zijn dood. Geen getuigen, geen sporen, niets. Gewoon een straatcrimineel die in de binnenstad was doodgeschoten.

'Alles goed met je?' vroeg ze.

Ik kwam weer bij mijn positieven. 'Eh, ja,' zei ik. Het kostte me moeite om weer op adem te komen.

'Waarom lees je niet?'

Omdat ik te verbijsterd was om hardop te kunnen lezen. Ik moest het artikel vlug doorkijken om te zien of de naam van Tillman Gantry werd genoemd. Hij werd niet genoemd.

En waarom niet? Was het me duidelijk wat er gebeurd was? Die jongen had van alle aandacht genoten, had te veel gezegd, had zich te waardevol gemaakt voor de eisers (wij!) en was een te gemakkelijk doelwit geweest.

Ik las haar het verhaal langzaam voor, luisterde intussen naar elk geluid om ons heen en keek naar de voordeur, in de hoop dat Mordecai gauw zou komen.

Gantry had gesproken. Andere getuigen van de straat zouden voortaan hun mond houden of verdwijnen als we ze hadden gevonden. Het vermoorden van getuigen was al erg genoeg. Wat zou ik doen als Gantry achter de advocaten aan ging?

In mijn angst besefte ik plotseling dat deze ontwikkeling gunstig voor ons was. We hadden misschien een belangrijke getuige verloren, maar Kito's twijfelachtige geloofwaardigheid zou tot problemen hebben geleid. Drake & Sweeney werd weer genoemd in verband met de moord op een negentienjarige crimineel. Dat was al de derde vermelding in één krant. Het kantoor was van zijn hoogverheven troon gestoten en lag nu in de goot. Zijn trotse naam werd in dezelfde alinea's genoemd als de namen van gedode straatcriminelen.

Ik ging bij mezelf een maand in de tijd terug, dus naar de tijd voordat Meneer al die ontwikkelingen in mijn leven in gang had gezet. Ik stelde me voor dat ik toen deze zelfde krant 's morgens vroeg zou lezen. Ik stelde me ook voor dat ik de andere verhalen had gelezen en inmiddels gehoord had dat de ernstigste beschuldigingen in de aanklacht inderdaad gegrond waren. Wat zou ik doen?

Daar hoefde ik niet over na te denken. Ik zou stampei maken bij Rudolph Mayes, mijn supervisor, en die zou op zijn beurt stampei maken bij het bestuur, en ik zou met mijn gelijken, de andere senior-medewerkers van het kantoor, gaan praten. We zouden eisen dat de zaak met een schikking geregeld werd voordat er nog meer schade werd aangericht. We zouden eisen dat een proces tot elke prijs vermeden werd.

We zouden allerlei eisen stellen.

En ik vermoedde dat de meeste senior-medewerkers en alle maten precies deden wat ik zou doen. Met zoveel rumoer in de gangen werd er weinig werk gedaan. Er werden weinig uren gedeclareerd. Het kantoor verkeerde in chaos.

'Ga door,' zei ze om me uit mijn overpeinzingen te wekken.

We namen het stadskatern vlug door, ook omdat ik wilde zien of er misschien een vierde verhaal was. Dat was er niet, maar er was wel een verhaal over de schoonveegacties die de politie na de aanslag op Burkholder ondernam. Een advocaat van de daklozen uitte hevige kritiek en dreigde met een proces. Ruby vond het een prachtig verhaal. Ze vond het geweldig dat er zoveel over de daklozen werd geschreven.

Ik reed haar naar Naomi's, waar ze als een oude vriendin werd begroet. De vrouwen omhelsden haar en leidden haar de kamer door, met hun armen om haar heen en sommigen huilden zelfs. Ik flirtte een paar minuten met Megan in de keuken, maar mijn hoofd stond niet naar romantiek.

Toen ik op kantoor terugkwam, had Sofia het huis vol. Er waren veel mensen binnengekomen. Het was nog maar negen uur, maar er zaten al vijf cliënten tegen de muur. Ze was aan het telefoneren, terroriseerde iemand in het Spaans. Ik ging naar Mordecais kamer om er zeker van te zijn dat hij de krant las. Hij zat hem met een glimlach te lezen. We spraken af dat we een uur later over de zaak zouden overleggen.

Ik deed de deur van mijn kamer zachtjes achter me dicht en begon aan dossiers te werken. In twee weken tijd had ik er eenennegentig geopend en achtendertig gesloten. Ik raakte achter en ik had een hele ochtend van agressief telefoneren nodig om de achterstand in te halen. Het zou er niet van komen.

Sofia klopte aan, en omdat de deur niet goed in het slot wilde, ging hij automatisch open. Geen 'hallo'. Geen 'neem me niet kwalijk'.

'Waar is die lijst van mensen die uit dat pakhuis zijn gezet?' vroeg ze. Ze had een potlood achter elk oor gestoken, en op het puntje van haar neus balanceerde een leesbril. Dit was duidelijk een vrouw die veel te doen had.

De lijst lag altijd bij de hand. Ik gaf hem aan haar en ze wierp er een snelle blik op. 'Bingo,' zei ze.

'Wat?' vroeg ik. Ik kwam overeind.

'Nummer acht, Marquis Deese,' zei ze. 'Ik dacht al dat de naam me bekend voorkwam.'

'Bekend?'

'Ja, hij zit aan mijn bureau. Gisteravond opgepikt op Lafayette Park, tegenover het Witte Huis, en op Logan Circle gedumpt. Die schoonveegactie. Heb jij even geluk.'

Ik volgde haar naar de voorkamer, waar meneer Deese naast haar bureau zat. Hij leek opvallend veel op DeVon Hardy – achter in de veertig, grijzend haar, grijzende baard, zonnebril met dikke glazen, dik ingepakt zoals de meeste daklozen in het begin van maart. Ik bekeek hem van een afstand terwijl ik naar Mordecais kamer liep om hem het nieuws te vertellen.

We benaderden hem voorzichtig. Mordecai nam de leiding van de ondervraging. 'Neem me niet kwalijk,' zei hij erg beleefd. 'Ik ben Mordecai Green, een van de advocaten hier. Mag ik u een paar vragen stellen?'

We stonden nu allebei bij Deese, die nog op de stoel zat. Hij keek op en zei: 'Jawel.'

'We werken aan een zaak. Het gaat om mensen die vroeger in een oud pakhuis op de hoek van Florida en New York Avenue woonden,' legde Mordecai langzaam uit.

'Ik heb daar gewoond,' zei hij. Ik haalde diep adem.

'O, ja?'

'Ja. Ik ben eruit geschopt.'

'Juist. Nou, daar zijn wij mee bezig. We vertegenwoordigen een paar van de andere mensen die eruit zijn geschopt. We denken dat die ontruiming niet had mogen gebeuren.'

'Daar hebt u gelijk in.'

'Hoe lang hebt u daar gewoond?'

'Maand of drie.'

'Betaalde u huur?'

'Ja.'

'Aan wie?'

'Aan iemand die Johnny heette.'

'Hoeveel?'

'Honderd dollar per maand. Altijd cash.'

'Waarom cash?'

'Ze wilden geen papieren.'

'Weet u wie de eigenaar van dat pakhuis was?'

'Nee.' Zijn antwoord kwam zonder aarzeling, en ik kon mijn blijdschap bijna niet verbergen. Als Deese niet wist dat Gantry eigenaar van het gebouw was, kon hij ook niet bang voor hem zijn.

Mordecai trok een stoel bij en keek Deese ernstig aan. 'We willen u graag als cliënt hebben,' zei hij.

'Om wat te doen?'

'We procederen tegen sommige mensen in verband met die ontruiming. Wij vinden dat ze jullie er nooit uit hadden mogen gooien. We zouden graag namens u willen procederen.'

'Maar die woning was illegaal. Daarom betaalde ik cash.'

'Doet er niet toe. We kunnen wat geld voor u los krijgen.'

'Hoeveel?'

'Weet ik nog niet. Wat hebt u te verliezen?'

'Niets, denk ik.'

Ik tikte Mordecai op zijn schouder. We excuseerden ons en gingen naar zijn kamer. 'Wat is er?' vroeg hij.

'In het licht van wat er met Kito Spires gebeurd is, vind ik dat we zijn verklaring op schrift moeten stellen. Nu meteen.'

Mordecai krabde over zijn baard. 'Geen slecht idee. Hij kan een beëdigde verklaring afleggen. Hij kan hem ondertekenen, Sofia kan als getuige optreden, en als hem dan iets overkomt, kunnen we proberen die verklaring als bewijsmateriaal toegelaten te krijgen.'

'Hebben we een bandrecorder?' vroeg ik.

Hij keek om zich heen. 'Ja, ergens.'

Omdat hij niet wist waar dat apparaat was, zou het maanden duren om het te vinden. 'Of een videocamera?' vroeg ik.

'Niet hier.'

Ik dacht even na en zei toen: 'Ik ga de mijne halen. Houden jij en Sofia hem bezig.'

'Hij gaat nergens heen.'

'Goed. Geef me drie kwartier.'

Ik rende het kantoor uit en reed met grote snelheid naar Georgetown. Het derde nummer dat ik met mijn mobiele telefoon probeerde, leverde me contact met Claire op, tussen twee colleges in.

'Wat is er mis?' vroeg ze.

'Ik moet de videocamera lenen. Ik heb haast.'

'Hij ligt nog op dezelfde plek,' zei ze erg langzaam. Zo te horen probeerde ze de dingen te analyseren. 'Waarom?'

'Een getuigenverklaring. Mag ik hem gebruiken?'

'Ja, hoor.'

'Nog in de huiskamer?'

'Ja.'

'Heb je het slot vervangen?' vroeg ik.

'Nee.' Om de een of andere reden gaf me dat een beter gevoel. Ik had nog een sleutel. Ik kon komen en gaan wanneer ik wilde.

'En de alarmcode?'

'Ook niet. Die is hetzelfde.'

'Dank je. Ik bel je later nog.'

We zetten Marquis Deese in een kantoor met weinig meubilair maar veel archiefkasten. Hij ging in een stoel zitten met een lege witte muur achter zich. Ik bediende de videocamera, Sofia fungeerde als getuige en Mordecai was de ondervrager. Deeses antwoorden hadden niet beter kunnen zijn.

Na een halfuur waren we klaar. Alle mogelijke vragen waren gesteld en beantwoord. Deese meende te weten waar twee van de andere pakhuisbewoners nu woonden. Hij beloofde dat hij ze zou zoeken.

We waren van plan een afzonderlijke aanklacht in te dienen namens iedere uitgezette pakhuisbewoner die we konden vinden, telkens één tegelijk, met telkens een seintje naar onze vrienden bij de *Post*. We wisten dat Kelvin Lam in de CCNV was, maar hij en Deese waren de enige twee die we hadden kunnen vinden. Hun zaken waren niet veel geld waard – we zouden graag schikken voor vijfentwintigduizend per persoon – maar hun verklaringen zouden nog meer ellende over de gekwelde gedaagden doen neerdalen.

Ik hoopte bijna dat de politie weer een schoonveegactie zou houden.

Toen Deese wegging, waarschuwde Mordecai hem dat hij niet over de aanklacht moest praten. Ik zat aan een bureau bij Sofia en typte namens onze nieuwe cliënt Marquis Deese een aanklacht van drie pagina's tegen dezelfde drie gedaagden, die we van onrechtmatige ontruiming beschuldigden. En daarna een voor Kelvin Lam. Ik sloeg de aanklacht in het geheugen van de computer op. Nu hoefde ik, als we meer eisers vonden, alleen maar de naam te veranderen.

Een paar minuten voor twaalf ging de telefoon. Omdat Sofia op de andere lijn zat, nam ik op. 'Rechtswinkel,' zei ik, zoals gewoonlijk.

Een waardige oude stem aan de andere kant van de lijn zei: 'Met Arthur Jacobs, advocaat, Drake & Sweeney. Ik zou graag de heer Mordecai Green willen spreken.'

Ik kon alleen maar 'Oké' zeggen voordat ik op de wachtknop drukte. Ik keek nog even naar de telefoon, stond toen langzaam op en liep naar Mordecais deur.

'Wat is er?' zei hij. Hij zat met zijn neus in de wetboeken.

'Arthur Jacobs aan de telefoon.'

'Wie is dat?'

'Drake & Sweeney.'

We keken elkaar even aan en toen glimlachte hij. 'Dit zou wel eens hét telefoontje kunnen zijn,' zei hij. Ik knikte alleen maar.

Hij pakte de telefoon en ik ging zitten.

Het was een kort gesprek. Arthur was het grootste deel van de tijd aan het woord. Ik begreep dat hij over de aanklacht wilde praten, en hoe eerder, hoe beter.

Toen het voorbij was, vertelde Mordecai me wat er was gezegd. 'Ze willen morgen om de tafel zitten en een praatje maken over een schikking.'

'Waar?'

'Bij hen. Morgenvroeg tien uur, zonder jouw aanwezigheid.'
Ik had niet verwacht dat ik zou worden uitgenodigd.
'Maken ze zich zorgen?' vroeg ik.
'Natuurlijk maken ze zich zorgen. Ze hoeven pas over twintig dagen te reageren en ze bellen nu al over een schikking. Ze maken zich grote zorgen.'

35

Ik bracht de volgende morgen in het Redeemer-missiehuis door, waar ik cliënten adviseerde met het raffinement van iemand die zich al jaren over de juridische problemen van daklozen ontfermt. De verleiding werd me te groot en om kwart over elf belde ik Sofia om te vragen of ze al iets van Mordecai had gehoord. Dat had ze niet. We verwachtten dat de bespreking bij Drake & Sweeney een hele tijd zou duren. Ik hoopte dat hij even had gebeld om te melden dat alles soepel verliep. Hij had dus niet gebeld.

Zoals gewoonlijk had ik weinig geslapen, al had dat gebrek aan slaap niets met fysieke kwalen of ongemak te maken. Ik maakte me zorgen over die bespreking met Drake & Sweeney, en die zorgen wonnen het van een lang warm bad en een fles wijn. Mijn zenuwen stonden op springen.

Ik ontving mijn cliënten, maar het kostte me moeite me op levensmiddelenbonnen, huursubsidies en delinquente vaders te concentreren terwijl mijn eigen leven in een ander deel van de stad op het spel stond. In de middagpauze ging ik weg. Mijn aanwezigheid was veel minder belangrijk dan het dagelijks brood. Ik kocht twee gewone bagels en een fles water en reed een uur over de rondweg om Washington.

Toen ik in de rechtswinkel terugkwam, stond Mordecais auto naast het gebouw geparkeerd. Hij zat in zijn kamer op me te wachten. Ik deed de deur achter me dicht.

De bespreking vond plaats in Arthur Jacobs' persoonlijke vergader-kamer op de zevende verdieping, in een heilige hoek van het gebouw waar ik nooit was geweest. Mordecai werd door de telefo-niste en het personeel behandeld als een hoogwaardigheidsbekle-der: zijn jas werd hem vlug afgenomen, zijn koffie was precies goed gezet, er lagen verse muffins.

Hij ging aan een kant van de tafel zitten, tegenover Arthur, Donald Rafter, een advocaat van de maatschappij waar Drake & Sweeney voor beroepsaansprakelijkheid was verzekerd, en een advocaat van RiverOaks. Tillman Gantry had ook een advocaat, maar die was niet uitgenodigd. Niemand verwachtte dat Gantry ook maar een dubbeltje aan een schikking zou bijdragen.

De enige vreemde eend in de bijt was de advocaat van RiverOaks, maar het was wel te begrijpen dat hij er bij was. De belangen van de onderneming waren strijdig met die van het advocatenkantoor. Mordecai zei dat de wederzijdse aversie duidelijk voelbaar was.

Arthur deed aan zijn kant van de tafel meestal het woord, en Mor-decai kon bijna niet geloven dat de man tachtig jaar oud was. Hij had de feiten niet alleen in zijn geheugen zitten, maar kon ze ook ogenblikkelijk oproepen, en hij analyseerde alle aspecten van de zaak met een uiterst scherpe geest die overuren maakte.

Eerst spraken ze af dat alles wat ze op deze bijeenkomst zouden zeg-gen en zien strikt vertrouwelijk zou blijven. Als aansprakelijkheid werd erkend, zou dat niet verder gaan dan deze kamer. Geen enkel aanbod van een schikking zou bindend zijn totdat de documenten getekend zouden zijn.

Arthur begon met te zeggen dat de gedaagden, met name Drake & Sweeney en RiverOaks, nogal verrast waren door de aanklacht. Ze waren geschokt en voelden zich diep getroffen door het pak slaag dat ze in de pers kregen. Zo'n vernedering waren ze niet gewend. Hij sprak erg openhartig over de nood waarin zijn dierbare kantoor verkeerde. Mordecai luisterde alleen maar, zoals hij gedurende het grootste deel van de bespreking zou doen.

Arthur merkte op dat er een aantal aspecten meespeelde. Hij begon met Braden Chance en onthulde dat Chance uit het kantoor was gezet. Hij had zich niet teruggetrokken; hij was eruit geschopt. Arthur sprak openhartig over de fouten die Chance had gemaakt.

Chance had de volledige verantwoordelijkheid gedragen voor alle zaken die met RiverOaks te maken hadden. Hij kende alle aspecten van de overeenkomst met TAG en volgde alle details. Waarschijnlijk had hij een ambtsmisdrijf gepleegd toen hij de ontruiming had laten doorgaan.

'Waarschijnlijk?' zei Mordecai.

Nou, goed dan, bijna zeker. Door de ontruiming te laten doorgaan gaf Chance er blijk van niet over het noodzakelijke niveau van professionele verantwoordelijkheid te beschikken. En hij had met het dossier geknoeid. En hij had geprobeerd de sporen uit te wissen. Kort en goed: hij had tegen hen gelogen, gaf Arthur met niet weinig ongenoegen toe. Als Chance na Meneers gijzelingscrisis de waarheid had gesproken, had het kantoor de aanklacht en de daaruit voortkomende slechte pers kunnen verhinderen. Chance had hen in grote verlegenheid gebracht, en hij was dus de laan uitgeschopt.

'Hoe heeft hij met het dossier geknoeid?' vroeg Mordecai.

De andere kant wilde weten of Mordecai het dossier had gezien. Waar was dat vervloekte ding precies? Hij liet niets los.

Arthur legde uit dat er bepaalde papieren uit waren verwijderd.

'Hebt u Hector Palma's memo van 27 januari gezien?' vroeg Mordecai, en ze verstijfden meteen.

'Nee,' was het antwoord, gegeven door Arthur.

Dus Chance had de memo en Lontaes kwitantie inderdaad verwijderd en in de shredder gestopt. Met veel vertoon, en genietend van elke seconde, haalde Mordecai een aantal kopieën van de memo en de kwitantie uit zijn aktetas. Majestueus schoof hij ze over de tafel. Ze werden meteen opgepakt door geharde advocaten die nu bijna te angstig waren om adem te halen.

Er volgde een lange stilte waarin de memo werd gelezen, bestudeerd en nog eens gelezen en uitgebreid geanalyseerd. Ze hoopten er tegenstrijdigheden in te vinden, of woorden die uit hun context konden worden gehaald en daardoor in een andere richting konden wijzen. Vergeefs. Hectors woorden waren te duidelijk; zijn verhaal gaf een te goede beschrijving.

'Mag ik vragen hoe u hieraan komt?' vroeg Arthur beleefd.

'Dat doet niet ter zake, tenminste voorlopig niet.'

Het was duidelijk dat ze al die tijd aan de memo hadden gedacht. Chance had voor zijn vertrek verteld wat er in stond. Het origineel

was vernietigd, maar als er nu eens kopieën waren gemaakt?
Ze hielden de kopieën verbijsterd in hun handen.

Maar omdat ze doorgewinterde procesvoerders waren, wisten ze zich goed te verweren. Ze legden de memo weg alsof dat papier iets was waar ze later nog wel mee zouden afrekenen.

'Ja, en dan komen we nu over het verdwenen dossier te spreken,' zei Arthur, die graag weer vaste grond onder de voeten wilde hebben. Ze hadden een ooggetuige die mij op de avond dat ik het dossier had meegenomen bij Chances kantoor had gezien. Ze hadden vingerafdrukken. Ze hadden de mysterieuze map die op mijn bureau had gelegen, de map waarin de sleutels hadden gezeten. Ik was naar Chance gegaan om het TAG-dossier op te eisen. Ik had een motief.

'Maar er zijn geen ooggetuigen,' zei Mordecai. 'Het zijn allemaal maar indicaties.'

'Weet u waar het dossier is?' vroeg Arthur.

'Nee.'

'Wij hebben er geen belang bij om Michael Brock naar de gevangenis te zien gaan.'

'Waarom dringt u dan aan op strafvervolging?'

'Alles ligt op tafel, meneer Green. Als we de aanklacht kunnen afhandelen, kunnen we de strafzaak ook uit de wereld krijgen.'

'Dat is geweldig nieuws. Hoe zoudt u de aanklacht willen afhandelen?'

Rafter schoof hem een nota van tien pagina's voor, vol veelkleurige grafieken en figuren. Al die gegevens moesten aantonen dat kinderen en jonge, ongeschoolde moeders in een procedure over dood door schuld niet veel waard waren.

Met de typische grondigheid van een groot kantoor hadden de loonslaven van Drake & Sweeney talloze uren aan een onderzoek besteed dat het hele land besloeg en de nieuwste trends op het gebied van schadevergoeding aan het licht moest brengen. Een trend van één jaar. Een trend van vijf jaar. Een trend van tien jaar. Regio voor regio. Staat voor staat. Stad voor stad. Hoeveel kenden jury's toe voor de dood van kinderen die nog niet naar school gingen? Niet erg veel. Het landelijk gemiddelde was vijfenveertigduizend dollar, maar in het Zuiden en Midden-Westen was het veel lager, en in Californië en in grotere steden was het iets hoger.

Zulke kleine kinderen werkten niet, verdienden geen geld, en de rechtbanken wilden in het algemeen geen rekening houden met prognoses van geld dat in de toekomst verdiend zou kunnen worden.

De schatting van de inkomsten die Lontae gederfd had, was aan de royale kant. Ze had een nogal onregelmatig arbeidsverleden, maar daar hadden ze niet zo'n punt van gemaakt. Ze was tweeëntwintig, en binnenkort zou ze een fulltime baan gevonden hebben, een baan met het minimumloon. Dat was een genereuze veronderstelling, maar zover wilde Rafter wel gaan. In al die jaren dat ze zou werken, zou ze clean en nuchter blijven en niet meer zwanger worden – ook een erg welwillende theorie. Ze zou intussen ergens een opleiding volgen en een baan krijgen op tweemaal het minimumloon, en die baan zou ze houden tot ze vijfenzestig was. Na eerst rekening te hebben gehouden met toekomstige inflatie en de bedragen vervolgens weer naar huidige dollars terug te hebben gerekend, kwam Rafter op de somma van vijfhonderdzeventig duizend dollar aan inkomstenderving voor Lontae.

Er waren geen brandwonden of andere verwondingen geweest, de slachtoffers hadden geen pijn geleden. Ze waren in hun slaap gestorven.

Het kantoor deed het voorstel om, zonder ook maar enige schuld te erkennen, vijftigduizend dollar per kind te betalen, plus het volledige bedrag van Lontaes inkomstenderving, in totaal dus zevenhonderdzeventig duizend dollar.

'Dat komt niet eens in de buurt,' zei Mordecai. 'Zoveel krijg ik al voor één dood kind van een jury los.' Ze lieten zich achterover zakken.

Vervolgens liet hij weinig heel van alles wat Rafter in zijn nota naar voren bracht. Het kon hem niet schelen wat jury's in Dallas of Seattle deden. Hij zag de relevantie daarvan niet in. Hij interesseerde zich niet voor procedures in Omaha. Hij wist wat hij met een jury in Washington kon doen, en dat was het enige wat telde. Als ze dachten dat ze er op een koopje onderuit konden komen, kon hij maar beter weer vertrekken.

Terwijl Rafter nog steeds op zoek was naar een maas in het net, nam Arthur weer het woord. 'Er valt over te onderhandelen,' zei hij. 'Er valt over te onderhandelen.'

In het onderzoek was geen rekening gehouden met schadevergoeding bij wijze van straf, merkte Mordecai op. 'We hebben te maken met een rijke advocaat van een rijk kantoor die met opzet een illegale ontruiming laat doorgaan. Als direct gevolg daarvan werden mijn cliënten op straat gegooid, waar ze stierven doordat ze probeerden zich warm te houden. Eerlijk gezegd, heren, is het een schoolvoorbeeld van een zaak waarin je schadevergoeding bij wijze van strafmaatregel kunt verwachten, zeker hier in Washington.'

'Hier in Washington' betekende maar één ding: een zwarte jury.

'We kunnen onderhandelen,' zei Arthur opnieuw. 'Welk bedrag hebt u in gedachten?'

We hadden het erover gehad welk cijfer we het eerst zouden noemen. We hadden tien miljoen dollar geëist, maar dat cijfer hadden we uit de lucht geplukt. Het had ook veertig of vijftig of honderd miljoen kunnen zijn.

'Een miljoen voor ieder mens,' zei Mordecai. De woorden vielen zwaar op de mahoniehouten tafel. De mannen die aan de andere kant zaten, konden ze goed horen, maar het duurde enkele seconden voor de betekenis tot hen doordrong.

'Vijf miljoen?' vroeg Rafter, net hard genoeg om hoorbaar te zijn.

'Vijf miljoen,' baste Mordecai. 'Een voor ieder slachtoffer.'

Ze bogen zich plotseling allemaal over hun schrijfblok om iets te noteren.

Na een tijdje hervatte Arthur de strijd door uit te leggen dat onze aansprakelijkheidstheorie niet helemaal klopte. Een natuurverschijnsel – de sneeuwstorm – was medeverantwoordelijk voor de sterfgevallen. Er volgde een langdurige discussie over het weer. Ten slotte vatte Mordecai de situatie samen: 'De juryleden zullen weten dat het sneeuwt in februari, dat het koud is in februari, dat we sneeuwstormen hebben in februari.'

Telkens wanneer hij in de loop van de bespreking de jury, of de juryleden, ter sprake bracht, volgden er enkele ogenblikken van stilte aan de andere kant van de tafel.

'Ze zijn doodsbang voor een proces,' zei hij tegen me.

Onze theorie was goed genoeg om tegen hun aanvallen bestand te zijn, legde hij hun uit. Of het nu een kwestie van opzet of grove schuld of nalatigheid was, de ontruiming was uitgevoerd. Het was te voorzien geweest dat onze cliënten op straat terecht zouden komen, zonder dak boven hun hoofd, in februari. Hij zou dat geweldig simpele idee aan elke jury in het land duidelijk kunnen maken, maar het zou vooral de brave mensen van Washington erg aanspreken.

Arthur kreeg genoeg van de discussie over aansprakelijkheid. Hij legde hun troefkaart weer op tafel: ik. Vooral het feit dat ik het dossier uit Chances kantoor had gehaald, nadat me eerst was gezegd dat ik het niet mocht hebben. Over hun standpunt viel niet te onderhandelen. Ze waren bereid de aangifte in te trekken als we tot een schikking konden komen over de civiele vordering, maar ik moest disciplinair door de Orde van Advocaten worden gestraft.

'Wat willen ze?' vroeg ik.

'Een schorsing van twee jaar,' zei Mordecai ernstig.

Ik kon daar niets op zeggen. Twee jaar, en er viel niet over te onderhandelen.

'Ik heb ze gevraagd of ze wel goed bij hun hoofd waren,' zei hij, maar niet zo nadrukkelijk als ik graag zou willen. Twee jaar.

Het was gemakkelijker om te blijven zwijgen. Ik herhaalde de woorden steeds weer in mezelf: twee jaar, twee jaar.

Ze schermutselden nog wat over het geld, zonder dat de kloof gedicht werd. In feite werden ze het nergens over eens, behalve over een plan om elkaar zo gauw mogelijk weer te ontmoeten.

Het laatste dat Mordecai deed, was hun een exemplaar van de aanklacht namens Marquis Deese overhandigen, een aanklacht die nog officieel moest worden ingediend. Dezelfde drie gedaagden werden genoemd, en er werd het luttele bedrag van vijftigduizend dollar genoemd als compensatie voor het feit dat hij ten onrechte uit zijn woning was gezet. Er zouden nog meer volgen, verzekerde Mordecai hun. We waren van plan elke week een paar aanklachten in te dienen, totdat we alle ex-pakhuisbewoners hadden gehad.

'U bent van plan hiervan een kopie naar de krant te sturen?' vroeg Rafter.

'Waarom niet?' zei Mordecai. 'Na de officiële indiening is het openbaar.'

'Ik wil alleen maar zeggen... Nou, we hebben genoeg van de publiciteit.'

'U bent ermee begonnen.'

'Wat?'

'U hebt het verhaal van Michaels arrestatie laten uitlekken.'

'Dat hebben wíj niet gedaan.'

'Hoe kwam de *Post* dan aan zijn foto?'

Arthur zei tegen Rafter dat hij zijn mond moest houden.

Toen ik weer alleen in mijn kamer zat, met de deur dicht, staarde ik een uur voor me uit. Toen begon ik eindelijk te begrijpen waar Drake & Sweeney op aanstuurde. Het kantoor was bereid een hoop geld te betalen om twee dingen te vermijden: nog meer vernedering, en het spektakel van een proces dat tot ernstige financiële schade kon leiden. Als ik het dossier overhandigde, zouden ze de aangifte intrekken. Alles zou keurig op zijn plaats terechtkomen, al wilde het kantoor nog wel een zekere mate van voldoening.

Niet alleen was ik een verrader, in hun ogen was ik ook verantwoordelijk voor de hele puinhoop. Ik was de schakel tussen hun onverkwikkelijke geheimen, diep weggestopt in hun kantoortoren, en de smet die door de aanklacht op hun blazoen was geworpen. Doordat ze in het openbaar te schande waren gemaakt, hadden ze alle reden om me te haten. Het vooruitzicht dat ze hun dierbare geld moesten afstaan, maakte hun zucht naar wraak alleen maar groter.

En ik had dat allemaal gedaan met informatie die ik uit het gestolen dossier had gehaald. Blijkbaar wisten ze niets van Hectors betrokkenheid. Ik had het dossier gestolen, ik had alles gevonden wat ik nodig had en ik had het samengevoegd om een aanklacht tegen hen te kunnen indienen.

Ik was Judas. Triest genoeg kon ik me hun standpunt wel enigszins indenken.

36

Lang nadat Sofia en Abraham waren weggegaan, zat ik in het half-duister van mijn kantoor. Mordecai kwam binnen en ging op een van de stevige klapstoelen zitten die ik voor zes dollar op een vlooi-enmarkt had gekocht. Twee dezelfde stoelen. Een vorige eigenaar had ze roodbruin geverfd. Eigenlijk waren ze lelijk, maar nu hoefde ik tenminste niet bang meer te zijn dat cliënten of bezoekers opeens door hun stoel zouden zakken.

Ik wist dat hij de hele middag aan het telefoneren was geweest, maar ik was uit zijn kamer gebleven.

'Ik heb veel telefoontjes gehad,' zei hij. 'De dingen gaan sneller dan we dachten.'

Ik luisterde, had niets te zeggen.

'Heen en weer met Arthur, heen en weer met rechter DeOrio. Ken je DeOrio?'

'Nee.'

'Dat is een taaie kerel, maar hij is goed, redelijk, gematigd vooruit-strevend. Jaren geleden is hij bij een groot kantoor begonnen, maar om de een of andere reden besloot hij rechter te worden. Toen heeft hij het grote geld opgegeven. Hij doet meer zaken dan alle andere rechters in de stad, omdat hij de advocaten onder de duim houdt. Hij is nogal bot. Wil altijd een schikking, en als dat niet lukt, wil hij zo gauw mogelijk een proces. Hij wil zo weinig mogelijk zaken op zijn rol; dat is bijna een obsessie voor hem.'

'Ik geloof dat ik zijn naam wel eens heb gehoord.'

'Dat hoop ik voor je. Je bent al zeven jaar advocaat in deze stad.'

'Antitrustrecht. Bij een groot kantoor. Ver weg van het straatgewoel.'

'Nou, het komt op het volgende neer. We hebben afgesproken dat we elkaar morgen in DeOrio's rechtszaal ontmoeten. Iedereen zal er zijn: de drie gedaagden, hun advocaten, ik, jij, onze bewindvoerder, iedereen die ook maar enig belang bij de zaak heeft.'

'Ik?'

'Ja. De rechter wil jou er ook bij hebben. Hij zei dat je in de jurybank mag zitten toekijken, maar hij wil je erbij hebben. En hij wil het verdwenen dossier.'

'Geen probleem.'

'In sommige kringen is hij berucht, omdat hij een hekel aan de pers heeft. Hij gooit journalisten om het minste of geringste de rechtszaal uit, wil geen televisiecamera in de buurt hebben. Hij is vastbesloten een eind aan het uitlekken te maken.'

'De aanklacht is een openbaar stuk.'

'Ja, maar hij kan hem verzegelen, als hij dat wil. Ik denk niet dat hij het doet, maar hij mag graag blaffen.'

'Dus hij wil dat het tot een schikking komt?'

'Natuurlijk. Hij is toch rechter? Iedere rechter wil dat alle zaken tot een schikking komen. Dan hebben ze meer tijd om te golfen.'

'Hoe denkt hij over onze zaak?'

'Hij heeft zich niet in de kaart laten kijken, maar hij wil absoluut dat alle drie partijen aanwezig zijn, niet alleen hun helpers. We krijgen alle mensen te zien die ter plekke beslissingen kunnen nemen.'

'Gantry?'

'Gantry zal er zijn. Ik heb met zijn advocaat gesproken.'

'Weet hij dat ze een metaaldetector bij de voordeur hebben?'

'Waarschijnlijk. Het is niet de eerste keer dat hij een rechtbank vanbinnen ziet. Arthur en ik hebben de rechter over hun aanbod verteld. Hij reageerde niet, maar ik denk dat hij onder de indruk was. Hij heeft veel hoge schadevergoedingen meegemaakt. Hij kent zijn jury's.'

'En ik?'

Mijn vriend zweeg enkele ogenblikken. Blijkbaar zocht hij naar woorden die waarheidsgetrouw en tegelijk geruststellend waren.

'Hij zal een hard standpunt innemen.'

Dat was niet bepaald geruststellend. 'Wat is redelijk, Mordecai? Ik heb mijn kop in de strop. Ik kan de zaak niet goed meer overzien.'

'Het is geen kwestie van redelijkheid. Hoe je het ook wendt of keert, je hebt dat dossier meegenomen. Je was niet van plan het te stelen, je wou het alleen maar een uurtje lenen. Je had niets verkeerds in de zin, maar evengoed was het diefstal.'

'Noemde DeOrio het diefstal?'

'Ja. Eén keer.'

Dus de rechter dacht dat ik een dief was. Dat begon de overheersende mening te worden. Ik had niet het lef om Mordecai naar zíjn mening te vragen. Misschien zou hij me de waarheid vertellen, en die wilde ik niet horen.

Hij verplaatste zijn aanzienlijke gewicht. De stoel kraakte vervaarlijk, maar ik bewoog geen centimeter. Daar was ik trots op. 'Ik wil je iets vertellen,' zei hij ernstig. 'Je hoeft het maar te zeggen en we laten deze zaak meteen vallen. Wij hebben die schikking niet nodig; niemand heeft hem nodig. De slachtoffers zijn dood. Hun erfgenamen zijn onbekend of zitten in de gevangenis. Een mooie schikking zou geen enkele betekenis voor mijn leven hebben. Het is jouw zaak. Jij mag het zeggen.'

'Zo simpel ligt het niet, Mordecai.'

'Waarom niet?'

'Ik ben bang voor de strafzaak.'

'Daar heb je reden voor. Maar die aangifte willen ze wel intrekken. En de klacht bij de Orde ook. Ik kan Arthur nu meteen bellen en tegen hem zeggen dat we alles laten vallen als zij ook alles laten vallen. Beide kanten lopen weg en denken er niet meer aan. Hij zou meteen toehappen. Het zou geen enkel probleem zijn.'

'De pers zou ons levend verslinden.'

'Nou en? We genieten immuniteit. Denk je dat onze cliënten zich druk maken om wat de *Post* over ons schrijft?'

Hij speelde voor advocaat van de duivel, bracht argumenten naar voren waar hij zelf niet in geloofde. Mordecai wilde me beschermen, maar hij wilde ook erg graag Drake & Sweeney te grazen nemen.

Sommige mensen zijn niet tegen zichzelf te beschermen.

'Goed, stel dat we de zaak laten vallen,' zei ik. 'Wat hebben we dan bereikt? Door hun schuld zijn mensen doodgegaan. Ze gooiden die mensen zomaar op straat. Ze zijn geheel en al verantwoordelijk voor die illegale ontruiming, en uiteindelijk ook verantwoordelijk voor de dood van onze cliënten, en daar leggen wij ons dan gewoon bij neer? Hebben we het daar over?'

'Het is de enige manier om te voorkomen dat je een schorsing van de Orde van Advocaten krijgt.'

'Dat is alleen maar een pressiemiddel, Mordecai,' zei ik een beetje te snel.

Maar hij had gelijk. Het was mijn eigen puinhoop, en daarom was het niet meer dan redelijk dat ik de cruciale beslissingen nam. Ik had dat dossier meegenomen, een stomme daad die juridisch en ethisch verkeerd was.

Mordecai Green zou verpletterd zijn als ik plotseling niet meer durfde. Zijn hele wereld bestond uit arme mensen helpen om zich staande te houden. Zijn mensen waren de hopelozen en daklozen, mensen die weinig was geschonken en die alleen nog maar op zoek waren naar de elementaire dingen in het leven: de volgende maaltijd, een droog bed, een baan met een redelijk loon, een kleine woning met een betaalbare huur. Het zou niet vaak gebeuren dat de problemen van zijn cliënten zo goed te herleiden waren tot de malversaties van grote particuliere ondernemingen.

Omdat geld geen betekenis voor Mordecai had, en omdat een hoge schadevergoeding weinig of geen effect op zijn leven zou hebben, en omdat zijn cliënten, zoals hij zelf al zei, hetzij dood hetzij onbekend hetzij gedetineerd waren, zou hij nooit een schikking overwegen, tenzij ik het zou willen. Mordecai wilde een proces, een enorm spektakel met schijnwerpers en camera's en gedrukte woorden – niet gericht op hem, maar op het erbarmelijke lot van zijn mensen. Processen gingen niet altijd over individueel onrecht; soms werden ze als preekstoel gebruikt.

Mijn aanwezigheid maakte de zaak nog ingewikkelder dan hij al was. Mijn zachte, bleke gezicht zou wel eens achter de tralies kunnen verdwijnen. Mijn bevoegdheid om de advocatuur uit te oefenen, en dus een inkomen te verdienen, stond op het spel.

'Ik verlaat het schip niet, Mordecai,' zei ik.

'Dat had ik ook niet van jou verwacht.'

'Laat me je een scenario voorleggen. Als we ze nu eens overhalen een bedrag te betalen waarmee wij kunnen leven? De aangifte wordt ingetrokken en er ligt niets anders meer op tafel dan mijn eventuele schorsing. Als ik dan eens akkoord ging om mijn bevoegdheid een tijdje op te geven? Wat gebeurt er dan met mij?'

'Ten eerste zou je de vernedering van een disciplinaire schorsing moeten ondergaan.'

'En dat zal, hoe onaangenaam het ook klinkt, niet het einde van de wereld zijn,' zei ik. Ik moest moeite doen om sterk over te komen, want ik zou me verschrikkelijk schamen. Warner, mijn ouders, mijn vrienden, mijn studiegenoten, Claire, al die succesvolle mensen bij Drake & Sweeney. Hun gezichten doken het een na het ander voor mijn geestesoog op: ik zag ze voor me op het moment dat ze het nieuws zouden horen.

'Ten tweede kun je, zolang die schorsing duurt, niet de advocatuur uitoefenen.'

'Verlies ik mijn baan?'

'Natuurlijk niet.'

'Wat ga ik dan doen?'

'Nou, je houdt deze kamer. Je doet de intake op de CCNV, het Samaritan House, het Redeemer-missiehuis, en de andere plaatsen waar je al bent geweest. Je blijft een volledige maat in de rechtswinkel. We noemen je maatschappelijk werker, geen advocaat.'

'Dus er verandert niets?'

'Niet veel. Kijk maar naar Sofia. Ze spreekt meer cliënten dan wij bij elkaar, en de halve stad denkt dat ze advocate is. Als we op de rechtbank moeten verschijnen, doe ik het. Voor jou verandert er niet veel.'

De regels van het straatrecht werden geschreven door degenen die het beoefenen.

'En als ik betrapt word?'

'Dat kan niemand wat schelen. De grens tussen maatschappelijk werk en sociaal recht is niet altijd duidelijk.'

'Twee jaar is een lange tijd.'

'Dat is het, en dat is het niet. We hoeven niet akkoord te gaan met een schorsing van twee jaar.'

'Ik dacht dat er niet over te onderhandelen viel.'

'Morgen valt over alles te onderhandelen. Maar je moet wat research doen. Soortgelijke gevallen vinden, als die er zijn. Je moet kijken wat er in andere gevallen met zulke klachten is gebeurd.'

'Je denkt dat het al eens eerder is gebeurd?'

'Misschien. We zijn in dit land met een miljoen advocaten. Advocaten zijn altijd handig geweest in het vinden van manieren om iets te verknoeien.'

Hij moest dringend naar een afspraak. Ik bedankte hem en we sloten samen het kantoor af.

Ik reed naar het gebouw van de rechtenfaculteit bij Capitol Hill. De bibliotheek was tot middernacht open. Het was de perfecte plaats om weg te kruipen en na te denken over het leven van een op drift geraakte advocaat.

37

DeOrio's rechtszaal bevond zich op de eerste verdieping van het Carl Moultrie Building. Om daar te komen, moesten we dicht langs de zaal van rechter Kisner, waar mijn strafzaak wegens gekwalificeerde diefstal de volgende op de rol was in een moeizaam proces. Op de gangen wemelde het van de strafpleiters en het soort advocaten dat op kabeltelevisie en in bushokjes adverteert. Ze stonden te overleggen met hun cliënten, die er bijna allemaal uitzagen alsof ze schuldig waren. Ik weigerde te geloven dat ik op dezelfde rol stond als die schurken.

Het tijdstip van onze aankomst was belangrijk. We mochten absoluut niet te laat komen. DeOrio was een man van de klok. Toch moest ik er niet aan denken dat we tien minuten te vroeg kwamen, want dan zou ik worden onderworpen aan de blikken en gefluisterde opmerkingen en misschien zelfs banale opmerkingen van Rafter en Arthur en God mocht weten wie ze nog meer zouden meebrengen. Verder had ik geen zin om met Tillman Gantry in de rechtszaal aanwezig te zijn als de rechter er zelf niet bij was.

Ik wilde in de jurybank gaan zitten en alles aanhoren zonder dat iemand me lastigviel. Om twee minuten voor één gingen we naar binnen.

DeOrio's assistente deelde de agenda uit. Ze bracht ons naar onze plaatsen – mij naar de jurybank, waar ik rustig in mijn eentje ging zitten, en Mordecai naar de tafel van de eisers, naast de jurybank. Wilma Phelan, de bewindvoerder, was er al. Zo te zien verveelde ze zich, want ze had eigenlijk niets naar voren te brengen.

De tafel van de gedaagden was een knap staaltje van strategische positionering. Drake & Sweeney zat bijeen aan het ene eind; Tillman Gantry en zijn twee advocaten zaten aan het andere eind. In het midden zaten als een soort van buffer twee zakentypes van RiverOaks en drie advocaten. Op de agenda stonden ook de namen van alle aanwezigen. Ik telde er dertien aan de kant van de gedaagden.

Ik had verwacht dat Gantry, ex-pooier die hij was, grote ringen aan zijn vingers en in zijn oren zou hebben en felgekleurde, opzichtige kleding zou dragen. Maar nee. Hij droeg een elegant marineblauw pak en was beter gekleed dan zijn advocaten. Hij las in papieren en negeerde iedereen.

Ik zag Arthur en Rafter en Nathan Malamud. En Barry Nuzzo. Ik had me voorgenomen me door niets te laten verrassen, maar ik had Barry hier niet verwacht. Door drie van mijn medegijzelaars te sturen, zond het kantoor een subtiel signaal uit: alle andere advocaten die door Meneer waren geterroriseerd, waren die ervaring te boven gekomen, maar wat was er met mij gebeurd? Waarom was ik de zwakke broeder?

De vijfde van hun gezelschap stond op de agenda vermeld als L. James Suber, een advocaat die namens een verzekeringsmaatschappij optrad. Drake & Sweeney waren zwaar verzekerd tegen beroepsaansprakelijkheid, maar ik betwijfelde of dit geval onder de dekking viel. De polis sloot opzettelijke handelingen uit, zoals diefstal door een medewerker of maat, of het opzettelijk schenden van een gedragscode. Nalatigheid van een kantoor-advocaat was wel gedekt, moedwillig wangedrag niet. Braden Chance was niet alleen maar aan een wet of gedragscode of algemeen aanvaarde werkwijze voorbijgegaan. Hij had bewust het besluit genomen de ontruiming te laten doorgaan, hoewel hij ervan in kennis was gesteld dat de krakers in werkelijkheid huurders waren.

Naast de eigenlijke zaak zou ook, buiten ons zicht, een hard gevecht tussen Drake & Sweeney en haar verzekeringsmaatschappij worden geleverd. Nou, ze vochten het maar uit.

Om precies één uur kwam rechter DeOrio de zaal in en ging zitten. 'Goedemiddag,' zei hij nors, toen hij op zijn zetel plaatsnam. Hij droeg een toga, en dat vond ik nogal vreemd. Het was geen formele rechtszitting, maar een officieuze bijeenkomst.

Hij stelde zijn microfoon bij en zei: 'Meneer Burdick, wilt u de deur op slot houden?' Burdick was een parketwachter die als bewaker aan de binnenkant van de deur was geposteerd. De tribune was helemaal leeg. Het was een heel besloten bijeenkomst.

Een stenografe begon het verslag bij te houden.

'Ik heb gehoord dat alle partijen en advocaten nu aanwezig zijn,' zei hij, en hij keek naar me alsof ik een willekeurige verkrachter was. 'We houden deze bijeenkomst om te proberen tot een schikking te komen. Na een aantal gesprekken dat ik gisteren met de advocaten heb gevoerd, is me duidelijk geworden dat een bijeenkomst als deze, op dit tijdstip, een gunstige uitwerking zou kunnen hebben. Ik heb nog nooit zo kort na het indienen van een aanklacht een schikkingsbijeenkomst gehouden, maar omdat alle partijen akkoord gingen, leek het me nuttig om dit te doen. Ik wil eerst de vertrouwelijkheid aan de orde stellen. Niets van wat wij vandaag zeggen, mag worden doorverteld aan enig lid van de pers, onder geen beding. Is dat duidelijk?' Hij keek eerst Mordecai en toen mij aan. Alle gezichten aan de tafel van de gedaagden keken met ongeveer dezelfde blik in dezelfde richting. Ik wilde gaan staan en hen eraan herinneren dat zij met het uitlekken van informatie naar de pers waren begonnen. Zeker, wij hadden de hardste klappen uitgedeeld, maar de eerste stomp was van hen gekomen.

De assistente gaf ons ieder een embargo-overeenkomst van twee alinea's, een standaardformulier waarop onze namen waren ingevoegd. Ik tekende en gaf hem aan haar terug.

Een advocaat die onder druk staat, kan niet twee alinea's lezen en een snel besluit nemen. 'Is er een probleem?' vroeg DeOrio aan de mensen van Drake & Sweeney. Ze zochten naar mazen in het net. Daar waren ze op getraind.

Ze tekenden en de overeenkomsten werden door de assistente ingezameld.

'We houden ons aan de agenda,' zei de rechter. 'Punt één is een samenvatting van de feiten en theorieën inzake aansprakelijkheid. Meneer Green, u hebt de aanklacht ingediend. U hebt het woord. U hebt vijf minuten.'

Mordecai stond op en sprak zonder aantekeningen, zijn handen diep in zijn zakken, volkomen op zijn gemak. In twee minuten bracht hij onze argumenten helder naar voren en ging toen weer zitten. DeOrio hield van bondigheid.

Arthur sprak namens de gedaagden. Hij gaf de feiten uit de aanklacht toe, maar betwistte de conclusies over aansprakelijkheid. Hij legde een groot deel van de schuld bij de 'onverwachte' sneeuwstorm die de hele stad had bedekt en het leven voor iedereen moeilijk had gemaakt.

Hij zette ook vraagtekens bij wat Lontae Burton had gedaan.

'Ze had ergens heen kunnen gaan,' zei Arthur. 'Er waren opvangcentra open. De vorige nacht had ze in het souterrain van een kerk doorgebracht, samen met een heleboel andere mensen. Waarom ging ze daar weg? Ik weet het niet, maar niemand heeft haar gedwongen, tenminste niemand die we tot nu toe hebben kunnen vinden. Haar grootmoeder heeft een woning in Northeast. Zou een deel van de verantwoordelijkheid niet bij de moeder liggen? Had ze niet meer moeten doen om haar kinderen te beschermen?'

Het zou Arthurs enige kans zijn om te proberen de schuld op een dode moeder af te schuiven. Over een jaar of zo zou mijn jurybank vol zitten met mensen die er anders uitzagen dan ik, en noch Arthur noch enige andere advocaat die bij zijn verstand was zou dan nog suggereren dat Lontae Burton zelfs maar voor een deel schuldig was aan de dood van haar eigen kinderen.

'Waarom was ze eigenlijk op straat?' vroeg DeOrio op scherpe toon, en ik moest bijna glimlachen.

Arthur liet zich niet uit het veld slaan. 'In het kader van deze bijeenkomst, edelachtbare, zijn we bereid te erkennen dat de ontruiming ongegrond was.'

'Dank u.'

'Geen dank. Wat we willen zeggen, is dat een deel van de verantwoordelijkheid bij de moeder ligt.'

'Hoeveel?'

'Minstens vijftig procent.'

'Dat is te veel.'

'Wij denken van niet, edelachtbare. Wij mogen haar dan op straat hebben gezet, maar toen de tragedie zich voordeed, verbleef ze daar al meer dan een week.'

'Meneer Green?'

Mordecai stond op en schudde zijn hoofd alsof Arthur een eerstejaars rechtenstudent was die een elementaire theorie niet had begre-

314

pen. 'Dit zijn geen mensen die onmiddellijk een woning kunnen krijgen, meneer Jacobs. Daarom worden ze ook daklozen genoemd. U geeft toe dat u ze op straat hebt gezet, en daar zijn ze gestorven. Ik zal dat graag met een jury bespreken.' Arthur liet zijn schouders minstens tien centimeter zakken. Rafter, Malamud en Barry luisterden naar elk woord. Aan hun gezichten te zien, moesten ze er niet aan denken dat Mordecai Green op een rechtszaal met een jury van zijn gelijken werd losgelaten.

'De aansprakelijkheid is duidelijk, meneer Jacobs,' zei DeOrio. 'U kunt tegen de jury zeggen dat de moeder nalatig is geweest, als u dat wilt, al zou ik het u niet aanraden.' Mordecai en Arthur gingen zitten.

Als we tijdens een proces zouden bewijzen dat de gedaagden aansprakelijk waren, zou de jury de hoogte van de schadevergoeding moeten vaststellen. Dat was het volgende agendapunt. Rafter nam de moeite om hetzelfde rapport over jury's en schadevergoedingen in te dienen. Hij vertelde hoeveel dollars dode kinderen in ons rechtsstelsel waard waren. Maar hij werd al gauw langdradig toen hij over Lontaes arbeidsverleden en geschatte inkomstenderving begon. Hij kwam op hetzelfde bedrag, zevenhonderdzeventig duizend dollar, dat ze de vorige dag hadden aangeboden, en presenteerde dat bij wijze van formaliteit.

'Dat is toch niet uw definitieve aanbod, meneer Rafter?' vroeg DeOrio. Het klonk uitdagend; hij hoopte echt dat het niet hun definitieve aanbod was.

'Nee, edelachtbare,' zei Rafter.

'Meneer Green.'

Mordecai stond weer op. 'Wij wijzen hun aanbod van de hand, edelachtbare. Die trends zeggen mij niets. De enige trend die er volgens mij toe doet, is hoeveel een jury op grond van mijn argumenten zal willen toekennen, en met alle respect voor de heer Rafter: dat is veel meer dan wat zij aanbieden.'

Niemand in de rechtszaal twijfelde daaraan.

Hij betwistte hun standpunt dat een dood kind maar vijftigduizend dollar waard was. Hij liet nogal duidelijk doorschemeren dat zo'n lage schatting het gevolg was van een vooroordeel tegen dakloze straatkinderen die zwart waren. Gantry was de enige aan de tafel van de gedaagden die niet ineenkromp. 'U hebt een zoon op het St. Albans, meneer Rafter. Zou u vijftigduizend dollar ook genoeg voor hém vinden?'

Rafters neus was slechts enkele centimeters van zijn schrijfblok verwijderd.

'Ik kan een jury in deze zaal ervan overtuigen dat die kleine kinderen minstens een miljoen dollar per stuk waard waren, net zoveel als de kinderen op de dure scholen in Virginia en Maryland.'

Het was een gemene stoot en ze incasseerden hem in het kruis. Het leed geen enkele twijfel waar hun kinderen naar school gingen.

Rafter had in zijn betoog geen rekening gehouden met de pijn en het leed van de slachtoffers. De reden daarvan was niet uitgesproken, maar daarom niet minder duidelijk. Ze waren vredig gestorven door reukloos gas in te ademen tot ze wegzakten. Geen brandwonden, geen botbreuken, geen bloed.

Rafter moest zwaar boeten voor dat verzuim. Mordecai begon aan een gedetailleerd verslag van de laatste uren van Lontae en haar kinderen: het zoeken naar eten en warmte, de sneeuw en de bittere kou, de angst dood te vriezen, de wanhopige pogingen om bij elkaar te blijven, de verschrikkelijke sneeuwstorm, een oude auto als toevluchtsoord, de draaiende motor, het kijken naar de brandstofmeter. Het was een fascinerend optreden, voor de vuist weg gebracht met het talent van een begaafd verteller. Als jurylid zou ik hem een blanco cheque hebben gegeven.

'Vertelt u me niet over pijn en leed,' sneerde hij tegen Drake & Sweeney. 'U weet niet waar u over spreekt.'

Hij praatte over Lontae alsof hij haar al jaren kende. Een meisje dat kansloos geboren was en dat alle voorspelbare fouten had gemaakt. Maar vooral ook een moeder die van haar kinderen hield en wanhopige pogingen deed om uit de armoede te komen. Ze was de confrontatie met haar verleden en haar verslaving aangegaan, en ze deed net haar uiterste best om van haar verslaving af te komen toen de gedaagden haar de straat weer op schopten.

Zijn stem steeg en daalde; stijgend van verontwaardiging, dalend van schaamte en schuldbesef. Geen woord, geen lettergreep was te veel. Hij gaf ze een grote dosis van wat de jury te horen zou krijgen. Arthur ging over het chequeboek. Het moet op dat moment wel een gat in zijn zak hebben gebrand.

Mordecai bewaarde het beste voor het eind. Hij vertelde over het doel dat een schadevergoeding bij wijze van strafmaatregel had – de boosdoeners te straffen, hen tot voorbeeld te stellen opdat ze niet meer zouden zondigen. Hij hamerde op de misdragingen die door de gedaagden waren begaan, rijke mensen die geen enkele consideratie hadden met mensen die minder fortuinlijk waren. 'Het zijn maar een stel krakers,' bulderde hij. 'Laten we ze er maar uit gooien!' In hun hebzucht hadden ze de wet terzijde geschoven. Een correcte ontruiming zou minstens dertig dagen extra hebben gekost. Het zou het einde van de transactie met de posterijen hebben betekend. Dertig dagen, en de zware sneeuwval zou achter de rug zijn geweest en de straten zouden een beetje veiliger zijn geweest.

Het was een schoolvoorbeeld van een zaak waarin een schadever-goeding bij wijze van straf op zijn plaats was, en hij twijfelde er niet aan dat een jury het met hem eens zou zijn. Ik wist dat in elk geval zeker, en op dat moment hadden zowel Arthur als Rafter als alle andere advocaten aan die kant van de zaal een hartgrondige hekel aan Mordecai Green.

'We nemen genoegen met vijf miljoen,' zei hij toen hij klaar was. 'Geen cent minder.'

Het werd stil in de zaal. DeOrio maakte wat aantekeningen en keerde toen tot de agenda terug. Nu kwam het dossier aan de beurt.

'Hebt u het?' vroeg hij aan mij.

'Ja, edelachtbare.'

'Bent u bereid het over te dragen?'

'Ja.'

Mordecai maakte zijn gehavende aktetas open en haalde het dossier eruit. Hij overhandigde het aan de assistente, die het aan de rechter gaf. We keken tien lange minuten toe, terwijl DeOrio alle pagina's bekeek.

Ik zag Rafter vuil kijken, maar wat gaf het? Hij en de rest zaten te popelen om dat dossier in handen te krijgen.

Toen de rechter klaar was, zei hij: 'Het dossier is teruggegeven, meneer Jacobs. Er is hierover een strafzaak aanhangig gemaakt. Ik heb er met rechter Kisner over gesproken. Wat wilt u doen?'

'Edelachtbare, als we met betrekking tot alle andere punten tot een schikking kunnen komen, zullen we niet aandringen op strafver-volging.'

'Ik neem aan dat u daarmee kunt leven, meneer Brock?' vroeg DeOrio.

Nou, en óf ik daarmee kon leven. 'Ja, edelachtbare.'

'We gaan verder. Het volgende punt is de kwestie van de klacht die Drake & Sweeney bij de Orde van Advocaten tegen Michael Brock

heeft ingediend. Meneer Jacobs, wilt u daar iets over zeggen?'
'Jazeker, edelachtbare.' Arthur sprong overeind en gaf een uiteenzetting van mijn ethische tekortkomingen. Hij was niet overdreven streng, weidde niet te lang uit. Blijkbaar beleefde hij er geen plezier aan. Arthur was een advocaat van de oude stempel, een oudgediende die ethiek niet alleen predikte, maar het ook in de praktijk bracht. Hij en het kantoor zouden nooit vergeten wat ik had gedaan, maar uiteindelijk was ik een van hen geweest. Zoals Braden Chances daden een smet op het hele kantoor hadden geworpen, zo had mijn onethisch gedrag dat net zo goed gedaan.
Tot slot verklaarde hij dat het wegnemen van het dossier absoluut niet onbestraft mocht blijven. Het was een flagrante schending van het beroepsgeheim waarop de cliënt, RiverOaks, mocht rekenen. Ik was geen crimineel, en ze hadden er geen moeite mee om de aangifte van gekwalificeerde diefstal in te trekken. Maar ik was een advocaat, en nog een erg goede ook, gaf hij toe, en als zodanig moest ik ter verantwoording worden geroepen.
Ze zouden onder geen beding de klacht bij de Orde van Advocaten intrekken.
Zijn argumenten waren hecht doortimmerd, goed verwoord, en hij was zeer overtuigend. Vooral de mensen van RiverOaks waren onvermurwbaar.
'Meneer Brock,' zei DeOrio. 'Hebt u daar iets op te zeggen?'
Ik had niets voorbereid, maar het kostte me geen moeite om op te staan en te zeggen wat ik ervan vond. Ik keek Arthur recht in de ogen en zei: 'Meneer Jacobs, ik heb altijd een groot respect voor u gehad, en dat heb ik nog steeds. Ik heb niets tot mijn verdediging aan te voeren. Het was verkeerd van me om dat dossier mee te nemen, en ik heb wel duizend keer gewenst dat ik het niet had gedaan. Ik was op zoek naar gegevens waarvan ik wist dat ze werden achtergehouden, maar dat is geen excuus. Ik verontschuldig me bij u, bij de rest van het kantoor en ook bij uw cliënt, RiverOaks.'
Ik ging zitten en kon ze niet aankijken. Mordecai vertelde me later dat door mijn nederigheid de kamer tien graden ontdooide.
DeOrio deed toen iets erg verstandigs. Hij ging over op het volgende agendapunt: de aanklachten die nog niet ingediend waren. We waren van plan een aanklacht in te dienen namens Marquis Deese en Kelvin Lam, en uiteindelijk ook namens alle andere ex-pakhuisbewoners die we konden vinden. Omdat DeVon Hardy en Lontae

dood waren, bleven er vijftien potentiële eisers over. Dat had Mordecai verzekerd, en hij had de rechter er ook over verteld.

'Als u aansprakelijkheid erkent, meneer Jacobs,' zei de rechter, 'moet u over een schadevergoeding praten. Hoeveel biedt u aan om die andere vijftien zaken tot een schikking te brengen?'

Arthur pleegde fluisterend overleg met Rafter en Malamud en zei toen: 'Nou, edelachtbare, we gaan ervan uit dat deze mensen nu ongeveer een maand geen huis hebben. Als we ze ieder vijfduizend dollar geven, kunnen ze nieuwe woonruimte vinden, waarschijnlijk zelfs betere dan ze hadden.'

'Dat is weinig,' zei DeOrio. 'Meneer Green.'

'Veel te weinig,' beaamde Mordecai. 'Nogmaals, ik ging bij mijn beoordeling af op wat jury's waarschijnlijk zullen vinden. Dezelfde gedaagden, hetzelfde wangedrag, dezelfde groep waar de juryleden uit voortkomen. Ik kan gemakkelijk vijftigduizend per geval krijgen.'

'Wat wilt u accepteren?' vroeg de rechter.

'Vijfentwintigduizend.'

'Ik vind dat u dat moet betalen,' zei DeOrio tegen Arthur. 'Het is niet onredelijk.'

'Vijfentwintigduizend aan elk van de vijftien?' vroeg Arthur. In zijn onbewogen gezicht kwamen nu toch wel een paar barsten. Hij werd opeens belaagd vanaf twee kanten van de rechtszaal.

'Ja.'

Aan de tafel van de gedaagden werd druk overleg gepleegd. Elk van de vier Drake & Sweeney-advocaten had iets te zeggen. Het was veelzeggend dat ze de advocaten van de andere twee gedaagden niet raadpleegden. Blijkbaar stond al vast dat het kantoor de rekening van de schikking zou moeten betalen. Gantry maakte een volstrekt onverschillige indruk; zijn geld stond niet op het spel. RiverOaks had waarschijnlijk met een eigen aanklacht tegen de advocaten gedreigd voor het geval dat het nu niet tot een schikking kwam.

'We zullen vijfentwintig betalen,' zei Arthur rustig, en driehonderdvijfenzeventig duizend dollar vloog de geldkisten van Drake & Sweeney uit.

Het was vooral belangrijk dat het ijs gebroken werd. DeOrio wist dat hij ze kon dwingen de kleinere claims te schikken. Als het geld eenmaal begon te stromen, zou het niet ophouden met stromen tot we klaar waren.

Het vorig jaar was van het geld dat ik voor het kantoor had verdiend, na aftrek van mijn salaris en secundaire voorzieningen en na reservering van ongeveer een derde van het totaal voor overhead, ongeveer vierhonderdduizend dollar in de pot goud gegaan die de maten te verdelen hadden. En ik was maar één van de achthonderd advocaten.

'Heren, de zaak spitst zich toe op twee punten. Ten eerste het geld: hoeveel geld moet er op tafel komen om deze zaak tot een schikking te brengen? Ten tweede is er de kwestie van meneer Brocks disciplinaire problemen. Blijkbaar staan die twee dingen met elkaar in verband. In dit stadium van deze bijeenkomst zou ik graag afzonderlijk met beide partijen willen overleggen. Ik begin met de eisers. Meneer Green en meneer Brock, wilt u even naar mijn kamer komen?'

De assistente bracht ons naar de gang achter de rechterstafel, en we liepen naar een prachtige kamer met eikenhouten lambriseringen, waar de rechter zich van zijn toga ontdeed en thee bestelde bij een secretaresse. Hij bood ons ook thee aan, maar we weigerden beleefd. De assistente sloot de deur. We waren alleen met DeOrio.

'We gaan vooruit,' zei hij. 'Ik moet u zeggen, meneer Brock, dat die klacht bij de Orde een probleem is. Beseft u de ernst van dat probleem?'

'Ik denk van wel.'

Hij liet zijn knokkels kraken en begon door de kamer te lopen. 'We hadden hier in Washington een advocaat, het zal zeven of acht jaar geleden zijn, die ook zo'n stunt uithaalde. Hij ging bij een kantoor weg en nam allerlei papieren mee die op mysterieuze wijze bij een ander kantoor terechtkwamen, dat toevallig ook zo goed was om de advocaat in kwestie een mooie baan aan te bieden. Ik kan me de naam niet herinneren.'

'Makovek. Brad Makovek,' zei ik.

'Precies. Wat is er met hem gebeurd?'

'Voor twee jaar geschorst.'

'En dat willen ze nu ook van u.'

'Geen denken aan, edelachtbare,' zei Mordecai. 'We gaan nooit akkoord met een schorsing van twee jaar.'

'Met welke termijn gaat u wel akkoord?'

'Zes maanden op zijn hoogst. En daarover valt niet te onderhandelen. Edelachtbare, die kerels zijn doodsbang, dat ziet u zelf ook. Zij zijn bang en wij zijn dat niet. Waarom zouden we iets schikken? Ik heb liever een jury.'

'Er komt geen jury.' De rechter kwam dicht naar me toe en keek in mijn ogen. 'Gaat u akkoord met een schorsing uit de advocatuur voor zes maanden?' vroeg hij.

'Ja,' zei ik. 'Maar dan moeten ze wél het geld betalen.'

'Hoeveel geld?' vroeg hij Mordecai.

'Vijf miljoen. Van een jury zou ik meer los kunnen krijgen.'

In gedachten verzonken, krabbend aan zijn kin, liep DeOrio naar zijn raam. 'Ik kan me wel voorstellen dat een jury vijf miljoen toekent,' zei hij zonder zich om te draaien.

'Ik wel twintig,' zei Mordecai.

'Wie krijgen het geld?' vroeg de rechter.

'Dat wordt een nachtmerrie,' gaf Mordecai toe.

'Hoeveel advocatenhonorarium?'

'Twintig procent. De helft daarvan gaat naar een stichting in New York.'

De rechter draaide zich abrupt om en begon weer te lopen, zijn handen gevouwen achter zijn hoofd. 'Zes maanden is weinig,' zei hij.

'Verder gaan we niet,' zei Mordecai.

'Goed. Laat me met de andere kant praten.'

Ons persoonlijke gesprek met DeOrio had nog geen kwartier geduurd. De tegenstanders hadden een uur nodig. Natuurlijk waren zij ook degenen die het geld moesten afschuiven.

We dronken cola op een bankje in de drukke hal van het gebouw. Zwijgend keken we naar al die advocaten die daar haastig rondliepen, op zoek naar cliënten en gerechtigheid.

We liepen door de gangen en keken naar de angstige mensen die op het punt stonden om voor een of ander vergrijp tegenover de rechter te staan. Mordecai sprak met een paar advocaten die hij kende. Ik herkende niemand. Advocaten van grote kantoren kwamen niet in dit gerechtsgebouw.

De assistente van rechter DeOrio vond ons en leidde ons naar de rechtszaal terug, waar alle anderen hun plaats al hadden ingenomen. De sfeer was gespannen. DeOrio was opgewonden. Arthur en Co. maakten een uitgeputte indruk. We gingen zitten en wachtten op de rechter.

'Meneer Green,' begon hij, 'ik heb met de advocaten van de gedaagden gesproken. Ze willen niet verder gaan dan het volgende: het bedrag van drie miljoen dollar, en één jaar schorsing voor de heer Brock.'

Mordecai was nog maar amper gaan zitten. Hij sprong meteen overeind. 'Dan verspillen we onze tijd,' zei hij, en hij pakte zijn aktetas. Ik sprong ook overeind om hem te volgen.

'Wilt u ons excuseren, edelachtbare?' zei hij. 'Wij hebben belangrijker dingen te doen.' We begonnen door het middenpad te lopen.

'U bent geëxcuseerd,' zei de rechter geërgerd.

We liepen met grote passen de rechtszaal uit.

38

Ik was net bezig de deur van mijn auto open te maken toen de mobiele telefoon in mijn zak overging. Het was rechter DeOrio. Mordecai lachte toen ik zei: 'Jazeker, edelachtbare, we zijn er over vijf minuten.' We namen tien minuten. We gingen even naar de toiletten op de begane grond, liepen langzaam door de gangen, namen de trap. We gaven DeOrio zoveel mogelijk tijd om de gedaagden ervan langs te geven.

Het eerste wat me opviel toen we de rechtszaal binnenkwamen, was dat Jack Bolling, een van de drie advocaten van RiverOaks, zijn jasje had uitgetrokken, zijn mouwen had opgestroopt en van de advocaten van Drake & Sweeney vandaan liep. Ik geloofde niet dat hij ze letterlijk had geslagen, maar zo te zien was hij daar wel toe bereid en in staat.

Als het tot een proces en een veroordeling kwam, zou de jury alle drie gedaagden dwingen hoge schadevergoedingen te betalen. Blijkbaar was RiverOaks voldoende geïntimideerd door alles wat er in de rechtszaal was gezegd. De onderneming had Drake & Sweeney onder druk gezet en misschien zelf ook besloten wat geld bij te dragen. We zouden het nooit weten.

Ik ging niet in de jurybank zitten, maar naast Mordecai. Wilma Phelan was twee uur eerder weggegaan.

'We komen dichterbij,' zei de rechter.

'En wij denken erover ons aanbod in te trekken,' zei Mordecai met een blafstem die net iets heftiger was dan gewoonlijk. We hadden dat helemaal niet besproken, en de andere advocaten en de rechter hadden helemaal niet aan die mogelijkheid gedacht. Ze keken elkaar geschrokken aan.

'Rustig maar,' zei DeOrio.

'Ik meen het, edelachtbare. Hoe langer ik in deze rechtszaal zit, des te meer raak ik ervan overtuigd dat dit alles aan een jury moet worden voorgelegd. Wat meneer Brock betreft, kan zijn vroegere kantoor op strafvervolging aandringen, maar wat zou dat? Ze hebben hun dossier terug. Hij heeft geen strafblad. God weet dat justitie geen raad weet met al die drugshandelaren en moordenaars. Een vervolging van hem zou een aanfluiting zijn. Hij gaat niet naar de gevangenis. En de klacht bij de Orde van Advocaten – ach, we zullen zien wat ervan komt. Ik zal een klacht indienen tegen Braden Chance en misschien ook tegen sommige van de andere advocaten die bij deze onverkwikkelijke zaak betrokken zijn, en dan maken we er een ouderwetse vete van.' Hij wees naar Arthur en zei: 'Jullie gaan naar de krant, wij gaan naar de krant.'

Het kon de rechtswinkel aan 14th Street geen zier schelen wat de kranten schreven. Blijkbaar kon het Gantry ook niet veel schelen. RiverOaks kon ondanks slechte publiciteit geld blijven verdienen. Maar Drake & Sweeney moest het hebben van haar reputatie. Mordecais tirade kwam uit het niets, en ze waren volkomen verbouwereerd.

'Bent u klaar?' vroeg DeOrio.

'Ja.'

'Goed. Het aanbod is verhoogd tot vier miljoen.'

'Als ze vier miljoen kunnen betalen, kunnen ze ook vijf betalen.' Mordecai wees weer naar Drake & Sweeney. 'Deze gedaagde heeft vorig jaar bijna zevenhonderd miljoen dollar aan inkomsten ontvangen.' Hij zweeg even om het getal in de rechtszaal te laten hangen. 'Zevenhonderd miljoen dollar, alleen al in het vorige jaar.' Toen wees hij naar RiverOaks. 'En deze gedaagde bezit onroerend goed ter waarde van driehonderdvijftig miljoen dollar. Geef mij maar een jury.'

Toen het leek of hij niet verderging, vroeg DeOrio opnieuw: 'Bent u klaar?'

'Nee, edelachtbare,' zei hij, en meteen was hij opmerkelijk kalm.

'We gaan akkoord met twee miljoen vooruit te betalen: een miljoen voor ons honorarium, een miljoen voor de erfgenamen. De overige drie miljoen mag worden gespreid over de komende tien jaar – driehonderdduizend per jaar, plus een redelijke rente. Deze gedaagden kunnen vast wel driehonderdduizend dollar per jaar missen. Misschien zien ze zich gedwongen hun huren en uurtarieven te verhogen, maar ze weten heel goed hoe ze dat moeten doen.'

Een gestructureerde regeling met gespreide betaling was geen slecht idee. Omdat de erfgenamen zo onevenwichtig waren en de meesten van hen nog onbekend waren, zou het geld bij de rechtbank in bewaring kunnen worden gegeven.

Mordecais nieuwste coup was zonder meer briljant te noemen. In het groepje van Drake & Sweeney viel een groot deel van de spanning weg. Hij had hun een uitweg geboden.

Jack Bolling overlegde met hen. Gantry's advocaten keken en luisterden, maar maakten een bijna even verveelde indruk als hun cliënt.

'Daar kunnen we mee akkoord gaan,' zei Arthur. 'Maar we handhaven ons standpunt inzake meneer Brock. Een schorsing van één jaar, of er komt geen schikking.'

Plotseling haatte ik Arthur weer. Ik was hun laatste pion, en om nog een klein beetje van hun gezicht te redden, probeerden ze het laatste restje bloed uit me te knijpen.

Maar die arme Arthur onderhandelde niet vanuit een machtspositie. Hij was wanhopig, en dat was duidelijk te zien.

'Wat maakt het voor verschil?' riep Mordecai hem toe. 'Hij is bereid de vernedering van een schorsing te ondergaan. Waarom zou u zich druk maken om die extra zes maanden? Dit is absurd!'

De twee bedrijfsadvocaten van RiverOaks hadden er genoeg van. Ze waren van nature al bang voor rechtszalen en hun angst had na drie uur Mordecai nieuwe hoogtepunten bereikt. Een proces van twee weken was wel het laatste wat ze wilden. Ze schudden geërgerd met hun hoofd en fluisterden opgewonden tegen elkaar.

Zelfs Tillman Gantry had genoeg van Arthurs muggenzifterij. De schikking was dichtbij; nu moest het er ook van komen!

Enkele ogenblikken eerder had Mordecai geroepen: 'Wat maakt het voor verschil?' En daar had hij gelijk in. Het maakte in feite geen verschil, zeker niet voor een straatadvocaat als ik, iemand wiens baan en salaris en status absoluut niet door een tijdelijke schorsing zouden worden aangetast.

Ik stond op en zei erg beleefd: 'Edelachtbare, laten we het verschil delen. Wij hebben zes maanden aangeboden; zij willen er twaalf. Ik ga akkoord met negen.' Ik keek Barry Nuzzo aan terwijl ik dat zei, en hij glimlachte zowaar naar me.

Als Arthur op dat moment zijn mond had opengedaan, zou hij ter plekke in elkaar zijn geslagen. Iedereen ontspande, ook DeOrio. 'Dan zijn we het eens,' zei hij zonder op bevestiging van de gedaagden te wachten.

Zijn bijzonder efficiënte stenografe typte op een tekstverwerker voor de rechtertafel. Binnen enkele minuten had ze een schikkingsovereenkomst van één pagina klaar. We zetten vlug onze handtekening en gingen weg.

Er was geen champagne op kantoor. Sofia deed wat ze altijd deed. Abraham was naar een daklozencongres in New York.

Als er in Amerika een advocatenkantoor was dat vijfhonderdduizend dollar kon gebruiken zonder dat iemand er iets van zag, dan was het onze rechtswinkel. Mordecai wilde nieuwe computers en telefoons, en waarschijnlijk ook een nieuw verwarmingssysteem. Het meeste geld zou op de bank worden gezet, waar het met rente zou aangroeien, een spaarpotje voor de magere jaren. Het was een comfortabel gevoel dat we het hadden. Onze salarissen zouden in elk geval een paar jaar gegarandeerd zijn.

Als hij het frustrerend vond dat hij de andere vijfhonderdduizend dollar naar de Cohen Trust moest sturen, kon hij dat goed verbergen. Mordecai was niet iemand die zich druk maakte om dingen die hij toch niet kon veranderen. Zijn bureau lag vol met gevechten die hij wél kon winnen.

Er zouden minstens negen maanden van hard werken voor nodig zijn om uit te zoeken waar het geld voor de Burtons naartoe moest, en daar zou ik een groot deel van mijn tijd aan wijden. We moesten vaststellen wie erfgenamen waren, en die moesten gevonden worden, en we moesten zaken met ze doen zodra ze beseften dat er geld te halen was. Het zou ingewikkeld worden. Zo moesten de lichamen van Kito Spires en die van Temeko, Alonzo en Dante misschien worden opgegraven voor DNA-onderzoek om het vaderschap vast te stellen. Als Spires inderdaad de vader was, zou hij van de kinderen erven, die eerder dan hij gestorven waren. Aangezien hij nu dood was, moesten zijn erfgenamen worden gevonden.

Lontaes moeder en broers vormden een groot probleem. Ze hadden nog contacten op straat. Over een paar jaar zouden ze voorwaardelijk vrijkomen, en dan zouden ze meteen op de stoep staan om hun deel van het geld op te eisen.

Er waren nog twee andere projecten die Mordecai in het bijzonder interesseerden. Het eerste was een pro Deo-programma dat de rechtswinkel ooit had opgezet maar had moeten opgeven doordat er geen federale gelden meer binnenkwamen. Ooit hadden er honderd advocaten aan het programma meegewerkt. Ze hadden een paar uur per week ter beschikking gesteld om de daklozen te helpen. Hij vroeg me te overwegen het programma opnieuw tot leven te wekken. Het idee stond me wel aan. We zouden meer mensen bereiken, meer contacten met de gevestigde advocatuur leggen en onze basis voor het inzamelen van geld verbreden.

Dat was het tweede project. Sofia en Abraham hadden er de persoonlijkheid niet voor om mensen om geld te vragen. Mordecai kon de laatste stuiver uit iemands zak praten, maar hij had een hekel aan bedelen. Ik was de pientere jonge blanke ster die met de juiste mensen kon omgaan en hen kon overhalen jaarlijks iets te geven.

'Met een goed plan zou je tweehonderdduizend dollar per jaar kunnen ophalen,' zei hij.

'En wat zouden we daarmee doen?'

'Een paar secretaresses in dienst nemen, een paar medewerkers, misschien zelfs nog een advocaat.' We waren na Sofia's vertrek in de voorkamer gaan zitten en keken naar buiten, waar het donker werd. Mordecai begon te dromen. Hij verlangde naar de tijd waarin zeven advocaten in de rechtswinkel op elkaars lip zaten. Het waren chaotische tijden geweest, maar het kleine straatkantoor was toen een factor van belang. Ze hielpen duizenden dakloze mensen. Politici en bureaucraten luisterden naar hen. Ze hadden een luide stem, die meestal gehoord werd.

'We gaan al vijf jaar achteruit,' zei hij. 'En onze mensen lijden daaronder. Dit is onze kans om er weer bovenop te komen.'

En de uitdaging was voor mij. Ik was het verse bloed, het nieuwe talent dat de rechtswinkel nieuw leven zou inblazen en op een hoger plan zou brengen. Ik zou tientallen nieuwe vrijwilligers werven. Ik zou een geldinzamelmachine opbouwen, zodat we ons werk op hetzelfde niveau konden doen als iedereen. We zouden uitbreiden, misschien zelfs de planken van de bovenramen weghalen en de kamers daar vullen met getalenteerde advocaten.

De rechten van de daklozen zouden worden beschermd zolang ze ons konden vinden. En hun stem zou via onze stem gehoord worden.

39

Vrijdagmorgen zat ik in alle vroegte achter mijn bureau. Ik was druk aan het werk als advocaat annex maatschappelijk werker, toen Drake & Sweeney, in de persoon van Arthur Jacobs, plotseling voor de deur stond. Ik begroette hem vriendelijk, en behoedzaam, en hij ging op een van de roodbruine stoelen zitten. Hij wilde geen koffie. Hij wilde alleen maar praten.

Arthur maakte zich zorgen. Ik luisterde gefascineerd naar de oude man.

De afgelopen maand was de moeilijkste uit zijn hele carrière van zesenvijftig jaar geweest. De schikking had hem weinig bevrediging geschonken. Het kantoor was na de lichte inzinking weer op de goede weg, maar Arthur leed aan slapeloosheid. Een van zijn maten had iets verschrikkelijks gedaan, en als gevolg daarvan waren onschuldige mensen gestorven. Drake & Sweeney zouden altijd schuldig blijven aan de dood van Lontae en haar vier kinderen, hoeveel geld ze ook betaalden. En Arthur betwijfelde of hij er zelf ooit overheen zou komen.

Ik was te verrast om veel te kunnen zeggen, en daarom luisterde ik alleen maar. Ik wou dat Mordecai het kon horen.

Arthur had het moeilijk, en al gauw kreeg ik medelijden met hem. Hij was tachtig, dacht er al een paar jaar over om met pensioen te gaan, maar wist niet wat hij nu moest doen. Hij had schoon genoeg van de eeuwige jacht op geld.

'Ik heb niet veel jaren meer over,' gaf hij toe. Ik voor mij vermoedde dat Arthur waarschijnlijk mijn begrafenis nog wel zou halen.

Hij werd gefascineerd door onze rechtswinkel, en ik vertelde hem hoe ik hier terecht was gekomen. Hoe lang bestond de rechtswinkel al? vroeg hij. Hoeveel mensen werkten er? Wat was de financieringsbron? Hoe opereerden we?

Hij gaf me de voorzet, en ik trapte de bal in het doel. Omdat ik de komende negen maanden niet als advocaat mocht optreden, had de rechtswinkel besloten dat ik een nieuw programma voor pro Deo-vrijwilligers zou opzetten. Daarvoor zou ik gebruikmaken van advocaten van de grote kantoren in de stad. Aangezien zijn kantoor het allergrootste van Washington was, dacht ik erover om daar te beginnen. De vrijwilligers zouden maar een paar uur per week werken, onder mijn toezicht, en we zouden duizenden dakloze mensen kunnen bereiken.

Arthur was vaag op de hoogte van het bestaan van zulke programma's. Hij had in geen twintig jaar gratis werk gedaan, gaf hij bedroefd toe. Het was meestal iets voor de jongere medewerkers. Wat kon ik me dat nog goed herinneren!

Maar het idee stond hem aan. Sterker nog, hoe langer we praatten, des te meer groeide het programma. Na een paar minuten sprak hij er openlijk over om al zijn vierhonderd advocaten opdracht te geven zich een paar uur per week voor armen in te zetten. Dat zou volgens hem niet meer dan redelijk zijn.

'Kunt u vierhonderd advocaten aan?' vroeg hij.

'Natuurlijk,' zei ik, al had ik er geen flauw idee van hoe ik dat zou aanpakken. Maar mijn gedachten renden al vooruit. 'Maar daar zou ik wel wat hulp bij nodig hebben,' zei ik.

'Wat voor hulp?' vroeg hij.

'Als Drake & Sweeney nu eens een fulltime pro Deo-coördinator binnen het kantoor aanstelde? Die persoon zou nauw met mij samenwerken in alle aangelegenheden die daklozen betroffen. Eerlijk gezegd is het, met vierhonderd vrijwilligers, noodzakelijk dat we ook iemand in uw kantoor hebben.'

Hij dacht daarover na. Alles was nieuw, en alles klonk goed. Ik ploegde verder.

'En ik weet precies de juiste persoon,' zei ik. 'Het hoeft geen advocaat te zijn. Een goede juridisch medewerker kan het ook.'

'Wie?' vroeg hij.
'Zegt de naam Hector Palma u iets?'
'Vaag.'
'Hij werkt op het kantoor in Chicago, maar hij komt uit Washington. Hij heeft onder Braden Chance gewerkt en is afgeknepen.'
Arthur kneep zijn ogen langzaam tot spleetjes. Blijkbaar deed hij zijn uiterste best het zich te herinneren. Ik wist niet hoeveel hij wist, maar ik geloofde niet dat hij oneerlijk zou zijn. Zo te zien genoot hij intens van zijn loutering.
'Afgeknepen?' zei hij. Hij begreep het woord niet goed.
'Ja, afgeknepen. Hij woonde in Bethesda, totdat hij drie weken geleden plotseling in het holst van de nacht verhuisd is. Een snelle overplaatsing naar Chicago. Hij wist alles van de ontruiming, en ik neem aan dat Chance hem wilde verstoppen.' Ik was voorzichtig. Ik was niet van plan de afspraak te schenden die ik met Hector had gemaakt.
Dat hoefde ik ook niet. Zoals gewoonlijk kon Arthur tussen de regels door lezen.
'Hij komt uit Washington?'
'Ja, en zijn vrouw ook. Ze hebben vier kinderen. Hij zou vast en zeker graag terugkeren.'
'Is hij geïnteresseerd in het helpen van de daklozen?' vroeg hij.
'Waarom vraagt u het hem zelf niet?' zei ik.
'Dat zal ik doen. Het is een uitstekend idee.'
Als Arthur wilde dat Hector Palma naar Washington terugkwam om gestalte te geven aan de nieuwe belangstelling van het kantoor voor daklozenrecht, zou het binnen een week gebeuren.
Het programma nam steeds vastere vormen aan. Iedere advocaat van Drake & Sweeney zou minstens één zaak per week moeten afhandelen. De jongere medewerkers zouden onder mijn toezicht de intake doen, en als de zaken eenmaal bij het kantoor belandden, zouden ze door Hector aan de andere advocaten worden toegewezen. Sommige zaken zouden niet meer dan vijftien minuten vergen, legde ik Arthur uit, andere een aantal uren per maand. Geen probleem, zei hij.
Bij de gedachte aan vierhonderd Drake & Sweeney-advocaten die plotseling bevangen werden door de vurige wens om de rechten van straatmensen te beschermen, kreeg ik bijna medelijden met de politici en bureaucraten.

Arthur bleef bijna twee uur en verontschuldigde zich toen hij besefte dat hij zoveel van mijn tijd in beslag had genomen. Maar bij zijn vertrek was hij veel gelukkiger dan toen hij binnenkwam. Hij ging met een nieuw doel naar zijn kantoor, een man met een missie. Ik liep met hem naar zijn auto en rende toen naar Mordecai om het nieuws te vertellen.

Een oom van Megan bezat een huis aan de kust van Delaware, bij Fenwick Island op de grens met Maryland. Ze beschreef het als een schilderachtig oud huis, twee verdiepingen met een grote veranda die bijna in de oceaan stond, drie slaapkamers, een perfecte plaats om er een weekendje uit te zijn. Het was midden in maart, nog koud, en we konden bij de haard zitten en boeken lezen.

Ze legde enige nadruk op die drie slaapkamers. Er zou ruimte genoeg zijn om de privacy van ieder van ons te waarborgen, zonder dat de situatie gecompliceerd werd. Ze wist dat ik nog niet helemaal van mijn scheiding hersteld was, en na twee weken van voorzichtig flirten waren we allebei tot het besef gekomen dat de zaken zich langzaam zouden ontwikkelen. Maar er was nog een andere reden om die drie slaapkamers ter sprake te brengen.

Op vrijdagmiddag verlieten we Washington. Ik reed. Megan had de kaart. En Ruby zat op de achterbank en knabbelde aan havermoutkoekjes, nog altijd verbaasd over het vooruitzicht dat ze een paar dagen buiten de stad zou doorbrengen, ver van de straten, op het strand, helemaal clean.

Ze was donderdagavond clean geweest. Als ze drie avonden bij ons in Delaware was geweest, zou het totaal op vier avonden komen. Op maandagmiddag zouden we haar naar Easterwood brengen, een klein afkickcentrum voor vrouwen bij East Capitol. Mordecai had iemand daar onder druk gezet, en Ruby zou voor minstens drie maanden een kamertje met een warm bed hebben.

Voordat we de stad verlieten, had ze bij Naomi's gedoucht en nieuwe kleren aangetrokken. Megan had al haar kleren en haar tas op drugs doorzocht. Ze had niets gevonden. Het was een inbreuk op Ruby's privacy, maar als je met verslaafden te maken had, golden andere regels.

Tegen de avond kwamen we bij het huis aan. Megan gebruikte het een of twee keer per jaar. De sleutel lag onder de mat bij de voordeur.

Ik kreeg de slaapkamer op de benedenverdieping toegewezen, iets wat Ruby nogal vreemd vond. De andere twee slaapkamers waren boven, en Megan wilde 's nachts bij Ruby in de buurt zijn.

Op zaterdag viel er een koude regen die met windvlagen van zee kwam. Ik zat alleen op de voorveranda, bewoog me onder een dikke deken zacht heen en weer op een schommelbankje, weggezakt in een droomwereld, luisterend naar de golfslag beneden. De deur werd gesloten, de hordeur viel ook dicht en Megan liep naar het schommelbankje. Ze tilde de deken op en kwam naast me zitten. Ik hield haar stevig vast; deed ik dat niet, dan zou ze immers op de veranda zijn gevallen door het geschommel.

Het viel me niet zwaar om haar vast te houden.

'Waar is onze cliënte?' vroeg ik.

'Die kijkt tv.'

Een harde windvlaag gooide mist in ons gezicht, en we kropen nog dichter tegen elkaar aan. De kettingen waaraan het schommelbankje hing, piepten nog harder. Het geluid verdween weer en nu zaten we bijna roerloos. We keken naar de wolken die over het water joegen. Tijd was niet van belang.

'Waar denk je aan?' vroeg ze zachtjes.

Aan alles en niets. Nu ik uit de stad vandaan was, kon ik voor het eerst terugkijken en proberen iets te begrijpen. Tweeëndertig dagen eerder was ik nog getrouwd geweest met iemand anders, had ik in een ander huis gewoond en voor een ander kantoor gewerkt. Ik was toen nog een volslagen vreemde geweest voor de vrouw die ik nu tegen me aan hield. Hoe kon het leven in een maand tijd zo drastisch veranderen?

Ik durfde niet aan de toekomst te denken; het verleden was nog niet echt voorbij.

Noot van de auteur

Voordat ik dit boek schreef, heb ik me eigenlijk nooit echt zorgen gemaakt over de daklozen. Ik kende ook helemaal niemand die werkte met daklozen.

In Washington D.C. vond ik de weg naar de Washington Legal Clinic for the Homeless, en ontmoette ik de directeur: Patricia Fugere. Zij en haar collega's, Mary Ann Luby, Scott McNeilly en Melody Webb O'Sullivan, lieten mij kennismaken met de wereld van de daklozen. Ik ben hen veel dank verschuldigd voor hun tijd en hulp.

Mijn dank gaat tevens uit naar Maria Foscarinis van het National Law Center on Homeless and Poverty, en naar Willa Day Morris van het Rachael's Women's Center, en naar Mary Popit van New Endeavors by Women, en naar Bruce Casino en Bruce Sandford van Baker & Hostetler. Will Denton heeft mij wederom terzijde gestaan met juridische adviezen. Jefferson Arrington leerde me de stad kennen. Jonathan Hamilton verrichtte het onderzoek. Bedankt!

En voor de echte Mordecai Green, een stil eerbetoon aan jouw werk in de loopgraven.